HUGO WIENER

Zeiten-sprünge

HUGO WIENER

Zeitensprünge

ERINNERUNGEN EINES ALTEN JÜNGLINGS

Amalthea

Bildnachweis

Privat: 1, 2, 3, 5, 6, 7, 8, 9, 12, 17–20, 22, 23, 24, 25, 26, 28, 30, 31, 36
Doliwa, Wien: 4, 10, 11, 13, 15, 16, 32
Hausknost, Wien: 14
ORF-Richtbildstelle: 21, 27, 38, 39
Schikola, Wien: 29
Fotozentrum am Schwarzenbergplatz, Wien: 33
Palffy, Wien: 34
Holam, Wien: 35
Sokol, Wien: 37

Umschlaggestaltung: Wolfgang Heinzel, München
Umschlagzeichnung: Rudolf Angerer
Herstellung: VerlagsService Dr. Helmut Neuberger
& Karl Schaumann GmbH, Heimstetten
Satz: Ludwig Auer GmbH, Donauwörth
Gesetzt aus 10,5/12,5 Punkt Garamond
Druck und Bindung: Wiener Verlag, Himberg bei Wien
Printed in Austria 1991
ISBN 3-85002-317-6

Meiner geliebten Cissy

Ich schreibe diese meine Erinnerungen aus dem Gedächtnis, ohne ein Tagebuch oder sonstwelche Aufzeichnungen zu besitzen. Mein Leben hat sich so abgespielt, wie ich es hier schildere, aber bitte, verlangen Sie keine genauen Jahreszahlen, es würde alles durcheinanderbringen. Ich weiß wohl, *was* in meinem Dasein geschehen ist, aber ich weiß nicht immer, *wann* es geschehen ist. Sich zu erinnern ist oft schwerer als zu vergessen. Und daß ich mich an so vieles erinnere, kann ich auch erklären: Ich war sehr jung, als ich geboren wurde.
Nehmen Sie bitte deshalb die folgenden Seiten nicht als Memoiren, sondern als das, was sie sind: als ZEITENSPRÜNGE.

Bad Ischl 1937. »Sie sind mir zu lustig, junger Mann«, sagte er. Er, der das sagte, war Franz Lehár, der junge Mann war ich. Dr. Fritz Löhner, Lehárs Lieblingslibrettist, mit dem ich schon einige Operettenbücher geschrieben hatte, wollte, daß wir das nächste Buch für Lehár gemeinsam schreiben. *Er* wollte, *ich* wollte – nur Lehár wollte nicht. Ich war ihm, wie gesagt, zu lustig. Dabei war ich nie eine ausgesprochene Frohnatur. Lehár verwechselte Lustigsein mit Humorhaben. Den hatte ich und lebte seit geraumer Zeit davon. Wie ich zu meinem Beruf gekommen bin?

Glatter war mein Freund. Mein Schulfreund. Die Professoren waren über ihn verschiedener Meinung. Dr. Partisch, Naturgeschichte, sprach von ihm als von einer Weltkatastrophe, Dr. Planer, Geschichte, bezeichnete ihn als den Untergang des Abendlandes, und Dr. Spitzer, Deutsch, wandelte sogar eine grammatikalische Regel für ihn ab. Bei ihm hießen die drei Steigerungsformen des Eigenschaftswortes »faul« nicht mehr »faul, fauler, am faulsten«, sondern »faul, fauler, Glatter«. Glatter war faul, aber tüchtig. Was ihm unter die Hände kam, verkaufte er. Wem? Mir. Eines Tages pries er mir einen Füllfederhalter mit drei Jahren Garantie an. »Den kannst du von einem Auto überfahren lassen«, sagte er, »aus einem Flugzeug werfen, unter einen Preßlufthammer legen« – was war? Nach drei Tagen rann die Tinte aus. Als ich ihn deshalb zur Rede stellte, meinte er ungerührt: »Tut mir leid, aber von der Tinte war keine Rede.« Das war Glatter.

Ich besuchte mit ihm die Realschule am Henriettenplatz und studierte nebstbei Musik. Mein Vater war Pianist, also sollte ich in seine Pedale treten. Dank Glatter kam es anders. Er war es, der mir die erste Zigarette gab, sie schmeckte mir nicht, also blieb ich Nichtraucher. Er war es, der mir mein erstes Glas Wein zuschob, es schmeckte mir nicht, also blieb ich lange Zeit Antialkoholiker. Er war es, der mich mit meinem ersten Mädchen bekanntmachte, es – na gut, aber begeistert war ich auch davon nicht. Ich war ein dummer Bub, aber es war eine andere Zeit. Damals waren die Väter böse, wenn sie ihre Söhne mit einer Zigarette im Mund erwischten, heute sind sie froh, wenn das, was die Herren Buben rauchen, nur Tabak ist.

Eines Tages, in der Zeichenstunde, schob Glatter mir einen Zettel zu: Willst du heute abend mit mir ins Raimundtheater gehen? Ich deutete ihm: kein Geld. In der Pause klärte er mich auf: »Du brauchst kein Geld, wir gehen als Claqueure.«

»Was ist das?«

»Das wirst du schon sehen. Du kriegst eine Gratiskarte und hast nichts zu tun, als zu applaudieren.«

»Wozu?«

»Damit die andern mitapplaudieren. Die brauchen immer ein paar, die anfangen.«

Am Abend trafen wir uns vor dem Raimundtheater. Außer uns waren noch einige andere da, anscheinend Studenten. Herr Schwach, der Claquechef, gab Glatter unsere Karten. Ich fragte: »Wo sitzen wir?«

Drauf Glatter: »Auf dem Stehplatz, du Trottel!« Ich war bis dahin erst zweimal in einem Theater gewesen und war ganz fasziniert von dem, was ich da sah. Es war das »Dreimäderlhaus«. Stück, Darstellung und Musik nahmen mich so gefangen, daß ich zu applaudieren vergaß. In der Pause kam auch prompt Herr Schwach auf mich zu und sagte nicht sehr freundlich: »Wenn dir der zweite Akt aa net g'fallt, kannst haamgehn!« Aber der zweite Akt gefiel mir, wie mir der erste gefallen hatte, und wie mir der dritte gefiel.

(1989 sagte Hans Weigel in einer Rede bei einer Veranstaltung des Internationalen Franz Schubert-Instituts in Wien: »Ich habe noch nie das ›Dreimäderlhaus‹ beim Namen genannt, ohne das Adjektiv ›ruchlos‹.« Hätte er das damals gesagt, wäre ich nie ein Hans Weigel-Fan geworden. Aber selbst er mußte zugeben, daß das »Dreimäderlhaus« seinerzeit ein »ungeheurer Erfolg« war. Aber was wußte ich damals von Hans Weigel? Was wußte er von mir? Weigel ist ein paar Jahre jünger als ich, wir besuchten damals noch die Schule, wenn auch jeder eine andere.)

Von jenem Abend an war ich dem Theater verfallen, und es ging steil aufwärts mit meiner Bühnenkarriere. Ich wurde Statist, das ist einer, der auf der Bühne steht, nichts zu reden, höchstens zu murmeln und in manchen Stücken etwas zu schreien hat. Dieses Geschrei bestand meistens aus Jubelrufen. »Hoch!«, »Eljen!« oder »Zivio!«, je nachdem, ob wir Österreicher, Ungarn oder Balkaneser mimten. Einmal wurde die »Geisha« aufgeführt, eine englische Operette, die in Japan spielt, und die es in London auf mehr als siebenhundertsechsundvierzig und in Berlin auf mehr als tausend Aufführungen gebracht hatte. Wir Statisten waren natürlich Japaner.

»Wenn die englischen Offiziere auftreten«, sagte der Regisseur Otto Langer, »ruft ihr ›Hoch!‹ auf japanisch.«

»Wie ruft man ›Hoch!‹ auf japanisch?» fragte einer von uns.

»Das ist egal«, meinte Langer. »Wer weiß das schon?«

Glatter wußte es. »Hlu-bo-ká«, sagte er. (3. Silbe betont)

»Woher weißt du das?«

»Wir haben einen japanischen Untermieter.« Also begrüßten wir die auftretenden englischen Offiziere mit einem begeisterten »Hlu-bo-ká!« Erst später erfuhren wir, daß Hluboka (1. Silbe betont) ein kleiner böhmischer Schuster war; seinem Sohn hatte Glatter versprochen, den Namen der Familie von der Bühne des Raimundtheaters in den Zuschauerraum zu schmettern, gegen eine Gebühr von 10 Kreuzern pro Tag. (Glatter ging, wie ich später erfuhr, in die Werbebranche. Ob das der Anfang war?)

Nach der »Geisha« kam Offenbachs »Schöne Helena«. Wir waren Griechen und hatten demgemäß beim Auftritt des Kö-

nigs Menelaus »Evoë!« zu rufen. Das Orchester setzt ein, der König erscheint -- plötzlich bemerke ich unter den Chordamen ein Mädchen, das ich bisher nicht gesehen hatte. Mir wurde heiß, ich bekam Herzklopfen, das Blut stieg mir zu Kopf – ich hatte mich zum erstenmal in meinem Leben verliebt. In diesem Glücksgefühl vergaß ich alles um mich herum, bis ich von Glatter, der hinter mir stand, einen Stoß mit dem Knie bekam. »Rufen!« zischte er mir zu. Die andern waren inzwischen mit ihrem »Evoë!« fertig geworden, das Orchester hatte eine Generalpause, und ich, erschrocken und verdattert, rief als Grieche, im besten ungarisch, in die Stille hinein: »Eljen!«
Die Leute lachten, und da die »Schöne Helena« eine parodistische Operette ist, dachten sie wahrscheinlich, daß das dazugehöre. Mir war alles egal. Ich träumte nur von ihr – von Roswitha! »Wie soll ich es ihr sagen?« fragte ich Glatter. »Überlaß das mir«, antwortete er großspurig. »Vielleicht spielt sie Domino, da bringe ich es ihr bei.« (Glatter war ein ausgezeichneter Dominospieler und hatte, trotz seiner Jugend, schon einige Preise bekommen.) Die Liebe ist nicht blind, aber sie sieht nichts. So habe auch ich nicht gesehen, daß die beiden schon seit langem ein Verhältnis miteinander hatten. Erst als ich sie aus einem Haus herauskommen sah, auf dem in großen Buchstaben »Hotel« stand, und in dem alles gespielt wurde, nur nicht Domino, ward es mir klar. Am Abend, in der Statistengarderobe, stellte ich Glatter. Ein Wort gab das andere, ich nannte ihn einen Verräter, er mich einen Deppen, andere Statisten mischten sich ein. Plötzlich bekam einer eine Ohrfeige, ich sah mich um – war's ich. Nun stellte Glatter sich vor mich hin, um mich zu schützen. Ich bewunderte seine menschliche Größe. Immerhin hatte ich ihn zuerst beleidigt. Trotzdem sprachen wir nicht miteinander, bis er mir eines Tages die Hand reichte (er war 17, ich 16) und sagte: »Eine Männerfreundschaft soll durch eine Frau nicht zerstört werden.«
Ich schlug ein. Erst nach und nach erfuhr ich den Grund seines Edelmutes. Roswitha hatte einen Freund, einen Fußballer, von

dem wir beide nichts gewußt hatten. Eines Abends lauerte er Glatter auf und bedrohte ihn: »Hör zua, du Würschtl! Amoi no' mit meiner Braut, und du kriagst ane am Schädel, daß d' acht Tag ein' Turban tragen muaßt!« Und da Glatter seinen Schädel mehr liebte als die ganze Roswitha, zog er sich zurück. Nun waren wir wieder die alten Freunde. Und doch hatte ich einen Grund, Roswitha dankbar zu sein. Ich hatte in der Zeit, in der ich sie noch verehrte, mein erstes, von Beethoven beeinflußtes Lied geschrieben und ihr gewidmet. Es war ein Klavierstück. »Ludwig van« hat bekanntlich auch einmal ein Klavierstück geschrieben. Er nannte das seine »Für Elise«, also nannte ich das meine »Für Roswitha«. Stolz zeigte sie es unserem Kapellmeister Franz Schönbaumsfeld, einem der besten Operettendirigenten seiner Zeit.

Schönbaumsfeld prüfte meine Musik. »Beethoven ist er keiner«, meinte er, »aber er ist begabt. Schick ihn zu mir.«

Kaum hatte ich davon gehört, war ich schon da. Schönbaumsfeld sah mich an. »Das ist also von dir?« fragte er, indem er auf meine Komposition zeigte. »Möchtest du bei uns Korrepetitor werden?« Ich Korrepetitor? Und ob ich das wollte! »Bezahlt kriegst du nichts«, setzte Schönbaumsfeld fort, »aber du kannst eine Menge lernen.« Und ich lernte wirklich eine Menge. Nicht nur, was die Musik anlangt, sondern was meinen späteren Beruf betraf, den des Bühnenschriftstellers. Ich lernte Dialoge schreiben, ich lernte Pointen setzen, und ich lernte vor allem, daß diese Pointen einen gewissen Rhythmus haben müssen. Ein Wort zuviel oder eines zuwenig, und der Witz ist im Eimer.

Einer der beliebtesten Komiker Wiens war damals der Alexander-Girardi-nachfolgeverdächtige Franz Glawatsch, ein wirklicher Volksschauspieler und nicht einer, der sich, wie das heute oft der Fall ist, selbst dazu ernennt, so wie sich heute jeder, der eine Gitarre und keine Stimme besitzt, Kabarettist nennt. Glawatsch spielte die gemütlichen alten Wiener, also auch den Glasermeister Tschöll im »Dreimäderlhaus«.

Seine zweite Besetzung hieß Anton Matscheg. Spielte Glawatsch, brüllten die Leute vor Lachen – spielte Matscheg, brüllten sie auch, aber leiser. Dabei war Matscheg ein guter Schauspieler, aber er war anders. Bald kam ich dahinter: er betonte anders als Glawatsch, er machte eine Pause, wo Glawatsch keine machte, und machte keine, wo Glawatsch eine machte – und das alles ist für die Wirkung einer Pointe von größter Wichtigkeit.

Vor allem war Glawatsch ein Meister im Extemporieren. So hatte er im 2. Akt des Dreimäderlhauses einen Abgang mit dem Geheimpolizisten Nowotny, gespielt von dem jungen Josef Egger. Die beiden sprechen von der Tänzerin Grisi.

»Das ist ein Weib!« schwärmt Glawatsch. »Mit so einer Frau könnte ich durchs Leben gehen! Es wäre ein Schweben, ein Schweben ins Glück!« Nowotny hat zu sagen: »Das ist sehr poetisch. Wo haben Sie denn das gelesen?« Drauf Glawatsch: »In einem Liebesroman: ›Die Nonne auf der Feuermauer‹.«

Eines Abends Glawatsch wie immer: »Das ist ein Weib! Mit so einer Frau könnte ich durchs Leben gehen! Es wäre ein Schweben, ein Schweben ins Glück!« Nowotny sagt: »Das ist sehr poetisch. Wo haben Sie denn das gelesen?« Drauf Glawatsch: »Auf einem Hühneraugenpflaster.«

Ich habe mir den Scherz gemerkt und habe ihn, Jahrzehnte später, in einer der zahlreichen Doppelconférencen, die ich für den »Simpl« (genauer gesagt für Karl Farkas und Ernst Waldbrunn) geschrieben habe, verwendet. Glawatsch war damals schon lange tot – trotzdem bitte ich ihn um Verzeihung. Und ich habe ihm noch etwas abzubitten. Etwas viel Schlimmeres.

Ich war zweiter Kapellmeister am Nationaltheater in Bratislava, dem früheren Preßburg. Einen dritten gab es nicht, und alles, was mit Musik zu tun hatte, dirigierte der erste. Um präzise zu sein: ich gehörte nicht direkt dem Nationaltheater an, dort spielte man ja in tschechischer Sprache, bloß im Sommer gab es für die vielen von der Monarchie übriggebliebenen, deutschsprachigen Bratislawenser eine deutsche Sommerspielzeit, und in dieser Sommerspielzeit war ich zweiter Kapellmeister. Und das auch nur einmal. Ich tanzte nur einen Sommer, und schuld daran war Franz Glawatsch.

Ich war zum erstenmal von zu Hause fort. Das Theater hatte mir bei einer Frau Ich-weiß-nicht-mehr-wie-sie-hieß in der Ich-weiß-nicht-mehr-welcher-Straße ein Zimmer besorgt, welches mich an die in meiner Jugend noch bekannte Versnovelle von Scheffel »Der Trompeter von Säckingen« erinnerte und ganz besonders an das Zitat: »Es ist im Leben häßlich eingerichtet, daß bei den Rosen gleich die Dornen steh'n«, wobei die Beziehung des Trompeters von Säckingen zu meinem Zimmer nur in den beiden Wörtern »häßlich eingerichtet« bestand. Aber was soll's? Ich hatte ein Engagement mit elfhundert (tschechischen) Kronen Monatsgage, was, wie ich bald erfuhr, gerade ausreichte, um zu verhindern, daß ein 2. Kapellmeister als Hungerkünstler auftreten muß. Aber die Leute hatten Humor. Als ich dem Direktor sagte, daß es eine Kunst sei, von einer solchen Gage zu leben, meinte er: »Sie sind jung – zeigen Sie, daß Sie ein Künstler sind.«

Wir waren ein kleines, aber nettes Ensemble. Mit den beiden Komikern Wiesner und Schnitzer sympathisierte ich sofort. Wiesner hatte eine cremefarbene Hose, um die ich ihn beneidete, und zwar wegen des Zaubers, den sie auszuüben verstand. Zog man sie an, begann es zu regnen, und damals trug man bei Regenwetter keine cremefarbenen Hosen. Und sie war verläßlich. Erzählte uns ein Kollege schadenfroh, daß er heute, bei diesem herrlichen Wetter, keine Vorstellung habe, und daß er um vier Uhr nachmittags mit einem süßen Mädel einen Ausflug zu machen gedenke, zog Wiesner um drei die cremefarbene Hose an, und um vier goß es wie in den Tropen zur Regenzeit. Manchmal genügte es, sie aus dem Kasten zu nehmen, und schon verdunkelte sich der Himmel, und es begann zu donnern.

So wie heute Popstars und Showmaster machten damals Film-

und Operettenlieblinge ihre Tourneen. Sie kamen auch zu uns: Max Pallenberg, Hubert Marischka, Leo Slezak, Hansi Niese, Hugo Thimig, Mizzi Zwerenz (die erste Franzi im »Walzertraum«) und viele andere. Eines Tages kam auch Franz Glawatsch.

Das Stück, das er spielte, war ein musikalisches Lustspiel von Edmund Eysler und hieß »14 Tage Arrest«. (Eysler, Komponist der »Goldenen Meisterin« und vieler anderer Operetten, wirkte immer älter als er war. Mit dreißig sah er aus wie ein anderer mit fünfzig, mit fünfzig wie ein anderer mit siebzig und mit siebzig wie ein anderer mit hundert. So kam es, daß man ihn, wenn man von ihm sprach, immer den »alten Eysler« nannte. Man erzählte sich, daß am 12. März 1874 im 16. Wiener Gemeindebezirk zwei Nachbarinnen bei der Bassena tratschten, als eine dritte dazukam und rief: »Habt's scho' g'hört, meine Damen? Der alte Eysler is auf d'Welt kommen!«)

Aber zurück zu Glawatsch. Das Stück »14 Tage Arrest« hatte so wenig Musik, daß man es mir anvertraute. Ich sollte dirigieren.

Die Handlung: Glawatsch, als wohlhabender Kaufmann, hat eine Frau in St. Pölten und eine Freundin in Wien, mit der er gern ungestört 14 Tage verbringen möchte. Er erzählt Kathi, so heißt seine Frau, daß er wegen einer Ehrenbeleidigung 14 Tage Arrest bekommen hat, die er in Wien absitzen muß. Anfangs geht alles nach Wunsch, plötzlich werden aus den Flitterwochen Zitterwochen. Seine Frau schreibt ihm an die Adresse seines Anwalts, daß sie in zwei Tagen nach Wien kommen und ihn im Arrest besuchen werde. Tableau! Er muß etwas anstellen, wofür er 14 Tage Arrest bekommt. Stänkerei, Zechprellerei, Taschendiebstahl – alles mißlingt. Auf Anraten seines Anwalts wird er zum Einbrecher. Tatort: ein Mädchenpensionat. Dritter Akt: Schlafsaal. Die Mädchen, bereits zur Nacht gekleidet, gehen in den Garten, um den üblichen Abendspaziergang zu machen. Bühne leer. Glawatsch, als Einbrecher, steigt durch das offene Fenster. Plötzlich hört er Stimmen. Eine davon

kennt er. Sie gehört seiner Frau. Was er bisher nicht gewußt hat: Kathi und Fräulein Amanda, die Leiterin des Pensionats, sind Schulfreundinnen. Entsetzt versteckt er sich unter einem der im Schlafsaal stehenden Betten. Die beiden Damen treten ein, setzen sich auf das Bett, unter dem er liegt, Kathi berichtet von ihrem armen Gatten, der in Wien 14 Tage Arrest absitzen muß, und daß dies der eigentliche Grund ihres Besuches sei. Amanda lädt ihre Freundin ein, im Pensionat zu übernachten, sie gehen ab, Glawatsch kommt verzweifelt unter dem Bett hervor, spricht einige Sätze und soll ein Couplet singen. Ich sage »soll«, und er hätte es auch gesungen, wenn statt meiner ein anderer dirigiert hätte. Was war geschehen?
Es gab zwei Nummern im 3. Akt: »Abgang der Mädchen« und »Couplet Glawatsch«. Der Abgang der Mädchen war gestrichen worden, ich hatte das auf der Probe bekanntgegeben, vielleicht aber hatte ich zu leise gesprochen, vielleicht hatte ich mich zu sehr der rechten Seite des Orchesters zugewandt, kurz: ich hebe den Taktstock, Glawatsch bringt das Stichwort, ich gebe den Einsatz – und nun bricht eine Katzenmusik los, wie ich sie nie im Leben gehört habe. Geigen, Trompeten, Posaunen, und was Gott sonst noch in seinem Zorn an Musikinstrumenten erschaffen hat, kommen rettungslos durcheinander. Die linke Seite des Orchesters spielt den Abgang der Mädchen, die rechte Seite Glawatschs Couplet. Ich rudere verzweifelt mit den Armen in der Luft herum, Glawatsch blickt mich wütend an, der Konzertmeister will mir helfen, er springt auf, hebt seinen Bogen, um die Aufmerksamkeit der Musiker auf sich zu lenken, spielt mit aller Kraft auf seiner Geige, aber leider die falsche Melodie. Die rechte Seite begreift, daß etwas nicht in Ordnung ist, sie erklärt sich mit dem Konzertmeister solidarisch und spielt ebenfalls die falsche Melodie. Glawatsch steht ratlos auf der Bühne, er muß ab, aber wie? Geht er durch die Tür, läuft er seiner Frau in die Arme, also bleibt nur das Fenster. Die Leute johlen, als er seinen Bauch, den er schon mit Schwierigkeiten hereingebracht hatte, wieder hinauszwängt.

Ich drückte dem Konzertmeister den Taktstock in die Hand und flüchtete in meine Garderobe. Glawatsch konnte sehr unangenehm werden. Als ich mich nach einer halben Stunde endlich hinauswagte, stieß ich gerade mit ihm zusammen. Und da geschah das Wunder. Anstatt mich anzuschreien, wie ich es erwartet hatte, sagte er: »Mach' dir nix draus – so g'lacht hab i net seit dem Ringtheaterbrand.«
Es war mein größter Erfolg als Dirigent, denn wohin ich immer kam, überall raunten die Leute einander zu: »Das ist doch der, der beim Glawatsch ...«, und sie kicherten.
Ganz Preßburg wußte davon, aber ich tröstete mich. Wie groß ist schon Preßburg?
Ich denke nach ... Preßburg ... da war doch noch etwas. Richtig! Rita Georg. Wer erinnert sich noch an sie? Ich fürchte, es werden nicht mehr allzu viele sein. Es war *vor* meiner Zeit in Preßburg, als ich sie kennenlernte.

Wien, Apollotheater. Ich war immer noch Korrepetitor, aber nicht mehr am Raimund-, sondern am Apollotheater, dem heutigen Apollokino. Korrepetitor mit Gage! Wieder wurde ich auf Empfehlung von Franz Schönbaumsfeld engagiert, der hinübergewechselt hatte, als das Raimundtheater unter der Direktion von Rudolf Beer zur Sprechbühne wurde. Es war ein Aufgebot von großen Künstlern, mit denen ich dort im Laufe von zwei Jahren arbeiten durfte. Da war Louis Treumann, der legendäre Danilo der »Lustigen Witwe«, da war Mizzi Gühnther, die ebenso legendäre Hanna Glawari, da waren Hermann und Hans Thimig, die beide, obwohl bereits bei Max Reinhardt engagiert, einen Ausflug in die Operette machten, da waren die Burgschauspieler Franz Höbling und Otto Treßler, da war Harald Paulsen, Operettenbuffo (später erster Mackie Messer in Brechts »Dreigroschenoper«), da wurde ich mit Robert Stolz bekannt, mit dem mich später eine lebenslange Freundschaft verbinden sollte, und da war – Rita Georg.

Laut Probenzettel hatte ich um 10 Uhr vormittags Probe mit einem neuengagierten Mitglied, einem Herrn Georg Ritter. Es wurde halb elf – er kam nicht. Mit mir wartete ungeduldig eine junge Dame. »Entschuldigen Sie«, wendete sie sich an mich, »kennen Sie Herrn Kapellmeister Wiener?«

»Der bin *ich*«, sagte ich erstaunt.

Sie lachte. »Da warten Sie doch auf *mich*.«

»Leider nicht«, bedauerte ich. »Ich warte auf einen Herrn Georg Ritter.«

»Irrtum! Sie warten auf eine Dame, Rita Georg – und die bin *ich*.« Aus dem Vornamen Rita war im Büro der Familienname Ritter geworden.

Sie kam aus Berlin, war hübsch, hatte eine bezaubernde Figur, tanzte, als ob sie Gold in den Kniekehlen hätte, und war zu alldem eine blendende Schauspielerin. Sie war zum erstenmal im Engagement. Hubert Marischka, gefeierter Tenor und Direktor des Theaters an der Wien, sah sie bei uns als »Adele« und engagierte sie für die Uraufführung von Abrahams »Viktoria und ihr Husar«. Weitere Rollen folgten, sie wurde ein Star, ein Begriff: *die* Georg. Natürlich gastierte auch sie in Preßburg, und zwar in Kálmáns »Gräfin Mariza«.

Unser Direktor, er hieß übrigens Popp, hatte sich geäußert, daß ich wegen Mordes an dem Lustspiel »14 Tage Arrest« mindestens zehn Jahre Kerker verdient hätte; da es aber nicht in seiner Macht stand, dieses Urteil über mich zu verhängen, bekam ich für den Rest der Saison Dirigierverbot. Ich schwor ihm ewige Rache. Er sollte sehen, wer ich bin.

Bei uns war es Sitte, daß sich bei der Ankunft des Gastes alle seine Partnerinnen und Partner auf der Bühne versammelten, wo Direktor Popp sie miteinander bekanntmachte. Ich lauerte hinter den Kulissen, endlich war es so weit. Kaum hatte der letzte Kollege Rita die Hand geküßt, als ich wie zufällig über die Bühne schlenderte.

»Du bist auch hier?« fragte Rita überrascht. »Das wußte ich ja gar nicht. Du wirst doch nicht in die Vorstellung gehen?«

»Ja«, sagte ich. »Hast du nachher etwas vor?« Das hätte ich nicht fragen sollen.
»Nein«, sagte Rita. »Warte auf mich. Wir können zusammen bei mir im Hotel essen.«
Popp und die Kollegen sahen mich erstaunt an. Die kleine Szene hatte meinen Kredit wieder erhöht. Trotzdem wankten meine Knie, als ich von der Bühne ging. Rita wollte mit mir essen und in ihrem Hotel. Wo wird sie wohnen? Wahrscheinlich in einem Fünfstern-Hotel. Ich muß sie natürlich einladen, aber was wird das kosten? Wird sie daran denken, wie schlecht ich bezahlt bin? Elfhundert Kronen monatlich, wo sie für einen Abend das fünffache bekommt? Besorgt ging ich in die Künstlerloge, wo Direktor Popp bereits Platz genommen hatte. Er warf mir einen Blick zu, als wollte er sagen: Was suchst *du* in der Künstlerloge? Geh und setz dich auf den Platz, der dir zukommt. Parterre, Reihe 7, hinter der Säule. Dort siehst du nichts, aber dort wirst auch du nicht gesehen. Das alles mit *einem* Blick. Rita trat auf – Applaus! Auftrittslied – Applaus. Jede Nummer, jeder Abgang – Applaus. Ich war nicht glücklich darüber. Ich dachte nur immer an das Ende der Vorstellung – und das kam mit Riesenschritten. Ich erwartete sie beim Bühnenausgang. Lieber Gott, betete ich, mach, daß sie zu müde ist, um noch essen zu gehen. Oder mach, daß sie keinen Hunger hat, oder keinen Appetit. Oder mach, daß sie gar nicht in einem Fünfstern-Hotel wohnt. Daß sie kein Zimmer bekommen hat. Oder daß sie gar nicht dort wohnen *wollte*. Sie war immer ein eher bescheidener Mensch. Mach, lieber Gott, daß sie sich nicht geändert hat.
Jetzt kam sie.
»Wo bist du abgestiegen?« fragte ich zitternd. »Im Grandhotel.« Gott hat mich *nicht* erhört. »Du wirst lachen«, plauderte sie, während wir die paar Schritte zum Hotel zu Fuß gingen. »Wenn ich abends singe, kann ich den ganzen Tag nichts essen. Dafür habe ich dann am Abend den doppelten Appetit. Lustig, nicht wahr?« Ich konnte nicht lachen.

Als wir den Speisesaal betraten, wurde applaudiert. Die Mehrzahl der Gäste war im Theater gewesen. Der Ober, ein Sir, wies uns einen Tisch an und gab jedem von uns eine Speisekarte. Ich las nur die rechte Seite. Die Preise waren ein Wahnsinn. Rita bestellte einen Aperitif, eine Gansleber in Madeiraaspik, ein Brathuhn mit Champignonreis und Sellerieapfelsalat, Cassata mit Waffeln, und als man einen Indianerkrapfen vorbeitrug, bestellte sie auch noch einen Indianerkrapfen. Dazu natürlich den passenden Wein. Ich habe dieses Menü in meinem ganzen Leben nicht vergessen. »Und was nimmst *du*?« fragte sie mich. »Ich weiß nicht«, stotterte ich. »Ich esse nämlich nie so spät... ich kann dann nicht schlafen.«
»Aber etwas *mußt* du essen!« drängte sie.
»Natürlich«, sagte ich. Und zu dem Sir: »Bringen Sie mir eine Portion Kartoffeln.« Der Sir war starr. »Und was dazu?« fragte er. »Nichts. Es ist wegen meiner Figur«, sagte ich zu Rita. »Ich möchte abnehmen.« Ich war dünn wie ein Spargel. Der Sir sah mich an wie einen, von dem er annimmt, daß er zu wenig Geld hat, aber das störte mich nicht. Ich sah zurück wie einer, der annimmt, daß er genug hat. Rita fand, daß es im Speisesaal kühl war – ich schwitzte. Es war der Angstschweiß. Ich hatte nichts bei mir als 367 Kronen sowie tausend Kronen, die mir meine Eltern als Notgroschen gegeben hatten, falls es mir einmal ganz dreckig gehen sollte. Dreckiger als jetzt konnte es mir nicht gehen. (Dachte ich. Aber es würde noch Situationen in meinem Leben geben, in denen es mir bedeutend dreckiger ging.)
Zwei befrackte Kellner servierten das Essen, ein dritter, auf einer Silberschüssel, meine Kartoffeln. Der Kellermeister, eine goldene Kette um den Hals, brachte den Wein. Wäre ich der junge Rothschild gewesen, hätte ich Rita entzückend gefunden. Sie plauderte von der Vorstellung, während die Kartoffeln in meinem Mund immer mehr wurden. Etwas mußte geschehen, aber was? Auf die Toilette gehen und nicht mehr zurückkommen? Undenkbar. In Ohnmacht fallen? Keine Lösung. Der erstbeste Arzt würde feststellen, daß ich simulierte. Es gab nur

eines: ich mußte mit dem Sir reden – von Mann zu Mann. Er stand an der Tür zur Hotelhalle, während die beiden, die das Essen serviert hatten, den Ausgang zur Straße besetzt hielten. Es gab keinen Zweifel: man wollte mich am Verlassen des Hotels hindern. Zum Glück kam ein Herr an unseren Tisch, der Rita von Wien her kannte, so konnte ich mich für ein paar Minuten entschuldigen. Ich bat den Sir um eine Unterredung, er folgte mir in die Halle, ich erklärte ihm meine Lage, gab ihm mein ganzes Geld, schwor ihm, den Rest in Raten zu bezahlen, er kannte mich vom Theater, hatte Einsicht, ich mußte ihm einen Schuldschein ausstellen und durfte zum Tisch zurück. Rita war müde. »Setzen Sie das Essen auf meine Rechnung«, sagte sie zu dem Sir. Der Sir lächelte. »Der Herr hat bereits alles erledigt«, sagte er. Ich Trottel! Sie wollte mich einladen! Wenn ich das gewußt hätte. Jetzt war es zu spät.

»Das hättest du nicht tun dürfen«, warf Rita mir vor.

»Das ist doch selbstverständlich«, beruhigte ich sie in einem Ton, als ob ich jeden Abend im Grandhotel speisen würde.

In jener Nacht saß ich noch stundenlang in meiner Bude und rechnete. Hundert Kronen konnte ich zusammenkratzen. Ich besaß einen Erstdruck von Johann Strauß' »An der schönen blauen Donau«, den ich verkaufen konnte. Hundert Kronen wird mir Wiesner borgen, fünfzig Schnitzer, das war alles. An einen Vorschuß war nicht zu denken. Erstens nahm ich mir prinzipiell keinen und zweitens hatte ich mir erst gestern einen genommen. Aber wie auch immer – auf irgendeine Weise mußte ich die nächsten dreißig Tage überstehen. Ich fragte meinen Kaufmann – das billigste, das es gab, war ungarnierter Liptauer. Ich machte einen Überschlag. Wenn ich dreißig Tage lang, dreimal am Tag, ungarnierten Liptauer esse, kann ich durchkommen. Am ersten Tag schmeckte er mir, am zweiten Tag auch, ab dem dritten Tag machte ich es mit Fantasie. Ich stellte mir vor, daß ich nach jahrelanger Haft auf der Teufelsinsel aus dem Kerker entsprungen war und nach abenteuerlicher Flucht durch Dschungel und Urwald als erstes Essen ungarnierten Liptauer bekam. Es war ein Festschmaus. Ich hielt es durch. 30 Tage lang, dreimal am Tag ungarnierten Liptauer. Dachte ich früher, wenn ich das Auftrittslied der Mariza hörte, an Rita Georg – so denke ich heute an ungarnierten Liptauer.

Wien, Apollotheater. Freunde soll man nehmen, wie sie sind. Sie schickt uns das Schicksal. Mit Feinden ist es anders. Die machen wir uns selber. Im Wiener Apollotheater gelang es mir, mir einen Feind zu machen.

Wir probierten die Operette »Der süße Kavalier« von Leo Fall, in Berlin ein Erfolg, in Wien ein Flop. Dabei gab es da wie dort die gleiche Besetzung. Emmy Sturm, eine interessante Operettendiva, Eric Wirl, ein gefeierter Tenor, Oskar Sabo, der Harald Juhnke jener Tage, und Harald Paulsen, den ich schon früher erwähnt habe. Teils waren es die Berliner, die bei uns nicht ankamen (damals hatten wir noch unsere eigenen Stars), teils aber auch das Buch der Operette. Es spielte zur Zeit des Rokoko am französischen Königshof. Emmy Sturm spielte den Chevalier d'Éon, einen jungen Adeligen, Traum aller Frauen, der in Wirklichkeit ein Mädchen war. (Angeblich eine wahre Geschichte.) Die Musik von Leo Fall war schön wie immer, wenn sie auch nicht an seine Welterfolge heranreichte. (»Der fidele Bauer«, »Die Dollarprinzessin«, »Der liebe Augustin«, »Die Kaiserin«, »Die Rose von Stambul«, »Madame Pompadour« usw.)

Fall war der geborene Musiker. Als Sohn eines Militärkapellmeisters begann er seine Karriere als Geiger in einer Militärkapelle. Am Pult neben ihm saß Franz Lehár, und der Dirigent dieser Kapelle war Lehárs Vater, der ebenfalls Militärkapellmeister war.

Ich hatte Klavierprobe mit einem neuen Buffo, der ab der 50. Vorstellung die Rolle von Harald Paulsen übernehmen sollte. Er war gebürtiger Hamburger, kam aus Berlin, war blond und blauäugig und hieß Hans Albers. In Berlin war er bei James

Klein engagiert gewesen, dem größten Show-Zauberer seiner Zeit, der in einer einzigen Revue »Das hat die Welt noch nicht gesehen«, neben Leo Slezak und anderen Publikumslieblingen, 100 Tänzerinnen, 90 Zwerge und 20 Riesen auf die Bühne brachte. Aber Albers gefielen die Aufgaben nicht, die man dort an ihn stellte. So hatte er in der letzten Revue jeden Abend in Frack und Zylinder vom Kronleuchter in ein Bassin zu springen, in dem eine Schar nackter Mädchen herumschwamm. Er äußerte sich einem Herrn gegenüber, daß er das blödsinnig finde, und weil dieser Herr James Klein war und Albers noch nicht so groß, daß man nicht hätte auf ihn verzichten können, wurde er in der nächsten Revue nicht mehr beschäftigt. Gefilmt hatte er auch schon, damals natürlich noch in einem Stummfilm, aber auch das befriedigte ihn nicht. »Film? Nee«, sagte er zu mir, »hat keene Zukunft.« Albers war ein ausgezeichneter Buffo, ein wunderbarer Grotesktänzer. Man mußte ihn im »Süßen Kavalier« gesehen haben, wo er im 3. Akt einen Schottenrock trug, wie er tanzend, unter verzweifelten Verrenkungen, zu verhindern suchte, daß man sehen könnte, was, und ob er überhaupt etwas unter seinem Kilt trug. Aber auch er konnte den »Süßen Kavalier« nicht retten, und nach Berlin nahm er keine besonders guten Erinnerungen mit.

Ich liebte die Musik der neuen Fall-Operette, bis auf eine Nummer. Sie hieß »Suchst du einen Freund« und ähnelte dem Ralph Benatzky-Schlager »Einmal kommt der Tag«. Wenn ich auch Benatzky ein kleines Plagiat zugetraut hätte – er hieß ja nicht umsonst in der Branche Dr. Benutzky –, diesmal war es nicht möglich, weil seine Komposition *vor* dem »Süßen Kavalier« erschienen war. Und daß Leo Fall von Benutzky –? Undenkbar. Ich unterhielt mich mit Albers darüber, spielte scherzhalber eine Mischung aus beiden Nummern auf dem Klavier – als die Tür aufging und Leo Fall eintrat. Stumm sah er mich an und verließ das Zimmer.

»Haste den kalten Blick jesehen?« fragte mich Albers. »An dem hätte sich'n Eskimo Frostbeulen jeholt.«

Nächster Tag. Hauptprobe. Zweiter Akt: Empfang Chevalier d'Éons am französischen Hof. Fall dirigierte, ich hatte hinter der Bühne einen Bläserchor zu leiten, der an einer bestimmten Stelle einsetzen und mit dem Orchester gemeinsam spielen mußte. Heute, mit Monitor, ein Kinderspiel – damals eine heikle Sache. Fall wußte, daß ich es war, der da oben auf der Hinterbühne stand. Sehen konnte er mich nicht. Als ich mit meinen Bläsern einsetzte, klopfte er ab und rief zur Bühne hinauf: »Zu früh! Bitte noch einmal!« Er begann noch einmal, ich setzte ein, er klopfte ab. »Wieder zu früh!« schrie er. »Können Sie keine Noten lesen? Noch einmal!« Er begann ein drittes, ein viertes, ein fünftes Mal. Schönbaumsfeld kam auf mich zu und sagte leise: »Lassen Sie *mich* her, sonst klopft er noch zehnmal ab.« Fall begann noch einmal, daß wir Platz gewechselt hatten, konnte er nicht gesehen haben. Schönbaumsfeld setzte ein, Fall brüllte: »Aus! Ich verlange, daß man jemand anderen hinstellt, sonst dirigiere ich nicht!« Schönbaumsfeld trat vor und sagte: »Verzeihung, Meister! Diesmal war's ich.« Fall brummte: »Dann bitte ein letztes Mal.« Er begann, der Bläserchor setzte ein, spielte zu Ende, Fall applaudierte zur Bühne hinauf: »Bravo! So war's ausgezeichnet!« Schönbaumsfeld und ich lächelten einander zu. Diesmal war's *ich* gewesen.

Albers sah ich nach Jahren wieder. Ich war in Berlin und wurde von Freunden zu Kempinski geführt, einem Künstlerlokal, in dem auch Albers verkehrte. Er spielte in einer Neuinszenierung von Kálmáns »Csárdásfürstin« den Boni. Partnerin: Rita Georg. Ich ging auf ihn zu: »Ich weiß nicht«, sagte ich, »ob du dich noch an mich erinnerst. ›Süßer Kavalier‹, Wien.«

»Wien?« lachte Albers. »Da verlangste, daß ich mich daran erinnere? Ich bin froh, daß ich es vergessen habe!« Natürlich hatte er mich erkannt, und es wurde noch ein schöner, feuchtfröhlicher Abend. Als Albers der große, unvergleichliche Schauspieler geworden war, hatte er gegen den Film nichts mehr einzuwenden, und nach seinem Triumph als »Liliom« auf

der Bühne des Volkstheaters, söhnte er sich auch mit Wien wieder aus.
Und Leo Fall? Fall machte wenig später eine Südamerikatournee, die ihm nur Enttäuschungen brachte. Er brach körperlich zusammen, bekam ein Gallenleiden, war sich seiner gefährlichen Situation nicht bewußt, lebte vergnügt, wie er immer gelebt hatte, weiter und sagte noch in den letzten Tagen zu seiner Frau: »Ich habe noch so viel zu schreiben.« Wenige Tage später starb er, erst zweiundfünfzigeinhalb Jahre alt. Seine Musik, besonders die der »Madame Pompadour«, hat ihn überlebt.

Von meiner frühesten Jugend gibt es nicht viel zu erzählen. Es war eine Zeit, in der die Eltern, um gute Eltern zu sein, viel Geduld aufbringen mußten. Heute müssen sie mehr Geld aufbringen. Wir waren keine wohlhabende, aber eine glückliche Familie. Ich verehrte meinen Vater, liebte meine Mutter und hatte zu meinen Schwestern, beide älter als ich, ein gutes Verhältnis.
Mein Vater war Pianist, seine Spezialität war der Wiener Walzer. Im Fasching spielte er auf den Privatsoireen der feudalen Gesellschaft, so bei Baron Rothschild, Baron Springer, bei dem Bildhauer Tilgner und – worauf ich noch heute stolz bin – bei Johann Strauß, wo er sowohl die Tafelmusik als auch die Tanzmusik machte. Ich wurde 1904, fünf Jahre nach dem Tod von Johann Strauß geboren und verstand erst später, als ich bereits dem Theater verfallen war, was es bedeutete, bei Johann Strauß musiziert zu haben. Mein Vater erzählte mir oft davon. Vom Hause Strauß, von Frau Adele und von den Gästen, für die er dort gespielt hatte. Da waren Ludwig Bösendorfer, der »Klaviermacher«, wie er sich selbst bezeichnete, Johannes Brahms, Strauß' Tarockpartner, Alexander Girardi, dem Strauß viele Erfolge verdankte, wie auch Girardi Strauß, Franz Jauner, der in späteren Jahren so unglückliche Theaterdirektor, unter dessen Direktion das Wiener Ringtheater abbrannte, Ignatz

Schnitzer, der Librettist des »Zigeunerbarons«, und viele andere, vor allem Damen, deren Namen ich mir nicht gemerkt habe, bis auf einen: Marie Geistinger, die schöne und gefeierte Sängerin und Direktorin des Theaters an der Wien, die erste Rosalinde in der »Fledermaus«.
Strauß' Verehrer gingen in die Legionen, aber einer verdient es, besonders erwähnt zu werden: Faster, Komponist und Dirigent aus Hamburg. Er reiste eigens nach Wien, um das Haus und die Wohnung zu sehen, worin Strauß seine Kindheit verbracht hatte, aber die war längst an einen Zahnarzt vermietet. Rasch entschlossen bekam Faster Zahnschmerzen, ließ sich einen Zahn ziehen, kam dadurch in die Wohnung und fand eine Fensterscheibe, in die Johann Strauß mit Datum 4. Juni 1850 seinen Namen geritzt hatte. Faster schnitt sie aus, ließ sich von Strauß die Echtheit bestätigen und fuhr nach Hamburg zurück, um ein gläsernes Autogramm reicher und um einen gesunden Zahn ärmer.
Mein Vater war Naturspieler, er konnte keine Noten lesen, aber er besaß ein absolutes Gehör, spielte alles in den Originaltonarten, mit den richtigen Harmonien. Eines Abends saß der berühmte Klaviervirtuose Alfred Grünfeld neben ihm am Klavier, sah ihm zu und sagte: »Das könnte ich nicht.«

Mein Vater erzählte mir auch von der Festvorstellung der »Fledermaus« in der k.k.-Hofoper, bei der Johann Strauß die Ouvertüre dirigierte. Seine Verehrer folgten ihm bis zu seinem Haus und riefen ihn, verschwitzt wie er war, auf den Balkon. Am Abend desselben Tages wurde er von einem Schüttelfrost befallen, und obwohl die besten Ärzte sofort zur Stelle waren, war ihm nicht mehr zu helfen. Doppelseitige Rippenfellentzündung, Lungenentzündung – nach einigen Tagen wußte man, daß die Katastrophe nicht abzuwenden war. In der Nacht zum 1. Juni sang er plötzlich leise: »Scheint die Sonne noch so schön... einmal muß sie untergeh'n...«, das Lied der Jugend

aus Raimunds Verschwender. Dann fiel er in einen tiefen Schlaf.
Am Nachmittag des 3. Juni 1899 war mein Vater im Volksgarten, einem Café-Restaurant, in dem eine Militärkapelle konzertierte. Plötzlich klopfte der Dirigent ab, es entstand eine kurze Pause, gefolgt von den Klängen der »Schönen, blauen Donau«. Die Wiener wußten, was das zu bedeuten hatte. Ihr Strauß, ihr »Schani«, war nicht mehr. Stehend hörten sie den Walzer an, dann gingen sie still und traurig, viele mit Tränen in den Augen, nach Hause. Die Musiker packten ihre Instrumente ein – la musica e finita...

Noch eine Erinnerung an meine Kindheit? Wir wohnten im 14. Bezirk, Mariahilferstraße 201, in einem Haus, an dem der Kaiser zweimal am Tag vorüberfuhr. Am Morgen von Schönbrunn zur Hofburg und am Spätnachmittag von der Hofburg nach Schönbrunn. Und ich, als Vierjähriger, stand zweimal am Tag am Fenster, auf dem Kopf einen Papiertschakko, in der Hand eine schwarzgelbe Fahne und salutierte. Lange Zeit nahm der Kaiser keine Notiz von mir, da, eines Tages, machte ihn sein Adjutant auf mich aufmerksam. Der Kaiser sah zum Fenster hinauf, lächelte und salutierte zurück. Von diesem Tag an wiederholte sich diese Szene zweimal. Der kaiserliche Wagen fuhr vorüber, der Kaiser sah zu meinem Fenster hinauf, ich salutierte, und er salutierte zurück. (Wie mir meine Eltern später erzählten, soll der Kaiser oft schon einige Häuser vorher nach mir gesucht haben. Einbildung? Möglich, aber mich hats gefreut.)

Ich war acht. Meine Schwester Olga, die jüngere von den beiden, die ältere hieß Gisela, sang bei der Faschingsveranstaltung der Tanzschule, die sie besuchte, ein Chanson »Die billige Annette« von Ralph Benatzky. Sie hatte Erfolg, man sagte ihr, daß

sie die geborene Kabarettistin sei, und das ließ sie nicht ruhen. Was ich jetzt schreibe, wußte ich als Achtjähriger natürlich nicht, aber *wenn* ich es schreibe – dann hier:
Ralph Benatzky kam von Mährisch-Budweis nach Wien, machte an der Wiener Universität den Dr. phil., studierte in München bei Felix Mottl Musik, schrieb Chansontexte, die er selber vertonte, und trat bald mit seiner Gattin Josma Selim in den Wiener Cabarets auf, von denen ja bereits eine Menge existierten. Da war die »Hölle« im Haus des Theaters an der Wien, da war das »Nachtlicht«, da gab es das »Ridemus« und das »Chat noir«, da war die »Fledermaus«, ein literarisches Cabaret, aus dem später die »Femina« wurde, die alles andere als literarisch war, da gab es Possenbühnen wie das »Budapester Orpheum«, in dem der beliebte Komiker Heinrich Eisenbach auftrat, der einmal einem Bittsteller, der ihm zuviel schmeichelte, sagte: »Machen Sie sich nicht so klein, Sie sind nicht so groß.« Und den Karl Kraus einen »Possenreißer nannte, der zum Erhabenen nicht einmal einen Schritt braucht«. Aber zurück zu meiner Schwester und zu Selim-Benatzky. Wer war diese Selim? Wie sah sie aus? Wie ist das Paar zusammengekommen?
Josma war die Tochter eines Obersten im Banat, wurde im Sacré coeur erzogen und wollte zum Cabaret. Sie war ein kleines, zierliches Persönchen mit der Ausstrahlung einer großen Persönlichkeit. Sie lernte in Wien singen, kaufte sich in einer Musikalienhandlung einige Chansons von einem gewissen Ralph Benatzky und hatte Erfolg damit, worüber sie sich sehr freute. Weniger freute sich der in München lebende Benatzky. Er schrieb ihr einen geharnischten Brief, in dem er ihr verbot, seine Chansons zu singen, ohne dafür zu bezahlen. Josma schrieb ihm ebenso geharnischt zurück, daß er froh sein solle, wenn sie seine Chansons singe, und daß sie drei neue brauche. Sollte er diese schreiben wollen, werde sie sie bezahlen, vorausgesetzt, daß sie ihr gefielen. Benatzky schäumte vor Wut. Er setzte sich hin, schrieb drei Chansons und verlangte für das

Recht der Aufführung 300 Kronen per Nachnahme. Josma weigerte sich, diese Summe zu bezahlen, Benatzky reichte die Klage gegen sie ein, es kam zu einem Vergleich, bald darauf zu einer Verlobung und bald darauf zu einer Hochzeit. Ralph und Josma heirateten. (Ich habe diese Geschichte von dem bekannten Schriftsteller und Journalisten Theodor Ottawa, dem berühmten »Wiener Spaziergänger«.)
Nun traten die beiden im Duo auf. Sie sang seine Lieder, und er begleitete sie am Flügel. Josma machte die Ansage, setzte hinzu: »Der Text und die Musik sind wie von allen meinen Liedern von Dr. Ralph Benatzky« und deutete mit der Hand auf ihn. Das blieb ihr Markenzeichen. Bald waren sie die Nummer eins am Cabaret, und auf Plakaten, in Zeitungen und Programmen las man immer wieder: Josma Selim, am Flügel Dr. Ralph Benatzky. Paul Morgan, liebenswerter Schauspieler und Conferencier, erzählte in der »Hölle«, also bei der Konkurrenz, daß Josma ihm einen Brief geschrieben habe, auf dessen Rückseite stand: Absenderin Josma Selim, am Flügel Dr. Ralph Benatzky. Es war jener Paul Morgan, der nach der Berliner Premiere des »Braven Soldaten Schwejk« einen spontanen Brief an Max Pallenberg, den Darsteller der Titelrolle, schrieb: »Verehrter Max Pallenberg! Habe Sie heute als Schwejk gesehen. Ich schäme mich, daß im Telephonbuch hinter dem Namen Paul Morgan ›Schauspieler‹ steht.« Worauf Max Pallenberg antwortete: »Lieber Paul Morgan! Ich danke für Ihre Zeilen. Auch ich schäme mich, daß im Telephonbuch hinter dem Namen Paul Morgan ›Schauspieler‹ steht.« Und es war derselbe Paul Morgan, der in Hitlers KZ so gefoltert wurde, daß er gegen den elektrisch geladenen Gitterzaun rannte, mit dem das Lager umgeben war, um auf diese Weise Selbstmord zu verüben. Es ist ihm gelungen.
Meine Schwester Olga ging also, ohne zu Hause etwas zu sagen, zu Josma Selim, sang ihr und Benatzky »Die billige Annette« vor, ein Chanson, welches die Selim selbst noch im Repertoire hatte, Olgas Degagiertheit gefiel den beiden, und sie

erklärten sich bereit, sie zu unterrichten, ohne ein Honorar dafür zu verlangen.
Nun mußte sie zu Hause beichten, aber meine Eltern hatten nichts dagegen einzuwenden, und ich durfte sie beim Studium ihrer Chansons am Flügel begleiten. Das war meine erste Begegnung mit dem Cabaret. Sie lernte auch, wie man ein Chanson ansagt: »Text und Musik wie von allen meinen Liedern von Ralph Benatzky« – und sie zeigte auf mich. Das faszinierte mich. Ich hatte nur noch den Wunsch zu komponieren, meine eigenen Texte zu schreiben und eine Partnerin zu haben, die meine Lieder singt. Einen Künstlernamen hatte ich auch schon. Ich werde mich Ralph Wiené nennen, und meine Partnerin wird sagen: »Der Text und die Musik sind wie von allen meinen Liedern von Ralph Wiené«, und sie wird mit der Hand auf mich zeigen.
Der Gedanke ließ mich nicht los. Vielleicht *werde* ich eines Tages komponieren, vielleicht *werde* ich Texte schreiben, vielleicht *werde* ich eine Partnerin haben, die meine Lieder singen und mit der Hand auf mich zeigen wird – vielleicht ... Auf dem Weg zur Schule blieb ich gern vor den Litfaßsäulen stehen und betrachtete die Plakate. Vielleicht stand ich am 25. Oktober 1912 vor einem Plakat, auf dem zu lesen stand: »Bierkabarett Simplicissimus! Heute Eröffnung!«
Vielleicht ...
Aus den Plänen, mit meiner Schwester aufzutreten, die ich bereits ventiliert hatte, wurde leider nichts. Sie starb als eines der ersten Opfer der Spanischen Grippe im Alter von 18 Jahren, am 60. Geburtstag meines Vaters, 10 Tage vor ihrer Hochzeit ...

Cabaret? Kabarett? Ist es Ihnen aufgefallen, liebe Leser, daß ich den Begriff für Kleinkunstbühne einmal so und einmal so schreibe? Was für einen Unterschied gibt es zwischen den beiden? Friedrich Torberg sagt: »Es sind zwei verschiedene

Arten der gleichen Gattung wie etwa die Komödie und der Schwank.« Ich sage: »Unterschied? Gibt es keinen.« Cabaret nannte man die flachen Speisenplatten (Cabaretfreunde und Leser von Kabarettbüchern werden jetzt stöhnen: »Schon wieder! Wie oft wird man uns das noch erklären?« – aber ich bleibe hart.) Cabaret nannte man die flachen Speisenplatten, auf denen man in Paris, in den Lokalen am Montmartre, Delikatessen servierte. Es waren Platten mit kleinen Abteilungen, und in jeder Abteilung gab es eine andere Gaumenfreude: Für jeden etwas. So sollte auch das Cabaret sein: Für jeden etwas. In Deutschland dürfte, durch die harte Aussprache, die man in den Landen Wilhelms II. pflegte, aus dem »Cabaret« das »Kabarett« geworden sein. Ich schlage vor, daß ich es schreibe, wie es mir in die Maschine fließt.

Aber noch machte ich mir darüber keine Gedanken. Noch war ich weder Statist noch Korrepetitor h. c., sondern stand als Claqueur am Stehplatz des Raimundtheaters und sah mir, ungefähr zum 500sten Mal, das »Dreimäderlhaus« an. Mich rührte die Musik, und ich hatte jeden Abend Tränen in den Augen, wenn Schubert, am Schluß des 2. Aktes, unter den Klängen der »Unvollendeten« sein geliebtes Hannerl an den Baron Schober verlor.

Wie war es zu dem vielbewunderten und später vielgeschmähten »Dreimäderlhaus« gekommen? Alfred Cavar, der künstlerische Leiter des Raimundtheaters (das Theater gehörte zum Theater an der Wien, und der Pächter war Wilhelm Karczag), suchte ein Füllsel zwischen zwei Operetten und fand das »Dreimäderlhaus«. (Das Buch war von Dr. H. M. Willner und Heinz Reichert, nach dem Roman »Schwammerl« von Rudolf Hans Bartsch, die Musik mit Verwendung einiger Schubertweisen von Heinrich Berté.) »Zuviel Berté und zu wenig Schubert«, meinte Karczag, als ihm die Musik vorgespielt wurde, »das müssen Sie ändern.« Berté änderte, aber für Karczag war es noch immer zu wenig Schubert. Berté änderte wieder und wieder, bis Karczag verlangte, daß die ganze Musik von Schubert sein müsse. Berté, den man in der Branche nur noch »Schuberté« nannte, wollte das Werk hinschmeißen, aber er brauchte das Geld, und so gab er zähneknirschend nach. Es wurde ein Welterfolg. Publikum, und ein großer Teil der Presse, tobten vor Begeisterung. Künstler wie Kammersänger Fritz Schrödter und Artur Preuß, beide von der k. u. k.-Hofoper, später bei Wiederaufnahmen Hubert Marischka, Richard Tauber und Rudolf Schock, sangen den Schubert. Das Stück wurde in 22 Sprachen übersetzt. Berté und die beiden Librettisten wurden Millionäre.

Ich hatte ein Puppentheater, ein Kinderklavier mit einer Oktave, aber mein Lieblingsspielzeug waren Zinnsoldaten. An der Ecke Mariahilfer Straße gab es ein Spielzeuggeschäft; der Besitzer, Herr Löwy, war ein freundlicher alter Herr. Er mochte mich gern, und sooft ich zwei Soldaten um einen Kreuzer kaufte, schenkte er mir einen dritten dazu. Ein Offizier kostete zwei Kreuzer und ein Kaiser zu Pferd fünf Kreuzer. Kaiser bekam ich meistens geschenkt. Zum Geburtstag, zu Weihnachten und bei sonstigen Gelegenheiten. Durch den Umstand, daß Offiziere mehr kosteten als einfache Soldaten, hatte meine Armee an einem fühlbaren Mangel an Offizieren zu leiden. Ich besaß fast zweihundert Soldaten, aber nur einen Leutnant und fünf Kaiser.

Es war ein schöner Sonntag im Juni 1914. Ich war zehn Jahre alt, meine Schwestern hatten bereits ihre Tanzschulbekanntschaften, und so machte meine Mutter mit mir einen Ausflug nach Hütteldorf. Ob Hütteldorf damals noch ein Vorort war oder ob es bereits zu Wien gehörte, weiß ich nicht mehr. Aber ich erinnere mich, daß man es nur mit Bummelzügen der West-

bahn erreichen konnte, daß man nach Hütteldorf »aufs Land« fuhr (Sommerfrische) und daß die Station aus einer Holzbaracke bestand. Heute ist Hütteldorf nicht nur Schnellzugstation, sondern ein Verkehrsknotenpunkt von Westbahn, U-Bahn und Schnellbahn. Eingekehrt wurde im »Paradies«, einem Ausflugsziel der Wiener, wo man Kaffee mit Gugelhupf, Milch, Bier und Wein, Schinken- und Salamibrötchen und viele andere Köstlichkeiten bekam. Auf der großen Wiese spielten Kinder Räuber und Gendarm, Burschen und Mädchen spielten ihre Pfänderspiele, wobei die Mädchen rote Wangen bekamen, wenn sie einen Burschen küssen mußten -- plötzlich hörten wir Rufe »Extraausgabe!« Alle horchten auf. Damals gab es ja noch kein Radio, und so wurden außergewöhnliche Ereignisse durch Zeitungsextraausgaben bekanntgegeben. Etwas besonderes mußte passiert sein. Man eilte den Zeitungsverkäufern entgegen, man riß ihnen die Blätter aus der Hand, man las sie, gab sie weiter, man kaufte neue, man las immer wieder, man konnte und wollte nicht glauben, was da geschrieben stand: »Seine kaiserliche Hoheit Erzherzog Franz Ferdinand und Ihre Hoheit, die Herzogin von Hohenberg, sind in Sarajevo einem Attentat zum Opfer gefallen.«
Wie erstarrt standen die Menschen da. War der Thronfolger auch nicht sonderlich beliebt gewesen – was würde die Zukunft bringen? Wie wird der Kaiser die Nachricht aufnehmen? Serbische Extremisten sollen das Thronfolgerpaar ermordet haben. Darf Österreich-Ungarn, darf die mächtige Donaumonarchie diese Herausforderung annehmen? Wir kehrten nach Wien zurück. Überall herrschte größte Aufregung. Gruppen rotteten sich zusammen, man besprach das Ereignis, hier gab es die ersten Demonstrationen, dort wurden Reden geschwungen, die schwarzgelbe Fahne wurde geschwenkt, man hörte Rufe »Nieder mit Serbien!« Man sang die österreichische Volkshymne, das Kaiserlied »Gott erhalte, Gott beschütze...«
Die Bewohner der großen Zinskasernen waren zu jener Zeit entweder miteinander befreundet oder gegeneinander verfein-

det, aber daß man einander nicht einmal grüßte, wie es heute der Fall ist – das gab es nicht.
Wir, die Mieter vom 2. Stock des Hauses Zwölfergasse 3 im 15. Wiener Gemeindebezirk – wir waren inzwischen umgezogen –, trafen uns fast täglich bei einer anderen Nachbarin. Heute war die Frau Wesenauer an der Reihe. Da war es immer am lustigsten. Da gab es Wein, für mich ein »Kracherl«, wie man die Limonadengetränke nannte, mein Vater setzte sich an das verstimmte Klavier, Frau Wesenauer, die in ihrer Jugend Heurigensängerin gewesen war, sang ihre Lieder, dazu kamen dann meist noch die beiden Untermieter der Frau Wesenauer, der Mirko und der Milan, zwei serbische Studenten.
Heute? Kein Wein, keine Musik, keine Lieder. Stumm saßen alle da. »Heut' kommen s' net«, höhnte Hans, der Sohn der Frau Wesenauer und spielte dabei auf die beiden Studenten an. »Die Mörder.«
»Geh'«, beruhigte ihn seine Mutter, »die zwei können doch nix dafür –«
»Ah so?« meinte Hans. »Du nimmst sie noch in Schutz? Alle Serben sind Meuchelmörder.«
Von unten hörten wir einen Sprechchor: »Serbien muß sterben!«
»Da hast es«, sagte Hans.
»Der Kaiser darf sich jetzt nicht aufhetzen lassen«, mischte sich mein Vater in das Gespräch. »Sonst gibt es Krieg.«
»Na wenn schon«, meinte Hans. »Mit dem Balkang'sindel werden wir auch noch fertig werden.«
Die Brückners, ein junges Ehepaar, waren auch da. »Wenn Krieg kommt«, fragte Frau Brückner ihren Mann, »mußt du da auch einrücken?«
»Natürlich«, lachte Herr Brückner. »Glaubst, bei mir werden sie eine Ausnahme machen? Aber das ist kein Grund zur Aufregung. In sechs Wochen bin ich wieder da.«
Sechs Wochen. Das war die allgemeine Ansicht.
Am nächsten Tag jagte eine Nachricht die andere: »Extraausgabe! Antiserbische Ausschreitungen in Sarajevo!« »Metropo-

litanpalast und Hotel Europe gestürmt!« »Serbische Geschäftsleute überfallen und verprügelt!« »Hunderte Verhaftete!« »Standrecht in Sarajevo!« »Kaiser aus Ischl zurückgekehrt!« »Erzherzog Karl zum Thronfolger ernannt!«
Und weiter gings: Ultimatum Österreich-Ungarns an Serbien! Österreich-Ungarn erklärt Serbien den Krieg! Das Deutsche Reich erklärt Rußland den Krieg! Das Deutsche Reich erklärt Frankreich den Krieg! Österreich-Ungarn erklärt Rußland den Krieg! Frankreich erklärt Österreich-Ungarn den Krieg!
Insgesamt erklärten Österreich-Ungarn in den nächsten Monaten und Jahren den Krieg: Montenegro, Italien, Rumänien, Griechenland, Siam, China, die Vereinigten Staaten von Amerika, Panama, Kuba und Nikaragua. (Karl Farkas sagte einmal: »Einen Krieg muß man erklären, sonst würde man ihn nicht verstehen«. Er hatte recht.) Die Wogen des Patriotismus schlugen immer höher, und der alte Kaiser erhielt immer mehr Beweise der Anhänglichkeit. Da gab es Kaiserbilder, Kaiserbüsten, Kaiserabzeichen, Kaiserpostkarten, da sah man Aufmärsche von Schulkindern und Veteranen, von Pfadfindern und Feuerwehrleuten.
Meine Schwestern nahmen mich am Tag der Kriegserklärung an Serbien in den Volksgarten mit, wo das Orchester nur patriotische Lieder spielte. Und alle sangen mit: den Prinz Eugen-Marsch, die Kaiserjäger, den Deutschmeister-Marsch, das Andreas Hofer-Lied, Das ist mein Österreich – und dann stehend: die Volkshymne, die schöne Haydn-Melodie, die uns die Nazis, wie so vieles andere, gestohlen haben. Offiziere standen Habt acht und salutierten – und dann gings erst los. Man jubelte, fremde Menschen umarmten einander, immer wieder rief die Menge: »Hoch der Kaiser! Hoch Habsburg!«, um dann, weil der Krieg 1918 anders ausgegangen war, als man es sich vorgestellt hatte, die ganze Schuld dem Kaiser und den Habsburgern zuzuschreiben. Ich fand das nicht richtig. Aber wie heißt es im Lied! Das ist mein Österreich...
Aber noch war man der Ansicht: in sechs Wochen ist alles

vorbei ... Die Zwölfergasse liegt dicht beim Westbahnhof, und so waren wir Buben immer dabei, wenn die Soldaten an die Front fuhren. Wir beneideten sie. Am liebsten hätten wir uns freiwillig gemeldet, aber dazu waren wir zu jung. Wir sahen sie, wie sie unter den Klängen der Regimentsmusik lachend und singend anmarschiert kamen, wir sahen junge Mädchen, wie sie die Soldaten küßten und ihre Kappen mit Blumen schmückten, wir sahen, wie die Männer in die Züge verladen wurden, wie sie winkten und sangen:

Die Vöglein im Walde,
Die singen so wunder-, wunderschön.
In der Heimat, in der Heimat,
Da gibt's ein Wiedersehn!

Wir sahen aber auch alte Mutterln und Frauen mit Kindern, die den Sohn, den Mann, den Vater zur Bahn begleitet hatten. Sie warteten, bis der Zug ihren Blicken entschwunden war. Dann ließen sie ihre Arme sinken. Sie sangen nicht mehr, und sie winkten nicht mehr ... sie weinten und beteten ...

Monate und Jahre später bot der Bahnhof ein anderes Bild. Die Züge brachten Verwundete. Der eine hatte nur einen Arm, der andere nur ein Bein, wieder ein anderer trug einen Kopfverband, der dort war blind, der ging auf Krücken, dort wurde einer von einer Rotkreuzschwester in einem Rollstuhl gefahren, ihm waren beide Beine weggeschossen worden, die Uniformen waren zerfetzt, die Stiefel voller Löcher, die Augen der Männer waren eingefallen – sie hatten Hunger und Durst.
Korporal Wesenauer, der Sohn unserer lustigen Nachbarin, war an der Italienfront gefallen. Am Tag, nachdem die Mutter die Todesnachricht bekommen hatte, fand man sie tot auf. Man sprach von Selbstmord. Herr Brückner und andere Hausbewohner kamen unversehrt zurück.

Aber noch waren wir im ersten Kriegsjahr. Die Haupt- und Residenzstadt Wien, wie sie damals hieß, behielt vorerst ihr Gesicht. Die Menschen besuchten Bälle zugunsten von Kriegerwitwen, Konzerte zugunsten von Kriegswaisen und vor allem – sie gingen ins Theater. Und es war bemerkenswert, daß mitten in einem Krieg, in dem täglich Tausende an den Fronten fielen, ein Operettenwelterfolg wie die »Csárdásfürstin« entstehen konnte. Ganz Wien sang die Lieder von den »Mädchen vom Chantant«, von den »Weibern, ohne die die Chose nicht geht«, ganz Wien drehte sich im Walzer, wenn die ›tausend kleinen Englein‹ sangen: »Hab mich lieb!« – aber ganz Wien sang auch mit einem Anflug von Weltuntergangsstimmung:

Joj mámám,
Bruderherz, ich kauf mir die Welt!
Joj mámám, was liegt mir am lumpigen Geld!
Weiß nicht, wie lange sich der Globus noch dreht,
Ob es morgen nicht schon zu spät!

Und was ebenso bemerkenswert war: die in Kriegszeiten doppelt strenge Zensur erlaubte es, daß ein »Leopold Maria Fürst von und zu Lippert Weylersheim« zur komischen Figur degradiert wurde. Der Adel war damals für die Operette tabu. Leo Fall mußte seine Operette »Die Kaiserin« in »Fürstenliebe« und Bruno Granichstädten seine Operette »Auf Befehl der Kaiserin« in »Auf Befehl der Herzogin« umbenennen. Wollte man bei der »Csárdásfürstin« das Volk nicht vergrämen?
Wie sah der Operettenspielplan aus? Im Theater an der Wien spielte man »Endlich allein« von Franz Lehár, eine Operette, welche 1931, vollkommen umgearbeitet, unter dem Titel »Schön ist die Welt« wieder im Theater an der Wien gespielt wurde; ebenfalls im Theater an der Wien »Gold gab ich für Eisen«, eine Durchhalteoperette von Emmerich Kálmán, im Johann Strauß-Theater, wie bereits erwähnt, Kálmáns »Csárdásfürstin«, im Raimundtheater »Das Dreimäderlhaus«, im

Wiener Stadttheater »Das dumme Herz« von C. M. Ziehrer, mit Alexander Girardi, im Apollotheater »Die Kinokönigin« und im Carltheater »Der erste Kuß«.
Und die Cabarets? Zu den bereits bestehenden hatte der Lübecker Schauspieler Egon Dorn in der Wollzeile den »Simplicissimus« eröffnet, der bald nur der »Simpl« hieß. Dorn bot »Unterhaltung« sowie »Kalte und warme Küche bei billigsten Preisen«. Und Bier, was das Publikum besonders schätzte, weil es in den anderen Cabarets nur Wein oder Sekt gab. Am Klavier saß Gustav Windhopp, der ein methusalemisches Alter erreichte (ich glaube, er wurde fast hundert), und einen Geiger gab es auch, der mit Windhopp zusammen in der Pause spielte. Es war ein junger Musikstudent, später Philharmoniker, und noch später Dirigent der weltberühmten Wiener Neujahrskonzerte: Willy Boskowsky.
Bekannte Künstler traten auf. Komponisten mit ihren Partnerinnen wie Béla Laszky mit Mela Mars, Robert Stolz mit Franzi Ressel, seiner zweiten Frau, die im Simpl »Im Prater blühn wieder die Bäume« kreierte, und last but not least Ralph Benatzky mit Josma Selim. Benatzky hatte gleich in den ersten Kriegstagen das Lied vom Schönbrunnerpark geschrieben:

Draußen im Schönbrunnerpark,
Draußen im Schönbrunnerpark,
Sitzt ein alter Herr,
Sorgenschwer.
Gibt in aller Herrgottsfrüh
Schon für unser Wohl sich Müh,
Gönnt sich nimmer fast
Ruh und Rast.

Den Text dazu lieferte Fritz Grünbaum, der kleine, große Conférencier. Er meldete sich in den ersten Kriegstagen freiwillig an die Front, wo er bald die Große Silberne Tapferkeitsmedaille bekam, eine Auszeichnung, auf die man als gewöhnlicher

Soldat stolz sein konnte, weil es immerhin noch die Kleine Silberne, sowie die Große und die Kleine Bronzene gab. Er wurde auch Offizier, gestorben ist er nicht im Krieg, sondern 1941 im KZ-Dachau der Nationalsozialisten.
Und Lehár? Im November 1914 hielt Karl Kraus seine Weltgerichtsrede, in der er den Krieg verurteilte. Er begann: »In dieser großen Zeit, die ich noch kannte, wie sie so klein war...«, und er endete: »Die jetzt nichts zu sagen haben, weil die Tat das Wort hat, sprechen weiter, wer etwas zu sagen hat, trete vor – und schweige.« Lehár schwieg. Verleger, Theaterdirektoren, Librettisten verlangten eine neue Operette. Lehár fühlte sich dazu nicht imstande. Sein Bruder Anton, aktiver Offizier, kämpfte in Galizien, die Söhne seiner Freunde Karczag und des Verlegers Weinberger waren an der Front gefallen – er konnte einfach nicht. Da fiel ihm ein Gedicht von Hugo Zuckermann in die Hände. Zuckermann war ein junger Rechtsanwalt. Das Gedicht begann:

> Draußen am Waldesrand hocken zwei Dohlen.
> Werd' ich der erste sein, den sie sich holen...?

Zuckermann war einer der ersten. Seine junge Frau beging an seinem Grab Selbstmord.
Lehár vertonte das Gedicht und nannte es »Reiterlied«. Er fand zur Arbeit zurück und schrieb die längsterwartete neue Operette. Sie hieß »Der Sterngucker« – brachte aber nicht den gewohnten Lehár-Erfolg. Das Buch war von dem jungen Jusstudenten Fritz Löhner. Ich könnte mir vorstellen, daß Lehár, nach der mißlungenen Zusammenarbeit mit Löhner nicht gut auf ihn zu sprechen war – und doch: im reifen Alter fanden die beiden wieder zusammen. Die Schlappe, die Lehár mit dem »Sterngucker« erlitten hatte, hatte sein Image angekratzt. Er schrieb wohl noch »Wo die Lerche singt«, »Die blaue Mazur«, »Die Tangokönigin«, »Frasquita« und »Libellentanz« – aber es waren keine Lehár-Erfolge. Es dauerte zehn Jahre, bis er mit

»Paganini« und dem »Zarewitsch« wieder aufhorchen ließ -- und dann kam Löhner, und mit ihm kamen »Friederike«, »Das Land des Lächelns«, »Schön ist die Welt« und »Giuditta«, letztere uraufgeführt an der Wiener Staatsoper. Den ganz großen Erfolg aber hatten die beiden einem dritten zu verdanken: Richard Tauber. Er war 20 Jahre jünger als Lehár, aber es war, wie Lehár sagte: Liebe auf den ersten Blick. »Das ist die Stimme«, sagte er, »die ich beim Komponieren höre.« Dieses Lob war einmalig, weil Lehár ansonsten in punkto Anerkennungen nicht gerade einfallsreich war. So schrieb er Louis Treumann, dem ersten Danilo, der viel zum Erfolg der »Lustigen Witwe« beigetragen hatte, auf ein Photo, welches er ihm anläßlich einer Jubiläumsaufführung widmete: »Dem besten Danilo, den ich je hatte.« Dasselbe schrieb er Hubert Marischka, Johannes Heesters und wahrscheinlich noch fünfzig oder hundert anderen auf die Fotos, die er ihnen widmete. Für ihn gab es keinen guten und keinen schlechten Danilo, für ihn waren alle die besten. »Die lustige Witwe« und »Giuditta« waren übrigens die Lieblingsoperetten des »Führers«, die während der ganzen Nazizeit, trotz der jüdischen Librettisten, im tausendjährigen Reich gespielt wurden. Man ließ einfach ihre Namen weg. Verständlich. Unverständlich ist es, daß Lehár nicht soviel Einfluß gehabt haben soll, daß er seinen Mitarbeiter, Dr. Fritz Löhner, vor dem KZ hätte retten können. Löhner war einer der ersten, die nach Buchenwald kamen, von dort wurde er nach Auschwitz verlegt, und von dort nach Buna, einem Nebenlager, wo man ihn buchstäblich verhungern ließ. Vorher mußte er noch mit Hermann Leopoldi, einem Mithäftling (»Ringelspiel«, »In einem kleinen Café in Hernals« u. v. a.) ein Lied schreiben: »Buchenwald, dich werd' ich nie vergessen!« Und die Häftlinge mußten dieses Lied bis zum Überdruß singen: auf dem Marsch zur Arbeit, während der Arbeit, auf dem Marsch von der Arbeit, und oft wurden sie mitten in der Nacht von ihren Pritschen gerissen und mußten im tiefsten Winter, in ihrer leichten Zwilchkleidung, stundenlang am Platz

marschierend, singen: »Buchenwald, dich werd' ich nie vergessen.« Die es überlebt haben, werden es bestimmt nie vergessen. Ob Lehár wirklich alles oder auch nur etwas versucht hat, um Löhner zu retten? Man soll keinen Menschen verurteilen, ohne die näheren Umstände zu kennen. Lehárs Frau war Jüdin und wurde von Göbbels zur »Ehrenarierin« ernannt. Vielleicht war Lehárs Einfluß damit erschöpft. In Anerkennung des Genies Franz Lehár wollen wir glauben, daß es so war.
Lehár *war* ein Genie, und wie alle Größen hatte er seine kleinen Schwächen. Eine davon: Er liebte den Applaus. Er stand auf der Bühne, verbeugte sich, ging ab, ging langsam bis zum Ende des Ganges, damit Künstler und Bühnenarbeiter sehen konnten, daß ihm nichts an dem Beifall liege, kaum drohte aber dieser zu versickern, rannte er wie ein Galopper zurück, worauf der Applaus wieder anschwoll. Eine Anekdote von damals: Lehár verließ seine Garderobe im Theater an der Wien, sein Garderobier bemerkt, daß er die Zigarrentasche vergessen hat. Er rennt ihm nach: »Meister Lehár!» Worauf ihn ein Bühnenarbeiter fragt: »Was rennst denn? Applaudier und er is wieder da!«

Aber wir sind noch im Ersten Weltkrieg, und da hieß der führende Operettenkomponist, dank der »Csárdásfürstin«, Emmerich Kálmán. Kálmán hatte weiterhin Erfolge, wenn auch nicht so spektakuläre, wie den, den er mit der Dame vom Chantant gehabt hatte, die noch heute, mit fast 85 Jahren, so fesch ist wie eh und je. Kálmán hatte eine Durststrecke von zehn Jahren zu überwinden, bis sich wieder zwei Welterfolge einstellten: »Die Zirkusprinzessin« und »Gräfin Mariza«. Löhner – oder darf ich »Beda« sagen? »Beda« war sein Pseudonym für die vielen Schlager, die ich gar nicht alle aufzählen kann, sowie für die weniger opernhaften Operetten, und ich hatte mehr mit dem Beda zu tun als mit dem Löhner. Beda hat mich für die Operette entdeckt, und er und ich sollten in der Zwi-

schenkriegszeit ein Libretto für Kálmán schreiben. Es gab viele Besprechungen, Kálmán war ein bißchen schwierig, und bei einer dieser Besprechungen sagte er: »Das Publikum muß immer gescheiter sein als der Schauspieler. Wenn ein Schauspieler durch eine Tür geht, darf er nicht wissen, wen oder was er hinter dieser Tür finden wird. Das Publikum *muß* es wissen, weil es sich sonst nicht freuen könnte über die Überraschung, die ihn dort erwartet.« Ich habe mir diese Weisheit immer gemerkt und habe mich bei den vielen Operetten, Schwänken und Sketches, die ich geschrieben habe, stets daran gehalten.
Kálmán war bescheiden, einfach, sparsam und immer pessimistisch. Seine erste Operette »Ein Herbstmanöver« wurde am Theater an der Wien uraufgeführt. Nach der Generalprobe sagte er zu dem Dirigenten – er hieß Robert Stolz: »Sie werden sehen, das wird ein Durchfall.« Als er bei der 400. Aufführung erfuhr, daß man anfange, eine neue Operette zu probieren, sagte er, wieder zu Stolz: »Ich habe Ihnen gleich gesagt, das wird ein Durchfall.«
Kálmán, eine dicke Zigarre im Mund, saß jeden Nachmittag im Kreise von Kollegen im Café Sacher, welches zu jener Zeit der Treffpunkt arrivierter Librettisten und Komponisten war.
Wien hatte noch ein zweites Künstlercafé, das Kaffee Dobner. Dort trafen sich die unbekannten Schauspieler und Sänger, egal ob junge Anfänger oder alte Aufhörer, dort gab es auch noch die richtigen Schmierendirektoren, die für eine einzige Vorstellung, die in irgendeinem Nest stattfand, ein Ensemble engagierten. Da hörte man noch Dialoge wie diesen:

Direktor: Sie gefallen mir, junger Mann. Sie können heute bei mir in Leobersdorf den Eisenstein spielen.
Schauspieler: Ich spiele nicht den Eisenstein, Herr Direktor. Ich spiele den Frosch.
Direktor: Haben Sie einen Frack?
Schauspieler: Ja.
Direktor: Dann spielen Sie den Eisenstein.

Ich bin eigentlich überraschend schnell vom Café Dobner ins Café Sacher gekommen. Darf ich nun ein Märchen erzählen? Ja? Danke.

Es war einmal ein Mädchen, Vera Kaminska, das mit seiner Mutter aus Rußland, der Heimat der beiden, fliehen mußte. Sie gingen zuerst nach Berlin; später fuhr die Mutter nach Rumänien, um dort zu heiraten, und Vera ging nach Wien. Dort wohnte sie in einer billigen Pension, wo sie das Zimmer mit einem zweiten Mädchen, namens Nina Grey, teilte. Nina tanzte in der »Femina«, einem kleinen, eleganten Revuelokal, und brachte auch Vera dort unter. Der Hausautor, ein gewisser Hugo Wiener, schrieb das erste Lied für sie. Sie verdiente nicht viel, gerade genug, um zu leben. Nach 14 Tagen kam ein neues Programm, und sie hatte wieder nichts. Sie träumte von einem Märchenprinzen. »Aber«, dachte sie, »wenn ich immer zu Hause hocke, werde ich keinen finden.« Sie ging ins Café Sacher, bald kannte sie der Ober, und dem machte es nichts aus, wenn sie den Kaffee manchmal so lange schuldig blieb, bis sie wieder als Filmstatistin ein paar Drehtage hatte. Ihr gegenüber saßen täglich ein paar Herren, von denen sie wußte, daß sie mit Theater zu tun hatten. Sie hießen Abraham, Dr. Löhner, Straus, aber sie beachteten sie kaum. In ihrem abgetragenen Kleidchen sah sie zu unscheinbar aus. Da kam eines Tages ein Herr an den Künstlertisch, der gar nicht zu den andern paßte. Er hatte ein kleines Bärtchen, war ein bißchen behäbig, rauchte eine dicke Zigarre – ein Bankier, schätzte sie. Sie erkundigte sich bei dem Ober nach ihm. »Den kennen Sie nicht?« staunte der Ober. »Das ist Emmerich Kálmán, der berühmte Komponist.« Vera war perplex. Er sah zwar nicht so aus, wie sie sich ihren Märchenprinzen vorgestellt hatte, aber er war ihr sympathisch. Er hatte etwas Gütiges, Väterliches. Er sah zu ihr hinüber.

Am nächsten Tag konnte sie nicht kommen. »Schade«, dachte Kálmán, »ich hätte sie ansprechen sollen.« Aber das hatte er

nicht gewagt. Am übernächsten Tag trafen sie sich in der Garderobe. Zufällig. Die Garderobière wollte zuerst ihm in den Mantel helfen, aber das ließ er nicht zu. Er nahm Veras dünnes Mäntelchen und half ihr hinein. »Ich heiße Kálmán«, stellte er sich vor. Vera verschlug es die Rede. »Und sie?« fragte er. »Wie heißen Sie? Sie werden doch auch einen Namen haben.«
»Vera«, sagte sie. »Vera Kaminska.«
Kálmán lächelte. »Könnte eine Operette von mir sein. Die Csárdasfürstin, Gräfin Mariza, Vera Kaminska...« Bald erhielt er Kenntnis von Veras Lage. Er brachte sie zu Hubert Marischka, dem Direktor des Theaters an der Wien, der eben Kálmáns neue Operette »Die Herzogin von Chikago« vorbereitete. Sie bekam eine kleine Rolle, hatte aber mit einem zweiten Mädchen ein Terzett mit Hans Moser.
Ihre nächste Rolle war die Rolle fürs Leben. Hätte es ein Programm gegeben, hätte man lesen können: Der Komponist – Emmerich Kálmán, Vera, seine Frau – Vera Kaminska.

Kálmáns Freunde machten sich Sorgen. Wie wird diese Ehe ausgehen? Imre ist ein gesetzter Mann, Vera ist viel jünger. Imre ist bescheiden, Vera ist großzügig. Imre ist sparsam, Vera verschwenderisch. Imre ist pessimistisch, Vera ist lebenslustig. Vielleicht *zu* lebenslustig.
Aus der Operette, die Beda und ich für Kálmán schreiben sollten, wurde nichts. Wir gaben die Arbeit auf. Uns schien der Tag, an dem wir beginnen wollten, nicht günstig zu sein. Es war der 13. März 1938.
Und Kálmáns Ehe? Wenn Sie Näheres darüber wissen wollen, lesen Sie »Grüß mir die süßen, die reizenden Frauen« und »Die Welt ist mein Zuhause«, zwei Bücher von Vera Kálmán. Ich hörte erst wieder nach dem Zweiten Weltkrieg von ihm. Er und Veruschka, wie er seine Frau nannte, hatten die Nazizeit teils in Paris, teils in New York verlebt. Vera hatte ihm drei Kinder geschenkt, die er abgöttisch liebte. Auf Einladung des Operet-

tenregisseurs Fritz Fischer (FF) flogen Imre und Vera für kurze Zeit nach Europa, um der von Fischer bearbeiteten und neuinszenierten »Zirkusprinzessin« beizuwohnen, Kálmán genoß sichtlich den jubelnden Empfang, den man ihm überall bereitete. Eines Tages, ich war damals noch in Caracas, Venezuela, bekam ich einen Brief von ihm, ungefährer Wortlaut: »Lieber Freund! Habe gestern eine Operette von Ihnen gesehen und mich dabei unterhalten, wie schon lange nicht. Ich möchte gerne mit Ihnen arbeiten. Ihr Humor und meine Musik wären doch eine gute Voraussetzung für einen Erfolg. Wo und wann können wir uns treffen?« Wir vereinbarten einen Termin für den Jänner 1950 in Würzburg – Weihnachten 1949 erlitt er einen starken Schlaganfall. Er erholte sich zwar wieder, dachte aber anscheinend vorläufig an keine neue Arbeit, und ich wollte ihn nicht drängen. Am 30. Oktober 1950 starb er an einem zweiten Schlaganfall. Die Operette, die ihm noch so gefallen hatte und deren Autoren Beda und ich waren – die Musik war von dem tschechischen Komponisten Jara Beneš – hieß »Gruß und Kuß aus der Wachau« und war am 22. Februar 1938 an der Wiener Volksoper uraufgeführt worden. Drei Wochen später erfolgte der Anschluß, sie hatte also kein langes Leben, und doch war sie nicht tot. Sie wurde während des Krieges oft und oft gespielt, als Autor und Einsammler der Tantiemen zeichnete natürlich ein »Arier«, aber sie wurde auch nach dem Krieg noch oft aufgeführt und auch verfilmt. Daß Kálmán sich bei der Vorstellung so gut unterhalten hat, war kein Wunder, weil Fritz Imhoff die Hauptrolle spielte. Imhoff war mein bester Freund. Er bestätigte mir das auf einem Photo, das noch heute auf meinem Schreibtisch steht, und auf das er geschrieben hatte: »Meinem lieben Hugo, der es versteht, nicht nur gute Stücke, sondern auch gute Rollen zu schreiben. Zum Dank für eine vierzigjährige, ungetrübte Freundschaft.« Der einzige Schatten, der auf diese Freundschaft fiel, dauerte kaum eine halbe Minute. Es war auf einer Probe der Operette »Das Glücksrezept« von Robert Stolz (Buch von Raul Martiné und von mir), als ich

Imhoff eine Pointe ausbesserte. Er sah mich überrascht an, das war er von mir nicht gewöhnt. Dann sagte er: »Wenn du jetzt anfängst dreinzureden, dann spielen wir das Stück, wie du es geschrieben hast.«
Das wollte ich denn doch nicht riskieren.
Imhoff hieß nicht Imhoff, Imhoff hieß Jeschke. Friedrich Jeschke. Schon in der Schule war es ihm klar, daß er Schauspieler werden wollte – und zwar Tenor. Er suchte nach einem Bühnennamen und nahm im Geist alle möglichen durch: Friedrich Fritz – nichts. Fritz Friedrich – auch nichts. Leo Friedrich (nach Leo Slezak) – auch nichts. Enrico Friedrich (nach Enrico Caruso) – auch nichts. Da, als er seinen Eltern mitteilte, daß er Tenor werden wolle, sagte sein Vater lachend: »Mit deiner Stimm'? Da kannst du höchstens im Hof singen!« Im Hof, dachte sich Jeschke. Das ist es! Und er nannte sich Imhoff. Allerdings nicht sofort.
In seinem ersten Engagement, in Troppau, hieß er noch Fritz Jeschke. Er wurde wegen Untalents entlassen. Jahre später, als er (zumindest in der Branche) schon bekannt war, wurde er an das Stadttheater nach Baden bei Wien engagiert. Dort hatte inzwischen der Direktor aus Troppau die Leitung übernommen, und derselbe Mann, der Jeschke in Troppau entlassen hatte, engagierte Imhoff für Baden.
Mißtrauisch sah er ihn an. »Imhoff«, murmelte er. »Haben wir uns nicht schon einmal gesehen?« Imhoff antwortete unschuldig: »Ich wüßte nicht, Herr Direktor.« Ob der Direktor dann doch draufgekommen ist? Imhoffs Gastspiel wurde ein Erfolg, und so hielt er es wahrscheinlich auf alle Fälle für besser, zu schweigen. Gleich zu Beginn seiner Karriere engagierte ihn Direktor Gutmayer als Lehrer für seine Theaterschule, aber Imhoff war ein zu guter Kerl, um den Schülern etwas vorzumachen. Er sagte ihnen die Wahrheit. Dem einen sagte er, er wäre zu klein für die Bühne, dem andern, er wäre zu groß, dem dritten, er habe zu wenig Stimme, dem vierten, ihm fehle jedwedes Talent, es wäre schade, den Eltern das Geld für den

Unterricht aus der Tasche zu ziehen, und so weiter. Als Gutmayer davon erfuhr, sagte er zu Imhoff: »Sie sind weder zu klein noch zu groß für die Bühne, Sie haben genug Stimme, aber das Talent fehlt auch Ihnen. Und zwar zum Lehrer.«
Imhoff wurde gekündigt, aber er bedauerte es nicht. Lehrer einer Theaterschule – nein, danke! Dazu war er nicht geboren. Imhoff, rank und schlank, begann also als Operettentenor. Er spielte alle Schönlinge: den Alfred in der »Fledermaus«, den »Bettelstudent«, den »Zigeunerbaron«, ja sogar den Paris in der »Schönen Helena«. Ich hatte noch das Vergnügen, als Claqueur und als Statist, ihn in allen diesen Rollen zu sehen. Imhoff wurde Buffo, dann Charakterkomiker, ging zur Sprechbühne, hatte einen fulminanten Erfolg als »Bockerer«, spielte im Salzburger »Jedermann« den dicken Vetter, und schließlich wurde sein Traum – der Traum aller Schauspieler – erfüllt: er kam an das Theater in der Josefstadt.
Von seinen zwei Brüdern wurde der eine Arzt, der zweite folgte Imhoffs Spuren und ging zum Theater. Wie Imhoff durch die Bemerkung seines Vater »mit der Stimm' kannst im Hof singen« zu seinem Namen gekommen ist, das weiß ich. Was der Vater dem jüngeren gesagt haben muß, daß aus dem Ernst Jeschke der Ernst Arnold wurde, das weiß ich nicht. Arnold wurde, neben seiner Tätigkeit als Buffo, Komponist, Textdichter – und der erste Radioliebling von Österreich.
Imhoff spielte fast in allen meinen Stücken. Wir waren ein Team. Imhoff rettete manche meiner Operetten, viele meiner Revuen und vor allem – er rettete mein Leben. Aber das kam alles viel später.

Der vierte Kriegswinter war angebrochen. An den Fronten fielen Tausende Soldaten aller Nationen, in den Ländern der Mittelmächte herrschte Rohstoff- und Lebensmittelmangel, wer nicht genug Geld besaß, um im Schleichhandel zu kaufen, mußte hungern. Meine Eltern besaßen nicht genug Geld – also

hungerten wir wie Millionen anderer Österreicher. Als unser Hauptfeind galt Großbritannien, das durch seine Blockade dieses Elend verursacht hatte. Ein neuer Gruß wurde eingeführt: »Gott strafe England!« »Er strafe es!« Nicht jeder hielt sich daran, aber es gab kein Geschäft, kein Schaufenster, in dem nicht die Tafel prangte: »Gott strafe England!«
Nach dem Krieg tauchten zwei neue Sterne am Kabaretthimmel auf: Franz Engel und Fritz Wiesenthal. Einer ihrer ersten Späße war:

Wiesenthal: Du schaust ja blendend aus! Wie machst du das?
Engel: Ich habe ein neues Geschäft. Ich kaufe die übriggebliebenen Tafeln mit »Gott strafe England!« und verkaufe sie nach Indien.

(Dazu muß man wissen, daß Indien stark unter britischem Einfluß stand. Erst 1947, nach vielen Aufständen und dem Unabhängigkeitskrieg Gandhis, beschloß die britische Regierung unter König Georg V., Indien zu räumen.)
Aber was kümmerte uns Indien? Uns stand das österreichische Hemd näher als der indische Rock. Und dieses Hemd war bereits stark durchlöchert.
Der alte Kaiser war gestorben, und Wien bereitete ihm ein phantastisches Begräbnis. Alle Häuser der Stadt waren schwarz beflaggt, alle Straßenlaternen mit Trauerflor umhüllt. Ich hatte Gelegenheit, den Kondukt zu sehen, als er von Schönbrunn über die Mariahilferstraße zur Hofburgkapelle zog, wo der Kaiser fünf Tage lang aufgebahrt war. Hinter dem Sarg schritt das neue Herrscherpaar Kaiser Karl I. und Kaiserin Zita, mit ihrem Sohn, dem vierjährigen Thronfolger Erzherzog Otto. Es folgten die Mitglieder des Kaiserhauses, die Trauergäste wie Kaiser Wilhelm II. und andere, die hohen Würdenträger, die Regierung, der Bürgermeister der Stadt Wien mit den Gemeinderäten undundundundund. Die Leute schluchzten – und doch: sie waren nicht in einer solchen Weltuntergangsstim-

mung wie zwei Jahre später, als Alexander Girardi starb, der große Volksschauspieler und Liebling der Wiener. Sie konnten sich ein Wien ohne Girardi nicht vorstellen. »Jetzt ist es aus«, sagten sie, »das ist der Tod der Monarchie.«

Die Lage wurde von Tag zu Tag katastrophaler. Im Burgtheater rief ein Besucher, als in einem Stück auf der Bühne gegessen wurde, hinauf: »Die fressen, und wir müssen hungern!« Einige riefen: »Ruhe!«, andere wieder: »Recht hat er!«, es kam zu einem Eklat, die Polizei mußte einschreiten, und der Skandal wurde noch perfekter, als man erfuhr, daß der Mann, der ihn heraufbeschworen hatte, ein Offizier war. Am schwarzen Brett im Simpl wurde eine Verlautbarung für die Künstler angebracht: »Es ist verboten, auf der Bühne vom Essen zu reden.« Geheimpolizisten, sogenannte »Kieberer«, saßen im Zuschauerraum und kontrollierten, ob die von der Zensur gemachten Striche eingehalten wurden. Dabei war sowieso schon alles gestrichen, manches, von dem man nicht wußte, warum. Aber ein Zensor ist eben ein Mensch, der in einem Witz drei Pointen findet, obwohl er nur zwei hat. In einer Morgenzeitung stand von der Verhaftung eines Conférenciers wegen Aufwiegelung. Was hatte er gesagt? »Bei den römischen Ausgrabungen fand man in einem Steinsarg ein Skelett, von dem man annahm, daß es die Überreste eines österreichischen Generals seien, was aber, wie sich bald herausstellte, nicht der Fall sein konnte. Sie fragen, warum nicht? Es war ein Kopf dabei.« Am selben Abend sagte Paul Morgan: »Heute vormittags wollte ich Ihnen noch etwas sagen. Jetzt habe ich es vergessen.« Applaus. Die Zuschauer wußten genau, was er meinte.

Zuschauer? Gab es denn überhaupt noch Zuschauer? Ja, die gab es, obwohl die Situation immer schlimmer wurde. Viele von ihnen gingen ja auch nicht mehr ins Theater oder ins Cabaret, um sich zu unterhalten, sondern um sich zu wärmen. Wie Lebensmittel und Textilwaren waren auch die Kohlen rationiert, und um ein einziges Zimmer seiner Wohnung einen einzigen Tag warmhalten zu können, mußte man eine Wochen-

ration verheizen. Auf den Straßen mehrten sich die Demonstrationen, Scheiben wurden eingeschlagen, Läden geplündert, die Geschäftsleute verschalten ihre Auslagen mit Holz, die Polizei war machtlos.
Es ging dem Ende entgegen. In Rußland brach die Revolution aus, der Zar dankte ab und wurde mit seiner ganzen Familie erschossen. Dank der Revolution wurden bedeutende militärische Kräfte für eine Entscheidung im Westen frei. Am Isonzo durchbrachen deutsche und österreichisch-ungarische Truppen die italienischen Stellungen, schlugen die Italiener bei Udine und drängten sie hinter den Piave. Aber das alles löste nicht die Hauptprobleme: Rohstoffmangel und Lebensmittelknappheit. Kaiser Karl hatte mehrmals versucht, einen Sonderfrieden zu schließen – die Alliierten, allen voran Frankreich unter Clemenceau, lehnten ab. 1918 war es soweit. Die Fronten brachen zusammen, die Soldaten warfen ihre Gewehre weg, Wilhelm II. flüchtete nach Holland, Kaiser Karl ging mit seiner Familie in die Schweiz ins Exil und wurde, nach zwei mißglückten Restaurationsversuchen in Ungarn, auf die Insel Madeira verbannt. Wer da glaubt, daß sich die Lage nun mit einem Schlage bessern würde, der hatte sich getäuscht. Wir ernährten uns von Wrucken (einer Art roter Rüben, nur schlechter), von Polenta (einer italienischen Speise aus Maismehl, ähnlich unserem Grieß, nur schlechter) und von roter Grütze (einem zitternden Etwas, ähnlich dem englischen Pudding, nur etwas schlechter). Mit leerem Magen gingen die Menschen zur Arbeit, und die Schwerinvaliden, die in den Straßen standen und bettelten, bauten uns auch nicht gerade auf.
Ich war inzwischen Schauspieler geworden. Im Raimundtheater konnte man nicht ewig das »Dreimäderlhaus« spielen, obwohl es bei einer späteren Wiederaufnahme noch Hunderte Aufführungen erlebte, also versuchte man es mit einer Fortsetzung »Hannerl«, wieder mit Schubertmelodien, diesmal nicht von Berté, sondern von Lafite bearbeitet. Ich könnte jetzt schreiben: Nestroy sagte schon – aber ich tu es nicht. Der

Ausspruch wurde schon zu oft zitiert. Da mir aber nichts Besseres einfällt – in Gottes Namen. Nestroy sagte schon: »Es is nix mit die zweiten Teil'.« Er hatte recht. »Hannerl« war nix. Nun brachte man eine Operette von Bruno Granichstädten: »Das alte Lied.« Es sollte eine patriotische Sache werden, inzwischen kam der Zusammenbruch, der Patriotismus war passé. Granichstädten mußte die Operette umschreiben, und ich bewunderte ihn, wie er das machte und wie schnell er das machte. Aus dem kaisertreuen Helden Prinz Schönborn machte er den Revolutionsführer Messenhauser (1848), auch die anderen Rollen wurden dementsprechend geändert, neue Proben begannen, und im Dezember war bereits die Premiere. Aus »Es lebe der Kaiser!« war »Es lebe die Freiheit!« geworden. Das könnte ich nie, dachte ich, und was konnte ich dann nicht alles. Viel Schlimmeres. »Das alte Lied« hatte einen mäßigen Erfolg, und bald kam ein neues Stück: »Wiener Volkssänger«, ein Volksstück von Victor Léon, Musik von Mahler (den Vornamen habe ich vergessen), einem Großneffen von Gustav Mahler. Der zweite Akt spielte in einem Lokal, in dem die Hauptdarsteller als Volkssänger auftraten, und da brauchte man natürlich einen Pianisten, der sie am Klavier begleitete.
Einen alten Pianisten. Volkssänger haben immer alte Pianisten. Da das Raimundtheater weder einen alten Pianisten besaß noch einen engagieren wollte, wurde ich ausersehen, den alten Pianisten zu spielen. Ich wurde auf alt geschminkt, bekam eine weiße Perücke, ging wie ein 70jähriger, trank wie ein 70jähriger und spielte Klavier wie ein 70jähriger. Als Gage bekam ich um eine Krone mehr als ein gewöhnlicher Statist. Also vier Kronen. Mit drei Kronen konnte man damals elend verhungern, mit vier Kronen nur verhungern. Aber ich war glücklich. Ich stand auf der Bühne in einer Maske, ich hatte meinen eigenen Auftritt – zu reden hatte ich allerdings nichts, aber die Schauspieler, die das Publikum mimten, versuchten jeden Abend, mich in Verlegenheit zu bringen. Sie stellten mir alle möglichen Fragen, auf die ich immer mit »ja« oder »nein« antwortete. Da einmal

ritt mich der Teufel. Ich gebrauche selten solche Sprüche, aber ich wüßte mein Verhalten nicht anders zu erklären. Ich hatte, auf Anordnung der Regie, öfter aus einem Weinglas zu trinken. Da, als ich wieder einen Schluck machte, sagte einer (ich weiß es noch heute, er hieß Louis Groß): »Du solltest dir das Trinken abgewöhnen.« Alle sahen mich erwartungsvoll an, es war anscheinend ausgemacht. Ich sagte: »Dazu ist es schon zu spät.« Drauf er: »Dazu ist es nie zu spät.« Drauf ich: »Dann wart' ich noch.« Alle lachten. Im Publikum und auf der Bühne.

Am nächsten Abend rief mich der Schauspieler Josef Egger zu sich, derselbe Egger, der später, in der Nazizeit, eine beachtliche Filmkarriere machte und fragte mich, ob ich nicht Theater spielen möchte. Ich fragte erstaunt: »Wo?« Drauf sagte er: »Bei mir.« Ich erfuhr, daß er Schrebergärtner war und daß er für eine Schrebergartenkolonie ein kleines Theater leitete. Am nächsten Tag sah ich es mir an. Es war in Breitensee, also weit draußen, war auf einem Berg gelegen, und bestand aus einem Gasthaussaal, in dem auch Versammlungen und Bälle abgehalten wurden, und aus einer kleinen Bühne. Die Bühne hatte eine immer gleichbleibende Dekoration: einen Wald, in dem auf eine Kulisse ein Jäger gemalt war, der auf ein männchenmachendes Häschen zielte. Wo immer unsere Stücke auch spielen sollten, ob in einer Bauernstube, in einem Thronsaal – bei uns spielte alles im Wald, und der Jäger mit dem männchenmachenden Häschen war immer dabei. Wir waren eine Gruppe von theaterbesessenen Jugendlichen, die noch ihre Ideale hatte. Meine erste Rolle war der Forstadjunkt in »Bruder Martin«. Ich hätte mir damals nicht gedacht, daß ich einmal als Autor an einer Operettenfassung dieses Stückes mitarbeiten würde. Es hieß »Die goldene Mühle«, das Buch war von Wilhelm Sterk und von mir, die Musik war von Leon Jessel, Komponist des »Schwarzwaldmädels« sowie 17 anderer Operetten und des Charakterstücks »Die Parade der Zinnsoldaten«. (Freu dich, Fritzchen, freu dich, Fritzchen, heute gibts Selleriesalat!)

Ich brachte es bei den Schrebergärtnern bald zu großer Beliebtheit, was mich sehr freute. Weniger freuten mich die Anforderungen, die die Kunst sonst noch an uns stellte. Freitag, Samstag und Sonntag spielten wir, an den anderen Tagen hatten wir Proben. Wir mußten also täglich den Berg hinaufsteigen. Er war nicht hoch, aber er hatte seine Schikanen. Es gab keine Beleuchtung, es gab keinen Weg, wenn es regnete, hatten wir nasse Füße (wir alle hatten ja Löcher in den Sohlen), im Sommer spürten wir die Steine, im Winter versanken wir oft bis zu den Knien im Schnee. Dafür bekamen wir drei bis fünf Kronen pro Vorstellung, je nach der Größe der Rolle, und ein warmes Nachtmahl. Von der Gage blieb uns nicht viel übrig. Im Sommer kauften wir uns eine kalte Limonade, im Winter einen heißen Tee – man konnte nicht reich werden. Reich machte uns nur das Bewußtsein, Schauspieler zu sein, und wie wir wußten, hatten ja alle großen Schauspieler klein angefangen.
Wir waren keine Schmiere – wir waren begeisterte Amateure. Zur Schmiere wurden wir erst, als wir anfingen, Operette zu spielen. Uns fehlten vor allem die finanziellen Mittel. Damals gab es ja keine Subventionen. Wenn wir auch von dem Jäger und dem Häschen längst weggekommen waren, hatten wir doch keine richtigen Dekorationen, keine Kostüme, das Orchester bestand aus einem Klavier, und wenn der Pianist einmal etwas Besseres vorhatte als bei uns zu spielen, dann mußte ich einspringen. Da sauste ich dann in Kostüm und Maske, einmal sogar als Affe (Nestroy: »Der Affe und der Bräutigam«) in den Orchestergraben, wo das Klavier stand, begleitete meine Kollegen und sauste wieder zurück, um meine Rolle weiterzuspielen.
Aber um von der Operette zu erzählen: Wir spielten »Das Hollandweibchen«, eine der schwächeren Kálmánoperetten. Der Inhalt: Der Erbprinz eines kleinen Fürstentums soll, aus Gründen der Staatsraison, eine ihm unbekannte Prinzessin heiraten. An der Heirat uninteressiert, schickt er seinen Adjutanten, der sich mit der Pinzessin in contumaciam trauen läßt. Der Prinz selbst fährt nach Holland, um im Meer zu segeln. Die

Prinzessin, auf das tiefste beleidigt, geht von zu Hause durch und fährt (wie der Zufall so spielt) ebenfalls nach Holland. Der Prinz lernt sie kennen, hält sie in ihrer holländischen Tracht mit Häubchen und Holzschuhen für ein kleines holländisches Mädel und verliebt sich in sie, ohne zu wissen, daß sie, durch die Trauung mit seinem Vertreter, seine Frau ist. Sein Vater, der regierende Fürst stirbt, und der Staatsminister kommt, um den Prinzen nach Hause zu holen. Im Buch steht: »Das Schiff fährt ein. Am Bug steht, im Diplomatenfrack, der Staatsminister.« Dieser Staatsminister, ausnahmsweise eine ernste Rolle, war ich. Für das Schiff hatte unser Regisseur eine Lösung. Er nahm einen jener kleinen Wagen, »Handwagerln« hießen sie in Wien, wie man sie damals, von großen Hunden gezogen, als Transportmittel benützte. An die Längsseite des Wagerls nagelte er eine Attrappe, die den Bug des Schiffes vortäuschte, ferner brachte er ein Seil an, ich stand im Diplomatenfrack an Deck, und meine Kollegen, die in der Szene nichts zu tun hatten, zogen das Schiff von der Seite auf die Bühne. Bei der Generalprobe klappte es, aber. Ich weiß, daß man einen Satz nicht mit »aber« beendet, aber unglücklicherweise. Ich weiß, daß man einen Satz auch nicht mit »unglücklicherweise« beendet, aber unglücklicherweise gab es da zwei Pfosten zur Anbringung der Kulissen. Einer dieser Pfosten stellte sich dem Schiff in den Weg, riß die Schiffsattrappe herunter, und ich, als Staatsminister in goldbetreßter Uniform, fuhr, auf dem Handwagerl stehend, auf die Bühne. Das Publikum lachte, der Erbprinz, statt den Tod seines Vaters zu betrauern, lachte, die Prinzessin lachte, ich schrie: »Vorhang!«, der Vorhangzieher lachte, und so blieb mir nichts anderes übrig, als mich ins Meer zu stürzen. Erst dann fiel der Vorhang.

Wenn man jung ist, läßt sich vieles ertragen, aber das Leben in Wien war zur Qual geworden. Hunger und Kälte wurden immer schlimmer, und viele sahen nur einen Ausweg aus dem Dilemma: Selbstmord. Grünbaum sagte im »Simpl«: »Der Frieden ist ausgebrochen«, und er hatte recht. Er war fast so schlimm wie der Krieg. Die Inflation kam. Geldscheine zu »1 Million« und zu »1 Milliarde« wurden ausgegeben – und was bekam man dafür? Heute noch zwei Semmeln, morgen vielleicht nur noch eine. Und wieder Grünbaum: »Inflation ist der Zustand, in dem man sich, wenn man reich ist, nicht mehr das leisten kann, was man sich leisten konnte, als man arm war.«

Das Schiebertum blühte. Im Cabaret »Hölle« gibt es fast täglich Polizeirazzien. Angeblich sollen dort, nach Schluß der Vorstellung, Schlemmereien und Orgien stattfinden. Hans Kolischer, neuer Kabarettist, sagt: »Mein Schwager hat ein herrliches Geschäft. Er steht vor der ›Hölle‹ und verkauft Kleiderhaken für Orgien.« Einerseits schlägt die Regierung zu, andererseits ist es ihr ganz recht, daß es das Schiebertum gibt. Ohne Schieber, die den Schwarzmarkt beliefern, hätten die Wiener gar nichts zu essen. Kinder sterben vor Hunger, Seuchen wie die Spanische Grippe fordern tausende Opfer; Hermann Leopoldi schreibt den traurigen Schlager »Wien, sterbende Märchenstadt«. Die Städter ziehen aufs Land, um zu hamstern. Man tauscht alles, was man noch besitzt. Einen Teppich für ein paar Eier, einen Brillantring für ein paar Kilo Butter, einen Konzertflügel für Zucker oder Zigaretten. Wobei Konzertflügel und ähnliche Gegenstände bei den Bauern gar nicht beliebt waren. Sie standen in den Scheunen herum und nahmen den Platz weg.

Im Simpl gab es 1919 eine Sensation: das Auftreten des beliebten Helden des Deutschen Volkstheaters, wie das Volkstheater damals noch hieß: Raul Aslan. Aslan sang deutsche und französische Lieder zur Laute und mußte dreimal prolongiert werden. Aber auch an Komikerzuzug fehlte es nicht. Da war Armin Berg, der mit seinem sonnigen Humor und seinem ewig lachen-

den Gesicht bald zum Liebling der Wiener wird. Wer kennt nicht seinen »Überzieher« oder seinen »Maurer«? (Die Texte stammten von Otto Reutter und wurden von Berg verwienert.)
Über Armin Berg gibt es unzählige Anekdoten. Ich möchte einige, die er mir erzählt hat oder die ich miterlebt habe, weitergeben:
Wien bekommt sein erstes Hochhaus. Berg und ich waren in der »Femina« engagiert. Eine unserer Tänzerinnen mietet im Parterre des Hochhauses ein Appartement. Sie blickt zum Fenster hinaus, als Berg und ich vorübergehen. Berg schaut zu ihrem Parterrefenster hinauf und fragt: »Dazu wohnen Sie im Hochhaus?«
Berg wollte immer schon Theater spielen, und der Direktor des Marienbadener Theaters interessierte sich für ein Armin Berg-Gastspiel. Er bat Berg zu sich, Berg mußte in einem Zimmer warten, in dem sich die Lieblinge des Direktors, fünf kleine Pekinesen befanden. Die Hunde belästigten Berg, wollten spielen, zupften an seiner Hose, Berg wurde nervös, eben wollte er den frechsten der fünf mit dem Fuß wegstoßen, als der Direktor eintrat. Schnell zeigte Berg mit dem Fuß auf den Hund und sagte: »*Der* ist mir der liebste!«
Nach dem Zweiten Weltkrieg trafen wir uns wieder, und da erzählte er mir folgenden Vorfall aus seiner Staatsbürgerprüfung, die er ablegen mußte, um Amerikaner zu werden: Berg sprach schlecht Englisch und verstand es noch schlechter, weshalb er sehr nervös war. Der Prüfer, ein höherer Beamter, fragte ihn: »Wann sind Sie in die Vereinigten Staaten gekommen?« Berg wollte antworten: 1942, versprach sich und sagte: »1492«. Drauf der Beamte: »Da hätten Sie gleich mit Columbus fahren können.« Amerikaner wurde er trotzdem.
Ich will aber kein Armin Berg-Buch herausgeben, und so müssen wir zurück in die Zeit anfangs der zwanziger Jahre.

Die Theater hatten es damals schwer. Finanzamt und Gewerkschaften machten ihnen die größten Schwierigkeiten. Auch die Schauspieler hatten es nicht leicht. Wie soll man in einer Zeit der Inflation Verträge abschließen? Von einem Tag zum andern? Und wie ist es mit den Eintrittspreisen? Direktor Dorn hatte sein Vermögen, das er immerhin im Simpl gemacht haben dürfte, gut angelegt. Er hatte Grundstücke, Rennpferde und das Varieté Ronacher gekauft. Obwohl Dorn die größten Stars im Programm hatte, sagte er sich eines Tages: Das Kabarett braucht neue Gesichter und gab ein Inserat in die Zeitung: Simpl sucht Nachwuchs. Mit vielen andern Interessenten meldete sich ein Herr Karl Farkas. Farkas war vom Linzer Stadttheater, wo er ernste Rollen gespielt hatte, nach Wien gekommen und war hier an der Neuen Wiener Bühne als Schauspieler und Regisseur tätig. Aber davon konnte er in jener verrückten Zeit nicht leben. Also meldete er sich als Nachwuchs. »Was können Sie?« fragte ihn Dorn. »Blitzdichten«, antwortete Farkas und setzte fort: »Rufen Sie mir 20 bis 30 Worte zu – ich mache daraus ein Gedicht.« Dorn tat es, Farkas machte daraus ein Gedicht und wurde engagiert. Und nun berichtet die Fama: Eines Abends saß Grünbaum im Publikum, hörte sich das Schnelldichten an, rief Farkas die schwierigsten Worte zu und fing mit ihm zu diskutieren an. Das Publikum johlte. Das war der Beginn der Doppelconférence. Alles mag stimmen, nur der letzte Satz nicht. Die Doppelconférence entstand in einem Budapester Cabaret und war das Werk zweier ungarischer Kabarettisten: Hatschek und Schojo. (Liebe Ungarn, verzeiht, wenn ich die Namen falsch geschrieben habe, ich spreche neben Italienisch, Griechisch, Finnländisch, Suaheli und Südafrikanisch, auch nicht Ungarisch.) Später mehr über Farkas. Im Raimundtheater bereitete man wieder einmal eine neue Operette vor: »Was Mädchen träumen« von Leo Ascher, mit einer neuen Sängerin, die direkt aus der Akademie kam: Christl Mardayn, aus der später eine der ersten Schauspielerinnen des Theaters in der Josefstadt wurde. Der Tenor war Fritz Imhoff.

Ich war noch immer Statist und unbezahlter Korrepetitor am Raimundtheater sowie Schauspieler im Schrebergartentheater. Ich weiß nicht, wieso Fritz Imhoff eine solche Anziehungskraft auf mich ausübte, aber ich verehrte ihn, wie ich noch keinen Künstler verehrt hatte. Auf jeder Probe suchte ich seine Aufmerksamkeit zu erregen – er sah mich nicht. Ich wartete vor dem Bühnenausgang, wenn er kam – ich wartete, wenn er ging – er sah mich nicht. Ich reichte ihm mein Autogrammbuch und bat ihn um seine Unterschrift – er unterschrieb, ohne zu schauen für wen. Er sah mich nicht.
In der Operette »Was Mädchen träumen« spielte er einen Prinz von Hohenstein. Die Hohensteins scheinen ein reiches Adelsgeschlecht gewesen zu sein, weil er fünf Diener hatte. Einer der fünf war ich. Da plötzlich änderte sich die Lage. Der Prinz von Hohenstein trug eine prächtige Uniform und mußte, wenn er im 2. Finale nach dem üblichen Zerwürfnis mit der Sängerin das Schloß verließ, einen weißen Mantel und eine Pelzmütze tragen. Anders gehen Prinzen nicht auf die Straße. Wie sollte er nun zu Mütze und Mantel kommen? »Einer der Diener soll beides hereinbringen«, schlug Imhoff vor. »Vielleicht der da.« Und er zeigte auf mich. Die andern vier murrten, und so entschied Regisseur Langer: »Gut. Soll es jeden Abend ein anderer machen.« Das gefiel mir gar nicht. Ich wollte Mantel und Mütze jeden Abend bringen, und ich wußte auch schon, wie ich es anstellen mußte. Ich wollte jeden Abend einem anderen meiner vier Dienerkollegen mein Statistenhonorar überlassen, dafür mußten sie auf ihre Würde als Mützen- und Mantelträger verzichten. Die vier waren einverstanden, aber Imhoff bemerkte es nicht. Er wußte auch nicht, welches Opfer ich brachte. Meine Familie wohnte damals mit mir bei Verwandten in Perchtoldsdorf (zu jener Zeit noch Petersdorf), damit das Kind, das war ich, nicht in dem schrecklichen notleidenden Wien, mit seiner schlechten Luft und seinen Krankheiten leben müsse.
Die Verbindung Wien–Perchtoldsdorf war bereits wieder her-

gestellt. Hätte ich auf meinen Auftritt mit dem Mantel verzichtet, hätte ich mit der Straßenbahn bis Mauer und dann mit der Dampftramway bis Perchtoldsdorf fahren können. Die Dampftramway verkehrte aber nur bis zehn Uhr abends, und das war genau die Zeit, in der ich Imhoff den Mantel umhängte. Ich mußte also von Mauer bis Perchtoldsdorf zu Fuß gehen, und das war nicht nur nicht angenehm, sondern auch unheimlich und gefährlich. Der Weg führte durch die Weingärten, es gab kein Licht, man hörte die Hunde bellen, die die Weingärten bewachten, und da und dort auch einen Schuß aus einer Schrotflinte, der die Traubendiebe verscheuchen sollte. Und wer sagte denn den Wächtern, daß ich *kein* Traubendieb war? Ganz schrecklich wurde es aber erst, als ich hörte, daß in den Weingärten ein Mann überfallen und ermordet worden war. Ich war froh, als ich gesund zu Hause anlangte, und gab mir das Versprechen, mit meinen Kollegen zu reden. Sollen sie Imhoff den Mantel umhängen, ich verzichte, behalte mein Geld, kann einen Akt früher weggehen und erreiche noch die letzte Dampftramway. Leider war ich ein Mensch, der seine Versprechen nicht hielt. Kaum sah ich Fritz Imhoff, als alle guten Vorsätze beim Teufel waren. Meine Mutter wunderte sich, warum ich täglich das Geld für die Straßenbahn von ihr verlangte, wo ich doch mein Honorar hatte. Ich mußte immer neue Ausreden erfinden, aber es nützte nichts – Imhoff bemerkte mich nicht. Da, eines Abends, ich glaubte, mir bliebe das Herz stehen, kam er auf mich zu. »Heißt du Wiener?« fragte er mich. »Ja«, antwortete ich aufgeregt. »Ich habe gehört, daß du Klavier spielen kannst, würdest du mir eine Nummer vorspielen?« »Gern«, sagte ich. Ich dankte im Geist meinen Eltern, die mich anhielten, Klavier spielen zu lernen. Ich dankte Professor Wasservogel, der mich unterrichtete, und ich dankte Gott, weil er Imhoff davon wissen ließ. Von da an ging es mit Riesenschritten vorwärts. In zwei Tagen konnte er das Lied, dann studierte ich mit ihm eine Partie aus einer Offenbach-Operette (Ritter Blaubart), die er am Theater an der Wien singen sollte. Inzwischen begann das

Leben in Wien sich zu erholen, in den größeren Kaffeehäusern fanden »Bunte Abende« statt. Imhoff war einer der gesuchtesten Mitwirkenden, er trat fast jeden Abend in einem dieser Kaffeehäuser auf, er nahm mich als ständigen Klavierbegleiter mit, ich bekam gut bezahlt, schrieb ein Couplet für ihn, Text und Musik, es gefiel ihm, und er versprach mir, es zu singen. Nun wollte ich es gedruckt sehen. Ich ging von einem Verlag zum andern, aber wer druckt schon etwas von einem unbekannten Komponisten? Ich mußte es im Eigenverlag herausbringen, das heißt, ich mußte den Druck bezahlen und die Auslieferung an die Musikalienhändler und an die Musiker übernehmen. Der Druck kostete ein Vermögen. Woher nehmen? Meine Schwester stellte mir ihre Ersparnisse zur Verfügung, aber wieviel konnte sie sich als Verkäuferin in einem Warenhaus schon erspart haben? Tanten, zwei Schwestern meines Vaters sowie ein Bruder meiner Mutter gaben auch etwas dazu. Einige entfernte Verwandte beteiligten sich mit kleineren Beträgen – endlich hatte ich die Summe beisammen und konnte das Werk in Druck geben. Der Drucker nannte mir zwei Termine. Einen für die Vornahme der Korrektur und einen für den fertiggestellten Druck. Jeden Tag ging ich an der Druckerei vorüber, immer in der Hoffnung, der Drucker würde herausstürzen und sagen: »Wir sind einige Tage früher fertig geworden – wenn Sie wollen, können Sie die Korrektur vornehmen.« Niemand stürzte heraus, ich mußte die Termine abwarten. Damals wurden ja die Noten noch nicht geschrieben und kopiert, sondern gestochen. Als ich meinen Namen zum erstenmal auf einem Notenexemplar gedruckt sah, zitterten mir die Knie. Besonders reizend war das Titelblatt, das mir ein Freund gezeichnet hatte. Es bestand aus einem Kreis von Sternen, in jedem Stern war eine Zeichnung, die sich auf den Text bezog, und in der Mitte war ein ganz großer Stern mit einem Photo von Fritz Imhoff. Ich konnte mir nicht vorstellen, daß jemand dieses Bild sehen konnte, ohne die Noten zu kaufen. Nun mußte ich mich sofort um den Verkauf an die Musikalien-

handlungen kümmern. Das Lied hieß »Da drob'n am Mars«. Irgend etwas war zu jener Zeit mit dem Mars los. Ich glaube, er war damals der Erde am nächsten. Auf alle Fälle war es aktuell, es mußte so schnell wie möglich gesungen und in Umlauf gebracht werden. 1000 Exemplare hatte ich bestellt, ich ließ sie nach Hause liefern, nahm das erste davon – das sollte Imhoff bekommen. Ich fuhr zum Theater an der Wien, wo er »Ritter Blaubart« spielte, als ich an der Kassa vorbeikam, sah ich einen Zettel: »Wegen Erkrankung von Fritz Imhoff spielt heute Herr Emil Guttmann«. Imhoff krank? Ich eilte sofort in die Hamburgerstraße, wo er mit seiner Mutter eine schöne Wohnung hatte. Ich läutete, Frau Jeschke machte die Tür einen Spalt auf und sagte, als sie mich sah: »Heute darfst du nicht hereinkommen, mein Sohn hat Scharlach.« Türe zu. Ich bekam einen solchen Schreck, daß ich mich auf die Treppe setzen mußte. Scharlach! Eine Kinderkrankheit, die für Erwachsene gefährlich werden kann. Dauer: sechs bis acht Wochen. Sechs bis acht Wochen, schrak ich plötzlich zusammen. Was wird aus meinem aktuellen Couplet?
Ich will es Ihnen sagen: ein Exemplar der gedruckten Noten bekam Imhoff – die restlichen 999 lagen noch dreißig Jahre später wohlverpackt in meinem Kasten. Ich hoffe, meine armen Eltern und meine Schwester haben in der Nazizeit den Ofen damit geheizt und so wenigstens *einen* Tag ein warmes Zimmer gehabt.

Wilhelm Karczag hatte das Raimundtheater an Professor Beer weitergegeben. Beer führte es als Prosabühne, und viele junge Schauspieler haben dort ihre Karriere begonnen: Adrienne Gessner, Attila Hörbiger, Oskar Karlweis, Oskar Homolka u. a. Schönbaumsfeld ging an das Varieté Apollo, aus dem sein Besitzer, Ben Tiber, eine Operettenbühne machte, und nahm mich mit. Vom Durchfall des »Süßen Kavaliers« habe ich ja bereits berichtet, es kamen andere Operetten, aber es wollte

sich kein richtiger Erfolg einstellen. Da kam Robert Stolz mit seinem neuen Werk: »Ein Kavalier von zehn bis vier«. Von Kavalieren hatte man im Apollo genug, also nannte man die neue Operette »Ein Ballroman«. Schönbaumsfeld hob als Gastdirigent am Theater an der Wien die »Gräfin Mariza« aus der Taufe, mit dem zweiten Kapellmeister, Funkenstein, verstand Stolz sich nicht, also sagte er zu mir: »Weißt was, Burscherl? (Er nannte mich bis ins hohe Alter immer »Burscherl« oder auch »der schöne Hugo«), wir machen das allein. Du machst die Chor- und Ballettproben, ich nehm' die Solisten.« Die Solisten, das waren Christl Mardayn, Louis Treumann, Paul Morgan, Otto Treßler vom Burgtheater und noch einige. Es wurde ein richtiger Premierenerfolg. Aber *nur* ein Premierenerfolg. Nach der Premiere war es aus. Die Wiener wollten im Apollo ein Varietéprogramm sehen und keine Operette.
Stolz dirigierte ungefähr 14 Tage persönlich. Eines Abends, in der Pause nach dem 2. Akt, sagte er zu mir: »Heute dirigierst *du* den 3. Akt!« Ich erschrak, ich hatte noch nie dirigiert, aber Stolz beruhigte mich: »Ich stell' mich neben dich hin – da kann nix passieren.« Es passierte auch nichts, außer daß auf der Bühne der ganze 3. Akt verlacht wurde. Stolz war zu jener Zeit ziemlich »vollschlank«, während ich so dünn war, daß ich Magen- und Rückenschmerzen am selben Fleck hatte. Da »die oben« nicht vorgewarnt worden waren, *mußten* sie einfach lachen, als sie anstatt des gewohnten Riesen einen Zwerg am Dirigentenpult sahen. Es ist ja bekannt, daß die meisten Schauspieler über die dümmsten Dinge lachen – so wie diesmal über mich.
Bald nachher gab es eine Probe für die gesamte zweite Besetzung, und ich sollte dirigieren. Einziger Fehler: ich wußte nichts davon, weil man vergessen hatte, es auf dem Probenzettel zu vermerken. Ich ging also nicht hin, schon um nicht als Streber zu gelten.
Stolz war wütend und prophezeite vor dem ganzen Ensemble: »Der wird noch einmal bei einem Praterwerkel enden!« Zum

Glück war er ein hervorragender Komponist, aber ein schlechter Prophet.

Propheten gibt es bessere. So war ich mächtig stolz auf die Bekanntschaft mit einem jungen Mann, der nur vier Jahre älter war als ich. Er hieß Fritz Rotter, war Textdichter und hatte bereits einige Nummern mit bekannten Komponisten geschrieben. (Spätere Texte: »Was macht der Meier«, »Ich küsse Ihre Hand, Madame«, »Veronika, der Lenz ist da«, »Ich hab mir für Grinzing einen Dienstmann engagiert«, »Ich hab mich so an dich gewöhnt«, »Wenn der weiße Flieder wieder blüht« usw. Alle seine Schlager aufzuzählen, wäre unmöglich.) Er wohnte im 6. Bezirk und saß oft im Café Raimundhof, gegenüber dem Theater. Er wußte, wie sehr ich seinen Erfolg bewunderte, und lud mich oft ein, bei ihm Platz zu nehmen.
Eines Vormittags saß er im Kreise einiger junger Beer-Schüler dort. »Setz dich zu uns!« rief er mir zu und machte bekannt. »Das ist meine Kusine Wanda, eine künftige Greta Garbo... und das sind auch zwei künftige Bühnengrößen: Paula Wessely und Hans Jaray.« Die drei lachten. Rotter wußte nicht, wie recht er mit seinen Worten behalten sollte. Wanda Rotter, eine rothaarige Schönheit, wurde unter dem Namen Wanda Rotha eine der größten Schauspielerinnen Londons, und Paula Wessely und Hans Jaray blieben auch nicht ganz unbekannt. Das nenne ich einen Propheten. Aber wir bleiben noch bei Robert Stolz.
Einige Jahre später – ich hatte inzwischen meinen Beruf gewechselt, war Autor geworden und als solcher an der Revuebühne »Femina« engagiert – saß ich in meinem Stammcafé, dem Café Lebmann. Besagtes Café hatte zwei Ausgänge, einen nach der Kärntnerstraße und einen nach dem Neuen Markt. Ich benützte immer den letzteren. So auch an jenem Tag. Es war ein prachtvoller Winterabend, weißer Schnee lag auf den Straßen (es gab ja noch nicht so viele Autos), vor dem Kaffeehaus

Die Eltern

2 Der Herr Kapellmeister

1919. Operette »Was Mädchen träumen« von Leo Ascher am Raimundtheater: weißer
Iantel mit Fritz Imhoff.

4 (links) 1948 Derselbe Fritz Imhoff mit Cissy Kraner im Simpl

5 (unten) 1930. Herrenabend in der Flottenbar. V.r.n.l. sitzend: Günther Stapenhorst (Filmproduzent), Fritz Grünbaum, Ferdinand Exl (Exl-Bühne), Reinhold Schünzel (berühmter Filmregisseur); stehend: Filmproduzent Neusser, Fritz Imhoff, Filmarchitekt Kesselhut, Rudolf Carl, Eduard Loibner, Hugo Wiener

6 (rechts) 1935. »Dies Bildnis ist bezaubernd schön!« Erster Blick auf das Foto Cissy Kraners

7 Señorita ahora. Cissy in der Revue »Vamos a Colombia« v. Hugo Wiener, Bogotá 193

8 »Sind Sie gewillt?« Hochzeit am 6. 4. 1943

Die Simpl-Autoren Karl Farkas und Hugo Wiener (1950 bis 1965)

10 Modeschau: Dior-Modell 1954 und Fath-Modell 1955. Cissy Kraner und Heinz Conrads im Simpl

stand ein Taxi und neben dem Taxi Robert Stolz. Er hatte eben bezahlt, hielt den Hut in der linken Hand, mit der rechten fuhr er sich über den Hinterkopf – die Hand war voll Blut. Nun sah ich auch im Schnee Blutstropfen. »Ist etwas geschehen?« fragte ich erschrocken. »Nein, nein«, beruhigte mich Stolz, »ich bin beim Aussteigen auf dem Schnee ausgerutscht und mit dem Kopf auf das Trittbrett gefallen. Gehen wir einmal um den Häuserblock, die Luft wird mir guttun.« Er hängte sich bei mir ein, wir gingen um den Häuserblock, sprachen anfangs noch ganz vernünftig – plötzlich verlor er sein Gedächtnis. Er wußte nicht, wie er hieß, wer er war, was er in der Gegend gewollt hatte – mir wurde unheimlich. Am besten, dachte ich, führe ich ihn zu einem Arzt, der die Wunde reinigt. Aber zu welchem? Es war zehn Uhr abends. Der eine war nicht zu Hause, der andere hatte nur seine Ordination in der Kärntnerstraße und wohnte ganz weit draußen, der dritte war auf Winterurlaub. Endlich fand ich einen. Es war zwar ein Arzt für Haut- und Geschlechtskrankheiten, aber was soll's? Er reinigte die Wunde, aber wie gings weiter? Ich wußte, daß Stolz zu jener Zeit in Berlin lebte, er mußte also in einem Hotel abgestiegen sein. Wir lasen ihm aus dem Telephonbuch alle Hoteladressen vor, bei jeder sagte er: »Möglich... keine Ahnung... ich weiß es nicht...« und so fort. Wir durchsuchten seine Taschen und fanden einen Brief: »Herrn Robert Stolz, Wien I., Hotel Ambassador«. Das war's. Ich fuhr sofort mit ihm zum »Ambassador«, es war das Haus, vor dem ich ihn gefunden hatte. Wir stiegen aus, ich fragte den Nachtportier: »Wohnt hier der Herr Stolz?« Der Portier sah mich an wie einen Verrückten: »Das is er ja?!« Er schien zu glauben, daß *ich* das Gedächtnis verloren hatte. Ich übergab Stolz seiner (vierten) Frau Lilli, die ich bei dieser Gelegenheit kennenlernte und die mir, rein gefühlsmäßig, nicht sympathisch war. Und mit Recht. Einige Jahre später, in der schrecklichen Zeit, in der Stolz freiwillig in Paris im Exil lebte (er war 100%iger »Arier«), ging sie ihm mit einem Mann durch, den ich schon vor ihr gekannt hatte. Einzi Stolz nennt ihn in ihrem Buch »Servus Du« Dr. Reiter. Ich weiß, wie er wirklich hieß. Er gab sich überall für den Erfinder des »ewigen Zündholzes« aus, eine Erfindung, welche ihm die Schwedischen Streichholzfabriken angeblich abgekauft hatten, damit sie nicht auf den Markt komme, aber er war nur ein abgefeimter Schwindler. Lilli ging nicht nur mit ihm fort, sie nahm auch den millionendollarschweren Juwelenschmuck mit, den Stolz ihr im Laufe der Jahre gekauft hatte. Und doch war es ein Glück für ihn. Er fand Einzi, die einzige seiner Frauen, die ihm ein geordnetes, sorgenfreies Leben bescherte. »Die Einzi«, sagte er einmal während unserer Arbeit an der Operette »Frühjahrsparade« zu mir, »ist meine fünfte Frau, aber sie wird meine erste Witwe sein.«

Um noch einmal zu dem verlorenen Gedächtnis zurückzukehren. Robert hatte eine Gehirnerschütterung erlitten, die aber in ein paar Tagen geheilt war. Damals sagte er zu mir: »Ich hatte an diesem Tag sehr viel Geld bei mir. Ich wäre vielleicht in ein Auto gerannt oder in ein zwielichtiges Lokal geraten, wo man mich ausgeraubt hätte. Ich werde dir das in meinem Leben nicht vergessen.«
Wir haben viel zusammen gearbeitet. »Das Glücksrezept« (Bürgertheater), »Hallo, das ist die Liebe« (Raimundtheater), »Wenn die kleinen Veilchen blühen« (Fernsehen), »Der Tanz ins Glück« (Fernsehen), »Die Reise um die Erde in 80 Minuten« (Volksoper), »Hochzeit am Bodensee« (Bregenzer Festspiele), »Frühjahrsparade« (Volksoper) – aber wir haben nie mehr ein Wort über jenes Ereignis gesprochen.

Der Weg zur Hölle, heißt es, ist mit guten Vorsätzen gepflastert – und so hatte auch ich die besten Vorsätze, als ich zu dem eine Zeitlang stillgelegten und nun wieder eröffneten Kabarett »Hölle« ging, dessen Musikalischer Leiter ich werden sollte,

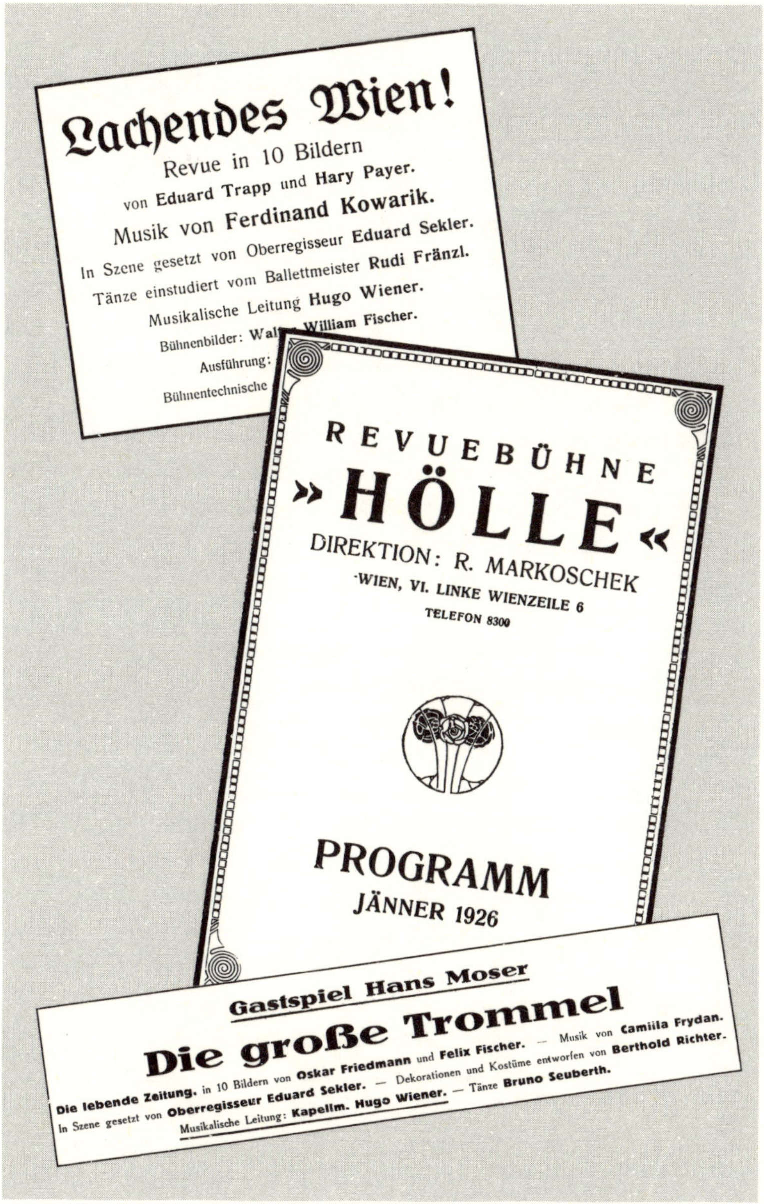

1926 wurde Hugo Wiener Musikalischer Leiter des Kabaretts »Hölle«.

sofern man in diesem Falle von einer musikalischen Leitung reden konnte. Ich hatte drei Musiker unter mir (Violine, Cello, Schlagzeug), und wenn es etwas zu komponieren gab, hatte ich auch das zu übernehmen. Die Lage in Wien besserte sich langsam, die Währung wurde unter der Regierung Seipel stabilisiert, aus der Krone wurde der Schilling, aber die Situation der Kabaretts wurde immer prekärer. Täglich schossen neue Lokale aus dem Boden, »Pan« und »Pavillon«, »Chat noir«, »Max und Moritz«, »Schiefe Laterne«, »Blaues Paradies«, und wie ich schon im Zusammenhang mit Fritz Imhoff erwähnt habe, gab es auch in fast allen größeren Wiener Kaffeehäusern Kabarettvorstellungen. Manche, wie das Café »Lurion« und das Café »Boulevard«, spielten täglich, andere am Wochenende und wieder andere nur einmal in der Woche. Die Konkurrenz wurde immer größer, und besonders im Simpl wurde die Lage desparat. Dorn verkaufte zuerst das Ronacher, dann Rennpferde und Grundstücke, und schließlich mußte er auch den Simpl hergeben. Er überließ ihn einem Direktor Müller gegen die Bezahlung der Schulden. Neujahr 1925 wurde der Simpl unter Direktor Müller eröffnet, zwei Tage vorher, am 29. Dezember 1924, jagte Dorn sich eine Kugel durch den Kopf. Wie durch ein Wunder war der Schuß nicht tödlich.

Bei uns in der »Hölle« hatte man inzwischen versucht, das altmodische Nummernprogramm durch eine Kabarettrevue zu ersetzen. »Revue« war die Mode. Die Brüder Schwarz brachten im Ronacher eine Revue »Wien gib acht!« heraus, die es, was Besetzung und Ausstattung betraf, mit jeder Pariser Revue aufnehmen konnte. Für Karl Farkas, der das Buch schrieb, bedeutete es den Druchbruch. Es spielten Christl Mardayn sowie Arnold Korff, der berühmte Burgschauspieler und Schnitzlerdarsteller, es tanzte die Nackttänzerin Edmonde Guy mit ihrem Partner Ernest van Düren, es marschierten, viel umjubelt, die Deutschmeister mit ihrer Musikkapelle und in ihren Originaluniformen auf die Bühne, eine Schau, wie man sie seit dem Zusammenbruch der Monarchie nicht gesehen hatte, und dazu Girls, Girls, Girls – es war kein Wunder, daß »Wien gib acht« von 1922–1924 siebenhundertmal gespielt wurde.

Und da gab es noch etwas in dieser Revue. Einen Komiker, der bis dahin im »Budapester Orpheum« kleine und kleinste Rollen gespielt hatte, der kaum aufgefallen war, und den man nun auf einer großen Bühne, in einem ganz anderen Rahmen, wiedersah: Hans Moser. Sein Entdecker war Robert Stolz. Die Brüder Schwarz waren ganz gegen dieses Engagement, bis Stolz sich verpflichtete, Moser die Gage zu bezahlen, falls er nicht gefallen sollte. Es war nicht nötig – Moser gefiel so sehr, daß es Leute gab, die zwei- und dreimal in die Revue gingen, nicht wegen der Mardayn, nicht wegen Korff, nicht wegen der Nackttänzerin und nicht wegen der Girls – nur wegen Hans Moser.

Als ich in der »Hölle« war, war Moser bereits Dritter-Akt-Komiker am Theater an der Wien. Unsere erste Revue – noch ohne Moser – hieß »Rund um den Mittelpunkt«, der Autor war Fritz Grünbaum, der Komponist Dr. Egon Neumann, ein junger, begabter Musiker, der als rassisch Verfolgter wie so viele andere 1938 Wien verlassen mußte. (Meine Frau und ich trafen ihn in Mexiko City. Wie wir später erfuhren, hat er dort Selbstmord verübt.) Die Revue »Rund um den Mittelpunkt« war, ohne große Ausstattung, nur auf Humor und auf einen Schlager aufgebaut: »Ich hab das Fräul'n Helen baden seh'n«. Die Nummer war eine Einlage, der Text war von Grünbaum, die Musik von Fred Raymond.

Eine andere Revue, die wir spielten, war von Peter Herz, hieß »Täglich ausverkauft«, und das war ihr Tod. Der Mann, der für die »Hölle« die Plakate entwarf, zauberte eine schiefhängende Tafel auf das Plakat, auf der »Täglich ausverkauft« stand. Er machte das so natürlich, daß die Leute sagten: »Wenn die ›Hölle‹ täglich ausverkauft ist, warten wir, bis es schwächer wird« und gingen nicht hin. So spielten wir oft vor acht bis zehn Personen, da eine gesetzliche Vorschrift besagt(?), daß,

sobald mehr als sieben Personen anwesend sind, nicht abgesagt werden darf.
Unsere Direktion entschloß sich wieder zu einem Nummernprogramm und engagierte Hans Moser für zwei Sketche. Nachdem er im Simpl den Dienstmann, den Krankenkassenpatienten und den Hausbesorger gespielt hatte, warum sollte er nicht einmal auch in der »Hölle« auftreten? Er war damals am Theater an der Wien engagiert, wo er im 3. Akt der »Gräfin Mariza« den Penizek spielte, die »Hölle« war im Gebäude des Theaters an der Wien gelegen, also spielte er den ersten Sketch, bevor er in das Theater ging, und den zweiten, wenn er vom Theater kam. In dem ersten Sketch spielte er einen Amtsdiener, der im Vorzimmer eines Bezirksvorstehers saß, wo er die persönlichen Daten der Parteien aufzunehmen hatte. Da in dem Sketch neun Personen beschäftigt waren, unser Ensemble aber nur aus acht Personen bestand, mußte der musikalische Leiter aushelfen. Moser saß mit richtiger Amtsmiene an einem Schreibtisch, die Parteien standen vor ihm Schlange, und nun ließ er sie seine Macht fühlen. Ich war der dritte in der Schlange. Der erste ging glatt vorüber. Dann kam eine Dame. Moser fragte: »Name?« »Mizzi Wojatschek.« »Beruf?« »Keinen.« Moser sah sie mißbilligend an: »Machen ma an Strich.« Nicht die Worte, sondern der mißbilligende Blick war es, der mich zum Lachen reizte, und als ich drankam, brachte ich kein Wort heraus. Nachdem Moser einige Male versucht hatte, mich zum Reden zu bringen, schrie er: »Hinaus! Mit mir können Sie das nicht machen! Ich bin ein Organ! Ein Amtsorgan! Gehen Sie!« und warf mich hinaus. Da ich auch am zweiten und dritten Abend meine »Rolle« verlachte und das Publikum sich dabei amüsierte, ließen wir es so.
Im zweiten Sketch, für den ich bloß ein Duett für das Liebespaar komponiert hatte, spielte Moser den Regenten eines kleinen Fürstentums, dessen junge Frau ein Kind erwartete. Moser liebte es nicht, in einer komischen, nichtssagenden Rolle Sätze zu sagen, über die nicht gelacht wurde, obwohl der Autor

darauf geschworen hätte. In einer Szene mit Peter Gerhard, der den Zeremonienmeister spielte, fällt ein Kanonenschuß. Gerhard, überglücklich: »Ihre Majestät haben ein Kind bekommen!« Moser, unbeteiligt: »Ah ja?« Kein Lacher. Zweiter Abend. Schuß. Gerhard: »Ihre Majestät haben ein Kind bekommen!« Moser: »Von wem?« Wieder nichts. Dritter Abend. Schuß. Gerhard: »Ihre Majestät haben ein Kind bekommen!« Moser: »Und das kracht so?« Großer Lacher. Moser war zufrieden.

Eines Abends sagte er zu mir: »Du bist immer so allein. Willst du nicht einmal mit der Blanca (seine Frau) und mit mir in die Opernbar gehen? Ich lad' dich ein.« Ich staunte. Die Opernbar ist ein teueres Lokal, und Mosers Sparsamkeit ist bekannt. Also warum? Ich sage natürlich: »Gern.« Wir gehen in die Opernbar, Moser bestellt eine Flasche Wein, die Band spielt, die Gäste tanzen Charleston, One-step, English Waltz, Moser lächelt mir aufmunternd zu: »Na? Willst du nicht einmal mit meiner Frau tanzen?« Moser hat mich als Tänzer für seine Frau mitgenommen! Es war mir peinlich, aber ich mußte gestehen, daß ich Nichttänzer bin. Aus. Die Stimmung war beim Teufel. Moser lud mich nie wieder ein. Das heißt, einmal doch, aber erst nach Jahrzehnten, als ich für ihn und Paul Hörbiger das Drehbuch für den Film »Ober zahlen!« schrieb. Damals trafen wir uns im Café Stadtpark, ich wurde zum Telephon gerufen, und als ich zurückkam und meine Zeche bezahlen wollte (sie bestand aus einem kleinen Kaffee), sagte der Ober: »Ist schon erledigt.« Am Abend erzählte ich es im Simpl – ich bin überzeugt, daß es mir keiner geglaubt hat.

Ich war noch oft mit Moser beisammen und hätte einmal fast das Glück gehabt, wieder mit ihm auf der Bühne stehen zu dürfen. Max Reinhardt, der als erster den großen Schauspieler in Moser erkannte und nicht nur den Komiker, und der von ihm sagte: »Der Moser ist gar kein Schauspieler – sondern ein Wahrspieler«, brachte das Stück »Artisten« heraus, in dem Moser den Inspizienten Jimmy spielte. In diesem Stück gab es

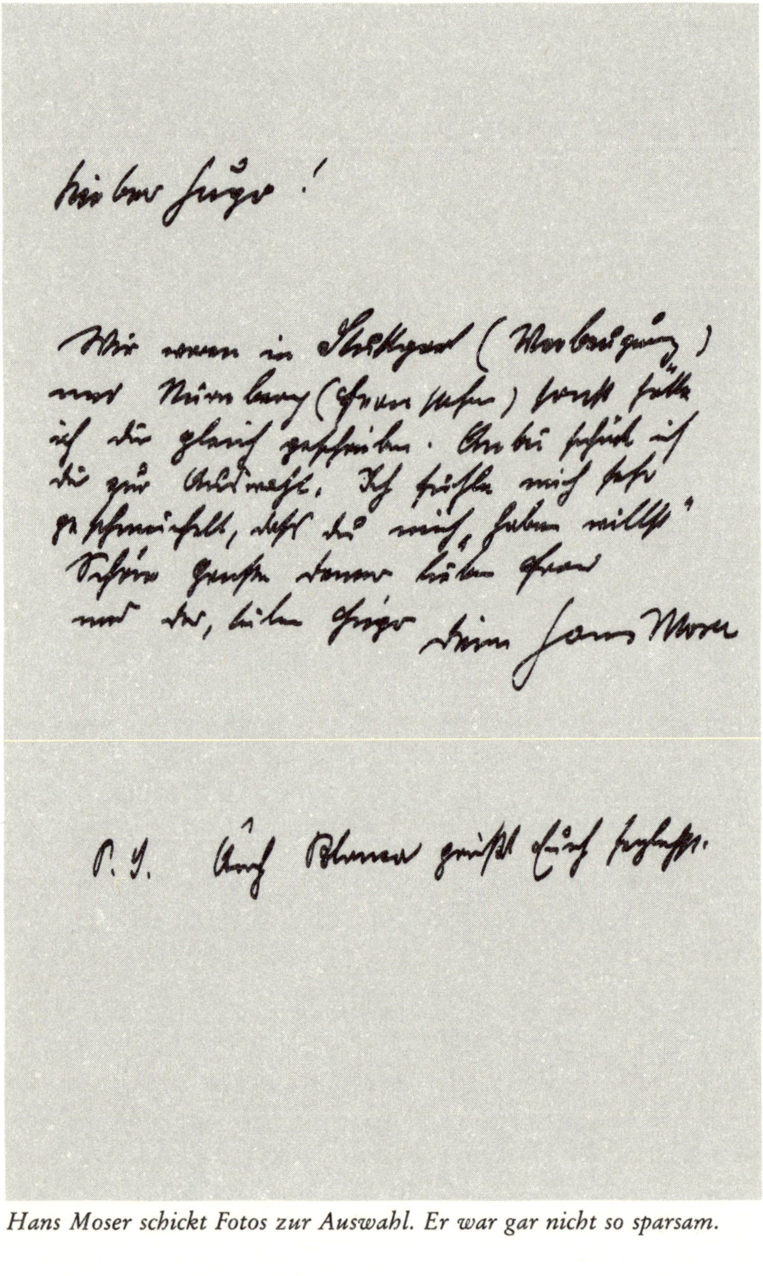

Lieber Hugo!

Wir waren in Stuttgart ([illegible]) und Nürnberg ([illegible]) sonst hätte ich dir gleich geschrieben. Anbei schick ich dir zur Auswahl. Ich fühle mich sehr geschmeichelt, daß du mich haben willst. Schöne Grüße deiner lieben Frau und dir, lieber Hugo dein Hans Moser

P. S. Auch Blanca grüßt Euch herzlichst.

Hans Moser schickt Fotos zur Auswahl. Er war gar nicht so sparsam.

eine Rolle, deren Darsteller Klavier spielen mußte. Es mußte also ein Pianist mit schauspielerischen Fähigkeiten sein, und da kamen nur zwei in Betracht: Frank Fox, der später große Konzertorchester leitete, und ich. Und da lernte ich das große Genie Max Reinhardts kennen: Er nahm Frank Fox.

Das Unerwartete trat ein: die »Hölle« ging in Konkurs. Die Schauspieler taten sich zusammen, machten mit der Revue »Rund um den Mittelpunkt« eine Tournee durch die ehemaligen österreichischen Städte der Czechoslowakei und Rumäniens, und ich ging als Kapellmeister mit. Wir gefielen überall, aber den größten Erfolg hatten wir in Czernowitz, und das war gar nicht so einfach. Obwohl Czernowitz (oder Cernauti, wie es damals hieß) einen erzbischöflichen Palast und eine orthodoxe Kathedrale besaß, bestand der Hauptteil der Einwohnerschaft damals noch aus Juden. Es gab reiche und arme Juden, fleißige und faule, ehrliche und unehrliche – die Verbrecher waren Juden, auch die Polizisten, die Straßenarbeiter, die Kutscher – alle. Wie heute in Israel. Und die Juden sind ein dankbares, aber kein einfaches Publikum.
Wir spielten unsere Revue nicht im Theater, sondern im Casino Wartenberg, einem Nachtlokal, in dem auch Theatergastspiele stattfanden. Man erzählte sich, daß einmal Gisela Werbezirk dort auftrat. Die Werbezirk war eine ganz große Schauspielerin, die mit Vorliebe jüdische Jargonrollen spielte. Sie war nicht schön, und ihre Figur glich der einer Ente. Jahrelang bemühte man sich, sie nach Czernowitz zu bringen, es scheiterte immer an ihren Gagenforderungen, bis ein mutiger Manager (er hieß Zwillinger) es wagte – in Anbetracht des Geschäftes, das ein Gastspiel Gisela Werbezirks in Czernowitz zu werden versprach –, einen Vertrag mit ihr abzuschließen. Was war? Das Haus war jeden Abend halb leer. Der verzweifelte Zwillinger fragte Direktor Wartenberg, was denn der Grund sein könnte, und Wartenberg antwortete: »Das kann ich Ihnen sagen. Wenn

Sie schöne Mädchen gebracht hätten, wären die Czernowitzer gekommen, und es wäre jeden Abend ausverkauft gewesen. Aber so etwas wie die Werbezirk hat doch jeder von uns zu Hause.«
Wir gefielen also, wir wurden prolongiert, ein zweites Mal prolongiert, und man wollte uns ein drittes Mal prolongieren, wenn wir ein anderes Programm gehabt hätten. Leider – wir hatte nur »Rund um den Mittelpunkt«. Da dachte ich mir, ich muß es einmal probieren, setzte mich hin und schrieb eine Revue. Der Titel: »Nur so weiter!« Die Revue schlug ein – und es ging so weiter. Nach einigen Monaten Czernowitz hatte ich genug, und ich bat meine Eltern, mir ein Telegramm zu schikken, mit dem Text: »Komm zurück stop Ronacher will dich haben.« Ich zeigte das Telegramm, man wollte mir nicht im Wege stehen, man gab mich frei, und ich fuhr nach Hause.
Und doch – ich möchte Czernowitz nicht missen. Immerhin habe ich dort meine erste Revue geschrieben.

Ich kam nach Hause, stand in der Tür, die Koffer in den Händen, dachte, jetzt werden sie auf dich zustürzen und dich umarmen, wie es bei heimkehrenden Söhnen und Brüdern der Fall ist – nichts. Nur meine Mutter kam und rief aufgeregt: »Geh schnell ans Telephon! Eben rufen sie vom Ronacher an!« Ich konnte es nicht glauben. Sollte mein fingiertes Telegramm Wirklichkeit werden? Ich ging ans Telephon.
»Komm sofort hierher!« meldete sich eine sonore Stimme. »Wir brauchen dich!« Ich kannte diese Stimme. Es war die Stimme Eduard Seklers. Eduard Sekler muß ich vorstellen. Er war Schauspieler und Regisseur und sprach, als ob er einen Schauspieler *spielen* würde. Alles vorn und alles mit Stütze. Er war in den letzten Jahren an der Neuen Wiener Bühne engagiert gewesen, am Theater in der Josefstadt, unter dem bekannten Direktor Josef Jarno, dem Gatten der berühmten Hansi Niese, der selbst ein unvergleichlicher Schauspieler war (Mol-

nars bester »Liliom«), er war Abendregisseur bei Farkas' großer Revue im Ronacher, und er war Regisseur in der »Hölle«, als ich dort Musikalischer Leiter war. Er hatte in seinem Leben alle großen Klassiker gespielt, und wenn er auf einer Probe eine Regieanweisung gab, wie »Bei den Worten ›Ich gehe nach rechts‹, gehen Sie nach links!«, dann klang das, als ob es von Shakespeare wäre. Sekler stand noch mit 95 Jahren auf der Bühne, wenn auch nur in kleinen Rollen. Er brauchte das einfach, und wenn er sich auf Karten und Briefen unterfertigte, dann schrieb er: »Eduard Sekler, 95, ältester, noch aktiver Schauspieler.«

Ich nahm ein Taxi, was damals nicht so selbstverständlich war. Erstens konnte ich es mir nicht leisten, und zweitens war das Taxifahren kein Vergnügen. Es war ein paar Jahre nach dem Krieg, und die Taxis waren fast so zerbrochen wie die Menschen. Abgesehen davon, daß man gar keinen neuen Wagen bekommen hätte, hätte niemand das Geld gehabt, sich einen zu kaufen. Trotzdem – wenn Sekler rief, hatte es etwas zu bedeuten. »Da bist du ja!« deklamierte er, als ich sein Büro betrat. »Setz dich, es ist etwas passiert.« Ich will es kurz schildern. Emil Neumann, seit Jahren Dirigent des Ronacher-Orchesters, war an das Deutsche Theater nach München gegangen. Man nahm also an seiner Stelle einen Musiker aus dem Orchester, ließ ihn dirigieren, und der Arme hatte am Abend zuvor die Premiere geschmissen. Besonders bei der Glanznummer des Abends, Hermann Leopoldi und Betja Milskaja, soll es schlimm gewesen sein. Die beiden begleiteten sich zwar selbst am Doppelflügel, aber beim letzten Refrain hatte das Orchester einzusetzen und zugleich mit ihnen aufzuhören. Das war nun nicht der Fall gewesen, also mußte ein neuer Dirigent her – und der war ich. Es war natürlich nicht leicht, ein Orchester zu dirigieren, aus dessen Mitte man einen Musiker genommen und zum Dirigenten gemacht hatte und den man nun wieder ins Orchester zurückschickte – aber es gelang. Es gab eine Verständigungsprobe mit allen Artisten, auch mit Leopoldi, und da hatte ich Glück. Es fiel mir auf, daß Leopoldi beim Singen ganz leicht, aber rhythmisch mit dem rechten Fuß wippte, und während man anderen Sängern auf den Mund schauen mußte, brauchte man Leopoldi nur auf den Fuß zu schauen, und man war mit ihm, wie man heute sagen würde, synchron. Es klappte also, ich hatte Erfolg und blieb zwei Monate im Ronacher, wo ich Gelegenheit hatte, mit den berühmtesten Artisten zu arbeiten: mit dem Jongleur Rastelli, mit den Rivels, mit dem Kraftmenschen Breitbart, der Hufeisen verbog, Eisenketten zerbiß und ein mit fünf Personen besetztes Auto über seine Brust fahren ließ. Aber wie würde es weitergehen? In der Direktion war man sich über die Zukunft des Hauses noch nicht schlüssig. Immer weniger Artisten wollten nach Wien kommen, wo man ihnen bedauerlicherweise nicht die Gagen bezahlen konnte, die sie in Paris oder Berlin bekamen. Sollte man es mit einer Operette versuchen? Oder mit einer Revue? Und *wenn* mit einer Revue, mit einer hauseigenen oder mit einem Gastspiel?

Das Ronacher war ein herrliches Haus. Bis vor dem Ersten Weltkrieg saß man bei Tischen. Speisen, Wein und Sekt wurden serviert, in die Logen am 1. Rang wurden kleine Tische gefahren, an denen man speisen konnte, und hinter diesen Logen befand sich das Logenpromenoir. Das waren Stehplätze, die keine Stehplätze waren. Man konnte promenieren (daher Promenoir), konnte ein Glas Wein oder Sekt trinken, konnte belegte Brötchen essen, das Publikum, vorwiegend Herren, war gut angezogen, man sah Offiziere – das Logenpromenoir war eine gute Idee.

Der Mann, der sie hatte, war Anton Ronacher, ein Hotelierssohn aus Kärnten. Er ging nach Wien, um dort etwas Besonderes zu schaffen. Ich weiß nicht, ob der Gedanke, ein großstädtisches Varieté zu gründen, sofort in ihm gereift war. Ich glaube eher, daß er erst einige andere Unternehmen hatte. Dann aber kam der Tag, an dem er Baumeister und Architekten holte, die das Haus nach seinen Anweisungen errichten sollten. Wie immer bei großen Projekten war die Ausführung um vieles kostspieliger als die Planung. Ronacher nahm Geld auf, konnte es nicht zurückzahlen, er blieb die Arbeitslöhne schuldig, die Arbeiter drohten mit Streik – da, in der höchsten Not, vertraute er sich einem Mann an, dem seine Idee von Anfang an gefallen hatte. Es war der Ministerpräsident Graf Taaffe. Ronacher bat ihn um einen Gefallen. Und es war ein großer Gefallen. An dem Tag, an dem die Arbeiter drohten, um 12 Uhr mittags die Arbeit niederzulegen, falls sie ihr Geld nicht bekommen, verkündeten die Zeitungen eine schier unglaubliche Nachricht. Sie teilten mit, daß der Kaiser heute um elf Uhr die Baustelle besichtigen werde, an der in einigen Monaten das Großvarieté Ronacher stehen wird. Und das noch Unglaublichere: der Kaiser kam wirklich. Ronacher empfing ihn, der Kaiser ließ sich das Projekt erklären, drückte Ronacher seine Zufriedenheit aus. Hunderte Menschen, die gekommen waren, um den Kaiser zu sehen, riefen »Hoch!«, die Arbeiter riefen mit, die Geldgeber bewilligten weitere Kredite – das Ronacher war gerettet und wurde in der ganzen Welt ein Begriff. Jedem Artisten, auch dem größten, gereichte es zur Ehre, im Ronacher aufgetreten zu sein.

Das war nun, nach dem Krieg, nicht mehr so. Das kleine Österreich, das damals noch verarmte Wien, das Ronacher, das sein Publikum verloren hatte, war nicht mehr das der Monarchie. Als ich dort den Taktstock schwang, hatte es sich wohl wieder erholt, aber so wie es war, wurde es nicht mehr.

Da trat etwas Unerwartetes ein. Zwei Wiener Manager, Knepler und Hohenberg, wollten in Wien, im Ronacher, ein Gastspiel Josephine Bakers geben, und zwar mit einer Revue: »Schwarz auf weiß«. Wien war in Aufruhr. Die Wiener, natürlich nicht alle, waren empört. Eine Schwarze, eine Negerin, sollte, nur mit einem Bananengürtel bekleidet, auf der Bühne des Ronacher den verpönten Charleston tanzen. Was in Berlin der größte Erfolg war, führte in Wien zu Straßenschlachten. Der Obmann der Christlichsozialen, der den schönen teut-

März 1928. Josephine Baker gibt im Ronacher ein vielbejubeltes Gastspiel.

schen Namen Jerzabek führte, hetzte zu Demonstrationen mit dem Ziel, den Auftritt der Baker zu verbieten. Von der Paulanerkirche tönten die Glocken, Sondergottesdienste wurden angekündigt, um gegen die schwarze Sünde zu protestieren. Als der Zug mit der Baker am Bahnhof einfuhr, läuteten fast alle Glocken, was aber genau das Gegenteil von dem, was man wollte, bewirkte. Die Ankunft der Baker bekam durch das Geläute etwas Feierliches, Weihevolles. Ihre Gegner zogen zum Parlament, wo die Abgeordneten einen Ausweg suchten, wie man diese »pornographische Vorführung« untersagen könnte – und man fand einen. Das Ronacher war ein Varieté und hatte keine Erlaubnis, Revuen zu spielen. Aber das nützte nichts. Die findigen Manager mieteten das Johann-Strauß-Theater (später Scala), welches eine Konzession für Revue und Operette besaß. Um der Baker alle Angriffe zu ersparen, brachte man sie am Semmering im Hotel Panhans unter.
Die Revue hatte über zweihundert Mitwirkende: Gisela Werbezirk, Szöke Szakall, Fritz Imhoff, Max Brod, der Maler Carl Hollitzer, der Seemannslieder sang, Armin Berg, 100 Wiener Girls, die Original Josephine Baker-Jazz, viele ausländische Artisten und vor allem die Original John-Tiller-Girls, deren Slogan »Oft kopiert – nie erreicht« zu Recht bestand.
Nun kam man zu mir und fragte mich, ob ich Französisch könne. Ich bejahte, ich hatte es ja in der Schule gelernt. Also bekam ich wieder einen Monatsvertrag, weil man einen Korrepetitor brauchte, der mit der Baker einige Chansons zu studieren hatte. Ich fuhr auf den Semmering, ging ins Panhans, wo man mich sofort zu ihrem Appartement führte. Ich mußte warten, lange warten – endlich trat sie ein. Sie sah in ihrem weißen Schlafrock, der so gut zu ihrer schokoladenbraunen Haut paßte (keine Spur von Schwarz), hinreißend aus. Sie begrüßte mich auf französisch, und nun glaubte ich, daß man mir in der Schule eine falsche Sprache beigebracht hatte. Ich verstand kein Wort von dem, was sie sagte. Da sie aber dabei auf einen Hocker zeigte, der vor dem Klavier stand, konnte ich

mir denken, was sie meinte. Sie meinte »Nehmen Sie Platz«. Ich wollte »danke« sagen, aber – wie heißt »danke« auf französisch? »Danke« – das habe ich doch immer gewußt. Das weiß doch jeder. Es fiel mir nicht ein, also sagte ich: »Oui madame.« Sie muß etwas ganz anderes gemeint haben, sonst hätte sie nicht den Hocker weggeschoben und einen breiten Fauteuil hingestellt, der für das Klavier viel zu niedrig war. Sie fragte mich wieder etwas, ich sagte wieder »Oui madame«, sie brachte mir einen Cognac. Wieder fragte sie etwas, ich sagte wieder »Oui madame« und bekam einen zweiten Cognac. Da ich in meiner Jugend Antialkoholiker war, stimmten mich die beiden Cognacs bereits etwas fröhlich. Sie deutete auf sich und sagte: »Moi Josephine. Et vous?« Jetzt fiel mir ein, was »danke« heißt, ich sagte: »Merci.« Sie lachte, ich wurde nervös. Ich packte meine Noten aus, sie benützte die Zeit, um mir einen dritten Cognac einzuschenken. Ich spielte ihr die Chansons vor, ich glaube nicht, daß der Komponist sie wiedererkannt hätte, aber ihr gefielen sie. Sie suchte zwei davon aus, gab mir zum Abschied noch einen Cognac, ich lachte »Oui madame!« und torkelte zum Bahnhof. Als ich zu Hause wieder halbwegs zu mir gekommen war, dachte ich: »*Das* Engagement hast du verloren.« Falsch. Als man sie vom Johann-Strauß-Theater aus anrief, ob alles geklappt habe, sagte sie: »Merveilleux!«, und man möge mich wieder schicken. Beim nächstenmal war ich klüger. Ich brachte ein Wörterbuch mit: »Deutsch-Französisch« – »Französisch-Deutsch«, und bald konnten wir uns ohne Schwierigkeiten verständigen. Wir sprachen Englisch.
Die Zeit verging, die Baker mußte nach Wien, wo die Proben bereits auf vollen Touren liefen – und endlich, nach einigen Aufregungen mit Herrn Jerzabek und seinen Getreuen, kam die Premiere. Das Johann-Strauß-Theater war von Polizei umzingelt, im Parkett und auf den Rängen saßen Geheimpolizisten, und sogar hinter der Bühne standen sie herum. Das Licht wurde eingezogen, in der Luft lag eine aufregende Spannung, die Musik setzte ein (die musikalische Leitung hatte übrigens

Ernst Römer, der Dirigent des Großen Schauspielhauses in Berlin), es folgten ein paar belanglose Revuebilder – und dann kam SIE! Die Frau, auf die man seit Wochen gewartet hatte und deretwegen man hierher gekommen war: Josephine Baker! Aber was war das? Da war keine Spur von Verderbtheit, von Unmoral. Da war keine Urwalddekoration, sondern ein Boudoir, in dessen Mitte eine riesengroße Puderquaste lag, und auf dieser Puderquaste saß Josephine mit angezogenen Beinen in einem hoch geschlossenen Kleid aus weißer Seide (es tut mir leid, aber ich muß mich wiederholen und sagen: das so gut zu ihrer schokoladenbraunen Haut paßte). Verglichen mit der Größe der Puderquaste sah sie aus wie ein Kind. So, dachte ich mir, muß ein Negerkind sich eine Märchenprinzessin vorstellen. Und als sie nun mit ihrer zarten Stimme »J'ai deux amours« sang, folgte tosender Applaus. Was war geschehen, fragte ich mich. Sie hätte doch mit dem Urwaldtanz anfangen sollen. Nun, ihr Manager-Freund Pepito wußte, wie man das Publikum behandelt. Es hatte einen Skandal erwartet – es sollte das Gegenteil haben. Jerzabek selbst hatte ja behauptet, daß es ihre Nacktheit und nicht ihre Hautfarbe sei, gegen die er protestiere. Dieses Argument wurde ihm aus der Hand genommen. Und als sie dann im zweiten Teil der Revue ihren berühmten »Bananengürtel-Charleston« tanzte, folgte ein Schrei der Begeisterung. Das Publikum, die Geheimpolizisten, selbst die Anhänger Jerzabeks, die er ins Theater geschickt hatte, um die Vorstellung zu stören, selbst sie konnten sich dem allgemeinen Jubel nicht entziehen. Josephine hatte gesiegt. Monate später, ich dirigierte wieder im Ronacher, hatten wir einen französischen Jongleur im Programm, der nach einem »Monsieur Oui madame« fragte, dem er beste Grüße von Josephine Baker bringen sollte.

Gesehen, aber nicht gesprochen, habe ich sie erst in den fünfziger Jahren in New York. In dieser Zeit hatte sie bereits ihre völkerverbindende Idee ausgeführt: In ihrem Schloß »Les milandes« zog sie zwölf von ihr adoptierte Kinder verschiedener

Rassen und Nationen auf, um zu beweisen, daß es keinen Haß und keine Feindbilder gibt, wo nicht gehetzt und fanatisiert wird. Sie zeigte dies auch an Tieren. Sie hatte Hunderte Exemplare von Tierarten, allein 600 Hühner verschiedener Gattungen, aber auch Hunde, Schweine, Kühe, Fische, Schildkröten, ja sogar Pfaue, die aber einem andern Zweck dienten: Sie sollten sie mit ihren Federn an ihre Revuezeit erinnern. Das alles kostete natürlich Geld. Woher nehmen? Sie machte »Les milandes« zu einem Touristenzentrum, wo man nicht nur die berühmte Josephine Baker sehen, sondern auch Coca-Cola trinken konnte. Und das in einer, in den dreißiger Jahren für uns unvorstellbar gewordenen »heilen Welt«. Aber es war alles zu wenig. Sie mußte »Les milandes« versteigern lassen und erlitt doch zuletzt mit ihrer Idee Schiffbruch. Als die Kinder zu Teenagern herangewachsen waren, machten sie ihr Sorgen: Hatte das eine der Mädchen nicht ein Liebesverhältnis mit einem der Jungen? Hatte ein anderer Junge ihr nicht das Geld aus der Tasche gestohlen, das sie seit Wochen suchte? Und das Schlimmste – von einem der Jungen hatte man ihr erzählt, daß er ein Rassist sei. Als sie ihn deshalb zur Rede stellte, sagte er gehässig: »Rassist? Ich hasse nur die Neger! Die Neger sind faul, dumm und schmutzig!« Und sie? Sie trat weiterhin für die »Kinder« auf, auch als sie alt und krank geworden und nicht mehr der große Star war, den man sehen wollte. Bei einem dieser Auftritte sah ich sie in New York.

Das war Josephine Baker, die berüchtigte »Negerin«, die »Schwarze«, die schon zum Frühstück ein paar Männer verspeiste, wie ihre Feinde behaupteten.

Während der letzten Jahre wurde sie von Brigitte Bardot und Fürstin Gracia Patricia unterstützt, und die Fürstin war es auch, die die Kinder, nach dem Tod der Baker, zu sich nahm. Es waren wieder zwölf.

Du hast im kleinen Großes geleistet, Josephine, und bist gescheitert wie alle Menschen, die den Frieden wollen. Aber wir, die dich kannten, wir ehren dein Andenken. Oui madame.

Gyimes (spr. Gimesch) Vilmos (oder Wilhelm Gimesch), ehemaliger Fußballer der ungarischen Nationalmannschaft, war nach Wien übersiedelt und hatte hier, in der Johannesgasse, im Haus der längst geschlossenen »Femina«, eine winzige Imbißstube gepachtet. Die Femina hatte eine bewegte Vergangenheit: zu Beginn des 20. Jahrhunderts (genau gesagt 1906, ich war damals zwei Jahre alt), kamen die Urväter des deutschen literarischen Kabaretts »Die elf Scharfrichter« nach Wien. Sie hatten eine Tournee durch Holland, Norwegen und die Schweiz hinter sich und lösten sich in Wien auf. Neun Scharfrichter zerstreuten sich in alle Winde, und nur der zehnte, der französische Chansonier Marc Henry sowie seine Freundin, die einzige Scharfrichterin des Ensembles, die gefeierte Diseuse Marya Delvard, ließen sich in Wien nieder. (Qualtinger hätte gesagt: »Recht geschieht ihnen«.) Sie gründeten in der Ballgasse ein Cabaret, welches sie »Nachtlicht« nannten. Shakespeare sagt in »Romeo und Julia«: »Die Nacht ist keines Menschen Freund«, und so schien es auch mit dem »Nachtlicht« zu sein. Es fand bei den Wienern keine Sympathie, und eines Tages war es verloschen. Ein Gutteil der Schuld lag an dem Lokal. Schon im darauffolgenden Jahr zogen Marc Henry und die Delvard mit einem kleinen Ensemble in die Johannesgasse 2, wo sie das Cabaret »Fledermaus«, die spätere »Femina«, eröffneten. Wiener Freunde halfen ihnen bei der Einrichtung. Die »Wiener Werkstätte« schuf, nach Plänen von Professor Hoffmann, die Innendekoration, die von Hollitzer, Orlik und Klimt ausgeführt wurde. Zu dem Trio stieß noch der junge Architekt Adolf Loos. Durch seine Arbeit wurde die »Femina« später unter Denkmalschutz gestellt. Leider nahmen die Amerikaner keine Rücksicht darauf. Im Zweiten Weltkrieg, beim letzten Bombenangriff auf Wien, wurde das Haus Johannesgasse 1, und mit ihm die »Femina«, zerstört. Adolf Loos ist heute noch ein Begriff. Er hatte den Mut, Ecke Herrengasse und Kohlmarkt, ein Haus hinzustellen (ich glaube, es war das erste in seiner Art), mit einer glatten Fassade, ohne Ornamente oder sonst-

welche Schnörkeleien. Und das gegenüber der Hofburg! Der Kaiser fand, daß dieses Gebäude eine Beleidigung für das Auge sei, und so oft er daran vorüber fuhr, wendete er sich ab.
Nun wieder zur »Fledermaus«: Unter den Autoren fand man Felix Dörmann, den Librettisten des »Walzertraum«, ferner Carl Hollitzer, der ja auch an der Inneneinrichtung beteiligt war, weiters Peter Altenberg, Hans Heinz Ewers, Hermann Bahr, Franz Blei, Alfred Polgar und Egon Friedell. Und wen sah man auf der Bühne? Da war Lina Vetter-Loos, die Gattin des Architekten, da war Carl Hollitzer, der Landsknechtlieder sang, da war Roda-Roda, der, mit roter Weste und Monokel, seine Militäranekdoten las, da war auch ein junger, gänzlich unbekannter Maler, der »bewegliche Lichtbilder« auf die weiße Wand projizierte, er hieß Oskar Kokoschka, und am Klavier saß ein ebenso unbekannter junger Mann: Oscar Straus. Der Star aber blieb Marya Delvard. Nach dem Ausscheiden von Marc Henry und Marya Delvard führte Egon Friedell das Lokal als künstlerischer Leiter bis zum Ende (1910) weiter.
Ob die »Fledermaus« übergangslos zur »Femina« wurde, ist mir nicht bekannt. Ich bin kein Historiker und erzähle nur, was ich weiß. Ich lernte die »Femina« erst nach dem Ersten Weltkrieg kennen. Damals waren die Direktoren Arthur und Emil Schwarz, ihr Hausautor war Karl Farkas.
Wilhelm Gyimes, der ehemalige Fußballer, war ein tüchtiger Mann. Er kaufte zu seiner Imbißstube eine der elegantesten Pianobars der Wiener Innenstadt: die Marybar. Aber seine Ideale lagen ganz woanders. Oft bat er den Hausbesorger des Hauses Johannesgasse 1 um den Schlüssel zur »Femina«. Da saß er dann auf der Bühne des nur durch ein Notlicht beleuchteten Lokals und träumte vor sich hin. Er träumte von dem, was man hier machen könnte: er träumte von einer modernen Revue, er träumte von einer Girltruppe, von schönen Frauen in prachtvollen Kostümen, von lustigen Sketchen mit guten Komikern, und er träumte von einem täglich ausverkauften Haus mit einem eleganten Publikum.

Und nach und nach wurden seine Träume wahr. Er pachtete die Femina, führte sie zuerst als Tanzlokal, wie es damals, in den »roaring twenties« viele gab, aber er brachte etwas Neues. Er engagierte eine Girltruppe von sechs Mädchen, die »Femina-Girls«, sowie einige billige Schauspieler und brachte in den Tanzpausen Girlnummern und Sketche. Der Anfang war gemacht.
Wir im Ronacher hatten ein Gastspiel von zwei ganz großen Stummfilmstars im Programm: Fern Andra und Alwin Neuß. Sie spielten einen Thriller, wie wir heute sagen würden, und ich stand, wie an vielen Abenden, im Logenpromenoir, um ihn mir anzusehen. Plötzlich kam jemand auf mich zu: Josef Viktora, der männliche Star unserer »Rund-um-den-Mittelpunkt«-Tournee. »Da bist du ja«, sagte er. »Ich suche dich schon im ganzen Haus. Du mußt mir einen Gefallen tun.«
»Und zwar?« fragte ich.
»Ich soll in der Femina vorsingen. Ich möchte mein Lied aus deiner Revue singen, aber ich habe die Noten nicht. Würdest du mich nicht begleiten? Morgen um vier.«
Ich sagte natürlich zu, und wir trafen uns in der Femina. Ich war als erster da und hatte Zeit, mir das Theaterchen anzusehen. Es war einmalig schön. Man ging von der Straße über eine breite Treppe hinunter (wie fast alle Cabarets war es im Souterrain gelegen), der Zuschauerraum war klein, an den ebenfalls kleinen Tischen hatten höchstens zweihundert Personen Platz, die Wände waren rotgold tapeziert, auf jeder Seite gab es drei Logen, und in der Mitte sowie auf der Seite links waren zwei kleine Balkone. Das Ganze wirkte sehr intim.
Direktor Gyimes kam mit Viktora. Viktora sang vor, Gyimes sagte ihm, er möge seine Adresse im Büro lassen, man werde ihn verständigen, mich aber bat er, noch zu bleiben. Viktora hörte natürlich nichts mehr von ihm, mir aber machte er folgenden Vorschlag:
Neben dem Saal befand sich eine sehr hübsche Bar, eingerichtet von Adolf Loos. Die Wände waren gekachelt, die Kacheln

natürlich im Jugendstil. Es gab Leute, die sie bezaubernd fanden, und andere, die behaupteten, daß sie aussähen wie ein Badezimmer. »Ich habe eine kleine Band«, begann Gyimes mit stark ungarischem Akzent. (Mir fiel ein Ausspruch von Franz Molnar ein. Molnar sagte: Ein Ungar kann in der Fremde alles verlieren, nur nicht seinen Akzent.) »Ich habe eine kleine Band«, begann also Gyimes, »die nach dem Tanz in der Bar weiterspielt. Das geht meistens bis vier Uhr früh, um zehn Uhr haben wir Girlprobe, weil wir ja alle vierzehn Tage das Programm wechseln, am Nachmittag haben wir Fünfuhr-Tee, und ab acht Uhr abends haben wir wieder Tanz. Das hält unser Pianist nicht durch. Hätten Sie nicht Lust, bei den Proben zu spielen? Sie bekämen ein schönes Honorar.« Natürlich hätte ich Lust, ich könnte mich aber nur für zwei Monate binden. Dann hatte ich bereits einen Vertrag als Klavierbegleiter an das Charlotte-Kasino in Berlin. Berlin galt ja damals (1926) als die interessanteste aller Weltstädte, besonders was die Künste betraf. Es besaß viele Theater, zwei Großvarietés (Scala und Wintergarten), ungezählte Cabarets und Nachtlokale, Revuebühnen und Kinos und bedeutende Schauspieler wie Emil Jannings, Fritz Kortner, Albert und Else Bassermann, Eugen Klöpfer, Werner Krauß, Conrad Veidt, Heinz Rühmann, Theo Lingen und viele, viele andere. Dazu kamen aus Wien Fritzi Massary, Peter Lorre, Lilian Harvey (die mit Willy Fritsch später das beliebteste Filmliebespaar wurde), Elisabeth Bergner, Willi Forst, Oskar Karlweis – und, nicht aus Wien, die Sänger Jan Kiepura, Richard Tauber, Joseph Schmidt und Heinz Bollmann. Ich könnte Seiten füllen – trotzdem: ich war lieber in Wien. Das gab ich Gyimes auch zu verstehen, aber ich hatte nun einmal den Vertrag.

Am nächsten Vormittag hatte ich in der Femina die erste Girlprobe. Die Mädchen waren nett, die Choreographin war Doddy Delisson, die spätere Partnerin von Fritz Igelhoff. Ich blieb auch bei der Sketchprobe. Ich war überzeugt, daß bei diesen Sketchen kein Mensch lachen würde. Gyimes kaufte sie in Budapest und übersetzte sie selbst in sein Deutsch. Damit war es natürlich nicht getan. Sketche ausländischer Autoren gehören, wie ich später erfuhr, bearbeitet. Auch Farkas und Grünbaum bedienten sich solcher Sketche, aber sie bearbeiteten sie so virtuos, daß sie besser waren als die Originale. Ich dachte mir, so einen Sketch mußt du doch auch schreiben können, denke an deine Revue in Czernowitz. Ich setzte mich also hin und schrieb. Ich hielt mich dabei an eine Szene aus besagter Revue, aber ich bearbeitete sie. Ich kürzte sie und machte sie zeitgemäßer. Es waren eigentlich fünf Szenen, nicht nur eine, für eine Dame und zwei Herren (Frau, Mann, Hausfreund), fünf Situationen, in denen der Mann seine Frau mit dem Hausfreund in flagranti erwischt, und zwar bei fünf verschiedenen Nationen. Wie reagiert der Mann? Der Deutsche erschießt den Hausfreund, der Italiener ersticht ihn (diese Szene machte ich musikalisch als Opernparodie), der Engländer sagt gelassen: »Well, I'll see you later« und geht wieder fort, der Franzose lädt den Hausfreund freundlich ein: »Bleiben Sie doch hier!«, und beginnt sich auszuziehen, und der Wiener sagt: »Wissen S' was? G'halten S' Ihna mei' Alte!« Diesen Sketch übergab ich Gyimes, und er versprach mir, ihn im nächsten Programm zu bringen. Nach zwei Monaten fuhr ich nach Berlin, den Sketch hatte er noch nicht gespielt.

In Berlin fand ich alles anders vor, als ich es mir gedacht hatte. Mein Vertrag war nicht von der Direktion des Charlotte-Casinos ausgestellt, sondern von dem, der ihn mir geschickt hatte, und das war mein Kusin Schorsch. Ich sollte auch nicht das ganze Programm begleiten, sondern nur seine Freundin, die sehr bekannte Soubrette Lilly Flohr. Wie er auf die Idee kam, mich nach Berlin zu lotsen? Bestimmt in der besten Absicht, mir zu helfen, Karriere zu machen. In Berlin gab es ja viel mehr Möglichkeiten als in Wien. Schorsch hatte viel Geld, also auch viele Freunde und viele Verbindungen. Auch hatte er viele Ideen, die ihm Geld brachten. (So soll die Idee mit der Lustbarkeitssteuer in Österreich von ihm gewesen sein.) Ich hatte Pech.

Knapp bevor ich nach Berlin kam, hatte er ein Vermögen verloren, ein zweites steckte in einer Erfindung, welche die Schweizer auswerten wollten, aber wer die Schweizer kennt, weiß, daß das nicht so schnell geht. Er hatte ein prachtvolles Haus in einer der schönsten Gegenden Berlins, und er hatte einen Packard, damals eines der teuersten Autos, er hatte einen livrierten Chauffeur sowie einen Butler, aber – ich kann es nicht oft genug wiederholen – er hatte kein Geld. Er gab mir wohl immer für ein paar Tage Taschengeld, dann verschwand er wieder für ein paar Wochen, und Lilly lag den ganzen Tag im Bett, um sich für die Vorstellung, in der sie ganze drei Chansons sang, zu schonen. Den Wagen hatte ich zur Verfügung – das war alles. Für meine Dienste im Charlotte-Casino bekam ich nichts. So kam es immer wieder zu dem absurden Vorfall, daß ich im Packard vor einem Kaffeehaus vorfuhr, daß der livrierte Chauffeur ausstieg, um mir die Wagentür zu öffnen, daß alle, die das sahen, die Hälse nach mir reckten, und daß ich dann in das Kaffeehaus ging und einen kleinen Mokka nahm.
Was mir an Berlin besonders gut gefiel, war der sogenannte Hotel-Jazz, bei dem die großen Tanzorchester zum 5-Uhr-Tee aufspielten. Tanzorchester wie Bernhard Etté im Hotel Esplanade oder Marek-Weber im Hotel Adlon, die durch ihre Schallplattenerfolge bereits in ganz Europa bekannt waren.
Im Adlon traf ich mich übrigens täglich mit Peter Lorre, Hans Moser, der damals in Berlin Theater spielte, und seiner Frau Blanca. Lorre kam immer als erster zu unserem Treff, und dann folgten die Mosers, er immer mit einem kleinen Sackerl, in dem er zwei Kipferl hatte, die er in einer Bäckerei kaufte, um ein paar Pfennige zu sparen, was er natürlich nicht zugeben wollte. »Die haben dort die besten Kipferl«, nuschelte er immer. »Viel besser als die da beim 5-Uhr-Tee. Das san Kipferl – wie in Wien.« In dem großen Saal des Adlon, in dem der 5-Uhr-Tee stattfand, war kein Plätzchen zu bekommen, und so war es kein Wunder, daß uns der Direktor und das Bedienungspersonal böse Blicke zuwarfen. Da saßen vier Personen, noch dazu

Wiener, von denen einer einen Packard mit Chauffeur fuhr und ein anderer sich die Kipferl mitbrachte, und tranken vier Mokka.
Ich hatte die Nase voll von Berlin. An den Tagen, an denen ich meine Gage bekommen sollte, war Schorsch nicht zu sehen. Wenn er dann kam, gab er mir wieder ein paar müde Mark. Ich wohnte in einer Prachtvilla, ich hatte einen Packard, aber ich hatte kein Geld. So kann man sich meine Freude vorstellen, als ich eines Tages ein Telegramm aus Wien bekam: »Sketch aufgeführt stop großer Erfolg stop wollen Sie Hausautor Femina werden stop Gruß Gyimes.«
Ich sprach mit meinem Kusin, Schorsch sah ein, daß Berlin für mich nicht das richtige Pflaster war. (Ich glaube, er war froh mich los zu werden.) Er gab mir das Reisegeld, am Nachmittag kam ich in Wien an, am Abend war ich schon in der »Femina«. Mein Sketch gefiel wirklich, die Leute lachten, obwohl er schlecht gespielt wurde. Ich war zufrieden, ohne zu ahnen, daß dies die Wende in meinem Leben bedeutete. Die erste. Ich hatte einige solcher Wenden, und immer waren sie zu meinem Besten.
Gyimes führte mich in sein Büro, und wir faßten folgenden Entschluß: Gyimes wird eine kleine Revue produzieren, deren Text ich schreiben werde, er wird seine Girltruppe, die wir »Golden-Girls« nennen werden, von sechs auf acht Girls aufstocken, und er wird einige schöne Frauen engagieren, die es verstehen, Kostüme zu tragen – sogenannte Beauties. (Farkas, einmal auf den Unterschied zwischen Girls und Beauties befragt, antwortete: »Die hübschen, die tanzen, sind die Girls, die miesen sind die Beauties.«) Ich setze fort: Die Musik wird ein prominenter Komponist schreiben, bei der ersten soll es Willy Engel-Berger sein, heute vergessen, in den zwanziger und dreißiger Jahren *der* Schlagerkomponist, gute Komiker sollen engagiert werden, eine Kostümbildnerin soll die Kostüme entwerfen (die erste wurde von mir empfohlen, sie nannte sich »Gerdago« und war bald für alle Bühnen tätig, an denen man Ko-

stüme brauchte), Rudi Fränzl, Ballettmeister der Wiener Staatsoper, soll die Tänze stellen – es war für mich wie ein Märchen. Am nächsten Tag holte ich den Vertrag – da sah alles ganz anders aus. Da hieß es: Punkt 1: Gyimes wird neben mir als Autor zeichnen. (Eigentlich ich neben ihm, da er als erster zeichnete.) Punkt 2: Gyimes hatte alle Rechte an der Revue. (Sollte ich sie anderswo unterbringen, brauchte ich seine Einwilligung, während er sie ohne meine Einwilligung weitergeben durfte.) Punkt 3: 50% der Tantiemen bekam er als Mitarbeiter, weitere 15% als Verleger. (Ich fragte mich: Was hat er verlegt? Er besaß nicht einmal einen Verlag.) Punkt 4: Ich sollte die besprochene Gage nur im ersten Monat bekommen. Sollte die Revue länger gespielt werden, hatte er mir nichts zu bezahlen. Es gab noch einige Punkte, die ich gar nicht mehr las. Ich war so enttäuscht und so wütend, daß ich den Vertrag zerriß, ihn in ein Kuvert gab und einen Zettel dazulegte, auf den ich schrieb: »Sehr geehrter Herr Direktor! Sie haben *einen* Punkt vergessen, und zwar: Der Autor (Hugo Wiener) hat jeden Morgen in meine Wohnung zu kommen und meine Schuhe zu putzen sowie sonstige allfällige Hausarbeiten zu verrichten.« Dann ging ich. Noch am selben Tag rief Gyimes mich an, ich möge am Abend in die Femina kommen. Ein neuer Vertrag war bereits geschrieben worden und nur noch von mir zu unterfertigen. Als einziger der von Gyimes hinzugefügten Punkte blieb: Wilhelm Gyimes zeichnet neben Hugo Wiener als Autor.

Das blieb so – zehn Jahre lang.

Die Vorbereitung der ersten Femina-Revue brachte uns einige Enttäuschungen. Die Aufstockung der Golden-Girls von sechs auf acht brachte keine Probleme, ebenso wenig das Engagement der Beauties, wenngleich diese nicht so schön waren, wie Gyimes sie sich vorgestellt hatte, aber Wien ist eben nicht Hollywood. Die Kostüme waren weit kostspieliger als angenommen, aber die größten Schwierigkeiten hatten wir mit den Schauspielern, von denen keiner in der »Femina«, die sie noch als Tanzlo-

kal sahen, auftreten wollte. Wir mußten also die zweite Garnitur nehmen, die aber immerhin noch besser war als die, die bisher in der »Femina« gespielt hatte.
Mit Gyimes stand ich auf gutem Fuß. Er erwies sich bald als Mann mit Geschmack, besonders was Frauen und Kostüme betraf. Er hatte einen ausgesprochenen Sinn für alles Schöne. So mißfielen ihm auf der Hauptprobe die Kostüme des zweiten Finales. Es waren ungefähr zwanzig Kleider, die er in seiner Wut zerriß. Gerdago mußte neue Kostüme entwerfen, die Kostümfirma, es war das berühmte Atelier Ella Bei (der Sohn wurde Doktor der Theaterwissenschaft und ist heute Ausstattungschef der Staatstheater), mußte neue Kostüme anfertigen, und das innerhalb von zwei Tagen. Während bei der Premiere bereits der erste Teil der Revue lief, wurden in der Bar noch die Kostüme für den zweiten Teil genäht. Herr Bei, der Firmenchef, fiel von einer Aufregung in die andere. Lustiges Detail am Rande: wir spielten eine Wilhelm Tell-Parodie, die Mädchen hatten im Takt zu rufen: »Herbei! Herbei!«, worauf Herr Bei in den Saal stürzte und rief: »Was is denn schon wieder?« Die Zuschauer wunderten sich nicht. Sie dachten, es wird sich schon herausstellen, warum der Mann da in den Saal gekommen war und sich unter dem Gelächter aller, die sich auf der Bühne befanden, wieder verlegen zurückzog, aber es stellte sich nicht heraus und war bald wieder vergessen. Trotz dieser kleinen Zwischenfälle wurde die Revue ein großer Erfolg. Die Leute kamen in Scharen. Dazu kam, daß die Vorstellung bei uns erst um ½ 11 begann. Man konnte also nach einer Party sagen: »Gehen wir noch in die Femina« und konnte die komplette Revue sehen. Schluß war um halb eins. Heute undenkbar.
Nach drei Wochen fragte Gyimes mich: »Glauben Sie, sollen wir das Programm länger spielen?« Ich antwortete: »Es ist *Ihr* Geld. Wäre es meines, würde ich es versuchen.« Wir spielten die Revue einen Monat, einen zweiten Monat, einen dritten Monat, aber wir wollten nicht übertreiben, obwohl es noch

immer kein Zeichen von Besucherschwund gab. Später spielten wir jede Revue ein halbes Jahr.
Mit den Vorbereitungen zur zweiten Revue hatten wir es schon leichter. Gyimes war inzwischen in London und Paris gewesen und hatte so manches gesehen, was wir auch in der Femina machen konnten. Er erwarb die Ideen, und ich bearbeitete sie für den Wiener Geschmack. Natürlich schrieb ich auch weiterhin Originalsketche und Liedertexte. Im Personal gab es Änderungen. So wurden die Beauties immer wieder ausgewechselt, bis sie schließlich wirklich Hollywoodformat hatten. Die Femina wurde bald nicht nur wegen der Unterhaltung, die man dort fand, berühmt, sondern vor allem wegen ihrer schönen Frauen. Einige unter ihnen waren auch talentiert, so daß man sie in kleinen Rollen beschäftigen konnte. Für die Kostüme konnte Gyimes mehr Geld aufwenden. Er hatte Einnahmen, wie er sie sich nie erträumt hatte. In den Logen gab es Sektzwang, an den Tischen Flaschenweine, alles zu hohen Preisen. Auch gingen viele Gäste nach der Vorstellung in die Bar, die bis dahin kaum etwas abgeworfen hatte.
Mit den Schauspielern hatten wir keine Schwierigkeiten mehr. Sie hatten sich überzeugt, daß es keine Schande war, in der »Femina« aufzutreten. Wir brachten gute Sketche, ich wurde wegen meiner Fähigkeit bekannt, gute Rollen, vor allem aber »auf den Mund« schreiben zu können, d. h. ich schrieb für Fritz Imhoff anders als für Hans Moser, und für Hans Moser anders als für Paul Hörbiger. Imhoff war übrigens der erste Prominente, der für die Femina abschloß. Er spielte zwar am Theater an der Wien, konnte aber, da wir ja erst um halb elf begannen, nach seiner Vorstellung am Theater bei uns weiterspielen. Das galt übrigens auch für andere. Der zweite, den wir bekamen, war Fritz Heller. Viele werden sich an den kleinen Heller mit der Glatze noch erinnern können. Er war nicht nur ein richtiger Komiker, er war, ebenso wie Imhoff, ein liebenswerter Mensch, und was das schöne war, die beiden vertrugen sich, es gab keine Rivalität. Im Gegenteil. Imhoff sagte mir oft nach der

ersten Probe: »Gib doch dem Heller ein paar Pointen von mir. Er hat so wenige und ich so viele.« Heller spielte seit Jahren in Wien, aber niemand kannte ihn, bis er mit Hans Moser in den Wiener Kammerspielen in dem Lustspiel »Weekend im Paradies« auftrat. Heller spielte einen Herrn Lehmann aus Berlin und zeigte, wie er sich einen Herrn Lehmann aus Berlin vorstellte. Er ließ sich den Schädel kahl rasieren, nahm einen hohen Stehkragen, und man wußte nicht, über wen die Leute mehr lachten: über Moser oder über Heller. Für Heller war das der Durchbruch. Bald hätte er sich die Engagements aussuchen können, aber Gyimes war in der Premiere und bot ihm als erster einen Vertrag mit einer Gage, von der Heller bisher nur träumen konnte. Bald hätte er wahrscheinlich das Drei- und Vierfache bekommen, aber Gyimes war eben schneller als die andern. Sketche mit Fritz Heller werden wohl noch im Fernsehen gezeigt, aber leider viel zu selten. Er blieb bis zum März 1938 in der Femina, nach dem Krieg kamen wir wieder im Simpl zusammen. Der dritte Fritz war Fritz Puchstein, Darsteller für kleine Rollen, der in der Nazizeit eine größere Rolle spielen sollte. Da Puchstein auch in den Kammerspielen auftrat, kam es vor, daß er für die Femina einen Ersatz suchen mußte, weil er zu spät zur Vorstellung gekommen wäre. In solchen Fällen schickte er uns einen jungen Schauspielschüler, der für ihn und mit der Zeit auch für andere einsprang und der so der Einspringer vom Dienst wurde. Eines Abends sagte Gyimes zu Puchstein: »Den schicken Sie mir nicht mehr. Der ist für mich kein Schauspieler.« Ein Glück, daß nur Gyimes so dachte. Für andere war der junge Mann ein guter Schauspieler. Er ging zwar zunächst als Direktor an verschiedene sudetendeutsche Bühnen, war im Zweiten Weltkrieg Theaterdirektor in Berlin und leitete, als ich nach Wien zurückkam, das Bürgertheater, wo er eine Operette von Raul Martiné und von mir, Musik von Robert Stolz, aufführte. Seine Karriere ging weiter. Er wurde Direktor des damals besten Wiener Theaters, des Theaters in der Josefstadt, und besann sich dann wieder auf seine schau-

spielerische Tätigkeit. Er gab die Direktion auf und wurde einer der beliebtesten Wiener Schauspieler: Franz Stoß.
Der vierte Komiker, den wir fanden, war eine Komikerin: Hertha Natzler. Jung, schön, schwarzhaarig, mit großen dunklen Augen -- also keine vis comica, im Gegenteil, eher eine femme fatale – war sie von einer umwerfenden Komik, die erst wir, in der Femina, entdeckten. Sie stammte aus einer Schauspielerfamilie. Mutter, Vater und Onkel waren Schauspieler. Vater und Onkel, Leopold und Sigmund – die »Brüder Natzler«, wie man sie nannte –, waren damals sehr bekannt. Sigmund war übrigens der erste Baron Zeta in der »Lustigen Witwe«. Sie waren kurze Zeit Direktoren der »Hölle«, wo sie kleine Operetten aufführten. Leo Fall schrieb für sie »Brüderlein fein«, Heinrich Reinhardt »Die süßen Grisetten« und Franz Lehár »Mytislav, der Moderne«. Sie spielten auch kabarettistische Parodien, und während oben (im Theater an der Wien) die »Lustige Witwe« lief, gaben sie unten (in der »Hölle«) »Die zweite Ehe der Lustigen Witwe«. Sigmund Natzler kannte ich nicht mehr, wohl aber Leopold Natzler. Auch Herthas Schwestern, Lizzi und Grete, waren bei der Bühne.
Grete, wie alle drei Natzlermädchen, eine ausgesprochen schöne Frau, war mit dem Komponisten Franz Steininger verheiratet. Sie war Sängerin, wurde zuerst nach London engagiert und von dort nach Hollywood, wo man sie sehr schlecht verkaufte. Sie spielte in einem mißglückten Film mit Stan Laurel und Oliver Hardy die weibliche Hauptrolle. Der Film wurde kein Geschäft, damit war sie für Hollywood erledigt. Ihr Gatte, Franz Steininger, war der Sohn Emil Steiningers, des kommerziellen Direktors des Theaters an der Wien, des Retters der »Lustigen Witwe«. Trotz des Mißerfolgs, den die »Witwe« bei ihrer Premiere hatte, glaubte Steininger an sie, und er hatte eine Idee: er verschenkte die Karten für die Vorstellungen der nächsten 14 Tage. Theaterbesucher, die ihre Karten kaufen wollten, fanden immer das Schild »Ausverkauft« an der Kassa. Es sprach sich herum, daß die »Lustige Witwe« täglich ausverkauft ist, die

Leute wurden neugierig, und in zwei Monaten war die »Lustige Witwe« einer der größten Operettenerfolge aller Zeiten.
Die dritte Natzlerschwester Lizzi, spielte und sang in Berlin bei den Brüdern Rotter (Fritz und Alfred), die einen großen Theaterkonzern leiteten. Zu Beginn des Dritten Reiches flohen sie nach Liechtenstein, wo sich ein Einheimischer an sie heranmachte und ihnen von einem Bauernburschen erzählte, der eine außergewöhnliche Tenorstimme habe und nur darauf warte, entdeckt zu werden. Die Rotters waren viel zu sehr vom Theater besessen, als daß sie sich eine solche Gelegenheit entgehen ließen. Der Einheimische bot sich an, sie mit dem Sänger bekannt zu machen. Am nächsten Tag bestiegen sie sein Auto, Alfred nahm seine Frau Trude mit. Als sie erkannten, daß der Mann, der sie führte, ein Gestapospitzel war, der sie verschleppen wollte, sprangen sie aus dem Wagen. Alfred und Trude wurden auf der Stelle erschossen, Fritz rettete sich und floh nach Paris.

»Weiß jemand, wer die Frau ist?« stürzte ich in den Korridor, der die Bühne der Femina von der Bar und den Garderoben trennte.
»Was für eine Frau?« fragte Imhoff.
»Die schwarze, in der dritten Loge rechts.«
»Die?« fragte Hertha. »Das ist meine Schwester Lizzi. Warum fragst du?«
»Ich möchte sie heiraten«, antwortete ich.
Es war Liebe auf den ersten Blick. Zumindest von meiner Seite. Wir gingen nach der Vorstellung zu viert aus. Hertha, Herthas Freund, der Vorarlberger Architekt German Meusburger, Lizzi und ich. Wenn man verliebt ist, glaubt man, daß man die Liebe erfunden hat, und redet viel dummes Zeug. Und als ich merkte, daß Lizzi gern lachte, ließ ich meinen ganzen Charme spielen. Am nächsten Tag trafen wir uns zu zweit schon am Nachmittag, gingen zu zweit essen und nach der Vorstellung zu viert aus. Am dritten und vierten Tag trafen wir uns ebenfalls zu

zweit am Nachmittag, gingen zu zweit essen und nach der Vorstellung zu viert aus. Am fünften Tag trafen wir uns wieder am Nachmittag, gingen zu zweit essen und auch zu zweit aus. Dabei blieb es. Die andern beiden war ja auch lieber allein.

Nach einigen Tagen war es so weit. Nicht, daß ich nicht schon vorher einige Femina-»Affären« gehabt hätte, aber Lizzi war keine Affäre, Lizzi liebte ich. Bald aber bemerkte ich eine Veränderung an ihr. »Was hast du?« fragte ich sie. »Du bist so gedrückt?«

Nun gestand sie mir, daß sie eine Tournee nach Italien abgeschlossen hatte, und zwar mit »Land des Lächelns« und der »Dubarry«. Dauer: drei Monate. »Warum hast du das nicht gesagt?« fragte ich.

»Ich dachte, es wird dir nicht recht sein.« Es *war* mir nicht recht. Drei Monate ohne Lizzi konnte ich mir gar nicht mehr vorstellen. Und es wurde noch schlimmer. Lizzis Direktor, ein Italiener, wurde unverschämt. Er belästigte sie mit seinen Anträgen, aber er war verheiratet, und die Ehe war ihm heilig. Jede Ehe. Ich hatte eine Idee. Lizzis Vertrag war nicht zu lösen, also mußten wir heiraten, bevor die Tournee startete. Das ging natürlich nicht so schnell. Man mußte das Aufgebot bestellen, Lizzi hatte ihre Papiere in Berlin, und auch so würde es allerhand Schwierigkeiten geben, aber – *müssen* wir denn heiraten? Wir entwarfen einen Plan: Lizzi hatte am nächsten Vormittag Probe für die Tournee und ich für die neue Revue. Um elf werden wir uns fortstehlen und um zwölf zurückkommen und sagen, daß wir geheiratet haben. Gesagt, getan. Um elf Uhr verschwanden wir, um zwölf kamen wir zurück – verheiratet! Alle waren überrascht, Hertha ärgerte sich, daß ihre Schwester ihr nichts davon gesagt hatte, aber sie akzeptierte mich als Schwager, und nun passierten Dinge, mit denen wir nicht gerechnet hatten. Gyimes informierte die Zeitungen, am Abend gab er eine große Hochzeitsfeier in der Bar, am nächsten Tag stand es in allen Klatschrubriken, wir bekamen unzählige Glückwunschschreiben, Telegramme und Geschenke – wir konnten nicht mehr zurück. Wir waren verheiratet, ohne geheiratet zu haben. Richtig geheiratet haben wir nie. Aber davon später.

Ich habe von meinen Femina-»Affären« gesprochen. Ich möchte nur eine erwähnen: Elli. Gyimes bereitete eine große Deutschlandtournee vor. Dazu mußte der Apparat vergrößert werden, weil wir nicht in kleinen Cabarets, sondern in großen Häusern spielen wollten. Wir brauchten mehr Solisten, mehr Beauties, mehr Girls. Besonders letztere waren Mangelware. Das Orchester sollte ich dirigieren, aber ich dachte nicht daran. Unter persönlicher Leitung des Komponisten – gut. Aber unter persönlicher Leitung des Autors? Nonsens. Ich sprach eben mit Gyimes darüber, als ein Mädchen eintrat, das mich sofort faszinierte. Sie war hübsch, das waren andere auch, aber sie war so sexy, wie man es nur im Film fand. Sie war Tänzerin und war nur gekommen, um eine Kollegin zu besuchen, aber Gyimes fragte sie sofort, ob sie nicht auf die Tournee mitgehen wolle. Sie sagte: »Vielleicht.« Dann sah sie mich an, von oben bis unten und wieder zurück und fragte: »Gehen *Sie*?« Ich sagte ebenfalls: »Vielleicht.« Wir gingen beide. Plötzlich fand ich Gyimes' Idee mit dem Dirigieren gar nicht mehr so schlecht.

Es war nicht immer leicht mit Elli, sie war sehr eifersüchtig. Einmal, in einer Bar, forderte sie eine Dame auf, endlich aufzuhören, mit mir zu kokettieren – in einem Restaurant fragte sie eine andere, ob sie ein Photo von mir wolle, weil sie mich immer ansehe. Ich beschloß, fernerhin nur noch mit dem Gesicht zur Wand zu sitzen. Daß sie mich nach Strich und Faden betrog, wußten nur die andern, ich nicht. Während der Tournee bekam ich einen bösen Husten, und kaum nach Wien zurückgekehrt, suchte ich meinen Freund Dr. Stalzer auf, einen der besten Diagnostiker, die ich kannte. Elli begleitete mich, er klopfte mich ab, machte ein ernstes Gesicht und sagte: »Du mußt sofort ins Bett, sonst bekommst du eine Rippenfellentzündung.« Elli fuhr mit mir nach Hause, um sich zu überzeugen, ob ich wirklich ins Bett gehe, sie war sehr besorgt, ich

mußte ihr schwören, Stalzers Anordnungen zu befolgen, dann mußte sie ins Johann-Strauß-Theater, wo sie zur Zeit engagiert war. Welch ein Glück, dachte ich, eine solche Freundin zu haben. Dann kamen mir Zweifel. Sie war so aufgekratzt, als sie mich verließ. Es ließ mir keine Ruhe. Ich zog mich an, fuhr zum Johann-Strauß-Theater, wo eben die Vorstellung aus war. Ich versteckte mich gegenüber dem Bühnenausgang. Es war ein bitterkalter Winterabend, der Sturm trieb mir den Eisregen ins Gesicht, mir war heiß, ich hatte Fieber. Alle kamen heraus, nur sie nicht. Da endlich! Ein Herr erwartete sie. Es war Dr. Stalzer, der *mir* Bettruhe verordnet hatte. Am nächsten Tag machte ich Schluß mit ihr. Mit Stalzer blieb ich weiterhin befreundet, weil ich ihn als Arzt nicht verlieren wollte. Er hatte wieder einmal die richtige Diagnose gestellt: am nächsten Tag hatte ich Rippenfellentzündung.
Elli sah ich nach ein paar Wochen wieder. Sie hatte einen Vertrag nach Zürich bekommen, aber ihr fehlte das Reisegeld. Ich gab es ihr und dachte: Du wirst noch weinen um mich. Sie weinte *nicht*. Sie lernte in der Bahn, im Speisewagen, einen Schweizer Industriellen kennen, der sie zu seiner Freundin machte. Er löste ihren Vertrag, schenkte ihr ein Haus am Genfersee, ein Appartement in Paris, einen Buick mit Chauffeur und sorgte für sie bis an sein Lebensende.
Nach Ellis Abgang beschloß ich, ein Casanova zu werden – jede Nacht eine andere. Dazu mußte ich mir ein Absteigquartier mieten. Wie mietet man ein Absteigquartier? Kurt Breuer, mit dem ich damals grad ein Stück besprach, sagte: »Man schaut in der Zeitung nach.« Das tat ich, und schon hatte ich eines, bei einer Baronin L., in der Schwindgasse. Natürlich war ich zu schüchtern, um allein hinzugehen. Ich bat Kurt, mit mir zu gehen, während er mit der Dame alles besprach, würde ich mir das Zimmer ansehen. Wir fuhren in die Schwindgasse, läuteten bei der Baronin, die Dame öffnete die Tür einen Spalt breit und fragte nach unseren Wünschen. Breuer sagte: »Wir kommen wegen des Zimmers.« Drauf sagte sie empört: »Zwei

Männer? Ich habe an einen Herrn und eine Dame gedacht!« Wütend schlug sie die Tür zu, und wir mußten wieder gehen. Sie hatte uns für – na ja, kommt vor.
Ich erzählte die Geschichte im Kaffeehaus, worauf mich ein Kollege fragte: »Kennst du Mimi Schwarz? Sie war einmal Soubrette. Sie vermietet für solche Zwecke.« Natürlich kannte ich Mimi Schwarz. Ich rief sie an, kam mit ihr zusammen, wir besprachen die Miete, sie sagte mir noch: »Bei mir werden Sie nicht gestört. Wenn Sie bei Tag kommen, bin ich im Kaffeehaus – wenn Sie bei Nacht kommen, schlafe ich schon.« Das war mir sehr angenehm.
Dann lernte ich Vicky kennen. Vicky war ein besonders süßes Mädel. Der Vater war seinerzeit ein bekannter Buffo gewesen, und man sagte, daß er die Tochter sehr streng halte. Vicky war das gerade Gegenteil von Elli. Bescheiden, friedlich, ausgeglichen – man brauchte sie nur anzusehen und hatte sofort das Gefühl: die geht nicht mit jedem. Sie ging auch nicht mit jedem. Auch mit mir nicht. Das heißt, nicht sofort. Ich führte sie aus, himmelte sie an, ich küßte sie unterm Haustor, aber ich hatte kein Mädel, ich hatte ein zitterndes Etwas im Arm, das sich vor seinem Vater fürchtete. Damned, hätte ich mir gedacht, wenn ich ein Cowboy gewesen wäre – so dachte ich mir: Verdammt! Wozu habe ich das Absteigquartier? Eines Nachts, nach der Femina, überredete ich sie, mit mir hinaufzukommen. Immer in den Kaffeehäusern und Bars herumzuhocken – das ist doch nichts. Bei mir ist es gemütlich, bei mir stört uns niemand. »Und wenn mich jemand sieht?« fragte sie ängstlich. »Mein Vater erschlägt mich, wenn er das erfährt.« »Wenn er *was* erfährt?« fragte ich scheinheilig. »Was hast du denn vor?« Wir gingen hinauf. Als wir im Vorzimmer waren, kam Mimi Schwarz aus ihrem Zimmer. Sie erschrak.
»Entschuldigen Sie«, stammelte sie, »ich gehe schon wieder.« Dann sah sie Vicky näher an. »Das ist doch«, staunte sie, »die kleine Roberts!« (Name geändert). »Die Vicky! Natürlich! Mit Ihrem Vater habe ich in Mährisch-Ostrau gespielt! Er war

Buffo und ich Soubrette! *Wir* waren ein Paar! Von unserem Erfolg in ›Gasparone‹ spricht man noch heute in Ostrau! Es freut mich, daß Sie zu mir kommen! Die erste Frau Ihres Vaters habe ich auch gekannt. Sie war beim Schauspiel. So eine Dummheit – geht ihm mit dem Apotheker durch! Gehen wir doch auf ein Glas Wein zu mir!« »Danke«, sagte ich schnell. »Wir müssen schon gehen.« »Sie sind doch eben zur Tür hereingekommen?« »Im Gegenteil. Wir wollten eben zur Tür hinaus. Gute Nacht!« Wir gingen wieder. Vicky weinte. »Da hast du gesagt, bei dir stört uns niemand!« sagte sie. Es war das letzte, was sie gesagt hat. Sie hat nie mehr ein Wort mit mir gesprochen.

Während der zehn Jahre, die ich in der Femina verbrachte, sah ich viele Schönheiten kommen und gehen, mit denen mich nur reine Kollegialität verband, und sie alle hatten ihre Schicksale. Da war die entzückende Grete Maren, ihr Freund war der junge Schauspieler Kurt Daehn. In der Femina lernte sie Dr. Naglstock kennen, einen prominenten Anwalt, der in der Dollfußregierung viel zu reden hatte. Grete löste ihre Verbindung mit Daehn, der das nicht verwinden konnte. In Ischl lauerte er den beiden auf und gab einige Schüsse auf sie ab. Beide wurden verwundet, und es gab einen Prozeß, in dem Daehn verurteilt wurde.

Da war Dixie Pool, Tochter eines chinesischen Zauberkünstlers, der sich »Okito« nannte, und einer Hamburgerin. Okito hatte eine große Zaubershow, sein Glanzstück war eine goldene Kugel, die, frei in der Luft schwebend, jeder seiner Handbewegungen folgte. Zu jener Zeit gab es das »Wiener Magazin«, eine Illustrierte in Kleinformat, die weltweit verbreitet wurde und mit Vorliebe Photos schöner Frauen brachte. Natürlich war auch Dixie drunter. Ein Maharadscha verliebte sich in ihr Bild und kam nach Wien, um sie kennenzulernen. Hier verliebte er sich in eine andere, eine Tänzerin, ebenfalls aus der Femina. Es war Nina Grey, die Freundin Vera Kálmáns, als diese noch als Vera Kaminska das Zimmer mit ihr teilte. So klein ist die Welt.

Nina lehnte einen Heiratsantrag des Maharadschas ab, blieb aber mit ihm in Verbindung. Ihr Vater, bereits verstorben, war General gewesen. Er war ein bekannter Hitlergegner, und als die Nazis in Österreich die Macht ergriffen, wurde Nina von ihnen bedroht. Ich traf sie zwei Tage vor ihrem Abflug nach Indien auf der Straße. Die Fortsetzung las ich in Caracas, in einer venezolanischen Zeitung. Nina und der Maharadscha hatten geheiratet, er quälte sie mit seiner Eifersucht, sie floh aus dem Palast, er ließ sie verfolgen, ließ Hunde auf sie hetzen, sie versteckte sich in einem hohen Turm und als man sie fand, stürzte sie sich hinunter. Sie war auf der Stelle tot.

Da war auch Tala Birell, eine junge deutsche Schauspielerin. Sie sah Joan Crawford zum Verwechseln ähnlich, wurde nach Hollywood engagiert, konnte aber leider keine zweite Joan Crawford werden, weil die erste sie daran hinderte.

Da war auch unsere schönste: Greta Glogau. Auch sie sah der Crawford ähnlich, war aber schöner als diese. Leider begann sie zu trinken. Als ich sie nach dem Krieg wiedersah, war sie arm und vor der Zeit alt geworden. Sie hatte mit einem amerikanischen Besatzungssoldaten zusammengelebt, der, als sie einmal betrunken im Bett lag, alle ihre Möbel fortschaffen ließ, wahrscheinlich zu einer andern. Was konnte man gegen einen Besatzungssoldaten unternehmen? Nichts. Bei ihrem Begräbnis (man sprach von Selbstmord) waren außer mir nur noch vier Personen. Vier Nachbarinnen aus dem Haus, in dem sie gewohnt hatte. Es war erschütternd.

Da war auch Irene Ziláhy, eine berühmte ungarische Soubrette, die im Johann Strauß-Theater auftrat, und die immer nach der Vorstellung zu uns kam. Sie hatte einen reichen Freund, der ohne daß sie es wußte, einen Teil ihrer Gage bezahlte. Gyimes hätte sich das allein nicht leisten können. Der reiche Freund war, wie er erzählte, der Erfinder des ewigen Zündholzes und war jener »Dr. Reiter«, der mit Lilly, der vierten Frau von Robert Stolz, durchging und nicht vergaß, den Millionenschmuck mitzunehmen. (So klein ist die Welt.) Im Krieg ließ

Irene Ziláhy sich im Garten ihres Hauses einen Bunker bauen, beim nächsten Luftangriff wurde er getroffen, hielt nicht stand, und sie wurde erschlagen.
Etwas Erfreulicheres: in einer unserer Revuen hatten wir eine russische Tänzerin: Galina Zazarina. Sehr jung, sehr hübsch, sehr gut. Sie wollte mir schon immer ihren Freund vorstellen, der mich sehr interessierte. Er war vier Jahre jünger als ich und hatte schon mit 23 Jahren einen Erfolgsroman geschrieben. Eines Abends holte er Galina ab, und die Gelegenheit war gegeben. Galina kam mit einem jungen Mann auf mich zu: sehr groß, sehr gut und sehr sportlich aussehend. Sie machte uns miteinander bekannt. So lernte ich Friedrich Torberg kennen (»Der Schüler Gerber«).
Und unsere Gäste? Was Rang und Namen hatte, kam in die Femina. Da war Baron Rothschild, da war der Direktor der Hirtenberger Patronenfabrik, der »Patronenmandl«, der später Hedy Kiesler heiratete, die als »Hedy Lamarr« in Hollywood Karriere machte, da war einmal (und das wird mir keiner glauben) Arturo Toscanini mit Tochter und Schwiegersohn, da war einige Male der damalige König von Rumänien (Carol) mit seiner Freundin Madame Lupescu, da war Paul Abraham, da waren die Librettisten Brammer und Grünwald (»Gräfin Mariza« u.a.) mit ihren Damen, da wurden eines Abends die Balkone geräumt, um einigen Männern, auf den ersten Blick als Geheimpolizisten erkennbar, Platz zu machen, und da war auch die Persönlichkeit, über die sie zu wachen hatten: der Herzog von Windsor. Gyimes und ich wurden ihm vorgestellt, er bat uns, Platz zu nehmen, sprach von seiner Liebe zu Wien und wartete jedem von uns eine Zigarre auf. Gyimes rauchte die seine sofort, ich, als Nichtraucher, bewahrte die meine in einer Zigarrenschatulle meines Vaters auf. Aber weiter: da waren Ernst Deutsch, Paul Hörbiger, Ludwig Preminger und, wenn er es nur irgendwie schaffen konnte, Richard Tauber. Er liebte besonders meine Opernparodien. Ich habe für die Femina fünfundsechzig Revuen geschrieben, eine besser, eine

schwächer, aber bis auf eine einzige waren alle gut. Grad bei der Premiere dieser einen war Tauber anwesend. Wir hatten einen Todesfall im Ensemble, ein Ersatz mußte her, er war nicht grad der beste, aber wir hatten keine Zeit zu verlieren, kurz – es war ein Flop. Am Schluß der Vorstellung ging ich zu Tauber, er drückte mir die Hand und sagte statt jeder Kritik: »Wir bleiben die alten.«

Aber da waren noch andere. Da war Willi Forst mit einer jungen Schauspielerin, die in den Kammerspielen eine unwichtige Rolle spielte. Forst hatte mit ihr einen der letzten Stummfilme gedreht (»Café Electric«), nun wollte er sie für einen neuen Film, aber noch war es nicht so weit. Es lag ihm daran, sie in Wien zu halten, und so gab Gyimes ihr einen Vertrag, der aber von ihr nicht eingehalten wurde. Sie bekam inzwischen einen anderen Film. Er hieß »Der blaue Engel«, und die junge Schauspielerin war Marlene Dietrich.

Alle unsere Gäste aufzuzählen, würde den Rahmen dieses Buches sprengen. Ich möchte nur einen erwähnen, weil er bestimmend für meine Zukunft war: Dr. Fritz Löhner-Beda.

Er war mit seiner Frau und einigen anderen Leuten in der Femina und wollte mich nach der Vorstellung sprechen. Ich ging an seinen Tisch, stellte mich vor, er sagte, wie gut es ihm gefallen habe und daß ich von ihm hören werde. Das kannte ich. Aber egal. Ich hatte ihn um nichts gebeten, und ob er von sich hören ließ oder nicht, das war *seine* Sache. Er *ließ* von sich hören. Eines Abends kam er freudestrahlend in die Femina und rief: »Endlich habe ich etwas für Sie gefunden.« Es war ein dünnes Heft, Titel, Text, alles in tschechischer Sprache. »Morgen bekommen Sie die Übersetzung«, sagte er. »Es ist ein kleines Stück, die Musik ist von Jara Beneš. Ich stelle mir vor, daß wir daraus eine große, sehr lustige Revue-Operette machen können. Machen Sie vorläufig einen Entwurf.« Ich bekam die Übersetzung, ich las sie durch, ich war unglücklich. Es gefiel mir nicht. Durfte ich das aber Beda sagen? Ich würde ihn für immer verlieren. Ich machte also einen Entwurf, möglichst *nicht* lustig, damit er ihm nicht gefiel. Aber er gefiel ihm! Er lachte, daß ihm die Tränen herunterrannen. Er ging mit dem Manuskript zur Universal Edition, einem erstklassigen Verlag (die nehmen es bestimmt nicht, dachte ich mir), sie lasen es, lachten und nahmen es an. Ich war verzweifelt. Sie offerierten das Stück Direktor Erich Müller vom Bürgertheater, (ein alter Theaterhase, tröstete ich mich, dem kann man nichts vormachen), er lachte, erwarb die Rechte und wollte zu Weihnachten die Premiere machen. Zum Glück wurde er vorher pleite, aber Theaterdirektoren kann man nicht trauen. Schon war ein anderer da. Er hieß Alexander Kowalewski und war einer der reizendsten Menschen, die ich in dieser Branche kennengelernt habe. Ebenso seine Frau Menta, sein Geldgeber Reeser, ein Holländer, sowie dessen Frau, eine Österreicherin. Ich wußte nicht, was tun. Die beiden hatten Direktor Müller bereits eine Abstandssumme gegeben und die Volksoper gemietet. Ich konnte doch nicht zulassen, daß diese netten Menschen ihr Geld verlieren. Die Operette würde bestimmt ein Theaterskandal. Aus Prag kam Regisseur Heßky, ein Fachmann für solche Stücke. Ich hielt mir die Daumen. Heßky würde es nicht gefallen. Es gefiel ihm. Das Buch, fand er, wäre so lustig. Jetzt war ich selber schon überzeugt, daß die Operette ein Erfolg werden würde. Natürlich spielte sich das alles nicht so schnell hintereinander ab, wie ich es hier erzähle. Es dauerte ein Jahr, bis der »heilige Antonius«, der dann der »gütige Antonius« heißen sollte, herauskam. Aber davon später. Gyimes und ich kamen gut miteinander aus, wir probten eben die neue Revue, als er mich plötzlich fragte: »Was ist mit dem Schlußbild? Ich muß die Kostüme bestellen. Sagen Sie mir wenigstens, wo es spielt.« Ich hatte noch keine Ahnung. »In Indien«, sagte ich. »Wer hat darin zu tun?« »Alle«, sagte ich. Er ließ nicht locker. »Was werden sie spielen?« Was werden sie spielen? Ich wußte es nicht. »Imhoff und Heller zwei Fakire«, zählte ich auf. »Die Natzler eine Maharani...«, ich gab jedem eine Rolle, ohne zu wissen, wovon das Bild handeln würde. Dabei war das Schlußbild immer das Wichtigste der ganzen Revue. Gyimes rief die Firma Bei an und bestellte die Kostüme. Nun gab es kein Zurück. Als ich nach drei Tagen noch immer nichts hatte, sperrte mich Gyimes in sein Büro. »Von da«, drohte er, »kommen Sie entweder mit dem fertigen Schlußbild heraus oder gar nicht.« Ich zerbrach mir den Kopf, ich schrieb, strich durch, schrieb, strich durch, nach drei Stunden schickte er mir ein als Justizwachebeamter angezogenes Girl mit Wasser und Brot. Sehr lustig, dachte ich wütend. Nach sechs Stunden hatte ich das Schlußbild im Entwurf fertig. Die Revue wurde ein Erfolg, besonders das Schlußbild gefiel, und zwar so gut, daß Gyimes mich fragte: »Wieviel haben Sie Vorschuß?« Ich sagte: »300 Schilling.« Drauf er: »Nix haben Sie. Ist gestrichen.« Das wurde zur Gewohnheit. Vor jeder Premiere nahm ich einen Vorschuß, nach der Premiere fragte Gyimes: »Wieviel haben Sie Vorschuß?« Ich sagte: »Soundsoviel«, und er sagte: »Nix haben Sie. Ist gestrichen.«

1932 wurde ich der Femina untreu. Ich konnte nicht anders. Es ging mir wie einem Ehemann, der eine schöne Frau hat, die er liebt. Plötzlich sieht er eine andere, die lang nicht so schön ist, an der ihn aber etwas reizt. Was es ist, weiß er selber nicht. Ich wußte es. Was mich an der anderen reizte, war – Roda-Roda. Roda-Roda war der meistgelesene Humorist seiner Zeit, der beliebte Vortragskünstler, der in Kabaretts und Varietés auftrat und der sich in den ersten Tonfilmen auch auf der Leinwand versuchte. Und mit Erfolg.
Das kam so: Ida Sinek, eine bekannte Kabarettautorin, wollte, daß ich mit ihr eine Revue für den »Simpl« schreibe. Die Besetzung, die zur Verfügung stand, war bestechend. Da war Luise Kartousch, Theater an der Wien, die Lieblingssoubrette der Wiener, da war die Humorkanone des Simpl, Charlotte Waldow, da war der Operettenstar Hans Unterkircher, da war der Komiker Fritz Wiesenthal und da waren noch und noch andere. Und nicht genug damit, im zweiten Teil der Revue

sollten noch zwei Künstler kommen, die allein schon den Erfolg des Programms garantiert hätten: Fritz Grünbaum und Roda-Roda. Mit Grünbaum hatte ich ja bereits gearbeitet, aber Roda-Roda, den ich schon seit langem verehrte, war mir neu. 1932 war das Jahr seines 60. Geburtstages, er wurde überall gefeiert – da wollte ich dabei sein.
Ich sagte Ida zu, vorausgesetzt, daß es ihr und der Simpl-Direktion recht wäre, daß ich unter Pseudonym schriebe. Ich hatte ja meinen Exklusivvertrag mit der Femina und durfte für kein anderes Kabarett schreiben. Ida und Simpl waren einverstanden, wir einigten uns auf eine Revue, die auf einem Luxusdampfer spielen sollte, Titel »Mit Volldampf voraus«, der Simpl wurde in ein Schiff verwandelt, es gab Schlager von Robert Stolz – und ich kann, ohne eingebildet zu erscheinen, ruhig sagen, daß es ein großer Erfolg wurde. Grünbaum hielt eine seiner philosophischen Betrachtungen, und Roda-Roda erzählte, wie die Presse vermerkte, »wohlgelaunt, gepflegt und sympathisch seine unübertrefflichen Schnurren; Heiterkeit strömt aus dem Monokel und der roten Weste, schon wenn er erscheint«. Roda-Roda war mir auf Anhieb sympathisch. Ich besuchte ihn jeden Abend in seiner Garderobe und profitierte viel von seinem Witz und seiner Weisheit.
Und was das Schönste ist – vor kurzem erfuhr ich, daß wir etwas Gemeinsames haben: Ende der fünfziger Jahre erschien der Film »Der k.u.k. Feldmarschall«, zu dem ich, nach einem Lustspiel von A. Longens, das Drehbuch geschrieben hatte. Es war eine Wiederverfilmung. Jetzt erst (1991) hörte ich, daß das Drehbuch zur ersten Filmfassung von Roda-Roda stammte. Unter der Regie von Karl Lamac wurde die deutsch-tschechische Gemeinschaftsproduktion am 9. Dezember 1930 zum ersten Mal aufgeführt.
Mein Pseudonym wurde leider bald aufgedeckt. Gyimes wollte meinen Vertrag kündigen, was mir nichts ausgemacht hätte, weil mir der Simpl bereits einen anderen, besseren, angeboten hatte, aber Gyimes zog zurück und schenkte mir sogar eine

goldene Taschenuhr, in der eingraviert stand: »Meinem lieben Freund Hugo Wiener zur 50. Revue.«
Interessantes am Rande: in der Besetzungsliste *meines* »Feldmarschalls« findet sich neben Mady Rahl, Cissy Kraner, Francis Martin, Rudolf Vogel und Fritz Muliar, auch Boy Gobert. Es war sein zweiter Film, er war sehr jung und spielte einen etwas vertrottelten deutschen Junker. Ein Typ, auf den man ihn festlegen wollte.
Niemand hätte damals gedacht, daß Gobert einmal Intendant des Hamburger Thalia-Theaters und später Generalintendant der Staatlichen Schauspielbühnen Berlins sein würde. Ich habe ihn seit dem »Feldmarschall« nicht mehr gesehen. Um so erfreuter war ich, als ich zu meinem 80. Geburtstag einen wirklich herzlichen Brief von ihm bekam.
Die Direktion des Theaters in der Josefstadt konnte er nicht mehr antreten. Beim Begräbnis meines lieben Freundes Peter Wehle erfuhr ich, daß Boy Gobert ein paar Stunden vorher gestorben war... Mit Gyimes war ich wieder ausgesöhnt – plötzlich wurde er wahnsinnig. Größenwahnsinnig. Er beschäftigte sich mit einem Projekt, welches für ihn um drei Nummern und für seine Brieftasche um unzählige Nummern zu groß war.

Budapest hatte seine Sensation. Der Schriftsteller Ladislaus Bus-Fekete hatte ein Stück geschrieben, welches nicht für die Bühne, sondern für ein Zirkuszelt gedacht war. Es hieß »Der Stern der Manege« und hatte eine richtige Handlung. Der erste Teil des Stückes spielte während der Generalprobe des neuen Zirkusprogramms, der zweite Teil während der Vorstellung.
Tamara, Tochter des Zirkusdirektors Lenz und seiner Frau Arabella, und der junge Ingenieur Thommy Ferari, Sohn eines Industriellen, sind ineinander verliebt und wollen heiraten. Thommys Eltern sind gegen diese Verbindung. Thommy verläßt das elterliche Heim, hält sich im Zirkus versteckt und will

dort, als »Mann mit der Maske«, als Trapezkünstler auftreten. (Das fällt ihm nicht schwer, weil er als Turner zahlreiche Preise bekommen hat.) Während der Generalprobe erscheinen seine Eltern und verlangen, daß er nach Hause zurückkomme. Auch sein Bruder Rudi, ein Rechtsanwalt, redet ihm zu. Es entsteht ein Streit zwischen Ferari und Lenz, und nun stellt sich heraus, daß Ferari finanziell vor dem Ruin steht und daß Lenz der geheimnisvolle Käufer aller für Ferari unangenehmen Wechsel ist. Er will die Ferariwerke versteigern lassen, um sich an Ferari zu rächen, weil dieser Tamara vor allen Zirkusleuten beleidigt hat. Auf Tamaras Bitte sieht er davon ab, aber irgendeine Rache muß er haben. Er zwingt die Feraris, gegen Rückgabe der Wechsel, als Artisten aufzutreten. Den »3 Feraris« bleibt nichts anderes übrig, als darauf einzugehen. Der Stallmeister wird ihnen bis zum Abend eine leichte Musikalclownnummer beibringen. Zweiter Teil: Während die Handlung weitergeht und in einen richtigen Krimi umschlägt (der in Tamara verliebte Clown Toto schneidet das Seil der Trapezstange durch, auf dem Thommy arbeitet, so daß dieser fast abstürzt), spielt sich ein vollständiges Zirkusprogramm ab. Am Schluß gibt es natürlich ein Happyend.

Star dieser Produktion ist die junge Marika Rökk, das Tagesgespräch von Budapest. Gyimes will sie nach Wien holen und eine Sache auf die Beine stellen, wie sie Wien noch nicht gesehen hat. Er nimmt Bankkredite auf, borgt sich privat Geld, verspricht Beteiligungen, mietet den großen Zirkus Renz und engagiert Marika Rökk für eine ganz große Gage. Marikas Vater, ein Ingenieur, wird ihr Manager. Hier die unglaubliche Besetzung:

Lenz, Zirkusdirektor – Hubert Marischka, Arabella, seine Frau – Trude Hesterberg, Tamara – Marika Rökk, Ferari – Alfred Neugebauer, Geraldine, seine Frau – Adrienne Gessner, Rudi – André Mattoni, Thommy – Werner Fütterer, 3 Clowns: Titi, Toto, Tata – Rudolf Carl, Josef Danegger, Hans Thimig, Zukkerlverkäuferin – Mimi Shorp, der Herr aus Linz – Fritz Im-

hoff, seine Frau – Mizzi Zwerenz, Stallmeister – Max Brod, 2 Stallburschen – Fritz Heller und Gustav Kotány, der Arzt – Fritz Puchstein, der Billeteur – Josef Viktora. Eine bessere und prominentere Besetzung wäre nicht denkbar gewesen.
Das Stück, welches in Budapest eher klein gehalten war, wurde von Beda und mir zur ganz großen Show gemacht. Wir nahmen Rollen heraus, schrieben Rollen hinein, die Musik – Original von Michael Eisemann und Karl Komjáti – wurde von Alexander Steinbrecher bearbeitet, zu dritt schrieben wir neue Nummern dazu, Gyimes engagierte ein »Zirkusprogramm der Sensationen«, außerdem 32 Girls, 16 Boys sowie die »Humoreskimos«, ein bekanntes Herrenquartett, welches er auf vier Quartette aufstockte, die Schauspieler führten, gemäß ihren Rollen, Tiere vor (so Marischka 22 Pferde, die Hesterberg ein Pony usw.). Heute, wo im Zirkus Krone in München alljährlich prominente Künstler zugunsten alter Kollegen in der Manege auftreten, bedeutet das nichts mehr, damals war es eine Sensation. Gyimes fiel von einer Aufregung in die andere. In der Produktion steckte bereits ein Vermögen, und man machte ihm nichts als Schwierigkeiten: da konnte er die Stoffe nicht bekommen, die er sich gewünscht hatte, dort warfen ihm die Behörden Prügel in den Weg, da löste ein Artist, den wir in die Handlung eingebaut hatten, wegen eines Unfalls seinen Vertrag, dort verlangte die Feuerpolizei Umbauten, da brach eine Bank zusammen (damals keine Seltenheit) und konnte ihm den versprochenen Kredit nicht gewähren – es gab jeden Tag etwas anderes und nichts Angenehmes. Zum Überfluß hatte er gewisse linksgerichtete Zeitungen gegen sich, weil er in einer Zeit der Arbeitslosigkeit eine solche Luxusschau abziehen wollte.
Ich fuhr nach Ischl, um mit Beda noch einiges zu ändern, am Abend trafen wir Robert Stolz mit seiner Frau Lilly. Robert, Lilly und ich gingen noch in das Spielcasino, plötzlich bat der Casinodirektor um Ruhe und sagte: »Meine Damen und Herren, ich bitte Sie, das Spiel zu beenden. Soeben erhalten wir die Nachricht, daß unser Bundeskanzler Dr. Engelbert Dollfuß

ermordet wurde.« Schlagartige Stille, erschrocken sah man einander an, wie konnte das geschehen sein? Der Direktor wußte auch noch nichts näheres. Schweigend und betroffen verließen wir mit allen anderen das Casino. Auf der Straße sahen wir bereits uniformierte Heimwehrleute, mit Gewehren bewaffnet, ihre Häuser verlassen. In der Nacht hörte man die ersten Schüsse. Am Morgen fuhr ich nach Wien zurück und fand Gyimes verzweifelt vor. Er sah einen Bürgerkrieg kommen, sein »Stern der Manege« würde nicht aufgeführt werden, aber was noch schlimmer war, wie sollte er das viele Geld zurückzahlen, das er schuldig war? Und was würde mit den Verträgen geschehen?

Nun erfuhr ich auch, wie sich das Drama ereignen konnte. Nazis, in österreichischen Bundesheeruniformen, kamen in einem LKW zur »Wachablösung« in das Kanzleramt, drangen nach kurzem Kampf mit den überraschten regulären Soldaten in das Haus ein, wo zwei von ihnen den Kanzler durch Schüsse niederstreckten. Wohl traf inzwischen Verstärkung ein, aber die Putschisten hatten den schwerverwundeten Kanzler, dem sie weder ärztlichen noch geistlichen Beistand gewährten, in ihren Händen. Dr. Kurt Schuschnigg übernahm die Regierung sowie die Verhandlungen mit den Mördern. Es dauerte Stunden, bis sie sich ergaben, aber die Kampfhandlungen zwischen Nazis auf der einen, und Bundesheer und Heimwehr auf der anderen Seite dauerten ein paar Tage an. Erst dann war der Putsch niedergeschlagen. Die Täter wurden verurteilt, nach außen hin beruhigte sich die Lage allmählich, im Innern aber schwelte der Haß weiter.

Theater, Kinos, Varietés und Cabarets öffneten wieder ihre Pforten. Gyimes und ich holten Marika Rökk und ihren Vater von der Bahn ab. Ich sah sie mir an. Sie war schön, hatte große blaugrüne Augen, eine tadellose Figur und hohe Beine – aber sollte dieses 19jährige Mädel wirklich alles das können, was wir in das Buch aufnehmen wollten? Wir fuhren ins »Bristol«, wo Rökk-Vater und Tochter wohnen würden. Marika war nicht

sehr freundlich. Später erfuhr ich warum. Sie konnte kein Wort deutsch, und wenn zwei miteinander sprachen, glaubte sie immer, daß man über sie reden könnte.
Es kam zur ersten Probe. Da standen wir alle mit offenen Mündern da. Marika war nicht nur eine ausgezeichnete Reiterin, sie war eine Vollblutartistin. Sie sprang von ihrem galoppierenden Pferd auf das Pferd Werner Fütterers, sie kam hinter ihm zu sitzen, voltigierte, so daß sie vor ihm saß, sie sang auf dem Reck einen Walzer mit ihm, sie tanzte auf dem Seil, und sie tanzte sämtliche Tänze vom Spitzenwalzer bis zum Rumba, sie steppte à la Ginger Rogers, sie sang mit Marischka die beste Nummer des Abends »Jeder Mensch macht eine Dummheit«, sie machte während einer Szene mit ihrer Mutter die unglaublichsten Verrenkungen (sie macht sich weich, heißt es im Artistenjargon), sie ging auf den Händen und – wie das? Man hatte doch behauptet, daß sie kein Wort deutsch könne, und jetzt plapperte sie drauf los und das mit dem entzückendsten ungarischen Akzent? Ich fragte ihren Vater, der perfekt deutsch sprach, und der sagte mir: »Sie hat es auswendig gelernt. Sie weiß, was jeder Satz, aber nicht, was jedes Wort bedeutet.« Sie war ein Phänomen. Gyimes hatte recht gehabt, als er sagte: »So etwas hat Wien noch nicht gesehen.« Ich ahnte nicht, daß ich vier Jahre später selbst Theater spielen würde, in einer Sprache, die ich nicht konnte.
Die Proben gingen zügig weiter, aber für Gyimes brachten sie täglich neue Aufregungen, Wechsel wurden fällig, die er ursprünglich mit einem Kredit einlösen wollte, den er dann nicht bekam, er mußte den Schmuck seiner Frau belehnen lassen. Hubert Marischka stand vor dem finanziellen Zusammenbruch. Seine aufwendigen Operetten- und Revue-Inszenierungen sowie die fürstliche Lebenshaltung, die er nicht aufgab, brachten ihn an den Rand des Ruins. Er konnte die Gagen nicht mehr pünktlich bezahlen, und Farkas sagte damals: »Ich bin kein Schauspieler mehr, ich bin ein geschminkter Gläubiger.« Marischka ging zu Dollfuß, machte ihn auf die Bedeutung des

Theaters an der Wien aufmerksam, auf die Geschichte des Hauses, in dem Johann Strauß als Operettenkomponist entdeckt worden war, er sprach von der hohen Lustbarkeitssteuer und erklärte schließlich dem Bundeskanzler, daß er ohne Hilfe des Staates seine Theater nicht weiterführen könne. Dollfuß wollte eine Stunde vor dem national-sozialistischen Mordanschlag auf ihn eine staatliche Subvention zur Erhaltung des Theaters an der Wien bewilligen. Zu spät. Sämtliche Einkünfte Marischkas sollten gepfändet werden, und daß er unter diesen Umständen keine Lust verspürte aufzutreten, ist verständlich. Gyimes' Anwälte kämpften um eine Lösung, aber der Fall war bis zur Premiere nicht erledigt. Trotzdem – Marischka blieb. Aber das war nicht alles. Bei der ersten Hauptprobe, bei der zum erstenmal die Dekorationen aufgestellt wurden, stellte es sich heraus, daß die Akustik des Hauses ungenügend war, so daß man kein Wort des Textes verstand. Gyimes ließ Fachleute kommen, die den Fehler beheben sollten. Sie arbeiteten einen Tag und eine Nacht, mit dem einzigen Erfolg, daß die erste Hauptprobe nicht stattfinden konnte. Nun ließ Gyimes Experten aus London einfliegen, die die Decke des Hauses durch Anbringen von Tüchern niedriger machten, was auch nichts nützte, weshalb auch die zweite Hauptprobe abgesagt werden mußte. Die Generalprobe am nächsten Tag verlief demgemäß. Stimmungslos und voller Zwischenfälle. Trude Hesterbergs Pony lief ihr davon und auf die Straße hinaus, Marischkas Pferde verweigerten ihm den Gehorsam, eines der Girls stürzte und brach sich den Fuß. Ein paar Theaterleute, die bei der Probe anwesend waren, prophezeiten den größten Durchfall der letzten Jahrzehnte. Gyimes hörte es und war am Boden zerstört. Wenn das stimmte, was die Leute da behaupteten, war er verloren. Man würde ihm alles wegnehmen, auch die Femina. Wie ich später hörte, wollte er nach der Generalprobe Selbstmord begehen, wurde aber rechtzeitig daran gehindert.
Mit sehr gemischten Gefühlen gingen wir alle in die Premiere. Vor dem Gebäude standen Polizisten in Paradeuniformen mit

weißen Handschuhen. Anwesend war die gesamte Regierung, Diplomaten anderer Länder, Damen und Herren der Wiener Gesellschaft, natürlich in Abendkleidung, viele Ungarn, die zu dem Ereignis nach Wien gekommen waren, die erste Garnitur der in- und ausländischen Presse, Theaterdirektoren, Filmproduzenten usw. Sie alle wollten Marika sehen, die schon vor ihrer Premiere *die* Rökk geworden war. Die Vorstellung fand zu wohltätigem Zweck statt – die Preise waren horrend.
Beda und Gattin, Lizzi und ich saßen in einer der Logen und zitterten dem Ereignis entgegen. »Ich mache noch einen Sprung nach hinten«, sagte ich. Dort saß Marischka als Zirkusdirektor Lenz im roten Frack mit Zylinder auf einem prächtigen Rappen, der bereits nervös hin- und hertänzelte. Auch Marischka war nervös. Er, der Danilo, der Graf von Luxemburg, der Achmed Bey, der Uniform- und Frackträger der Nation, spielte zum erstenmal eine Vaterrolle. Gyimes ging von einem Künstler zum andern, Hals- und Beinbruch wünschend, ein Wunsch, der im Zirkus gar nicht am Platz ist, als er Marischka rufen hörte: »Herr Direktor! Schnell bitte!« Ein Mann hatte sich an ihn herangemacht, hatte seinen Gerichtsvollzieherausweis gezeigt und wollte an ihm eine Leibespfändung vornehmen. Gyimes handelte schnell. Er packte den Mann mit der einen Hand am Kragen, mit der andern bei der Hose und warf ihn regelrecht hinaus. (Die Szene hatte ein gerichtliches Nachspiel. Gyimes bekam sechs Monate bedingt, das heißt, daß er bei guter Führung die Strafe nicht absitzen mußte.)
Trompeten setzten ein, Marischka ritt in die Manege. Lächelnd, als ob nichts geschehen wäre, begrüßte er das Publikum und wurde mit einem Sturmapplaus empfangen. Der Applaus wiederholte sich bei jedem, der auftrat, handelte es sich doch durchwegs um Wiener Lieblinge. Es war eine unübertreffliche Vorstellung. Im zweiten Teil kamen noch Mizzi Zwerenz und Fritz Imhoff. Sie spielten ein Ehepaar aus der Provinz, das am schwarzen Markt zwei Karten gekauft hatte. Man hatte ihnen wohl gesagt, daß die Plätze nicht nebeneinander sind, daß sie

aber *so* nicht nebeneinander sind, das hatte man ihnen nicht gesagt. Die Zwerenz saß unten auf der rechten Tribüne, Imhoff oben auf der linken. Sie mußten also ihre Sätze, die in der Hauptsache mit dem Programm zu tun hatten, einander zuschreien.
Freilich, die Sensation des Abends war Marika. Ihr Csárdás und ihr Kaiserwalzer, den sie auf Spitze tanzte, gehörten zu den Höhepunkten des Abends. Die Aufführung hatte keinen toten Punkt. Am Schluß, nach dem Happyend, gab es noch die Hochzeitsfeier. Girls brachten tanzend eine Riesentafel herein, Jongleure, als Kellner gekleidet, deckten, mit Tellern, Messern und Gabeln jonglierend, den Tisch, das ganze Ensemble zog ein, es waren die Hochzeitsgäste, und als man schon dachte »Jetzt kann nichts mehr kommen«, wurde über dem Auftritt in die Manege eine überdimensionale, gewollt kitschige Ansichtskarte von Venedig beleuchtet. In einer Gondel saßen Marika Rökk und Werner Fütterer, 20 dressierte weiße Tauben flogen auf die beiden zu und setzten sich auf ihre Schultern, Arme und Hände. Das war der Schluß. Der Applaus, der nun einsetzte, war unbeschreiblich.
Es folgte die Verbeugungszeremonie. Zuerst verbeugten sich die Artisten des Zirkusprogramms, dann die Girls und Boys der Show, die Träger der kleineren Rollen, die Träger der größeren Rollen, dann Imhoff und Marischka, dann Marischka allein, und dann führte er Marika in die Manege. Nun drohte vor Bravorufen, Händeklatschen und Füßegetrampel das Haus einzustürzen. Der Applaus dauerte fast eine halbe Stunde. Die Zuschauer wollten nicht gehen. Sie blieben, bis das Licht in der Manege erlosch. Am nächsten Tag hatte Wien einen neuen Liebling: Marika Rökk.
Die folgenden Wochen waren ausverkauft. Aus Berlin kamen Fritzi Massary, ferner die beliebte Opern-und Operettensängerin Gitta Alpar, Gustav Fröhlich, Willy Fritsch, Lilian Harvey und viele, viele andere. Alle wollten das Wunder Marika Rökk sehen.

Natürlich interessierte sich auch der Film für sie. Die Herren von der UFA kamen, verhandelten mit ihrem Vater, Marika bekam einen Traumvertrag – mit *einem* Schönheitsfehler. Sie sollte ihn sofort antreten – aber wie? Sie hatte mit Gyimes Vertrag.

Eines Abends fiel sie vom Pferd. Sie wurde in die Garderobe getragen, der Arzt wurde gerufen, er stellte einen Schock sowie einige Prellungen fest und verbot ihr für die nächste Zeit sowohl zu reiten, als auch zu tanzen oder zu turnen. Marika ritt aber nicht nur auf einem Zirkuspferd, sie war selbst eines. Reiten, turnen, tanzen verboten – wenigstens spielen wollte sie. Sie hörte, wie Marischka, der sich schon vorbereitet hatte, das Duett »Jeder Mensch macht eine Dummheit« allein singen zu müssen, das Stichwort brachte, stand auf, ging in die Manege, sang, holte sich den Applaus, ging in die Garderobe und legte sich wieder hin. Das Rökk-Stück wurde ohne Rökk zu Ende gespielt.

Am nächsten Tag verschlechterte sich ihr Zustand, sie sagte ab. Gyimes war verzweifelt. Da meldete sich eine kleine ungarische Schauspielerin. Sie hatte Gyimes seinerzeit gebeten, jeden Nachmittag eine Stunde im Zirkus reiten zu dürfen, und er hatte es ihr erlaubt. Sie begnügte sich aber nicht mit dem Reiten. Sie hatte Marikas Rolle gelernt, sie hatte alle artistischen Kunststücke gelernt, hatte die Tänze gelernt und war nun imstande einzuspringen. Es war nicht dasselbe, aber wie der Teufel in der Not Fliegen frißt, fraß Gyimes in der Not die kleine Klari Tabody; so hieß sie. Marika wurde vertragsbrüchig, sie ging nach Berlin zur UFA. Wie es weiterging, weiß man. Sie wurde einer der größten Stars in der Geschichte des deutschen Films. Gyimes verklagte sie, er gewann den Prozeß und bekam von der UFA einen Betrag, der es ihm nicht nur erlaubte, den »Stern der Manege« weiterzuspielen, sondern auch seine Schulden zu bezahlen. Wie ich nach dem Krieg hörte, ging auch Klari Tabody nach Berlin, kam dort zum Film, heiratete dann nach Italien und wurde dort eine ernstzunehmende Malerin. Vorher

traf ich noch mit ihr in meinem Singspiel »Kadettenliebe« im Theater an der Wien zusammen.
Was Marikas Unfall in der Manege betrifft, so dachten viele Kollegen (auch ich), daß es sich dabei um einen gekonnten Sturz vom Pferd gehandelt hat. Was tut man nicht alles für einen UFA-Vertrag. Sollten wir, die Kollegen und ich, mit unserer Annahme unrecht gehabt haben – dann verzeih, Marika!
Nach dem Krieg wurden Marika und ich gute Freunde. Ich bearbeitete für sie die »Gräfin Mariza«, »Die Blume von Hawaii« und den »Ball im Savoy« (den sogar zweimal). Alle drei gehörten, unter der Regie ihres Gatten Fred Raul, zu den größten Rökk-Erfolgen. Außerdem spielte sie ein Stück von Stefan Bekefi und von mir, Musik von Erwin Halletz: »Die kluge Mama«.

Es war im Zirkus, wo Marischka mich fragte, ob ich nicht ein Stück für das Theater an der Wien hätte. Ich war eben dabei, eines fertigzustellen. Es hieß »Kadettenliebe«, mein Co-Autor war Stefan Bekefi, der bekannte ungarische Boulevardstückeschreiber. 1956, während der ungarischen Revolution, kam er nach Österreich, ging nach Deutschland, wo er einige berühmte Filme schrieb, wie »Der Hund, der Herr Bozzi hieß« (Peter Ustinov), »Der Mann, der durch die Wand ging« (Heinz Rühmann) u. a. Als er genügend Geld hatte, ließ er sich in der Schweiz nieder, kehrte aber dann nach Budapest zurück. »Denn«, sagte er, »das Leben hier gibt mir nichts. Ich habe ein schönes Haus, einen schönen Garten mit herrlichen Blumen, aber ich kann mich nicht ärgern. Am Morgen lese ich die Zeitung, die Schweizer Politik interessiert mich nicht – ich kann mich nicht ärgern. So geht es mir den ganzen Tag. In Budapest gehe ich in der Früh ins Kaffeehaus, während ich meinen Mantel aufhänge, legt mir der Ober die Zeitung auf den Tisch, ich werfe nur einen Blick auf die Titelseite – und schon ärgere ich mich.«

Wir nannten »Kadettenliebe« im Untertitel »ein Spiel von Jugend und Liebe«. Das war es auch. Es war ein süßes Stück, es hatte nur *einen* Fehler: es ging nicht. Vielleicht war es für die Zeit damals zu monarchistisch, vielleicht war die Besetzung der beiden Hauptrollen zu wenig attraktiv, vielleicht war es auch die triste Lage des berühmten Theaters, von der täglich in den Zeitungen berichtet wurde – es ging nicht. Ich erinnere mich an eine Vorstellung, in der zwischen dem zweiten und dritten Akt eine Stunde Pause war, weil das Orchester sich weigerte weiterzuspielen, wenn es nicht einen Teil der Gagen, die man ihm noch schuldete, bekommt. Bald munkelte man auch vom Karczag-Verlag, in dem alle großen Operetten des Theaters an der Wien erschienen waren. Der Karczag-Verlag war das einzige aktive Unternehmen des Marischkakonzerns (Theater an der Wien und Stadttheater), welcher jetzt die beiden Bühnen stützen konnte. Und jetzt hieß es, daß dort nicht alles in Ordnung sei. Und schon folgte der erste Schlag. Franz Lehár entzog dem Verlag die Rechte an seinen Werken und gründete den »Glokkenverlag«. Andere Komponisten folgten. Am 1. März 1935 mußte Marischka seine Direktion niederlegen. »Kadettenliebe« war das letzte musikalische Werk, welches unter der Direktion Marischka gespielt wurde, was mich besonders schmerzte, weil ich von Jugend an einer der glühendsten Verehrer Hubert Marischkas war. Nach dem Zweiten Weltkrieg traf ich ihn in Bad Gastein, wo wir uns richtig anfreundeten, was mir sehr viel bedeutete.

Zum Unterschied vom »Stern der Manege« war die Generalprobe von »Kadettenliebe« ein großer Erfolg. Ernst Marischka, der Bruder Huberts, bekannter Autor, Filmproduzent und Regisseur (Sissy), war bei der Generalprobe anwesend. Er und einige andere Fachleute versicherten mir, daß »Kadettenliebe« einen Erfolg haben werde wie – eben wie »Sissy«.

Am Abend waren wir in der Femina. Gyimes, der das Stück inszeniert hatte, freute sich über das viele Lob und bot Bekefi

„DER STERN DER MANEGE"

Eine Geschichte aus dem Zirkus von Ladislaus **Bus Fekete**, deutsch von **Beda-und Hugo Wiener**, Musik von **Michael Eisemann** und **Karl Komjati.**

Regie: WILHELM GYIMES.

Musikalische Leitung: **Ernst Hauke.**

Tänze: **Rudi Fränzl** — Ausstattung: **Gerdago** — Ausführung: **Ella Bey**

Personen:

Lenz, Zirkusdirektor	Hubert **Marischka**
Arabella, seine Frau	Trude **Hesterberg**
Tamara, Kunstreiterin	Marika **Rökk**
Baron Theodor Ferari	Alfred **Neugebauer**
Geraldine, seine zweite Frau	Adrienne **Geßner**
Rudi, sein Sohn	André **Mattoni**
Tommy, Trapezkünstler	Werner **Fuetterer**
Tata } Clowns	Josef **Danegger**
Titi } Clowns	Rudolf **Carl**
Toto } Clowns	Hans **Thimig**
Mizzi, Zuckerlverkäuferin	Mimi **Shorp**
Der Herr aus Linz	Fritz **Imhoff**
Maly, seine Frau	Mizzi **Zwerenz**
Billy, Stallmeister	Max **Brod**
Maxi } Stallburschen	Fritz **Heller**
Toni } Stallburschen	Gustav **Kotanyi**
Der Arzt	Fritz **Puchstein**
Billeteur	Josef **Victora**

32 Golden Girls — 12 Humoreskimos — 16 Golden Boys

Mitwirkende:

Rita and Charly Jenkins, Step and Rhythmus
Wong-Chio-Tsching, chinesische Sportspiele
3 Crotos, die Luftsensation
Bambeck und seine Wunderbären
Joe Lindley Heros, Kraftjongleur
Arras, ein Wunder der Dressur
Boizoff und Radvany, ein Tanzpaar von Weltklasse
Artur Konstanty de Renroff mit seinen Pferden
Otto Werberg, Solotänzer
Cirque Medrano

Artisten, Ballerinen, Musiker, Tänzer, Dresseure, Stallknechte, Clowns, Spanier, Spanierinnen, Reiter, Reitburschen, Zuckerlverkäuferinnen, Diener, Hochzeitsgäste

1934 lernt Wiener Marika Rökk kennen, die als »Stern der Manege« ihren ersten großen Erfolg feiert.

Photo Angelo

MARIKA RÖKK

und mir ein Geschäft an: er wollte uns sämtliche Rechte abkaufen. Ich lehnte ab, Bekefi nahm an. Er war der einzige, der an »Kadettenliebe« verdient hat.

Ich erwähnte früher, daß es ein Jahr dauern würde, bis die von mir so gefürchtete Operette »Der heilige Antonius« an der Volksoper herauskommen sollte. Die Zeit verging, und der Probenbeginn näherte sich mit unbarmherzigen Schritten. Vorher hatte ich aber noch eine Premiere an der Femina: »1 Maharadscha und 1000 Frauen«. Es war jene Revue, zu der ich die indischen Kostüme bestellen ließ, ohne auch nur eine Ahnung zu haben, was ich damit anfangen würde. Wir hatten natürlich keine tausend Frauen auf der winzigen Bühne, wir hatten zwölf, also mit den acht Girls, über die wir verfügten, zwanzig, und da gab es schon ein Gedränge. Wir hatten auch Fakire und einen Hofmarschall – was wir nicht hatten, war der Maharadscha. Und der war wichtig. Sehr wichtig sogar. Die Handlung? Der Maharadscha von Gaipur feiert anläßlich seiner Rückkehr von einer Weltreise ein großes Fest, in dessen Verlauf ein Film vorgeführt wird, den der Maharadscha an verschiedenen Plätzen der Erde gedreht hat. (Natürlich erlaubten es uns unsere finanziellen Möglichkeiten nicht, einen Film zu drehen, also mußten wir zu anderen Mitteln greifen.) Wir sehen die Abreise des Maharadschas bei strömendem Regen, also nur aufgespannte Schirme. Der Maharadscha besucht in Paris die berühmte Madame Mistinguette in ihrer Garderobe. Garderobentür mit Türtafel »Mistinguette«. Eine Hand kommt ins Bild, klopft an die Tür, wir hören eine Damenstimme: »Entrez!« Der Maharadscha fährt mit dem Simplonexpreß durch den längsten Gebirgstunnel der Welt. Tunnel: schwarzes Bild. Der Maharadscha bei seiner Ankunft am Wiener Westbahnhof. Hier mußten wir zu drehen aufhören, weil wir den Maharadscha noch nicht hatten. An und für sich sollte es folgendermaßen weitergehen: Der Maharadscha (hier sehen wir ihn zum ersten

Mal) wird von einigen Herren erwartet. Während er sie begrüßt, steigt eine Frau aus dem Zug, die ihm in Wien nicht aufgefallen war. Sie sehen und lieben ist eins. Er läßt den Film unterbrechen. Die Frau muß gefunden werden. Finderlohn: 1 Million Dollar! Presse, Telegraf und Radio tragen die Nachricht in die Welt hinaus.
An der Donau sitzen zwei Fischer. (Imhoff und Heller) Doppelconférence. Sie beschließen, eine Pause zu machen, und während sie ihre Wurstsemmeln essen, nimmt Imhoff eine Zeitung aus der Tasche. Er liest, plötzlich bleibt ihm der Bissen im Hals stecken: 1 Million Dollar Belohnung! Er zeigt Heller die Zeitung, die beiden beschließen, die Frau zu suchen. Alles weitere läßt sich denken.
Gyimes ist verzweifelt. Er leidet schon immer darunter, daß er keinen Darsteller findet, der zu unseren schönen Frauen paßt. Der Maharadscha soll nun besonders gut aussehen. Er soll groß sein, schlank sein, charmant sein, er soll männlich sein, soll singen können, er – als er mir zum xten Mal erklärt, wie er sich den Maharadscha vorstellt, wird er unterbrochen. Der Theateragent Koller ist am Telefon. »Ich hab ihn!« jubelt er.
»Wen?«
»Ihren Maharadscha.«
»Wie schaut er aus?«
»Ein Adonis.«
»Männlich?«
»Wie der Albers.«
»Singt er?«
»Wie Caruso.« Die Stimme wird zögernder. »Er ist allerdings Ausländer...«
»Spricht er deutsch?«
»Er spricht deutsch, nur...« Koller schweigt.
»Was ›nur‹?« drängt Gyimes.
»Man versteht ihn nicht. Gehen Sie in die Volksoper, er spielt dort den ›Bettelstudent‹.«
Gyimes geht in die Volksoper, kommt zurück, ist begeistert.

»Das ist er!« ruft er. »Wir müssen nur die Prosa kürzen. Er darf nicht viel sprechen. Ich habe bereits mit ihm verhandelt. Er kommt morgen Abend hierher.«
Am nächsten Abend sprach ich mit jemand in der Publikumsgarderobe, als ein junger Mann die Treppe von der Straße herunterkam. »Entssuldigen«, sagt er zu mir. »Ich mochte den Herrn Direktor ssprechen. Mein Name ist Johan Heesters.«
Heesters schlug ein wie eine Bombe. Dabei hatte er nicht viel zu tun. Er begrüßte seine Gäste, sang sein Lied »Ein Maharadscha und tausend Frauen«, kündigte den Film an, unterbrach ihn und gab den Auftrag, die Frau, in die er sich eben verliebt hatte, zu suchen. Im zweiten Teil sang er noch den amerikanischen Schlager »Blue moon« mit meinem deutschen Text, ferner ein Duett mit der Frau, welche von den beiden Fischern gefunden worden war, sowie das Finale: »Ein Maharadscha und tausend Frauen!«
Publikum und Presse waren begeistert, bis auf einen Kritiker, der sich über Heesters' holländischen Akzent lustig machte und schrieb: »Er ist eben ein Maharadscha aus Holländisch-Indien.«
Wir alle hatten Joopi sehr gern. Als wir ihn zum erstenmal nach Grinzing führten, unterschätzte er unseren Heurigen, und als wir in die Stadt zurückkehrten, legte er sich mitten in der Kärntnerstraße, die damals noch keine Fußgängerzone war, auf den Rücken und rief: »Herrgott, das Leben ist schön!« Wir gingen dann noch zu Greta Glogau, die, wie bereits erwähnt, im Hochhaus ein Apartment hatte, welches sie mit ihrem Freund, dem Filmschauspieler Tibor von Halmay, der zu jener Zeit in Berlin drehte, bewohnte. Dort wurde weitergetrunken – plötzlich war Joopi verschwunden. Wir suchten ihn überall und fanden ihn schließlich im Badezimmer, wo er vor dem Spiegel stand und sich mit einem richtigen Rasiermesser rasierte. Wie er am nächsten Tag sagte, habe er bis dahin nie ein solches in der Hand gehabt, und wir konnten von Glück sagen, daß er sich nicht verletzt hatte.

Joopis Karriere war nicht aufzuhalten. Karl Hartl, damals der bedeutendste österreichische Filmregisseur, Gatte Marthe Harells, sah ihn in der Femina und holte ihn zum Film, wo er in »Die Leuchter des Kaisers« großen Erfolg hatte. Nächste Station: UFA, Berlin. In seinen Memoiren »Es kommt auf die Sekunde an« schreibt er über den »Maharadscha«: »Das Buch war von Hugo Wiener. Es war ein Schmarrn, aber dem Publikum gefiel es, und von der Presse wurde es ernstgenommen.« Du siehst, lieber Joopi, daß man auch mit einem Schmarrn Karriere machen kann. Zuerst Marika, dann du – die Gyimes-Betriebe schienen das Vorzimmer zur UFA geworden zu sein.

Die Proben zum »heiligen Antonius« hatten begonnen. Die Besetzung war die denkbar beste: mein Maskottchen Fritz Imhoff spielte den Bürgermeister eines kleinen tschechischen Ortes und böhmakelte, daß es eine Freude war. Seine Nichte Marina, eine zierliche, energische Person, die eigentliche Leiterin des Gemeindeamtes, war Lotte Lang, später eine der großen Damen des Theaters in der Josefstadt. Die Tochter des Bürgermeisters, Andulka, war meine »Frau« Lizzi. Sie sollte einen abgetakelten amerikanischen Filmstar heiraten – Hans Unterkircher –, der es aber nur auf ihr Geld abgesehen hatte, mit dem er seine Schulden bezahlen wollte. Die in ihn verliebte Amerikanerin Violet – gespielt von der schönen Schwedin Aino Bergö – war ihm gefolgt, und dachte nicht daran, ihn einer andern zu überlassen. (Seit Zarah Leander waren Schwedinnen auf der Bühne modern geworden. Wie ich nach dem 2. Weltkrieg hörte, war Aino bei einem Luftangriff ums Leben gekommen. Wie Irene Ziláhy, wie Lizzi Waldmüller.) Buffo war Willi Stettner, einer der ersten Hitlerflüchtlinge aus Berlin, der bald zum Wiener Liebling wurde. Karel, ein tschechischer Leutnant (das Stück spielte während eines Manövers), spielte ein neuer Mann: Egon Karter. Seine zweite Besetzung war ein gewisser Hans Hödl, der später unter dem Namen Hans Holt berühmt

wurde. Ferner gab es noch einen Unteroffizier, Eugen Strehn, der in meinem Leben noch eine große Rolle spielen sollte.
Bei den Proben wurde bereits soviel gelacht, daß ich meine Miesmacherei bereute und dachte: Mir scheint, das Stück ist gar nicht so schlecht, wie ich glaubte. Es war ein richtiges, unkompliziertes, lustiges, sogar *sehr* lustiges Volksstück, mit der Musik eines böhmischen Musikanten. Denn Jara Beneš *war* ein Musikant, und zwar im besten Sinne des Wortes. Der Hauptschlager war ein Evergreen, das noch heute bekannte: »Ich möcht' von dir ein Photo!", aber auch die übrige Musik konnte sich hören lassen. Die Kostüme entwarf die junge Ernie Kniepert (später Staatstheater), die Tänze stammten von Franz Bauer (Ballettmeister der Wiener Staatsoper), die Inszenierung besorgte Kurt Heßky – lauter erstklassige Kräfte.
Nur einer hatte nichts zu lachen: Direktor Kowalewski. Er hatte nicht bedacht, in welchem Zustand sich die Volksoper befand. Das Theater wurde immer wieder geöffnet und geschlossen und wurde damals als Arbeitsgemeinschaft geführt. Das heißt, daß die Einnahmen, nach Abzug der Steuern und sonstigen Spesen, unter dem Personal aufgeteilt wurden. Leider gab es keine Einnahmen. Ich hatte keinen Bekannten, der gesagt hätte: Gestern, oder vorgestern, oder vorvorgestern war ich in der Volksoper – und ich glaube nicht, daß viele die Absicht hatten, morgen oder übermorgen hinzugehen. Jetzt aber war eine seriöse Direktion da, die einen ebenso seriösen Geldmann zur Seite hatte, und das versprach günstige Aussichten für unseren heiligen Antonius. Kowalewski huldigte dem Grundsatz: »Wenn man beim Theater das Geld zum Fenster hinauswirft, kommt es zur Türe wieder herein.« Aber so ganz traute er dem Spruch nicht. Da gab es *viel* Geld, das er zum Fenster hinauswerfen mußte. Da waren einmal die Kostüme für das Ballett, welches aus 60 Tänzerinnen und Tänzern sowie für den Chor, der aus zwanzig Damen und Herren bestand. Das waren achtzig Personen, die sich mindestens fünfmal umziehen mußten, was soviel wie vierhundert Kostüme bedeutete. Dazu

kamen die Solisten, die Gagen, die Miete, die Steuern, die Werbekosten, die Dekorationen, das Orchester, die Tantiemen – Kowalewski machte sich ernstliche Sorgen, und so trat oft der Fall ein, daß sein holländischer Geldgeber, Generaldirektor Reeser, ihm Mut zusprechen mußte, statt umgekehrt, wie es meistens der Fall war.

Dann kamen die Besserwisser. »Der ›heilige Antonius‹« sagten die einen, »ist kein Titel für eine Operette. Die Leute werden glauben, daß es sich um einen Schwank handelt, in dem ein Spießbürger, namens Antonius, seine Frau mit einer Tänzerin betrügt.« Das stimmte nicht. »Der ›heilige Antonius‹«, sagten die andern, »ist kein Titel für eine Operette. Die Leute werden glauben, daß es sich um die Geschichte eines Heiligen handelt und werden sagen: ›Dazu brauche ich nicht die Volksoper, da kann ich gleich in die Kirche gehen.‹« Auch das stimmte nicht. Der heilige Antonius war eine Brunnenfigur, zu der die Mädchen des Ortes und der Umgebung, die im nächsten Jahr einen Mann wollten, wallfahrten gingen. Von kirchlicher Seite kamen Bedenken wegen des Wortes »heilig«. Wir berieten und berieten und kamen schließlich auf »gütig«. Der gütige Antonius – das war's. Die Titeländerung wurde der Druckerei telefonisch bekanntgegeben. Für den 23. Dezember war die Premiere angesetzt, am 15. wurden die Plakate angeschlagen – was lasen wir? »Der güitige Antonius« mit einem eingeschobenen »i«. Sofortiger Anruf bei der Druckerei – man bedauerte, eine Woche vor Weihnachten war es zu spät. Kowalewski war verzweifelt. Wenn die Plakate erst nach Weihnachten geändert werden, werden sie erst nach Neujahr angeschlagen, ganz Wien wird über uns lachen, der »güitige Antonius« war schon vor der Premiere durchgefallen. Nun kam noch die tschechische Gesandtschaft. Imhoff wurde ersucht nicht zu böhmakeln, weil man das tschechische Volk nicht lächerlich machen dürfe. Unser Außenamt bekräftigte den Wunsch der Tschechen. Imhoff ließ die Sache merkwürdig kalt.

Die Generalprobe war nicht öffentlich, den paar Leuten, die

drinnen waren, gefiel es. Die Premiere am nächsten Tag war ein sensationeller Erfolg. Die Leute lachten und applaudierten, das Photo-Duett mußte viermal wiederholt werden. In der 2. Pause, in der die Nummer als Zwischenmusik gespielt wurde, sangen die Leute mit, Imhoff böhmakelte, daß es eine Freude war, obwohl der tschechische Gesandte in der Loge saß, Beda trug mir das Du-Wort an, was bedeutete, daß mir ab jetzt das Café Sacher offenstand – es hätte nicht besser sein können. Reeser und Kowalewski hatten zu einer Premierenfeier ins Hotel Ambassador geladen, unterwegs trafen wir Paul Morgan und schleppten ihn mit. Im Laufe des Abends bestürmte man ihn, eine Ansprache zu halten, und so hielt er eine Rede über eine Operette, die er nicht gesehen hatte. Er sprach von dem »urkomischen Fritz Imhoff«, von der »springlebendigen Lotte Lang«, von »Aino Bergö, der schönen Schwedin«, von Hans Unterkircher, »der die Beneš-Melodien zum Siege führte«, von Willi Stettner, der wie immer »die Lacher auf seiner Seite hatte«, von Lizzi Natzler, die »in einer besinnlichen Szene aufhorchen ließ«, von dem Neuling Egon Karter, »dessen Namen man sich wird merken müssen«, und von Direktor Kowalewski, »der einen Haupttreffer gemacht habe.«
Leider war dem nicht so. Das Theater war leer wie ein Sommerkurort im Winter, und wer da sagte: »Es muß sich erst herumsprechen«, der hatte sich geirrt. Das Theater *war* leer und *blieb* leer. Allen, die hineingingen, gefiel es, aber sie gingen nicht hinein. Kowalewski machte den Vorschlag, ins Bürgertheater zu übersiedeln, es sei kleiner und leichter zu füllen. Reeser ging nicht drauf ein. Er sagte: »Ein Bäumche soll man nicht verpflanze« und stellte weiterhin Geld zur Verfügung. Beneš erzählte uns eine schöne Geschichte aus Prag. »Dort«, sagte er, »in der tschechischen Fassung, wollte das Stück anfangs auch nicht gehen. Bei der 25. Aufführung übertrug der Rundfunk den 3. Akt. Die Leute hörten, wie sich das Publikum unterhielt, und am nächsten Tag gab es einen solchen Andrang vor der Kassa, daß einer Dame buchstäblich das Kleid vom Leib geris-

sen wurde.« Kowalewski lächelte traurig, als wollte er sagen: »Dein Wort in Gottes Gehörgang.« Am nächsten Tag hatten wir die 25. Aufführung mit der Radioübertragung des 3. Aktes. Kowalewski hatte das Theater vollgestopft. Vereine, Gewerkschaften, Schulklassen – alles wurde hineingeschickt. Sogar das Bundesheer mußte dran glauben. Es war eine Stimmung, noch stärker als bei der Premiere. Die Leute applaudierten, die Leute lachten, *wir* applaudierten und lachten über die Leute, die applaudierten und lachten, Imhoffs Couplet wurde bejubelt, bei dem Duett Lang-Stettner trampelte das Publikum mit den Füßen, solange, bis es wiederholt wurde. Kowalewski saß in seiner Loge und sagte, wenn man ihm gratulierte: »Gratulieren Sie mir morgen.« Am nächsten Tag rief mich die Volksoper an. Es war Kowalewski: »Kommen Sie sofort! An der Kassa gibt es einen Andrang, daß einer Dame buchstäblich das Kleid vom Leib gerissen wurde!« Der gütige Antonius, der den Menschen, die zu ihm bitten kommen, verlorene Gegenstände wiederfindet, hatte der Volksoper ihr Publikum wiedergefunden. Von da an wurde die Operette an der Volksoper ungefähr 300mal gespielt, gleichzeitig zirka 200mal mit einem zweiten Ensemble in den Außenbezirken, nach dem Krieg sofort in der Renaissancebühne und wieder in den Außenbezirken und einige Jahre später am Raimundtheater. Ich stand zum ersten Mal als Autor auf der Bühne des Theaters, an dem ich als Claqueur und Statist begonnen hatte, und nahm den Applaus des begeisterten Publikums entgegen. Es war ein himmlisches Gefühl.

Ein erfolgreiches Team, heißt es, soll man nicht trennen, und so bekamen Beda, Beneš und ich den Auftrag von Kowalewski, auch die nächste Operette für die Volksoper zu schreiben. Sie hieß »Auf der grünen Wiese« und hatte denselben großen Erfolg wie »Der gütige Antonius«. Sie wurde fast ebenso oft gespielt, hatte viele Aufführungen im Ausland, und ihr Hauptschlager »Auf der grünen Wiese« wurde ein Evergreen.

Gyimes hatte inzwischen für einige Jahre das Ronacher gepachtet und dort eine neue Art von Revue kreiert: die Varieté-Revue. Schluß mit dem Nummerngirl, er engagierte interessante Artisten, dazu Tenor, Sängerin, Buffopaar, Girls und Boys, er brachte Kostüme und Dekorationen, und nun wurden die Artisten in die Revue verpackt. Die Verpackung hatte natürlich auch wieder ich vorzunehmen, und da er das Programm jeden Monat wechselte, war das natürlich neben der Femina und mindestens *einer* Operette im Jahr, ein ganz schönes Arbeitspensum, das ich zu erledigen hatte. Selbstverständlich gab es auch Sketche, bald von mir, bald von anderen, die meisten mit Szöke Szakall, einem damals sehr beliebten Filmkomiker usw.
Aber zurück zur »Grünen Wiese«. Die Besetzung: der Tenor war Richard Sallaba von der Staatsoper als Gast, die Sängerin Hilde von Prix, die Kowalewski in Brünn entdeckt hatte, der Komiker natürlich wieder Fritz Imhoff, der Buffo Willi Stettner, die Soubrette – da stocke ich. Soubrette konnten wir lang keine finden, Lizzi wollte die Rolle nicht spielen, weil sie nicht sehr ergiebig war, und außerdem stimmte nicht mehr alles zwischen uns. »Ich wüßte eine Soubrette«, meinte Kowalewski zögernd, als Beda, Beneš und ich uns wieder einmal mit ihm berieten, »aber es handelt sich um eine Anfängerin.«
»Wie heißt sie?« fragte ich.
»Cissy Kraner.« Ich hörte den Namen damals zum ersten Mal. »Da ist ihr Photo.« Er zog ein Photo aus seiner Schreibtischlade, das eine sehr hübsche, sehr junge, blonde Person zeigte. »Köchel war bei der Abschlußprüfung des Konservatoriums in der Jury und war von ihr ziemlich begeistert.« Köchel war der kommerzielle Direktor der Volksoper. »Er hat sie zu mir bestellt, und sie hat auch mir gut gefallen. Wir könnten sie ja einmal vorsingen lassen.«
»Das halte ich für unnötig«, meinte Beda. »Wir können uns keine Unbekannte leisten.«
»Sehr richtig«, gab Beneš ihm recht. »Schließlich hatten wir im ›Antonius‹ die Lang.«

»Bitte«, gab Kowalewski nach, »suchen wir weiter.«
Nach der Besprechung ging ich in mein Stammcafé, um die Zeitungen zu lesen. Es war nicht erfreulich, was ich las. Das Verhältnis zwischen Hitlerdeutschland und Österreich wurde immer gespannter, die fünfte Kolonne, deren sich die Nazis bedienten, immer größer. Papierböller explodierten, Telefonzellen flogen in die Luft, Personen, meist kleine jüdische Geschäftsleute, kamen zu Schaden, ein Juwelier wurde getötet, die Polizei war ziemlich machtlos. Kollegen, die aus Deutschland geflüchtet waren und sich meist nur auf Zwischenstation in Wien aufhielten, warnten uns: »Das ist der Anfang. Wir haben es mitgemacht. Glaubt es.« Wir glaubten es *nicht*. Solange wir unsere Regierung haben, wird Hitler es nicht wagen, uns anzugreifen. Nicht aus Angst vor der Regierung, sondern vor der Welt. Was würden die Franzosen dazu sagen? Oder die Engländer? Und vor allem Mussolini? So machten wir uns weiterhin lustig über Hitler und seine Bewegung.
Die Femina-Revuen waren nie sehr politisch. Bei uns wollte man lachen und schöne Frauen sehen. Anders die Kleinkunstbühnen, die aus dem Boden schossen und die sich in den Kellern bekannter Kaffeehäuser etablierten. Da gab es die »Literatur am Naschmarkt« mit Hans Weigel und Rudolf Weys als Autoren – auch Torberg schrieb einmal mit –, da gab es den von Stella Kadmon ins Leben gerufenen »Lieben Augustin« mit Peter Hammerschlag, da war das »ABC« mit dem heute bereits als Dichter anerkannten Jura Soyfer, der im KZ endete, und da gab es noch viele andere, für die die eben Genannten als stellvertretend gelten sollen. In diesen Lokalen gab es noch echtes Cabaret: jung und frech!
Mich sah man selten in einem jener Theaterkeller. Ich hatte das Gefühl (und wie es mir Rudolf Weys später, als wir bereits ältere Herren waren, in einem Gespräch bestätigte), daß mich die Kleinkunstleute ein wenig über die Achsel ansahen. Vielleicht mit Recht. Wir waren alle ungefähr im gleichen Alter, sie waren Idealisten, während ich trachtete, Geld zu verdienen. Ich

hatte keine andere Wahl. Mein Vater hatte als Pianist ziemlich ausgespielt. Ich habe früher erwähnt, daß er Naturspieler war, daß er keine Noten lesen konnte, und da kam er mit den modernen Rhythmen nicht mehr mit. Er war auf Veranstaltungen angewiesen, auf denen man noch Wiener Lieder und Operettenmelodien hören wollte. Ich hatte mich nicht nur selbst zu erhalten, ich unterstützte auch meine Familie, und ich mache mir heute noch Vorwürfe, daß ich das vielleicht nicht immer zur Genüge getan habe.

Die nächste Operette für die Volksoper schrieb ich ohne Beda und Beneš. Sie hieß »Die goldene Mühle« und war eine musikalische Fassung des berühmten Volksstücks »Bruder Martin«. Das Buch war von Wilhelm Sterk, die Musik von Leon Jessel, dem Komponisten der seinerzeit sehr erfolgreichen Operette »Das Schwarzwaldmädel«. Ich hatte die Aufgabe, die Dialoge zu ändern, eine Rolle für den Wiener Komiker Richard Waldemar hineinzuschreiben und die Rolle des Bruder Martin zur Starrolle zu machen. Kowalewski hatte eine interessante Besetzung dafür: Hubert Marischka. Marischka war der Charmeur wie eh und je, aber für einen Operettenliebhaber nicht mehr jung genug. Hatte er als Zirkusdirektor im »Stern der Manege« bereits den Übergang gesucht, so ging er nun aufs Ganze und spielte den beliebten und beleibten Bettelmönch, der von Ort zu Ort zog, um Geld für die Armen zu sammeln. Was ihm dabei bald nicht mehr gefiel, war das »beleibte«. Warum konnte ein Bettelmönch nicht schlank sein? Am liebsten hätte er ihn in Uniform gespielt, wie früher den Mister X in der »Zirkusprinzessin«. Ich verfaßte zum Scherz einen Auftritt für ihn, der nur für die Kollegen bestimmt war, und den er selbst nicht sehen durfte. Ich schrieb: »Auftritt des Bruder Martin. 16 Bettelmönche reiten auf weißen Pferden auf die Bühne und bilden Spalier. Martin, in einer weißen Kutte, wie sie der Papst trägt, folgt auf einem schwarzen Pferd. Die Mönche heben die Arme mit den Blechbüchsen, Martin reitet wie unter einem Dach nach vorne und singt.« Wegen der Kutte gab es viele Diskussionen zwischen Marischka und Regisseur Heßky. Immerhin setzte er durch, daß die Kutte auf Taille gemacht wurde. Am Tag der Premiere, als noch niemand im Theater war, ging Heßky in Marischkas Garderobe und zog das Gummiband aus der Kutte. Marischka bemerkte es natürlich, als er am Abend die Kutte anzog, aber er tat das Gescheiteste, was er tun konnte: er verlor kein Wort darüber. Mir war das alles weniger wichtig, ich litt unter einer anderen Sache. Marischka hatte, was die Bearbeitung des Stückes anlangte, ein Mitspracherecht im Vertrag. Ich mußte also, so oft ich ein paar Szenen beisammen hatte, zu ihm gehen und sie ihm zur Begutachtung vorlegen. Im großen und ganzen ging das immer schmerzlos ab, nur, sobald er einen Satz las, der ihm gefiel und den ein anderer hatte, fragte er: »Glauben Sie nicht, daß es besser wäre, wenn *ich* das sage?« Was sollte ich tun, wo ich ihn, wie ich bereits früher erwähnte, schon immer verehrt hatte? Ich sagte »ja« und schrieb das Ganze wieder um.

Ich hatte ein Rendezvous mit Heßky im Café Landmann gegenüber dem Burgtheater, wegen Kürzung einiger Szenen. Ich ging zu Fuß durch die Universitätsstraße und wollte eben an einem Kaffeehaus vorübergehen, dem Café »Arkaden«, als ich merkte, daß dort das Cabaret ABC seinen Sitz hatte. Ich blieb vor dem Schaukasten stehen, der Photos aus dem Programm zeigte, plötzlich wurde ich aufmerksam. Da war der Kopf einer jungen Blondine ... und da war sie auch noch mit einem Duettpartner, einem jungen Mann namens Josef Meinrad ... das war doch das Mädel, das Kowalewski so gut gefiel ... diese Krammer oder Kraner ... ihr Bild lag immer noch auf seinem Schreibtisch ... ich sah auf die Uhr – in einer Stunde hätte ich sie mir anschauen können, aber ich verschob es auf ein andermal. Das war das zweite Mal, daß ich ein Photo von ihr sah.

Die »Goldene Mühle« war kein Erfolg. Schon nach sechs Monaten mußte sie einem neuen Stück Platz machen: »Herzen im Schnee« von Ralph Benatzky, mit Max Hansen als Gast. Es war eine Art »Weißes Rössel« im Winter, spielte nicht am Wolfgangsee, sondern in St. Anton am Arlberg, in einem der Bilder gab es eine Kunsteisbahn, auf der richtig schlittschuhgelaufen wurde, aber gerade diese Eisbahn, auf die man so stolz war, war ein Verhängnis für das Stück. Zur Herstellung des Eises brauchte man einen chemischen Zusatz, der das ganze Ensemble, inklusive Max Hansen und die Zuschauer in den ersten Reihen, heiser machte. Lief die »Goldene Mühle« sechs Monate, liefen die »Herzen im Schnee« nur noch drei. Reeser und Kowalewski verloren eine Menge Geld. Damals gab es ja noch keine Subventionen, und wenn ein Theaterdirektor einen Mißerfolg hatte, mußte er dafür einstehen. Heute braucht er sich keine Sorgen zu machen.

Wieder holte mich die Volksoper, diesmal zu einer Robert Stolz-Operette: »Die Reise um die Erde in 80 Minuten«. Zu jener Zeit brachte ein Magazin, ich glaube, es war »Die Bühne«, eine Karikatur von mir. Ich stand als Schneider mit Schere und Metermaß in einer Werkstätte, Theaterdirektoren, allen voran Kowalewski, mit Textbüchern in den Händen, standen Schlange, und drüber stand: »Hugo Wiener, Bearbeiter von mitgebrachten (Operetten-)Stoffen«. Gut, ich war ein Bearbeiter, aber kein Zauberer. Und das hätte ich bei dieser Operette von Robert Gilbert sein müssen. Warum ich den Auftrag nicht abgelehnt habe? Weil es schon lange mein sehnlichster Wunsch war, eine Operette mit Robert Stolz schreiben zu dürfen, der mich zu Beginn meiner Laufbahn als »Kapellmeisterlehrbua«, wie er mich damals gern nannte, stets protegiert hatte. Die »Reise um die Erde« war kein guter Start.

Die »Handlung«? Schoderböck (Richard Waldemar), Herausgeber eines kleinen Provinzblattes, erfährt, daß Eva, seine Tochter, und Hans, der Sohn des Bürodieners Pinagl (Imhoff), ein Liebespaar sind. Es kommt zum Streit, Pinagl mischt sich ein und wird gekündigt. Stoppel, Redakteur (Stettner), will dem aufgeregten Pinagl ein Beruhigungspulver geben, verwechselt die Schachteln und gibt ihm ein Schlafpulver. Pinagl, der schon immer gern in alten Reiseerzählungen geblättert hat, schläft ein und beginnt zu träumen. Ein Ballon kommt durch die Decke, Pinagl steigt in die Gondel, Stoppel will ihn zurückhalten und wird mitgezogen. Die Reise um die Erde beginnt. Das Publikum sieht die beiden am Nordpol, auf dem Grunde des Meeres, in Japan, in der Türkei, in Mexiko, auf Hawaii, bei den Indianern und schließlich in Grinzing, mit Musik + Wein + Happyend. Es gab herrliche Dekorationen, prachtvolle Kostüme, schöne Stimmen (Sängerin war Aulikki Rautawara von der Staatsoper) sowie ein in Nationaltänzen schwelgendes Ballett. Pinagl und Stoppel verfolgt der Streit mit dem Chef bis in den Traum. Sie sehen Schoderböck als Eskimo, als japanischen Fürsten, als Großvezir usw. Überall ist Eva seine Tochter und Hans, der Sohn eines Untergebenen, ihr geheimer Liebhaber. Bei den Eskimos heißen sie Anana und Nanuk, in Japan Mimosa und Hakiri, in der Türkei Fatme und Kemal. Überall kommt es zur gleichen Szene: Aufdeckung der heimlichen Liebschaft, Streit, Einmengung Pinagls und Stoppels, die natürlich auch immer anders heißen, Bestrafung je nach Landessitte und glücklicher Ausgang. So weit so gut. Aber – und jetzt kommt das Drama – das Publikum sieht, wenn auch an verschiedenen Schauplätzen und in verschiedenen Masken und Kostümen, in sechzehn Bildern sechzehnmal dieselbe Szene. Beim Schreiben des Buches sowie bei den Proben war uns das nicht aufgefallen, bis auf einen: Fritz Imhoff. Bei der Generalprobe – das Haus war ausverschenkt bis zum letzten Platz – sah er durch das berühmte Loch im Vorhang und sagte: »Für die vorletzte Aufführung ganz gut besucht.« Und es gab noch einen Fehler: um das, was das Buch zu schlecht war, war die Musik von Robert Stolz zu gut. Er schrieb eine Fülle von schönen Liedern und Tänzen, durchwegs Ohrwürmer, aber kaum hatte man den einen Wurm im Ohr, kam der nächste und fraß ihn auf, so daß die Leute beim Weggehen nur den Schlußmarsch behalten konnten: »Jung samma, fesch samma«, der ja wieder ein Evergreen wurde. Eines mehr in dem Reichtum an Musik, den Robert Stolz uns hinterlassen hat.

Die »Reise um die Erde« ging nur zwei Monate, dann bahnte sich endlich wieder ein Erfolg an. Kurt Breuer, ein Autor, mit dem ich schon einiges geschrieben hatte, brachte mir eine Idee. Breuer, der sich selbst einen Poeten nannte, schwebte immer in höheren Sphären. Seine Story sollte eine komische Oper werden. Sie spielte in Venedig, im Carneval, zur Zeit der Renaissance. Ich griff brutal ein. Ich verlegte die Handlung in die Gegenwart, ließ sie anstatt in Venedig in der Wachau spielen, machte aus einem verwitweten Dogen, der drei Töchter hatte, einen Linzer Oberkellner (Fritz Imhoff). Und nun wurde alles anders als bei Breuer. Frau Aloisia Bründl, eine junge Photografenwitwe (sehr sexy!), spielte Mimi Shorp, Otto Binder, ihren Gehilfen (sehr schüchtern!), Willi Stettner. Die drei Töchter: Franzi – Polly Frank, Anny – Rita Wottawa (später erste und gefeierte Iduna in Burkhards »Feuerwerk«) und Resi – hier stocke ich wieder. Es waren drei Soubretten, und wo nimmt man in Wien drei österreichische Soubretten her?

»Die Kraner hat Sie ja nicht interessiert«, meinte Kowalewski gereizt und sah mich dabei an. Und mit Recht. Aber um das zu erklären, muß ich einige Monate zurückblenden:

Kowalewski spielte in den Außenbezirken »Auf der grünen Wiese« und hatte einen Vertrag mit Zürich, wo er mit dem Stück gastieren sollte. Um Beda, Beneš und mir Gelegenheit zu geben, seine Kraner zu sehen, lud er sie ein, an einem bestimmten Abend die Rolle der »Liesl« zu spielen. Beneš mußte nach Prag, Beda sagte sofort, daß er keine Zeit habe, also sagte ich zu. Ich war auf dem Weg zum Margarethner Orpheum, wo die Vorstellung stattfand, als ich zufällig ein Berliner Mädchen traf, das einmal Tänzerin in der Femina war. Ich hatte noch eine halbe Stunde Zeit, also gingen wir in ein Kaffeehaus, unterhielten uns blendend, ich lud sie zum Abendessen ein – Orpheum, Wiese und Kraner waren vergessen. Am nächsten Tag rief mich Kowalewski an, er wunderte sich, daß ich in der Pause nicht zu ihm gekommen war, er wollte mich mit Cissy Kraner bekannt machen – also mußte ich gestehen.

Jetzt baten wir ihn, Cissy Kraner kommen zu lassen, aber sie hatte inzwischen durch einen Agenten ein Engagement nach Holland bekommen, wo sie in Scheveningen mit Siegfried Arno, Otto Wallburg, Willi Rosen und anderen deutschen Künstlern, die nach Holland geflohen waren, im Lutine-Palast auftrat. Da war es natürlich schwer, sie in der »Wachau« zu besetzen. Schließlich mußten wir sie ja erst sehen. Kowalewski schrieb ihr, daß sie nach Wien kommen möge, um in seiner nächsten Produktion zu spielen, daß aber die Autoren sie erst sehen wollen, worauf die Antwort kam, daß sie nicht daran denke. Sie spiele bereits in der Arena Rotterdam, der bekanntesten Operettenbühne Hollands, in holländischer Sprache die besten Rollen und habe großen Erfolg. Ihre nächste Partie, die »Daisy« im »Ball im Savoy«, eine Rolle, von der sie immer geträumt habe, werde sie nicht aufgeben. Dann wörtlich: »Jetzt nach Wien zu kommen, fällt mir nicht ein. Den Autoren gefällt vielleicht meine Nase nicht, und ich verliere mein holländisches Engagement.«
Beda murmelte: »Ganz schön frech«, ich murmelte etwas Unverständliches, ich hatte ja ein schlechtes Gewissen, und was Beneš murmelte, weiß ich nicht, er murmelte es in Prag. Wir engagierten also wieder eine andere: Gretl Wagner.
In der »Wachau« gab es natürlich noch andere Rollen, so z. B. »Miß Violet Hutton, eine reiche, junge Amerikanerin«, wie es im Programm hieß. Es war fast eine Sprechrolle, denn das kleine Duett, das sie hatte, war auch nur parlando, also nicht der Rede wert. Gespielt wurde diese Amerikanerin von einer Anfängerin: Hulda Gerin. Sie war unglücklich, weil sie nichts zu singen hatte, und so schrieben Beda und ich ihr 16 Takte, als Einleitung zum 2. Finale. Ihre Stimme gefiel uns gar nicht, sie war spitz und unedel. »Aber die paar Takte«, meinte Beda, »werden das Stück auch nicht umbringen.«
Als ich nach dem Krieg, den ich in Südamerika verbrachte, mit meiner Frau nach Wien kam, geschah dies zweimal besuchsweise (1948/49 und 1951), bis wir uns 1954 entschlossen, für

immer in Wien zu bleiben. Nach dem Wiederaufbau der durch Bomben zerstörten Staatsoper sahen wir uns meine Lieblingsoper »Carmen« an. Als die Darstellerin der Micaela auftrat, traute ich weder meinen Augen noch meinen Ohren. Sie hieß Hilde Güden und war jene Hulda Gerin, die in der »Wachau« begonnen und deren Stimme Beda und mir nicht gefallen hatte! Hulda war ein internationaler Gesangstar geworden und trat nicht nur in der Wiener Staatsoper auf. Sie sang an der Mailänder Scala, an der New Yorker Met, an der Coventgarden Opera in London, bei den Festspielen von Salzburg, Edinburgh usw. und war die schönste und beste Micaela, die ich je gesehen und gehört habe. Ich suchte sie natürlich auf, und wir kamen einige Male mit ihr zusammen.

Aber zurück. Am 10. Februar 1938 hatte ich mit Mimi Shorp den im Rathaus stattfindenden Ball der Wiener (oder Ball der Stadt Wien? Ich weiß es nicht mehr) besucht, ich weiß nur noch, daß wir uns gut unterhielten und daß auch Bundeskanzler Schuschnigg anwesend war. Vor Mitternacht sah ich ihn, wie er, gefolgt von einigen Ministern, eiligst den Saal verließ. Ich erkundigte mich bei dem mir bekannten Oberstleutnant Seifert, dem Chef der Wiener Vaterländischen Front, einer von Dollfuß gegründeten Abwehrfront gegen den Nationalsozialismus, was passiert sei. Seifert wußte es auch nicht. Er wußte nur, daß der Kanzler einen Anruf bekommen habe. Ob es sich dabei um etwas Angenehmes oder Unangenehmes gehandelt habe, konnte (oder wollte) er nicht sagen. Um es gleich vorwegzunehmen: es war etwas Unangenehmes. Schuschnigg wurde von Hitler für den 12. Februar auf den Berghof nach Berchtesgaden »eingeladen«. Bald erfuhr man auch, was sich dort abgespielt hatte. Bei einem stundenlangen Gespräch, welches hauptsächlich aus einem Monolog Hitlers bestand, in dem er Schuschnigg mit Gewalt bedrohte und mehrmals anschrie wie einen Schuljungen, kam ein Abkommen zustande, laut welchem Schuschnigg sich verpflichtete, die verbotene NSDAP wieder zuzulassen, den Kopf der Partei, Seyß-Inquart, in das Kabinett aufzunehmen und die Parteimitglieder, soweit sie sich im Anhaltelager Wöllersdorf befanden, zu amnestieren.

In der folgenden Nacht wurden bereits in Wien und anderen österreichischen Städten Hakenkreuze gestreut und Mauern beschmiert. Die Parolen lauteten: »Ein Volk, ein Reich, ein Führer!« »Juda verrecke!« usw. Auf den Straßen gab es immer mehr junge Männer mit braunen Hemden und weißen Strümpfen, dem Erkennungszeichen der verbotenen Nazis. Es kam zu Raufereien zwischen ihnen und den Mitgliedern des ebenfalls aufgelösten sozialistischen Schutzbundes, und wenn die Polizei eingriff, dann meistens zu Gunsten der Nazis.

16. Februar. Schuschnigg ändert, trotz Widerstandes des Bundespräsidenten Miklas, sein Kabinett. Seyß-Inquart wird Innenminister und hat so die Exekutive unter sich.

17. Februar. Premiere von »Gruß und Kuß aus der Wachau« in der Volksoper. Es ist der größte Erfolg, den dieses Theater unter der Direktion Kowalewski hat.

20. Februar: Ich stehe im Foyer und sehe mit Vergnügen, wie die Leute hereinströmen. Plötzlich bemerke ich ein bekanntes Gesicht: Cissy Kraner. Sie stand an der Kassa, und es war das erste Mal, daß ich sie »live« sah. Ich war in meinem ganzen Leben kein Draufgänger. Im Gegenteil – ich war eher schüchtern. Also nahm ich meinen ganzen Mut zusammen, ging auf sie zu und sagte: »Ich kenne Sie. Sie liegen beim Direktor auf dem Schreibtisch.« Es sollte eine scherzhafte Anspielung auf das Photo sein, aber hätte ich sie damals gekannt, wie ich sie später kennengelernt habe, hätte ich gewußt, daß das der dümmste Annäherungsversuch war, den ich machen konnte. Für so etwas hatte sie nichts übrig. Unsicher geworden, nannte ich meinen Namen, der sie auch nicht beeindruckte. Sie nickte mir zu und ließ mich stehen. In der Pause sah ich sie noch einmal ganz kurz und dann nicht mehr. Wieso sie nun doch nach Wien gekommen war? Später erfuhr ich es: Ihre Eltern hatten sie gedrängt, nach fast einjähriger Abwesenheit nach Hause zu kommen. Sie war noch nicht großjährig, also machte

sie sich für die nächsten Operetten in Rotterdam frei und kam, mit einem Rückvertrag in der Tasche, nach Wien. Inzwischen wollte Rita Wottawa ihren Vertrag lösen, weil sie einen Antrag aus der Schweiz bekommen hatte. Ob es sich schon um »Feuerwerk« handelte, dessen Komponist ja ein Schweizer war, weiß ich nicht. Kowalewski machte Cissy Kraner den Vorschlag, für die Wottawa einzuspringen, und sie nahm an. Aber weiter:
18. Februar: Sprengstoffanschläge der Nationalsozialisten mehren sich. Überall kommt es zu gezielten Demonstrationen gegen die Regierung. Wie man später erfährt, bot Otto von Habsburg sich an, die Macht zu übernehmen, aber Schuschnigg, obwohl Monarchist, fürchtet, daß das ein Eingreifen Hitlers beschleunigen könnte. Dem Theaterbesuch tut das keinen Abbruch, die »Wachau« ist nach wie vor ausverkauft.
20. Februar: Hitler hält eine große Selbstbeweihräucherungsrede. Er bedauert, daß in Österreich und in der Tschechoslowakei zehn Millionen Menschen »leiden« müssen, weil sie sich als Deutsche fühlen. Die »Wachau« hat blendende Kritiken, aber langsam frage ich mich, ob das noch wichtig ist.
24. Februar: Schuschnigg antwortet Hitler im Parlament. Nicht Sozialismus und nicht Nationalsozialismus heißt die Devise, sondern Patriotismus. Er schließt die Rede, die dauernd von Beifall unterbrochen wird: »Rot – Weiß – Rot bis in den Tod!« Die Worte, durch Lautsprecher auf die Straße übertragen, werden von Tausenden Menschen gehört und lösen unbeschreiblichen Jubel aus. Lastwagen mit vaterländischen Studenten, Heimwehrlern, aber auch Zivilisten, die auf die Wagen springen, rufen immer wieder: »Rot – Weiß – Rot bis in den Tod!« Und die Passanten stimmen ein. Österreich ist gerettet, dachte ich.
Dachte ich. Die nächsten Tage belehren mich eines Schlechteren. Die Umtriebe der Nazis werden immer bedrohlicher. Schon tragen sie das noch immer verbotene Hakenkreuz im Knopfloch. Die Polizei kann nicht eingreifen – ihr neuer Chef ist Seyß-Inquart.

Sozialdemokratische Funktionäre wollen mit Schuschnigg wegen der Wiederzulassung ihrer Partei sowie wegen eines Bündnisses mit der Regierung sprechen, bekommen aber von ihren Führern die Weisung, gegen Hitler, aber nicht für Schuschnigg zu kämpfen.
9. März: Schuschnigg spricht in Innsbruck vor einer großen Versammlung und gibt seine Absicht bekannt, am 13. März eine Volksabstimmung abzuhalten. Wieder großer Jubel. Hitler schäumt vor Wut. Ein »Ja« für Schuschnigg bedeutet ein »Nein« für ihn. In ganz Österreich setzen nationalsozialistische Demonstrationen ein.
10. März: Überall Zusammenstöße zwischen Regierungstreuen und Nationalsozialisten, blutige Prügeleien, Auslagen von jüdischen Geschäften werden eingeschlagen. Ich gehe durch die Kärntnerstraße. Auf der einen Seite gehen die Nazis und brüllen ihre Parolen, auf der andern die Vaterländischen.
11. März: Grenzorgane melden die Verlegung deutscher Truppen an die Grenze mit Österreich. Telegramm des österreichischen Konsuls in München: die deutschen Soldaten sind zum Einmarsch bereit. Seiß-Inquart und Glaise-Horstenau (österreichischer nationalsozialistischer General) fordern Schuschnigg auf, die Volksabstimmung bis 14 Uhr abzusagen. Göring droht Schuschnigg telefonisch, entweder zurückzutreten und Seiß-Inquart mit seiner Nachfolge zu betrauen, oder er werde die Machtergreifung der Nationalsozialisten mit Hilfe der deutschen Wehrmacht durchsetzen. Schuschnigg setzt sich mit Bundespräsident Miklas in Verbindung. Miklas weigert sich, seinen Rücktritt anzuerkennen. Görings Drohungen werden immer massiver. Er droht mit dem Einmarsch von 240 000 Mann. Schuschnigg will jedes Blutvergießen vermeiden.
Um 19 Uhr 45 hält er im Radio seine Abschiedsrede, die er mit den Worten schließt: »Gott schütze Österreich!«
12. März: Die deutschen Truppen marschieren über die Grenze. Hitler spricht in Linz vom Balkon des Rathauses. Die Menschen sind wie verrückt. Schuschnigg wird in seiner Woh-

nung unter Bewachung gestellt. Auf Umwegen über die Gestapo und einer Haft in München kommt er ins KZ, wo er sieben Jahre bleiben wird.
14. März: Hitler zieht in Wien ein. Tausende Menschen stehen Spalier und jubeln ihm zu. Immer wieder rufen sie ihm mit ausgestrecktem rechten Arm zu: »Heil Hitler! Ein Volk, ein Reich, ein Führer!« Vor dem Hotel Imperial, wo Hitler die Fürstenappartements bezieht, rufen sie: »Wir wollen unsern Führer sehn!« und immer wieder zeigt er sich auf dem Balkon. Ob es dieselben sind, die noch vor vierzehn Tagen gerufen haben: »Rot – Weiß – Rot bis in den Tod?« Viele von ihnen vielleicht, aber bestimmt nicht alle. Ich kannte manche, die in ihren Wohnungen saßen und weinten, und es wird noch mehr gegeben haben, die ich *nicht* kannte...
Aber zurück zum Abend des 11. März. Ich hörte die Rede Schuschniggs und fuhr sofort in die Volksoper. Das Haus war ausverkauft, aber halb leer. Entweder die Leute wagten sich nicht auf die Straße oder sie waren nicht in der Stimmung, ins Theater zu gehen. Ich ging in die Direktionsloge, um mir das Stück, vielleicht zum letzten Mal, anzusehen. Es war eben das Ende des 1. Aktes. Anstatt beide Arme zu heben und ins Publikum zu winken, wie es angeordnet war, hob eine unserer Solistinnen, die ich besonders protegiert habe, damit sie das Engagement bekommt, den rechten Arm zum Hitlergruß. Stettner gab ihr einen Schlag auf das Handgelenk, daß sie den Arm sinken ließ. Aber was nützte es? Andere hatten es ihr bereits nachgemacht.
Ich ging in das Direktionsbüro, ich hatte genug. Kowalewski und Beda waren ebenfalls gekommen. Beda war besonders gefährdet, weil bereits verschiedene Anzeigen der österreichischen Neidgesellschaft gegen ihn vorlagen. Anzeigen konnte jeder jeden, und wenn der Angezeigte Jude war, war er von vornherein schuldig. Und Beda hatte einige Dummheiten gemacht. So hatte er täglich, beim Betreten des Café Heinrichshof, dem Ober zugerufen: »Bringen Sie mir den Völkischen

Beobachter! Ich möchte sehen, was der Tapezierer macht!« Er bedachte nicht, daß der Ober oder einer der Gäste ein Nazi sein konnte. Wir bestürmen ihn, ins Ausland zu fahren, und zwar sofort. Und wenn er nur nach Preßburg fährt. Bloß um abzuwarten. Beda weigert sich. So schlimm wird es nicht werden. Ich fuhr nach Hause. Unterwegs sah ich bereits österreichische SA-Männer, die jüdische Greise an ihren weißen Bärten durch die Straßen zerrten, und ich sah die johlende Menge, Männer, Frauen und Kinder, die ihnen folgte.

Meine Eltern waren zu alt, um das volle Ausmaß des Dramas, das begonnen hatte, mitzubekommen, aber mit meiner Schwester saß ich in jener Nacht noch lange beisammen, um zu beraten, was wir tun könnten. Was *konnten* wir tun? Nichts. Meine Schwester meinte, ich müsse trachten ins Ausland zu kommen, nur so könnte ich ihnen helfen. Aber wie sollte ich ins Ausland kommen? Ich schrieb an meine ehemalige Freundin Elli, von der ich früher erzählt habe und die eigentlich durch mich, der ich ihr das Reisegeld in die Schweiz gegeben habe, ihren sagenhaft reichen Freund kennenlernte. Sie antwortete nicht einmal. Lizzi, meine »Frau«, war samt ihrer Mutter, von ihrer Schwester Della Lind nach Hollywood eingeladen worden, wo man anscheinend schon früher von Hitlers Plänen gewußt hatte als in Wien. Sie hätte mir sicherlich geholfen, aber ich wußte nicht einmal ihre Adresse. Auch war es längst aus zwischen uns, wenn wir auch nicht bös miteinander waren. Auch ihre zweite Schwester Herta (Femina) war mit ihrem Mann im Ausland, in Ägypten, aber auch von ihr wußte ich keine Adresse, ja nicht einmal ihren neuen Familiennamen. Sonst hatte ich niemand im Ausland. Und wenn auch. Man dachte nur ans Hinauskommen. Wovon man draußen leben würde, daran dachte man nicht. Noch dazu mit einem Beruf, der an die Sprache gebunden ist.

Am 13. und 14. März ging ich nicht auf die Straße, aber durch das Fenster sah ich, wie euphorisch die Menschen nach dem Einzug Hitlers waren. Junge Wienerinnen tanzten in den Straßen mit deutschen Soldaten, österreichische Polizisten sangen und schunkelten mit ihren deutschen Kollegen von der Schupo. Und immer wieder zogen SA-Trupps und zukünftige Hitlerjungen mit den Rufen: »Juden hinaus!« und »Juda verrecke!« vorüber.

Am 15. März wagte ich es erst wieder, in die Stadt zu gehen. Es war ein mulmiges Gefühl, das ich hatte. Alle Menschen trugen Hakenkreuze, nur den Juden war es verboten, so daß man sie auf Anhieb erkennen, meiden oder anstänkern konnte. Ich ging am Café Payr vorüber, wo ich mich fast jeden Tag mit einem bekannten Schauspieler getroffen hatte. Oft war auch seine Freundin, eine beliebte Josefstadt-Schauspielerin dabeigewesen. Nun saß er, die Arme verschränkt, mit höhnischem Lächeln im Fenster, als wollte er mir sagen: »Jetzt kommst du nicht mehr herein.« Noch schlimmer war die Josefstadtdame. Sie rief einige Tage später im Krugerkino, während der Vorstellung: »Licht! Hier stinkt's! Es sind Juden im Saal!« Sie werden sich wundern, liebe Leserinnen und Leser, weshalb ich keine Namen nenne, aber was soll's? Die meisten, ja fast alle, von denen ich hier erzähle, sind tot.

Am Abend ging ich in die Femina, ich mußte schließlich wissen, was mit meinem Honorar geschieht. Ich hatte ja jetzt kein Einkommen mehr. Ich erfuhr, daß Gyimes geflohen war, und daß einer der Ober (Herr Ötzelt), die Direktion übernommen hatte. Er zeigte keine große Freude, als er mich sah, aber er sicherte mir meine Tantiemen zu, solange die Revue gespielt wurde. Ich sah ein neues Plakat. Gyimes' und mein Name waren verschwunden, und auch der Titel war geändert worden. Die Revue hieß jetzt statt »Wir bleiben frei!« »Wir habens geschafft!« Klar. Das Publikum bestand hauptsächlich aus deutschen Offizieren, und jeder, der hereinkam, sagte: »Wir habens geschafft!« (Später wurde es ja anders, aber damals, glaube ich, gab es nur *einen* Nazi, der von Hitler enttäuscht war: Seyß-Inquart. Er war überzeugt, daß Österreich ein selbständiger Staat bleiben würde, mit ihm als Bundeskanzler. Nun hatte

Hitler es als neuen Gau, als Ostmark, in das Reich »heimgeführt«, und der erste Gauleiter war nicht er, sondern Josef Bürckel.)

Ich drückte mich hinter der Bühne herum und saß nach der Vorstellung wie gewohnt mit Tibor von Halmay, der in der laufenden Revue beschäftigt war, im verdunkelten Zuschauerraum, während in der Bar das Geschäft begann. Sonst saßen auch die andern Kollegen dabei, heute waren sie nach Hause gegangen. Tibor war ein ehemaliger ungarischer Offizier, adelig und Antinazi. Plötzlich stürzte Ötzelt herein, zog mich mit sich und sagte aufgeregt: »Schnell! Eine Patrouille ist da! Sie suchen nach Juden!« Er brachte mich in den unteren Keller. Die Femina selbst war ja ein Keller, und ich wußte gar nicht, daß es drunter noch einen zweiten gab. Später erfuhr ich, was geschehen war. Tibor saß mit dem Rücken zum Eingang, die Patrouille stürmte herein, einer der Männer drehte Tibors Sessel herum und gab ihm eine Ohrfeige, daß er mit dem Kopf an die Wand flog. Was weiter war, weiß ich nicht, ich habe ihn nie mehr gesehen. Als der Krieg vorüber war, war er tot.

Das Leben in Wien wird immer schrecklicher. Kann eine Stadt, kann ein Volk sich so verändern? Am 16. März stürzt sich Egon Friedell, der liebenswerte Philosoph, als zwei SS-Leute seine Wohnung betreten, aus dem Fenster. Während des Sturzes ruft er noch den unten Vorübergehenden »Achtung!« zu.

Beda, Morgan, Grünbaum und viele andere werden verhaftet und ins KZ transportiert. Anny Farkas, Farkas' Frau, gebürtige Tschechin, geht auf das tschechische Konsulat und erzählt dem Konsul, daß ihr Mann ein Engagement in Brünn habe. Wie jedes Jahr. Sie zeigt seinen Paß vor. Der Konsul gibt ihr die Einreise, sagt ihr aber, daß sie zur Ausreise die Bewilligung des »Rings der österreichischen Bühnenkünstler« haben müsse. Frau Farkas geht zum »Ring der österreichischen Bühnenkünstler«, wo der Schauspieler Robert Valberg als provisorischer Leiter fungiert. Er hat oft unter der Regie Farkas' in der Neuen Wiener Bühne gespielt, und so gibt er ihr ein Schreiben,

welches Farkas die Ausreise gestattet. In den ersten Tagen des Nationalsozialismus gab es ein Chaos, so daß dieses Schreiben anerkannt wurde. Dasselbe, meinte Valberg, könne er für Grünbaum tun. Farkas ruft Grünbaum an, Grünbaum geht nicht ans Telefon. Farkas bittet die mit beiden befreundete Schauspielerin Editha Ragetté zu Grünbaum zu gehen und ihm zu sagen, daß Aus- und Einreise für ihn bereit lägen und daß er ihn am Ostbahnhof erwarte. Grünbaum war nicht zu bewegen, das Haus zu verlassen. Er hatte Angst. Er hatte bereits einen Fluchtversuch gewagt, war mit der Bahn zur tschechischen Grenze gefahren, war dort mit anderen jüdischen Passagieren aus dem Zug geholt und nach Wien zurückgeschickt worden. Ein zweites Mal will er es nicht versuchen. Und nun will ich helfen, ein Gerücht aus der Welt zu schaffen, daß nach dem Krieg auftauchte und das besagte, daß Farkas Grünbaum verraten habe. Das stimmt nicht. Daß Farkas bis knapp vor der Abfahrt des Zuges auf Grünbaum wartete und, als dieser nicht kam, allein wegfuhr, kann ihm niemand verdenken. Farkas gelang die Ausreise, Grünbaum kam, wie bereits erwähnt, ins KZ, wo er elend zugrunde ging.
Ich weiß nicht mehr, wer den dummen Satz prägte: »Juden gehören ins Kaffeehaus.« Aber selbst wenn es so gewesen wäre, das einzige zu jener Zeit noch erlaubte Kaffeehaus war das Café Dobner. (Ich betone *noch*, später wurde auch das verboten, ebenso wie Theater- und Kinobesuche. Ich glaube aber, daß die Juden weder Geld noch Lust hatten, ins Theater oder ins Kino zu gehen.) Natürlich war man auch im »Dobner« nicht sicher, weil es, besonders am Anfang, immer wieder Razzien der SA gab. Ich hatte das Glück, daß mir einer der Ober einige Male bei Gefahr zuflüsterte: »Rennen S'! Die kommen schon wieder!« Ich war ja nicht oft dort, aber es soll sich bei diesen Razzien Menschenunwürdiges abgespielt haben. So mußte sich ein junger Kabarettist, Kurt Karsten, einmal mit einer Tafel »Ich bin ein Saujud!« vor das Lokal stellen. Was sich auf der Straße abgespielt hat, kann man sich vorstellen, besser

gesagt, man kann es sich *nicht* vorstellen. Er wurde beschimpft, man stieß ihn hin und her, spuckte ihm ins Gesicht und dergleichen mehr. Nur wenige sollen kopfschüttelnd vorübergegangen sein. Als es für Karsten unerträglich wurde, ging er in das Kaffeehaus zurück und versuchte es bei einem der SA-Männer mit einem Scherz. »Wozu«, fragte er, »soll ich mit der Tafel draußen stehen? Man sieht doch, daß ich ein Saujud bin.« Daraufhin bekam er einige Ohrfeigen und mußte mit bloßen Händen die Clo-Muscheln reinigen.

Das Krukenkreuz war das Symbol der Vaterländischen Front. Als Werbung für die dann abgesagte Volksabstimmung hatte man es ganz groß auf die Gehsteige gemalt. Nun fing man wahllos Juden zusammen, die die Krukenkreuze mit den Nägeln wegkratzen sollten, was natürlich unmöglich war. Die Menge, die dabei herumstand, unterhielt sich königlich. Man puffte die auf dem Boden Knieenden, gab ihnen Fußtritte, verhöhnte und beschimpfte sie. Als ich einmal an der Sezession vorüberging, wo es auch ein solches Krukenkreuz gab, sah ich den bekannten Schauspieler des Volkstheaters, Josef Rehberger, wie er am Boden kniete und sich bemühte, das Krukenkreuz wegzukratzen. Rehberger war lungenkrank und ist bald darauf gestorben. Als der Gauleiter Bürckel einige Zeit im Amt war, wurden diese Ausschreitungen verboten, weil sie des deutschen Volkes unwürdig waren. Aber vorher erwischte es auch mich einmal.

Ich schrieb im geheimen eine Revue für das Ronacher, für die Ernst Arnold zeichnete. Wir trafen uns in seinem Auto – man konnte sich ja nur im Auto treffen – und ich übergab ihm einen Teil des Buches. Ich wohnte mit meinen Eltern und meiner Schwester im 15. Bezirk in der Zwölfergasse, einer Seitengasse der Mariahilferstraße, und zwar gleich im zweiten Haus. Arnold brachte mich mit dem Wagen bis zur Zwölfergasse, dort meinte er: »Die zwei Häuser kannst du doch gehen.« Ich sagte: »Selbstverständlich.« Knapp vor meinem Haus hielt mich ein deutscher Soldat an. Wehrmachtsangehörige ließen für gewöhnlich die Juden in Ruhe, eine Bedrohung für sie war nur die SA. Er fragte: »Bist du Jude?« Ich sagte: »Ja.« Drauf er: »Komm mit!« Er führte mich einige Straßen weiter. Ich dachte: Jetzt kommst du zu einem KZ-Transport, aber ich hatte mich geirrt. Unterwegs sagte er noch: »Ich würde so etwas nicht machen, aber ich habe von Kommunisten 14 Messerstiche bekommen.« Auf meine Antwort: »Ich bin kein Kommunist«, sagte er: »Alle Juden sind Kommunisten.« Er brachte mich in ein kleines Gasthaus in der Österleingasse, wo schon zwei Kameraden auf ihn warteten. Sie applaudierten, als er mit mir eintrat. Ich möchte betonen, daß es ein kalter Apriltag war, daß ich Mantel, Schal und Hut trug und daß es in dem Lokal sehr heiß war. An den Tischen saßen kleine Leute, Taxilenker u. a. Der Soldat, der mich gebracht hatte, befahl: »50 Kniebeugen!« Ich war nie ein Turner, und so wurde mir schon bei der fünfundzwanzigsten schlecht. Die Wirtin bat: »Lassen S' doch den Herrn! Er ist ja schon ganz blaß.« »Weitermachen!« befahl der Soldat. Ich brachte die 50 Kniebeugen hinter mich, worauf er sagte: »Setz dich zu uns!« und zur Wirtin: »Einen Liter Bier! Sehr kalt!« Die Wirtin brachte das Bier. »Trink! Ex!« Mir wurde klar, was er bezweckte. Er wollte, daß ich, verschwitzt wie ich war, eine Lungenentzündung bekomme. Ich trank ex. »Hast du eine Frau?« »Nein.« »Wer wartet auf dich?« »Meine Eltern.« »Wie alt sind sie?« »Die Mutter fünfundsiebzig, der Vater achtzig.« Er schüttelte den Kopf. »Daß ihr verdammtes Saujudenpack so alt werdet. Aschenbecher reinigen!« Ich ging von Tisch zu Tisch und reinigte mit bloßen Fingern die Aschenbecher. Zur Ehre der Anwesenden sei es gesagt: Sie machten sich nicht lustig über mich. Im Gegenteil. Sie sahen verlegen vor sich hin. »Sag' ›Heil Hitler!‹« sagte der Soldat. Ich antwortete: »Das darf ich nicht.« Es stimmte. Juden war der Hitlergruß verboten. »Dann hau ab!« Ich ging. Draußen stand der Wirt und drückte mir drei Zigaretten in die Hand. »Ich war immer ein guter Österreicher«, flüsterte er mir zu und verschwand. Ich fühlte mich gedemütigt, verlassen, vogelfrei. Vor ein paar Tagen noch

als junger Librettist am Beginn einer schönen Karriere stehend – und jetzt?
Meinen Eltern sagte ich nichts, nur meiner Schwester. Sie weinte. Wir sahen keinen anderen Ausweg als Selbstmord. Die Eltern mußten wir mitnehmen. Sie bat mich, es noch eine Nacht zu überschlafen. Es ist nicht leicht, Vater und Mutter, die man liebt, zu töten. Und vielleicht gibt es doch noch eine Hilfe. Es gab eine. Ich habe ziemlich am Anfang dieses Buches erwähnt, daß Eugen Strehn, der Regisseur der Volksoper, noch eine große Rolle in meinem Leben spielen sollte. Am nächsten Tag kam sein erster Auftritt. (Übrigens: die drei Zigaretten, die mir der Wirt gegeben hatte, habe ich zu der Zigarre des Herzogs von Windsor gelegt.)
Am nächsten Morgen läutete es an der Tür. »Ich bin es: Eugen.« Es war klug von ihm, gleich seinen Namen zu nennen. Er wußte, wie man in jenen Tagen erschrak, wenn jemand an der Tür war. »Ich habe einen Brief für dich«, sagte er.

Bogotá, die Hauptstadt des südamerikanischen Staates Kolumbien, feierte 1938 das vierhundertste Jahr ihres Bestehens. Man bereitete große Festlichkeiten vor, und unter anderem sollte es auch Gastspiele europäischer Theater geben. Etwa ein Jahr vorher war ein kolumbianischer Minister in Wien gewesen und hatte die Femina besucht. Auf seine Empfehlung hin lud nun der Alcalde (was dort soviel wie Bürgermeister heißt), die Femina ein, bei dem IV Centenario (bei der Vierhundertjahrfeier) zu gastieren. Das war im großen und ganzen der Inhalt des Briefes, den Strehn mir gebracht hatte und der an Gyimes adressiert war. Gyimes war geflohen, der Brief war zu dem Schauspieler Oskar Pouché gekommen (wieso, weiß ich bis heute nicht), und Pouché gab ihn Strehn, mit der Bitte, ihn mir zu überbringen. Anstatt mit beiden Händen zuzugreifen, überlegte ich: Südamerika? So weit sollte ich mich von Europa entfernen? Was geschieht mit meinen Eltern? Mit meiner

Schwester? Aber hatte sie nicht selbst gesagt, daß ich ihnen nur vom Ausland aus helfen könne? Strehn redete auf mich ein. Er wußte, daß ich ihn mitnehmen würde: »Das ist die Rettung! Es ist der einzige Weg, wie wir dieser Hölle entkommen können!« Er hatte recht. Ich telegrafierte nach Bogotá, daß ich an dem Gastspiel interessiert sei. Als ich allein war, las ich in einem Buch über Südamerika: Bogotá, fast 3000 m über dem Wasserspiegel, Bevölkerung Mestizen, Weiße, Indianer, Mulatten und Zambos. Urwälder. Tierwelt: neben Jaguar, Ozelot, Tapir, Wasserschwein, Schildkröte und Kaiman, auch mehrere Arten Affen. Die Lebenden behaupten, daß man dort leben könne, die Toten behaupten das Gegenteil. Ich legte das Buch weg. Dort sollte ich hin? Zu Zambos und Wasserschweinen? Und Theater spielen? Am nächsten Tag brachte Strehn mir ein Buch über Kolumbien. Dort las es sich anders. Ich hatte übersehen, daß das meine aus dem Jahr 1840 stammte. Bogotá, hieß es dort, Hauptstadt von Kolumbien, Erzbischofssitz, wichtigstes Kultur-, Handels- und Finanzzentrum des Landes, 10 Universitäten, Observatorium, Goethe-Institut usw. Das hörte sich zwar anders an, aber wie soll man dort Theater spielen? In welcher Sprache? Am nächsten Tag bekam ich ein Telegramm des österreichischen Konsuls in Bogotá, Dr. Brunner, in welchem er mich bat, seine Gattin aufzusuchen. Frau Brunner, eine sympathische Dame mittleren Alters, teilte mir mit, daß ihr Mann bereit sei, unser Gastspiel bei dem Alcalden zu unterstützen, wenn wir uns mit Frau Professor Bodenwieser in Verbindung setzen, die sich zur Zeit in Paris aufhält, wo sie aber nicht bleiben könne, weil sie nur ein Besuchervisum hat, und nach Wien könne sie auch nicht zurück. Der Name Bodenwieser war mir natürlich ein Begriff. Frau Professor Bodenwieser, Mitglied der Wiener Musikakademie, war eine bekannte Pädagogin für klassischen Tanz, und Mädchen aus der ganzen Welt und aus den besten Häusern zählten zu ihren Schülerinnen. Auch Magda, Brunners Tochter. Brunner wollte sie und seine Frau aus Nazideutschland heraushaben, und da kam ihm das Wiener

Gastspiel gerade recht. Magda könnte mit der Gruppe reisen, für Frau Brunner müßte man, den Behörden gegenüber, eine dazupassende Funktion finden, etwa als Friseuse. Frau Professor Bodenwieser würde in Calais mit dem Kapellmeister Marcel Lorber auf das Schiff kommen, und alles wäre in Ordnung. Alles, bis auf den Umstand, daß wir noch keinen Vertrag hatten. Telegramm an Frau Bodenwieser, Telegramm an Herrn Brunner. Auf dem Heimweg erzählte ich Strehn, daß ich, während er mit Frau Brunner sprach, auf einen auf dem Tisch liegenden Brief ihres Mannes schielte und gerade die Zeilen las: »Hoffentlich sind die Herren Strehn und Wiener keine Juden, ich könnte sonst hier Unannehmlichkeiten haben.« Ich wollte das ganze sofort abblasen, aber Strehn ließ nicht locker. Um es gleich vorwegzunehmen: Die Besorgnis des Konsuls war unbegründet: Weder er noch wir hatten während unseres Kolumbienaufenthaltes Unannehmlichkeiten.
Am nächsten Tag: Telegramm des Alcalden, wir möchten uns mit dem in Wien lebenden Anwalt Dr. Patek in Verbindung setzen. Wir gingen zu Dr. Patek, der den Vertrag mit uns aushandelte. Er kannte mich von der Femina, wußte von meiner »Abstammung« und wollte mir helfen. Ich weiß nicht mehr meine Gage, ich weiß nur noch, daß wir die Bahnfahrt 1. Klasse bis Amsterdam sowie die Schiffspassagen, ebenfalls 1. Klasse, auf dem holländischen Dampfer »Costa Rica« bekommen sollten und daß für jedes Ensemblemitglied 500 Bolivar (Landeswährung) für die Rückfahrt bereitliegen würden. Außerdem würden wir in Amsterdam einen größeren Vorschuß bekommen. Es war wie ein Märchen. Dr. Patek übernahm auch die Unterfertigung der Verträge, so daß die Namen der Direktoren Strehn & Wiener überhaupt nicht aufschienen. Telegramm an den Alcalden: Einverstanden. Es schien ernst zu werden. Meinen Eltern sagten meine Schwester und ich, daß ich wegfahren müsse, daß ich aber bald zurückkommen werde.
Nun mußte ich zwei Revuen schreiben, Strehn hatte bereits einen Mann aufgegabelt, der lange in Spanien gelebt hatte und

der sie übersetzen würde, *wir* würden sie dann mechanisch auswendig lernen. *Wer* wird sie mechanisch auswendig lernen? Wir haben doch niemand. Strehn wußte für alles einen Rat. Er brachte mir eine Sängerin, Polly Sylvan, und mir fielen die »3 Meloparodisten« ein, drei junge Künstler – Elmar, Gotthelf und Spiegel –, die in den Wiener Kammerspielen großen Erfolg hatten, leider mit einer Nummer, die sie außerhalb Europas nicht bringen konnten: eine Parodie auf Tauber, Albers und Bressart. Aber sie hatten schöne Stimmen und waren auch ohne diese Nummer zu verwenden. Telegramm an Meloparodisten in Amsterdam. Fehlte uns eine Soubrette. Strehn wußte eine. »Hübsch, jung, singt, tanzt, spielt...« »Wie heißt sie?« »Cissy Kraner.« Ich lachte. »Die geht nicht mit uns.« »Die geht«, sagte Strehn überzeugt, »ich habe mit ihr gesprochen.« Strehn kannte sie, weil er mit ihr in der Volksoper die Wottawa-Rolle in der »Wachau« probiert hatte. Jetzt wurde das Stück abgesetzt, Kowalewski wurde das Haus verboten, Köchl, der bisherige kaufmännische Leiter, wurde Direktor – der Vertrag mußte Cissy Kraner ausbezahlt werden, aber sie war frei. »Wo kann ich sie sprechen?« fragte ich. »Sie kommt ins Dobner.« »Ins Dobner?« wunderte ich mich. »Ist sie –?« Ich wollte fragen »Jüdin?« Strehn unterbrach mich: »Sie ist *nicht.*« »Sag ihr, ich lasse sie bitten, übermorgen um sechs Uhr zu kommen.«
Am nächsten Tag mußte ich mich um meine Ausreise kümmern, und da brach alles zusammen. Ich hatte 18 000 Schilling Steuerschulden, solange ich die nicht bezahlte, konnte ich kein Steuerunbedenklichkeitszeugnis bekommen, und ohne Steuerunbedenklichkeitszeugnis gibt es keine Ausreise. Wo nehme ich 18 000 Schilling her? Ich lief von einer Institution zur andern. Ich war bei den Quäkern, ich war bei der Kultusgemeinde – nichts. Über so hohe Beträge verfügen sie nicht. Ich hatte nur einen Ausweg: Ich schrieb expreß an meinen Freund Imhoff, der in München gastierte. Ich erklärte ihm meine Lage, ich erzählte ihm, daß ich nach Südamerika könnte – kurz, ich bat ihn, mir 18 000 Schilling zu borgen. Die Revue, die er spielte,

war von mir, sie hieß früher »O du mein Österreich!« und jetzt »Wir sind im Reich!«, ich überschrieb ihm meine Tantiemen, obwohl es für ihn keine Aussicht gab, sie je zu bekommen – und doch! Nach drei Tagen bekam ich einen Scheck von ihm. Einen Blankoscheck. Er riskierte damit, daß ich seine ganzen Ersparnisse, oder zumindest einen Teil davon, abhob und nach Südamerika fuhr. Denn wer von uns dachte damals daran, daß er jemals zurückkommen könne? Deshalb habe ich früher geschrieben, Fritz Imhoff hat mir das Leben gerettet, und dafür bin ich ihm noch heute dankbar.

Einen Tag zurück: Ohne Furcht und Bedenken kam Cissy Kraner ins Dobner, obwohl dort keine Arier mehr verkehrten und sie wissen mußte, daß das Lokal unter Beobachtung stand. Ich konnte es nicht glauben, als ich sie sah. »Sie wollen wirklich mit uns nach Südamerika gehen?« »Ja.« »Obwohl Sie wissen, daß Strehn und ich –?« »Ja.« »Und warum?« »Weil es hier zu etwas Schrecklichem kommen wird. Vielleicht sogar zu einem Krieg.« Ich habe es später erlebt, daß sie immer im voraus wußte, wenn etwas Ernstes bevorstand: Als – wir waren damals schon in Caracas – Paris gefallen war und wir alle am Boden zerstört waren, sagte sie ruhig: »Jetzt hat Hitler den Krieg verloren.« Und sie hatte recht.

Ich berichtete ihr, wie weit die Sache gediehen war, daß wir zwar noch keinen Vertrag haben, daß er aber jeden Tag kommen müsse und bat sie, zu Dr. Patek zu gehen. Ich wollte sie nicht länger der Gefahr aussetzen, im Dobner gesehen zu werden.

Am nächsten Tag erfuhr ich, daß das Gespräch positiv verlaufen war. Telegramm von Frau Bodenwieser: »Kostüme in Wien beschlagnahmt stop bringen Sie welche mit stop Liste folgt brieflich.« Kostüme? Wo sollte ich Kostüme hernehmen? Die Sache wackelte. Ich ging zu Lambert Hofer. Lambert Hofer war und ist noch immer die größte Kostümleihanstalt, wenn nicht von ganz Europa, so doch von ganz Deutschland. Bertschi, der Juniorchef, war gut mit mir. Er war natürlich bereit, mir Kostüme zu geben, die Frage sei, wieviele. Ich sagte dreißig. Die Liste kam, es waren sechzig. Bertschi fragte nach der Kaution. Kaution? Daran hatten wir nicht gedacht. Kaution hatten wir keine. Dann vielleicht eine andere Garantie, ein Pfand, Schmuck, Grundbesitz, ein Haus. Ich fragte Strehn, ob er ein Haus habe, er sagte nein und fragte mich, ob ich Grundbesitz habe. Ich sagte auch nein. Die Sache wackelte bedenklich.

Ich traf mich mit dem Übersetzer. Die Dialoge der ersten Revue hatte er fertig – blieben die Gesangstexte. Die konnte er nicht übersetzen. Ich setzte mich mit ihm hin, er machte mir eine Rohübersetzung, und nun versuchten wir zu dichten. Ich konnte nicht spanisch, er konnte nicht reimen. Nach einigen Tagen waren wir aber soweit. Mir kam es allerdings spanisch vor. So hieß z. B. »Ich möcht' von dir ein Photo« auf spanisch »Quisiera de ti una foto«. Ob es richtig war? Ich fragte mich, wozu plagen wir uns, wenn wir nicht einmal Kostüme haben. Am nächsten Tag kam ein Telegramm von den Meloparodisten: »Sind interessiert, wenn Greta mitkommt.« Ich kannte Greta. Sie war die Freundin Herberts, des blonden Albers-Imitators. Sie wollten heiraten. Strehn und ich kamen mit ihr zusammen. Sie konnte tanzen, konnte kleine Rollen spielen und sah sehr gut aus. Sie war von der Idee begeistert. (Wieder einige Kostüme mehr, dachte ich.) Sie müsse nur mit ihrem Anwalt sprechen, setzte sie fort, er sei der Verwalter ihres Hauses. Strehn und mir gab es einen Ruck. »Sie haben ein Haus?« »Ja. Meine Eltern haben es mir vermacht.« »Wo?« »In Hietzing.« »Wie hoch?« »Zwei Stockwerke mit zwölf großen Wohnungen.« Wir waren gerettet, zumindest hofften wir es. Wir erzählten Greta von Bertschis Bedingungen. Ohne Garantie gibt er uns keine Kostüme. Damit wäre das Gastspiel geplatzt. Das wollte sie natürlich nicht. Schließlich wollte sie zu Herbert. Sie versprach uns, auch das mit ihrem Anwalt zu besprechen. Tags darauf rief sie uns an, ihr Anwalt halte sie zwar für verrückt, aber er könne nichts tun als mit Bertschi den Vertrag

1965. Cissy mit Hansen in der »Csárdásfürstin«, Bearbeitung Hugo Wiener

Die Simpl-Mannen Hruschka, Kolmann, Muliar, Farkas

13 Gemütliches Beisammensein nach einem Maskenball: Farkas, Heller, Conrads, Waldbrunn, Muliar

14 Filmball: Cissy und Hugo Wiener mit Peter Wehle

Fritz Heller mit Karl Farkas im Simpl

16 5 x Cissy: als Carmen . . .

17 als Desdemona . . .

18 als »Volkssängerin« Luise Montag . . .

19 als Braut (»Gebet keiner Jungfrau«) . .

als »lustige Witwe«

21 Heesters ist 70 Jahre jung: Susanne von Almassy, Karl Hartl, Kurt Sowinetz un
Hugo Wiener

22 Aufzeichnung »Die Landstreicher«. Wolfgang Ebert blickt auf die Uhr. Es ist 14 Uhr. Um 15 Uhr sollten wir die Maschine nach Berlin erreichen. Wir erreichten sie nic

Elfriede Ott und Peter Minich in der Ziehrer-Operette »Die Landstreicher«, Beartung Hugo Wiener

24 Ernst Waldbrunn, einer meiner Lieblingsinterpreten

25 1957. Hans Moser und Paul Hörbiger in dem Film »Ober, zahlen!« von Hugo Wiener

machen. Das geschah. Bertschi bekam das Haus (Greta hat es übrigens noch heute), und wir bekamen hundert Kostüme, wir brauchten ja auch welche für die Solisten. Es waren zehn große Kisten. Am nächsten Tag kam der Vertrag. Strehn bat mich im letzten Moment, auch seine Lebensgefährtin Relly mitzunehmen. Wir deklarierten sie als Garderobiere.

Nun kam ein neues Problem. Man wollte mir, gerade mir, die Ausreise verweigern. Wahrscheinlich wegen der Beziehung zu Gyimes. Am selben Tag trug nämlich eine Wiener Morgenzeitung die Schlagzeile: »Jud Gyimes mißbrauchte arische Mädchen.« Es folgte ein Brandartikel über die Femina, in dem mein Name fehlte. Das war schon einige Male der Fall. Ich mußte einen Schutzengel haben. Wer das war, weiß ich nicht. Was tun ohne Ausreise? Ich bat den kolumbianischen Konsul um Hilfe. Er fuhr mit mir zur Gestapo, ging hinauf und ließ mich im Wagen warten. Lange warten. Dann kam er mit einem SS-Mann zurück. Jetzt ist alles aus, dachte ich, aber ich hatte mich getäuscht. Der SS-Mann wurde mir mitgegeben, damit man mir keine Schwierigkeiten macht. Ich bekam die Ausreise, nachdem ich unterschrieben hatte, daß ich nicht zurückkommen werde. Der SS-Mann war sehr freundlich, er wollte noch mit mir in ein Kaffeehaus gehen. Wir gingen ins Carlton, aßen jeder ein Paar Würstel, dann ging er, nicht ohne mir vorher viel Glück zu wünschen. Unterwegs traf ich zufällig Fritz Puchstein, von dem ich schrieb, daß er in der Femina kleine Rollen spielte und daß er in der »Bewegung« eine größere spielen sollte. Er sah mich scheinheilig an und sagte: »Du tust mir leid, du mußt fort. Was wirst du machen?« Drauf ich: »Ich fahre nach Amerika. *Du* tust *mir* leid. Du mußt hierbleiben«, und ging. Ich fühlte im Rücken, wie er mir nachsah.

Nun brauchten wir alle noch einen Stempel in den Paß, den letzten. Strehn und ich gingen aufs Paßamt. Frau Brunner und die drei Wiener Bodenwieserschülerinnen Poldi, Hanni und Magda waren auch hier. Die zwei Neuseeländerinnen Shona und Hillary sowie die Estländerin Hilja lernte ich später ken-

nen. Es gab zwei Schalter, einen »Für Arier« und einen »Für Juden«. Die Arier wurden im Nu abgefertigt, Strehn und ich hätten stundenlang Schlange stehen müssen. Zum Glück erschienen zwei tapfere Mädchen: Cissy und Greta. Beide gingen zum Schalter »Für Arier«, Cissy mit dem Paß von Strehn und Greta mit meinem. Da alle Eintragungen in Ordnung waren, gab man ihnen bedenkenlos die Stempel. Auch Relly, die ebenfalls Arierin war, bekam die begehrte Bestätigung. Nun war endlich alles erledigt.
Mitte Juni, ich glaube es war der 14., fuhren wir ab. Mutter und Schwester brachten mich zur Bahn. Meine Schwester führte die Mutter bald wieder nach Hause, sie sollte mich nicht wegfahren sehen. Damals wußte ich zum ersten Mal, was es heißt, »ein schweres Herz haben«. Ich verachtete mich selbst. Ich hätte zu Hause bleiben müssen. Aber wem hätte ich damit genützt? Und war denn die »Ostmark« noch ein Zuhause? Schließlich und endlich wäre ich ja doch ins KZ gekommen. Ich ging zum Zoll, wo mein Gepäck untersucht wurde. Ich hatte einen großen Schiffskoffer mit Kleidern und Wäsche. Ganz unten hatte ich einige harmlose Manuskripte versteckt, aus denen man nicht auf meine Feminavergangenheit schließen konnte, und oben lagen ein paar Notenblätter, die ich im letzten Moment gefunden und mitgenommen hatte. Der Zollbeamte, ein Österreicher, ließ mich den Koffer öffnen. Er sah die Noten. »San Sie Musiker?« erkundigte er sich. »Ja«, sagte ich. Drauf er: »I spiel Klarinett. Wenn S' a Musiker san, haben S' eh nix.« Ich durfte den Koffer wieder zumachen. Hätte ich das gewußt, hätte ich einige Revuebücher mitgenommen. Man konnte ja nicht wissen, was man »draußen« brauchen würde.
Ich ging zum Zug zurück. Unterwegs sah ich ein Telephon. Ich rief noch einmal zu Hause an, meine Mutter kam zum Apparat. »Du bist es?« fragte sie, als sie meine Stimme hörte. »Ja, Mutter.« Ich fühlte die Tränen aufsteigen, sie sollte es nicht merken. »Ich muß zum Zug, sie winken mir schon«, log ich. »Gib acht auf dich«, sagte sie. Ich wollte sagen: »Gib du auch auf dich

acht«, ich konnte nicht. Die Tränen rannen mir über die Wangen. Ich hängte den Hörer auf. Ich wußte, daß ich meine Mutter nie mehr sehen würde.
(Wohin meine Mutter und meine Schwester verschleppt wurden, habe ich, trotz aller Nachforschungen nach dem Krieg, weder bei der Widerstandsbewegung noch beim Roten Kreuz noch bei einer russischen Stelle, die Auskünfte über Personen gab, die nach Polen »deportiert« worden waren, erfahren. Nirgends wußte man etwas von ihnen. So kann ich den Verdacht nicht loswerden, daß sie bereits im Zug vergast wurden, wie das oft vorgekommen sein soll.
Mein Vater wurde von der Familie getrennt und in ein jüdisches Altersheim gesteckt. Von dort ging er dreimal durch, um seine Frau in der alten Wohnung zu suchen, die man ihr längst weggenommen hatte. Zweimal brachten ihn mitfühlende Nachbarn in das Heim zurück, das dritte Mal fand man ihn blutend auf der Straße liegen. Ob er von einem Volksgenossen niedergeschlagen worden war oder ob er vielleicht einen Schlaganfall erlitten hatte, wurde nie geklärt.)

Der Zug Wien-Amsterdam fuhr ab. Strehn und ich saßen absichtlich von Frau Brunner und den Mädchen entfernt, und nichts ließ auf eine Verbindung zwischen ihnen und uns schließen.
Eine Station vor der deutsch-holländischen Grenze kamen zwei Beamte in Zivil in den Waggon, um die Pässe zu kontrollieren. Als sie die unseren sahen, sagte der eine von ihnen schroff: »Kommen Sie mit!« Wir folgten den beiden auf die Plattform. »Haben Sie die Absicht wiederzukommen?« fragte derselbe Mann. »Die Absicht hätten wir«, sagte ich, weil ich nicht wußte, was für eine Antwort angebracht war, »aber wir dürfen ja nicht.« Und Strehn glaubte, noch hinzufügen zu müssen: »Das haben wir ja unterschrieben.« »Sagen Sie das bloß nicht im Ausland!« fuhr ihn der andere an. »Gehen Sie auf ihre

Plätze!« Wir gingen in das Abteil zurück. Der eine der beiden rief durch die halbgeöffnete Tür: »Geben Sie acht, meine Damen! Es sind Juden im Coupé!« Damit gingen sie. Frau Brunner kam zu uns: »Ich entschuldige mich bei Ihnen, im Namen aller Arier.« Es tat wohl das zu hören. Plötzlich sagte Cissy Kraner: »Sie kommen zurück!« Sie hatte recht. Die beiden nahmen auf der Plattform Aufstellung. Strehn sagte: »Es sieht aus, als ob sie uns an der Grenze herunterholen und zurückschicken würden.« Ich dachte dasselbe. Was machten wir mit den Mädchen? Die Verträge hatte Frau Brunner, aber wir sollten doch mit ihnen auftreten. Es war noch weit bis zur Grenze. Die beiden grinsten uns unentwegt durch die Türe zu. Endlich kamen wir an. Was wird jetzt geschehen? Nichts geschah. Sie stiegen aus, ohne uns weiter zu behelligen.
Der Zug fuhr weiter, wir passierten die Grenze. Als die holländischen Beamten kamen, atmeten wir auf. Wir waren frei!

Wir fuhren die ganze Nacht durch, am Morgen waren wir in Amsterdam und gingen gleich auf die »Costa Rica«, wo man uns unsere Kabinen anwies. Die »Costa Rica« war ein schönes Schiff, welches leider während des Zweiten Weltkrieges auf einer Überfahrt von den Deutschen versenkt wurde. Kapitän und Offiziere empfingen uns herzlich, Greta und Herbert umarmten einander, und dann kam der erste Streit. Greta hatte sich von dem Wiedersehen einen romantischen Abend an Bord versprochen, während Herbert sich die Übertragung des Boxkampfes Max Schmeling-Joe Louis im Radio anhören wollte. Natürlich hätte es auch auf der Costa Rica einen Radioapparat gegeben, aber daß Greta so gar kein Interesse für Boxkämpfe zeigte, ärgerte ihn, er ging allein und ließ sie sitzen. Schmeling wurde geschlagen, Herbert kam zurück, sauer, zweiter Streit, dem noch viele andere folgen sollten.
Den Tag hatten wir für uns. Ich suchte Fritz Steiner, den ehemaligen Buffo des Theaters an der Wien auf, der auch bei

uns in der Femina engagiert gewesen war. Er war mit seiner arischen Frau nach Holland geflohen, wo er mit seinem Kollegen Walter Aurich ein Operettentheater führte, mit dem die beiden alle holländischen Städte bespielten. Mein Visum für Kolumbien galt nur für sechs Monate – was dann? Ich erklärte ihm meine Lage, ich trug mich ihm an, als Kapellmeister, als Schauspieler, als Stückebearbeiter, als was-er-wolle. Er bedauerte, zur Zeit sei alles besetzt. Sollte es eine Änderung geben usw.

Ich ging auf das Schiff zurück, wo mich bereits die Sekretärin des kolumbianischen Konsulats erwartete, um mir den Vorschuß auszubezahlen. Die andern hatten ihn schon. In diesen Zeiten aus Deutschland herauszukommen, Vorschuß zu kriegen, mit bezahlter Reise nach Übersee zu gelangen, dort engagiert zu sein – ich war wirklich zu beneiden. War ich das? Ich hatte Angst vor der Zukunft. Wie wird es in Kolumbien sein? Außerdem, sechs Monate sind bald vorüber. Wo sollte ich dann hin? Wer wird mich aufnehmen? Die Bedingungen wurden immer strenger. Ich wollte in ein Land, das mir nicht so fremd war wie Kolumbien. In ein Land, in dem ich mich verständigen konnte, in dem ich arbeiten durfte. Lieber Gott, betete ich, laß mich wieder nach Europa kommen.

In der Nacht lief das Schiff aus. Der nächste Morgen war herrlich. Sonne, die Brise vom Meer, ein echt holländisches Frühstück, so reichlich, daß es für den ganzen Tag genügt hätte, Liegestühle an Deck, freundliche Menschen – und das alles gar nicht so weit entfernt von dem Land, in dem so Schreckliches vorging. »Wo ist die Kraner?« fragte ich Strehn, der neben mir lag. »Dort«, zeigte Relly. Richtig. Sie spielte Tischtennis mit einem jungen Mann, den ich nicht kannte. Und perfekt, wie ich feststellen mußte. Sie wirkte sehr sportlich, parierte geschickt jeden seiner Schläge, sah sehr gut aus – mir gefiel eigentlich alles an ihr, bis auf den jungen Mann.

In Calais stieg Frau Bodenwieser mit ihrem Kapellmeister Marcel Lorber zu. Wir machten uns mit beiden bekannt, Lorber war ein lieber Kerl, und wie ich später konstatierte, ein ausgezeichneter Musiker. Und noch jemand war zugestiegen: Juan Bronner-Patrias, von dem ich schon längst hätte erzählen müssen.

Wir hatten schon in Wien durch Dr. Patek erfahren, daß wir, mit Ausnahme der Ballettgruppe, in einer Pension wohnen würden, die einer deutschen Familie, namens Gottschalk gehörte. Die Gottschalks waren schon 1933 aus Berlin emigriert, trotzdem sprach Vater Gottschalk kein Wort Spanisch, außer »Claro, claro«, ein Wort, das er bei jeder passenden und unpassenden Gelegenheit gebrauchte. Mutter Gottschalk war eine Frau, die mit beiden Füßen am Boden stand, dann war da noch ein Sohn Ludwig sowie eine Tochter Eva (?), die mit besagtem Bronner verlobt war. Und um Eva (bleiben wir bei Eva, ich habe den Namen vergessen) zu heiraten, fuhr er nach Bogotà. Welche Beziehung er zu uns hatte? Er hatte schon einmal längere Zeit in Südamerika gelebt, sprach perfekt Spanisch und sollte uns die Aussprache unserer spanischen Dialoge beibringen. Wir hatten ja keine Ahnung, aber er wußte auch nicht alles. Vor allem kannte er die verschiedenen Bedeutungen mancher Wörter nicht, wie wir sie auch im Deutschen haben. So können bei uns »Lumpen« sowohl Abfälle, Plunder, Fetzen, aber auch Schufte oder Gauner sein. Genauso ist es im Spanischen und besonders in Südamerika. So heißt »burro« in der einen Stadt »Esel«, in der anderen »Eierspeise«, und wenn Strehn zu mir in einer Szene sagte: »Usted es un burro« (Sie sind ein Esel), dann konnte das ebenso gut »Sie sind eine Eierspeise« heißen. Ein anderes Beispiel: »blond« heißt auf Spanisch »rubio«, aber auch »mono«, und »mono« heißt anderswo wieder »Affe«. Herbert war blond, ich war schwarz, was auf Spanisch »negro« heißt, aber »negro« heißt auch der »Neger«. Nun hatten wir eine Art Doppelconférence, die wir »el negro y el mono« nannten, was viele Leute enttäuschte, weil sie nicht einen Blonden und einen Schwarzen erwartet hatten, sondern einen Neger und einen Affen. Die Proben waren

schwierig, und das »mechanische Auswendiglernen« war nicht so einfach, wie wir es uns in Wien vorgestellt hatten. Cissy war uns allen voraus. Sie war ein Sprachtalent. Sie sprach bis jetzt schon Deutsch, Französisch und Holländisch und lernte im Laufe der nächsten Monate noch Englisch und Spanisch dazu. Und noch etwas war sie: eine blendende Tänzerin. Strehn und sie hatten das Duett »Quisiera de ti una foto«. Strehn war in Wien ein bekannter Tanzkomiker gewesen (so tanzte er in Kálmans »Bajadere« in dem Duett »Fräulein bitte woll'n Sie Shimmy tanzen« den ersten Shimmy, der auf einer Bühne getanzt wurde und der täglich drei- bis fünfmal wiederholt werden mußte) – Cissy war ihm überlegen. Ich haßte mich selbst. Ich verstand jetzt, weshalb Kowalewski sie unbedingt nach Wien bringen wollte, und ich verstand auch, weshalb sie es ablehnte, sich erst von den Autoren begutachten zu lassen. Was ich *nicht* verstand war, daß ich die beiden anderen nicht zu überzeugen versuchte, auf Kowalewski zu hören.
Wir kamen in südliche Gewässer. Wir sahen die ersten Delphine, wir sahen herrlich-schöne Sonnenuntergänge, und wir sahen Spiegel, einen der drei Meloparodisten, der seit Tagen in einem Liegestuhl an Deck lag. Er war seekrank geworden. Er aß nicht, er trank nicht, er ging nicht in seine Kabine, er lag beinahe während der ganzen Reise in seinem Liegestuhl und sah auf den schwankenden Horizont, was seinen Zustand noch schlimmer machte. *Einen* Tag waren fast alle Passagiere der »Costa Rica« seekrank. Damals gab es ja noch keine Stabilisatoren, und so schwankte das Schiff auf den Wellen wie die oft zitierte Nußschale. Es ist schlimm. Man wird grün im Gesicht, die Wangen fallen ein, und man sieht aus wie sein eigenes Paßfoto. Man glaubt sterben zu müssen, und man hätte gar nichts dagegen. Aber auch das ging vorüber.
Und dann kam der Abend, an dem ich allein an der Reeling stand, in das Meer blickte und zurückdachte. Mein Herz hing noch immer an Wien. An dem früheren, an dem wirklichen Wien. »Da sind Sie ja«, sagte jemand. »Warum sind Sie so

allein? Die andern tanzen alle. Wollen Sie nicht auch kommen?« Es war Cissy.
»Nein, danke«, antwortete ich. »Ich habe wirklich keine Lust.«
»Was ist los mit Ihnen? Kommen Sie.« Sie führte mich zu einer Bank. »Jetzt erzählen Sie.«
Ich begann zu erzählen. Daß ich unglücklich sei, daß ich mich ausgestoßen fühle, daß ich keine Zukunft sehe. Ich erzählte von meinen Eltern, von meiner Schwester, die ich hilflos zurückgelassen hatte, ich erzählte und erzählte, und ich staunte, wie verständnisvoll und mitfühlend dieses Mädel war. Weg war die Soubrette. Da war ein Mensch mit einem Herzen, mit einer Klugheit, wie ich sie nie von ihr erwartet hätte. Und dann kam der Kapitän. Er lud uns ein, auf die Kommandobrücke zu kommen. Dort zeigte er uns den südlichen Sternenhimmel mit seinen tausend Lichtern. Da war das Kreuz des Südens, und da war die Milchstraße, eine breite, weiße Straße, so nah, wie ich sie nie gesehen hatte. Cissy und ich sprachen kein Wort. Ich legte den Arm um sie, und sie duldete es. Trotzdem – es durfte nicht sein. Wir dankten dem Kapitän und gingen wieder hinunter. Die Musik hatte aufgehört zu spielen, wir gingen zu unseren Kabinen. Unterwegs sagte sie plötzlich, mit Bezug auf den Sternenhimmel, den wir eben gesehen hatten: »Der Gott, der all das geschaffen hat, wird es nicht zulassen, daß diese Verrückten lange an der Macht bleiben. Schlafen Sie ruhig.« Sie gab mir die Hand, die ich küßte. Dann ließ sie mich allein.
Ich schlief noch lange nicht. Ich war ziemlich beunruhigt. Ich hatte mich in Cissy verliebt, und ich glaube, daß ich ihr auch nicht ganz unsympathisch war. Und was sonst das größte Glück gewesen wäre, war hier das größte Unglück. Wir hatten beide unsere Familien in Wien – und Hitlers Arm reichte weit.
Am nächsten Tag sprachen wir nicht darüber, wir hätten auch gar keine Gelegenheit gehabt, weil wir nicht nur unsere Revue probieren mußten, sondern auch eine Veranstaltung, die am selben Abend stattfand. Wir gaben eine Vorstellung, in zweiter

Linie für die Passagiere, in erster Linie aber für den Kapitän und die Besatzung. Mit ihrem mustergültigen Verhalten wollten sie uns die schlimmen Stunden in unserer Heimat vergessen machen. Die Mädchen tanzten (sehr künstlerisch, wie ich mit Freude bemerkte), die Meloparodisten brachten ihr vielbelachtes Programm, Cissy und Strehn sangen das »Photo«, Polly Sylvan sang Lehár, ich conférierte und begleitete abwechselnd mit Lorber am Klavier – und Cissy sang zwei Chansons, eines von Hans Weigel und eines von Fritz Eckhart. Ich bewunderte ihren Vortrag und die Intelligenz, mit der sie die Texte brachte. Ich dachte an meine Schulzeit zurück, an die Zeit als ich Josma Selim und Ralph Benatzky verehrte. Hier hätte ich die ideale Partnerin gefunden, von der ich als Kind geträumt habe. Sie hätte mit der Hand auf mich gezeigt und gesagt: »Der Text und die Musik sind wie von allen meinen Liedern von Ralph Wiené.« Ich lächelte. Heute müßte sie natürlich meinen richtigen Namen nennen. Aber das ist vorüber...
Am nächsten Tag liefen wir die Inseln Barbados, Trinidad und Curaçao an, wo wir an Land gingen. Einzige Erinnerung an Curaçao: man zeigte uns einen Kater, den sein Besitzer »Hitler« genannt hatte; der Mann freute sich diebisch, wenn »Hitler« ihm gehorchte. Am nächsten Tag liefen wir den venezolanischen Hafen La Guaira an – noch ein Tag und wir waren am Ziel. Das also war Kolumbien! Die Hafenstadt Barranquilla, an der Mündung des Rio Magdalena gelegen, bot einen exotischen Anblick. Palmen, die die Straßen säumten, Menschen in allen Hautschattierungen, Schwarze, Braune, Weiße, bunt gekleidete Frauen, dazu der für Südamerika typische Lärm, Straßenverkäufer, die ihre Waren ausriefen, Schuhputzer, Buben, die durcheinander schrien: »Helados!« »Lotteria!« »Periodicos!«, was soviel heißt wie »Eis!« »Lotterielose!« »Zeitungen!«. Wäre ich als Tourist hier gewesen, hätte ich dem Reisebüro, das mich vermittelt hat, gedankt.
Wir wurden in einem der ersten Hotels untergebracht, wo wir erfuhren, daß man uns am nächsten Tag mit zwei Flugzeugen

nach Bogotá bringen würde. Das Ballett, auch Cissy und Greta, wurde von den deutschen Piloten der kolumbianischen Fluglinie SCADTA zu einem Empfang geladen, die Herren nicht. Wir beschlossen, das erste Flugzeug zu nehmen, das bereits um 7 Uhr früh abflog, und das zweite, um 10 Uhr, den Mädchen zu überlassen.
Um 7 Uhr starteten wir: Frau Bodenwieser und Frau Brunner als einzige Damen, ferner Strehn, die Meloparodisten, Lorber, Bronner und ich. Es war mein erster Flug, damals noch eine ziemlich wackelige Angelegenheit, aber wir kamen gut an, und es gab sofort einen Presseempfang. Unser Gastspiel lief als »El ballett vienes« (»Das Wiener Ballett«) und so kam es, daß der Journalist eines Provinzblattes Strehn als Direktor der Wiener Staatsoper bezeichnete und mich als ersten Solotänzer.
Die zweite Maschine kam pünktlich an, aber was war das? Die Mädchen stiegen bleich und geschockt aus, etwas mußte geschehen sein, und wir erfuhren auch bald, was es war. Der Pilot hätte, wie immer, auf dem Flug Barranquilla-Bogotá eine Zwischenlandung in Medellin machen müssen, wo er einen Bericht über die in den höheren Regionen herrschende Wetterlage bekommen hätte. Da aber keiner der Passagiere nach Medellin flog, nahm er direkten Kurs auf Bogotá. Die Mädchen unterhielten sich, da plötzlich, über den Anden, kamen sie in ein schreckliches Gewitter. Sie hörten noch, wie die Stewardeß rief: »Anschnallen bitte!« – dann wurden sie ohnmächtig. Die Maschine war 600 m abgesackt, und wenn es dem Piloten nicht gelungen wäre, sie im letzten Moment hochzureißen, hätte es eine Katastrophe gegeben. Als die Mädchen zu sich kamen, wurden sie von der Stewardeß mit Kaffee gelabt, das Gepäck, das oben verstaut gewesen war, war heruntergefallen, kleine Koffer waren aufgegangen, Poldi hatte eine Puderschachtel ins Gesicht bekommen und war weiß wie ein Clown, Hanni rief »Mutter!«, Cissy bekam einen hysterischen Lachkrampf – es dauerte, bis sie sich wieder beruhigt hatten. Ich erschrak. Wenn ich mir vorstellte, daß Cissy etwas zugestoßen wäre – lieber

nicht dran denken. Als wir Monate später wieder nach Baranquilla kamen, erinnerten sich die Piloten immer noch an den Unglücksflug, der zum Glück glimpflich ausgegangen war.
Alle, die bei Gottschalks wohnten, wurden mit Autos hingebracht. Ich saß neben Cissy, hielt sie bei der Hand, und sie ließ es geschehen. Die Gottschalks waren nette Leute, man zeigte uns unsere Zimmer, ich wollte noch sehen, wie Cissy untergebracht war – und als ich sie so sah und dachte, welcher Katastrophe sie eben noch entgangen war, packte ich sie plötzlich und küßte sie auf den Mund. Sie sah mich erstaunt an, ich stammelte: »Entschuldige!« und ließ sie allein. Es fiel mir gar nicht auf, daß ich zum erstenmal »Du« gesagt hatte, wie es sonst beim Theater unter Kollegen eigentlich üblich ist.
Um drei Uhr wurden wir vom Alcalden empfangen. Er begrüßte uns und lud uns zu der großen Militärparade ein, die anläßlich der Vierhundertjahrfeier stattfand. Auf einer der Ehrentribünen waren Plätze für uns reserviert. Anschließend gingen Strehn und ich ins Teatro Colon, wo unser Gastspiel stattfinden sollte. Direktor Uribe zeigte uns die Dekorationen, die er laut einer Liste, die wir ihm geschickt hatten, vorbereitet hatte. Alle stimmten, bis auf eine. Das Ballett hatte eine Nummer »Österreichische Bauerntänze« im Programm, wir hatten um eine »Walddekoration« gebeten und bekamen eine »Urwalddekoration« mit Affen auf den Bäumen. Da nichts anderes verfügbar war, mußten die österreichischen Bauern, so leid es mir tat, im Urwald tanzen.
Strehn machte sich Sorgen wegen Relly. Sie war nicht mit uns geflogen, sondern hatte sich mit den zehn Kostüm-Kisten auf einen Flußdampfer eingeschifft, um sie auf dem Rio Magdalena nach Bogotá zu bringen. Man hatte uns das aus folgendem Grund geraten: Wenn der Fluß zu wenig Wasser hat, stellen die Matrosen Kisten und Koffer an das Ufer und fahren weiter. Führt der Fluß wieder mehr Wasser, nimmt sie der nächste Dampfer mit. Will man das Ausschiffen des Gepäcks verhindern, muß jemand dabei sein, der sich drum kümmert. Und das

war Rellys Job. Als Frau, die weder Spanisch spricht noch verstand, dürfte sie es nicht leicht gehabt haben, aber es ist ihr gelungen. Leider dauerte die Fahrt länger, als man uns gesagt hatte, die Premiere kam immer näher, und wir hatten keine Kostüme. Nur noch fünf Tage, nur noch vier, drei, zwei – endlich kam ein Telegramm: »Ankomme morgen Kostüme in Ordnung Relly.« »Morgen« hieß zwei Tage vor der Premiere. Einen Tag wird man zur Instandsetzung der Kostüme brauchen, blieb *ein* Tag, diesen einen Tag mußten wir mit den Kostümen probieren, und grad an diesem einen Tag fand die Militärparade statt. Wir sagten ab, und das war ein Glück. Während der Parade stießen zwei Flugzeuge zusammen und stürzten auf die Tribüne, auf der wir unsere Plätze hatten. Sie explodierten, gingen in Flammen auf, es gab vierzig Tote, Nationaltrauer wurde angeordnet, alle Vergnügungen wurden abgesagt und natürlich auch unsere Revue. Nach acht Tagen durften wir spielen, aber nur konzertant – ja nichts Lustiges. Die Meloparodisten sangen Mozart und Schubert, Polly Sylvan sang den »Csárdás« von Lehár, ich begleitete sie am Klavier, die Tanzgruppe brachte klassische Tänze, Strehn sang das Hobellied aus Raimunds »Verschwender« und, als das Publikum eine Zugabe verlangte, »Wo sind deine Haare, August« in Moll und mit todernstem Gesicht, damit ja niemand auf den Verdacht kommen könnte, daß es sich dabei um einen lustigen Schlager handelt – und Cissy conférierte in Spanisch. Und das war, gegen unseren Willen und gegen die Anordnung des Alcalden, für das Publikum umwerfend komisch. Man hatte ihr aufgeschrieben, was sie zu sagen hatte, und jede der Ansagen begann mit den Worten »y ahora«, was soviel bedeutet wie »und jetzt«. Nun ist das Wort »ahora« eine Herausforderung für jeden Ausländer. Als Cissy es zum erstenmal sagte, lachten die Leute noch verhalten, beim zweiten Mal lachten sie schon lauter und vom dritten Mal an waren sie nicht zu halten. So hatte Cissy gleich am ersten Abend ihren Durchbruch. Dabei wußten weder sie noch wir, warum die Leute so gelacht hatten. Das Wort

»ahora« blieb an ihr haften wie später der »Nowak«. In den Geschäften sagte man »ahora«, wenn sie eintrat, auf der Straße rief man ihr »Señorita Ahora« nach, und eine Strumpffirma nannte ihre Produkte nach ihr.

Wir spielten zwei Wochen vor ausverkauften Häusern und konnten dann endlich die erste Aufführung unserer Revue »Vamos a Colombia« (Auf nach Kolumbien) feiern, wenn auch nicht im Teatro Colon, sondern in einem Großkino, dem Teatro Faenza. Anfangs zog sich die Stimmung des Publikums, vielleicht verstanden die Leute unser Spanisch nicht, vielleicht waren die Pointen nicht richtig übersetzt worden – egal: als Cissy auftrat, gab es einen Empfangsapplaus, man rief im Chor »Ahora! Ahora!« und die Vorstellung wurde, wie dann überall, ein großer Erfolg. Die Kritiken überboten sich. Das Ballett war ein »einmaliges künstlerisches Ereignis«, die Meloparodisten »ein Trio, wie man es noch nie gesehen hat«, bei Polly Sylvan »weiß man nicht, was einem mehr besticht, ihre Stimme oder ihre Erscheinung«, Strehn und ich sind »zwei Komiker, jeder eine Persönlichkeit, sympathisch, lustig und intelligent«, aber Cissy war und blieb überall »das Idol von Bogotá«.

Die Zeit verging, und wieder kam die Frage: Mein Visum ist nur noch vier Monate gültig – wohin dann? Da kam mir der Zufall zu Hilfe. War es wirklich der Zufall? Ich habe schon einmal geschrieben, ich muß einen Schutzengel haben. Diesmal schlüpfte er in die Gestalten mehrerer Bürgermeister. So wie der Alcalde von Bogotá, luden uns nun die Bürgermeister der großen und auch kleineren Städte Kolumbiens ein, bei ihnen zu gastieren. Wir nahmen natürlich an, was für mich eine Verlängerung des Visums um weitere drei Monate bedeutete.

Wir waren in Medellin, in Manizales, in Popayán, Baranquilla, Cali, Palmyra, Bucaramanga, Cucutá und wie sie alle heißen – wir spielten in den Theatern Municipal, Consota, Nacional, Apollo, Bolivar usw. – wir hatten überall den gleichen Erfolg.

Erinnerungen? In Medellin, heute Hauptstadt der Mafia und des Drogenhandels, lernten wir einen der reichsten Männer

Kolumbiens kennen. Name: Tullio, Beruf: Millionär, Hobby: Pekinesenzucht. Als er uns einlud, waren die Mädels verrückt nach den jungen Hunden. Am Abend, während der Vorstellung, bekam Cissy einen großen Blumenkorb, und in dem Blumenkorb saß der kleinste Pekinese, den ich jemals gesehen hatte. Wir nannten ihn »Tapsi«. Ich sage »wir«, weil es inzwischen gekommen war, wie es kommen mußte. Cissy war sehr, sehr jung, ich war auch nicht alt, wenn auch ein Altersunterschied von 14 Jahren bestand, und je weiter wir von Europa entfernt waren, je länger wir das leichte südamerikanische Leben führten, um so eher vergaßen wir, daß es Menschen wie Hitler gab, die etwas gegen unsere Verbindung einzuwenden hatten. Wissen durfte es allerdings niemand, auch nicht unsere Kollegen.
In Cali, in einem der ersten Hotels, stellte Strehn am Abend seine Schuhe vor die Tür, damit sie geputzt werden – am Morgen waren sie verschwunden. In Kolumbien, wo die Schuhputzer so zahlreich sind, daß sie sich gegenseitig die Schuhe putzen, um etwas zu tun zu haben, kannte man diesen Hotelbrauch nicht und dachte, der Gast wolle sie wegwerfen. Man fand sie in einem der Mülleimer. In Cali stieß einer der berühmtesten kolumbianischen Komponisten, Emilio Murillo, zu uns. Er hatte für Cissy einige Canziones geschrieben und begleitete sie persönlich am Flügel, was natürlich großen Jubel auslöste. Murillo und la señorita Ahora! In Cali wagte Cissy sich übrigens an etwas Besonderes: sie sang »la cucaracha«. »La cucaracha« ist ein auf der ganzen Welt bekanntes mexikanisches Couplet, auf das die Kolumbianer für Cissy teils neutrale, teils lokale, teils politische Verse schrieben, die sie auch sang, was einen neuen Erfolg für sie bedeutete. Das war der erste kolumbianische »touch«, den unsere Revue bekam. Bald kam ein zweiter dazu: der »Bambuco«! Der Bambuco ist der kolumbianische Nationaltanz, wie bei uns der Ländler oder der Walzer. Mehr noch. Er ist eine zweite Hymne. Der Bambuco, in Originalkostümen gesungen und getanzt vom Ballett vienes – das riß die Leute von den Stühlen.

In Popayan waren wir bei Dr. Guillermo Valencia geladen. Valencia, ein bereits alter Herr, war der größte Poet Kolumbiens. Er hatte bei Popayan ein herrliches Gut, mit einem mit den kostbarsten Antiquitäten eingerichteten Haus, welches er mit seiner Tochter bewohnte. Seine Liebe gehörte seinen Reitpferden, und er freute sich, als er hörte, daß Cissy, Greta und fast alle Mädchen des Balletts reiten konnten. Sie durften sogar, eine besondere Gunst, am nächsten Tag wiederkommen und auf seinen Pferden reiten. Am Abend kam er nicht nur zu unserer Abschiedsvorstellung, er kam auf die Bühne und trug eines seiner Gedichte vor.
Nicht leicht war es mit den Reisen, die meist in einem für uns gemieteten Bus zurückgelegt wurden. So fuhren wir in den Anden, von 6000 m Höhe, wo es so kalt war, daß ein Eisbär sich seinen Pelz umgedreht und mit dem Fell nach innen getragen hätte, hinunter in das »heiße Land«, wo es, wie schon sein Name sagt, eine Temperatur hatte wie in einem Krater.
Ebenfalls in den Anden fuhren wir einen »Weg«, der sich gewundert hätte, wenn er einmal einen richtigen Weg gesehen hätte. Da ging es knapp an tiefen Abgründen vorüber, wo alle paar Meter ein Kreuz stand, das von einem spektakulären Absturz Zeugnis ablegte. Nur der Hunger, den wir hatten, ließ uns die Gefahr vergessen, in der wir schwebten. Schon das Frühstück war eine Enttäuschung. Unser Fahrer hatte uns ein Café empfohlen, in dem es keinen Kaffee gab. Die Leute dort tranken Cacao, und der wurde gesalzen serviert. Natürlich hätten wir Früchte essen können. Bananen und Ananas, in Wien Luxusgüter, bekam man hier nachgeworfen, und außerdem gab es Papayas, Mangos, Avocados, Kokosnüsse usw. – aber wir hatten keine mitgenommen, und wo nimmt man in den Anden, auf einem Weg, auf dem weit und breit kein Haus stand, Früchte her? Endlich kamen wir zu einer Hütte, auf der »fonda« (Gasthaus) stand. Wir gingen hinein, es gab eine Stube mit ein paar Tischen, der Wirt, ein Indio, erschien, wir fragten nach einer lista de platos, (Speisekarte); er wußte nicht, was das war. Bei

ihm gab es nur *eine* Speise, die sah gar nicht schlecht aus, und als wir sie kosteten, waren wir überrascht: das war bestes ungarisches Gulasch. Da alle mehr davon wollten, ging ich in die Küche, um nachzubestellen – und was sah ich? Eine alte, fette Indiofrau, die hinter einem Kessel stand, aus dem sie mit ihren beiden schmutzigen Händen das Fleisch nahm und auf die Teller warf. Wir hatten genug.
Ich erinnerte mich an ein ähnliches, appetitliches Erlebnis. Wir hatten bei Gottschalks einen vergammelten Deutschen kennengelernt, Dr. Consé, der uns als Dolmetscher beigegeben wurde. Er überredete mich einmal, Chicha zu trinken. Chicha ist das Bier der Eingeborenen. Es schmeckte gar nicht schlecht, und ich trank ein Glas davon aus. Nachher erzählte mir Dr. Consé, daß das Getränk aus einer von den 2000 bekannten Kaktusarten gewonnen wird. Die Frauen pflücken die Blüten, stecken sie in den Mund, drücken sie mit der Zunge aus und spucken den Saft in ein Gefäß. Das ist die Basis für die Chicha. Ich trinke seither kein Bier mehr, auch wenn es im Fernsehen noch so schön angeboten wird.
Dr. Consé war es auch, der mich immer wieder zu einem Stierkampfbesuch überreden wollte, aber da hatte er bei mir kein Glück. Einmal allerdings *mußte* ich zu einem Stierkampf gehen, weil der Alcalde das ganze Ballett in die Festloge geladen hatte. Es war grausam, und ich weiß nur, daß wir alle dem Stier die Daumen drückten, aber er hatte keine Chance. Als ihn der Matador getötet und ihm mit dem Degen das Ohr abgeschnitten hatte und (die größte Ehre für eine Frau) Cissy das blutige Ohr zuwarf und sie sich noch für das allgemeine »Olé!« lächelnd bedanken mußte, flüchteten wir anderen aus der Loge.
Einmal, ich glaube es war in Bucaramanga, wohin wir mit dem Flugzeug gekommen waren und wieder einmal auf den Bus mit den Kostümen warten mußten. Es war nach einer Flutkatastrophe, weite Teile des Landes waren überschwemmt, und der Busfahrer hatte größte Mühe, überhaupt durchzukommen. Am nächsten Tag hatten wir Vorstellung, und so fuhr ihm unser

Reiseleiter, Senor Valdéz, mit dem Auto entgegen. Kaum hörten unsere beiden Engländerinnen, daß der Weg durch den Urwald führte, mußten sie mit. Im Urwald sahen sie einen winzigen jungen Tiger und holten ihn in den Wagen. Plötzlich, als sie weiterfuhren, sprang die Mutter des Kleinen, die auf der Futtersuche für ihn gewesen war, aus dem Dickicht und wollte die beiden Mädchen anspringen. Valdéz gab Gas, aber die Tigerin ließ nicht locker. Sie lief dem Wagen nach, sprang ihn immer wieder an, und weil es ein offener Landrover war, waren die Mädchen in größter Gefahr. So mußte Valdéz leider zum Gewehr greifen und die Tigerin erschießen. Das Tigerbaby war natürlich die Sensation des Hotels, aber es kam in einen Zoo, weil es gefährlich geworden wäre.
Die Neugier der Engländerinnen brachte uns oft in unangenehme Situationen. Wir gastierten in Buga. Als sie hörten, daß es unter dem Dach Fledermäuse gebe, gingen sie hinauf und scheuchten einen Schwarm von mindestens fünfzig Riesenfledermäusen auf. Es war wie in Hitchcocks »Vögel«. Die Fledermäuse, in ihrer Tagblindheit, schwirrten ängstlich herum und gerieten den Mädchen in die Haare. Schreiend und um sich schlagend kamen sie heruntergelaufen, und es dauerte lange, bis wir sie und die Fledermäuse beruhigt hatten. Am Abend, während der Vorstellung, hörten wir sie pfeifen, uns machte es nervös, aber das Publikum war anscheinend daran gewöhnt. Das Publikum von Buga war an allerhand gewöhnt. So war uns schon bei unserer Ankunft aufgefallen, daß die Bühnenbeleuchtung sehr, sehr schwach war. Plötzlich fiel sie ganz aus. Es war einen Augenblick finster. Aber dann wurde es hell, heller als es vorher gewesen war, nur – das Licht kam aus dem Zuschauerraum. Die Leute in Buga wissen, daß es in ihrem Theater immer finster wird, und so bringt jeder Besucher eine Taschenlampe mit, die er dann auf die Bühne richtet. Clever – oder? Nun wußten wir auch, warum auf den Plakaten stand: Luz – arte – alegria! (Licht – Kunst – und Fröhlichkeit!) Kunst und Fröhlichkeit brachten *wir* – das Licht brachte das Publikum.

Die Fahrt von Medellin nach Baranquilla legten wir mit dem Flußdampfer, auf dem Rio Magdalena, direkt am Rande des Urwalds, zurück. Am Tag sahen wir Krokodile, die auf Sandbänken faul in der Sonne lagen, vor einsamen Hütten standen nackte Neger und winkten uns zu – und dann kam der Abend, und der Urwald erwachte. Wir hörten Geräusche, wie wir sie bisher nur aus Tarzanfilmen kannten. Das Geschrei der Affen mischte sich in das Rufen der Kakadus und der Papageien, dazu leuchteten immer wieder handtellergroße Irrlichter auf – es war phantastisch.

Wie wir von mitreisenden Amerikanern hörten, die in Kolumbien nach Öl suchten und die zu ihrem Camp nach Barancapermeja fuhren, ist der tropische Urwald noch der am besten erhaltene. Durch die sich bis zu den höchsten Bäumen emporschlingenden Lianen, durch die sich aus allen Arten und Altersstufen dicht aus dem Boden schießenden Bäume, Sträucher und Farne, durch die zahllosen, in wunderbarem Farbenspiel glühenden Blüten tropischer Blumen und durch die das dunkle Dickicht belebende Tierwelt wie die oben erwähnten Affen, Rieseneidechsen und Wildkatzen, aber auch die exotischen Insekten und Schmetterlinge erhält der tropische Urwald sein Gepräge.

Wenn wir auch nicht alles sehen konnten, so entschädigte uns das, *was* wir sahen, doch für verschiedene Unannehmlichkeiten, die wir auf dem Dampfer zu erdulden hatten. Vor allem für das Essen. Obwohl der kolumbianische Kaffee einer der besten der Welt ist, gab es am Morgen nur heißes Wasser, das sie Kaffee nannten, zu Mittag schlecht zubereitete schwarze Bohnen und am Abend dasselbe. Aus der Dusche kam braunes, schmutziges Wasser heraus, braun und schmutzig, weil es vom Magdalenenstrom in die Dusche kam. Kabinen gab es nur zwei, die bereits vergeben waren, und so stellte der Kapitän Cissy, Tapsi und mir seine Kabine zur Verfügung, eine Kabine, die sich von Kabinen anderer Schiffe unterschied, weil das Rad der Maschine durch sie durchlief, was bei Nacht ein besonders

angenehmes Geräusch verursachte. Tapsi litt leider sehr unter der Hitze. Er lag die ganze Nacht auf dem Bett des Kapitäns, keuchte, bekam keinen Atem, und es sah aus, als ob er jeden Moment sterben würde, obwohl wir ihm die ganze Nacht kalte Umschläge auf Kopf und Herz machten. Er hatte, seit wir an Bord gegangen waren, nicht mehr gefressen. (Wir übrigens auch nicht.) Die Amerikaner vertrösteten uns auf Barancapermeja, wo man alles kaufen könne. Irgendwie hatten sie recht. Man konnte zwar nicht alles kaufen, aber doch vieles, vor allem Konserven, und da wieder, was uns am besten schien, Sardinen in Öl und Tomaten. Kaum roch Tapsi die Sardinen, ging es ihm besser, er machte sich über sie her (wir übrigens auch) und fraß soviel, daß ihm übel wurde. (Uns übrigens auch.)
Baranquilla, 31. 12. 1938. Nach der Vorstellung wurde das Ensemble zu einem Silvesterball geladen. Große Gala, schöne Frauen, Tanz und Musik – plötzlich ist Cissy verschwunden. Ich frage Greta nach ihr, sie sagt, sie habe sie im Garten gesehen. Ich gehe in den Garten und finde Cissy allein und vor sich hinstarrend. Ich frage sie: »Was hast du?« Drauf sagt sie: »Mein Vater ist gestorben.« Ich wundere mich: »Wer hat dir das mitgeteilt?« Drauf sie: »Niemand, aber ich weiß es.« Sie sollte recht behalten. Ungefähr sechs Wochen später bekam sie die Bestätigung aus Wien. Ihre Schwester hatte es ihr geschrieben. Es war wieder eine jener Ahnungen, wie sie sie oft hat.

Wir waren wieder in Bogotá. Aus Europa kamen schlechte Nachrichten. Hatte Hitler im Oktober des vergangenen Jahres die Abtrennung der sudetendeutschen Gebiete von der Tschechoslowakei verlangt, um sie dem Deutschen Reich einzugliedern – ein Verlangen, dem der britische Premierminister Chamberlain, um den Frieden zu erhalten, mit dem Einverständnis von Großbritannien, Italien und Frankreich zugestimmt hatte –, so zerschlug er im März 1939 die Resttschechei, gründete das »Protektorat Böhmen und Mähren«, besetzte das Me-

melgebiet, verlangte Danzig und den Korridor nach Ostpreußen – ein Krieg schien unvermeidlich.
Die Eltern unserer beiden Engländerinnen Shona und Hilary sind besorgt, der Vater Hilarys kommt aus Australien, um sie nach Hause zu holen. Auch Shonas Eltern verlangen die Heimkehr ihrer Tochter nach Neuseeland. Nun erfahren wir auch, daß Frau Professor Bodenwieser schon seit längerer Zeit mit Hilarys Vater korrespondiert und daß dieser ihr und Lorber Visa nach Australien verschafft hatte. Das war das Ende. Das Ballett zerfiel. Poldi ging nach Wien zurück. Sie hatte Sehnsucht. Nicht nach Wien, nicht nach ihren Eltern, die im 4. Bezirk eine Delikatessenhandlung besaßen, sondern nach der Salami, die man dort bekam. Auch Polly Sylvan zog es nach Wien zurück. Hanni ging nach Panama, Magda Brunner blieb mit ihren Eltern in Bogotá, ebenso unsere Estin Hilja Luka, die eine Schule für künstlerischen Tanz eröffnete und viel Zulauf fand. Frau Professor Bodenwieser machte eine ähnliche Schule auf, allerdings in Sidney, und Lorber wurde, wie schon in Wien, ihr Pianist.
Übrigblieben Cissy, Greta, die 3 Meloparodisten, Strehn, Relly und ich. Cissy bekam einen Antrag von Radio Bogotá, nahm ihn aber nicht an, weil wir beisammenbleiben wollten. Strehn wollte mit mir ein Wiener Restaurant eröffnen, Relly würde kochen, er würde singen und ich Klavier spielen. Natürlich hätte er liebend gern auch Cissy dazugenommen, aber weder sie noch ich versprachen uns etwas von der Idee. Ich trennte mich von ihm. Das war nicht so leicht. Es gab Szenen zwischen ihm und mir, er machte mir Vorwürfe, wo er mich doch vor Hitler gerettet hatte, aber das stimmte gar nicht. Er hatte mir nur den Brief des Ministers gebracht. In Bogotá wollten sie die Femina, und er hatte mit der Femina nie zu tun gehabt. Greta und Murillo hatten sich auf der Tournee eine Malaria geholt, Murillo starb – es war plötzlich alles so traurig und unerfreulich geworden.
Auch die Nachrichten, die ich aus Wien bekam, waren alles

andere als ermutigend. Meine Schwester schrieb mir in verschlüsselter Form, daß immer mehr unserer Freunde in Hitlers Konzentrationslagern verschwanden. Ich machte mir Sorgen. Wie sollte ich ihr und den Eltern helfen? In der jetzigen Lage war es unmöglich.

In dieser Situation kamen der Sohn Gottschalks sowie ein Herr Ehrmann zu uns. Sie schlugen uns eine Tournee vor, die uns, von Venezuela ausgehend, durch ganz Südamerika bis Argentinien führen sollte, wo es Theater und Film, also mehr Möglichkeiten für uns gab. Die Verträge würden *sie* bringen, die Anfangsspesen müßten *wir* finanzieren. Gemeint waren Dekorationen, die Herbert selbst bemalte, Kostüme usw. Cissy, Greta, Herbert und ich hatten uns etwas erspart, wir wurden also die Geldgeber – die zwei restlichen Meloparodisten das Ensemble. Natürlich war unser Kapital zu klein, aber wozu hatten wir auf der Alcaldia die Rückreisen liegen? Die brauchten wir doch nur abzuholen. Dachten wir. Auf der Alcaldia dachten sie anders. Das Geld war für die Rückreise nach Wien bestimmt, wenn wir woandershin fahren, ist das keine Rückreise, also haben sie auch nichts zu bezahlen. Was jetzt? Cissy wußte einen Ausweg. Sie kannte einen hohen Politiker, Dr. Gaitán, aber den konnte sie nicht angehen. Er hatte zu Beginn unseres Gastspiels im Teatro Colon Gefallen an ihr gefunden und hatte sie eingeladen, am nächsten Tag mit ihm Bogotá zu besichtigen. Cissy fragte, ob sie jemand mitbringen dürfe – er hatte nichts dagegen. Wahrscheinlich hatte er erwartet, daß sie eines der Mädchen mitbringen würde, aber Cissy brachte *mich* mit. Gaitán, ein vollendeter Gentleman, ließ sich nichts anmerken, er führte uns herum, bat uns zum Essen und ließ sich nie wieder blicken. Cissy schwankte. Er wäre der einzige, der uns helfen könnte. Sie wandte sich an ihn, schilderte ihm unsere Lage, und wir bekamen das Geld. Gaitán fiel später, ich weiß nicht mehr, ob als Präsident des Landes oder als Premierminister, einem Attentat zum Opfer.

Wir nannten uns »Los ases de Viena«, und unsere Sechspersonenrevue hieß »Bogotá se rie!« (Bogotá lacht!). Der Titel änderte sich mit der Stadt, in der wir auftraten: »Medellin se rie!« »Barranquilla se rie!« »Zicapaquirá se rie!« usw. Tatsächlich gab es in Kolumbien eine Stadt, die »Zicapaquirá« hieß. Wie ich hörte, hat dort einmal die Erde gebebt. Ob die Stadt schon vorher so geheißen hat? Wir begannen im Teatro Municipal in Bogotá, der Erfolg war zufriedenstellend, die Tournee begann. Als erste größere Station wollten wir Caracas, die Hauptstadt von Venezuela, erreichen.

Auf dem Weg nach Cucutá, der kolumbianischen Grenzstadt, in der wir unsere Visa bekommen sollten, kamen wir in verschiedene Städte, in denen wir bereits mit dem »Ballet vienés« gewesen waren. Wir hatten Pech. Überall gab es etwas anderes. In der einen Stadt war eben der Bürgermeister gestorben, es durfte nicht gespielt werden, wir mußten den Leuten das Geld zurückgeben. In der nächsten trat grad vor Beginn der Vorstellung ein Kurzschluß ein, die ganze Stadt war finster, natürlich auch unser Theater, am finstersten aber war es in unserer Kasse, weil wir auch hier das Geld zurückgeben mußten. In der dritten Stadt hatten wir eben unsere Kostüme ausgepackt, als ein Tropenregen niederging, wie es ihn seit Jahren nicht gegeben hat. Im Nu waren alle Straßen überschwemmt, und die Leute gingen nicht aus den Häusern. Also auch hier – Geld zurück. Endlich kam Ehrmann mit den Verträgen für Venezuela. Sechs Städte, sechs Kinos, Auftrittszeit 20 Minuten, als Beiprogramm für den Film »La tia de Carlos« (Charleys Tante), der äußerst kurz war, so daß man ein Beiprogramm brauchte. Unser Abschied von Columbien erfolgte in Cali. Ich mochte Cali nicht wegen der Cucurones, einer Art Maikäfer, die, sobald die Dämmerung hereinbricht, in Schwärmen auftauchen. Zu Hunderttausenden, wenn nicht zu Millionen. Wenn man da nicht schnell in ein Haus flüchtet, wird man von ihnen zugedeckt. Für mich etwas besonders Schlimmes, weil ich einen Ekel vor Insekten habe. Und was das Allerschlimmste ist: die Cucurones fliegen gegen die Häuser, fallen zu Boden und können sich nicht mehr erheben. Wenn wir zur Vorstellung gingen, mußten wir auf einem dicken Teppich von Cucurones gehen, und das krachte, daß mir jedesmal übel wurde. Überhaupt die Tierchen hier. Die fliegenden Heuschrecken sind so groß wie eine große Banane, und ihre Lieblingsfarbe ist weiß. Gott schütze einen vor weißen Hemden!

Nur eines söhnte mich mit Cali aus: Wir lernten einen sehr netten, gemütlichen, dicklichen Czernowitzer kennen, der den Namen »Borgenicht« führte. Bei ihm konnte man nicht einmal sagen »nomen est omen«, weil er jedem Geld borgte, auch uns. Ohne ihn wären wir nie bis Caracas gekommen. Und von wegen dicklich. Müßte ich ihn für einen jener alten Sketche beschreiben, wie ich sie für den »Simpl« geschrieben habe, würde ich schreiben: »Borgenicht, der einzige Mensch, dem es möglich ist, von beiden Seiten zugleich vom Barhocker zu fallen.« Zum Abschied führte uns Borgenicht in ein Lokal, in dem man die besten Gansgrammeln von Europa bekommen sollte. Verwundert sahen wir, daß er uns in die Bordellgegend lotste, und bald landeten wir in einem jener Häuser, die im Duden mit »Dirnenhaus« bezeichnet waren. Es war ein gemütliches Dirnenhaus. Stammgäste bekamen dort auch zu essen, und Borgenicht ging nur wegen des Essens hin. Ein anderes Verlangen kannte er nicht.

An den Wänden saßen Mädchen, warteten auf Männer, tranken eine oder zwei Flaschen Sekt und gingen dann mit ihnen auf ihre Zimmer. Beim Weggehen nahm die Besitzerin Cissy zur Seite und machte ihr einen Antrag: »Wenn Sie bei mir bleiben«, flüsterte sie ihr zu, »können Sie Ihr Glück machen. Als blondes Mädchen würden Sie Zulauf haben, Sie bekämen Kost und Quartier, was die Herren bezahlen, können Sie auch behalten – für mich ist nur die Zeche wichtig, die Sie machen.« Cissy versprach ihr, es sich zu überlegen.

In Cucutá angekommen, gingen wir sofort auf das venezolanische Konsulat. Ich hatte ja meinen österreichischen Paß schon in Bogotá gegen einen reichsdeutschen eintauschen müssen, in den man mir ein dickes »J« eingestempelt hatte (J für »Jude«). Ich hatte auch einen zweiten Vornamen bekommen. Ich hieß hier nicht mehr bloß Hugo, ich hieß Hugo Israel. Frauen wurde der Name Sara beigegeben. Die Meloparodisten hatten ihr »J« bereits in Amsterdam in ihre Pässe bekommen. Den gelben Judenstern am Sakko oder am Mantel tragen zu müssen, blieb uns im Ausland erspart. Deutschland war, trotz seiner technischen Errungenschaften, ins Mittelalter zurückgefallen. Bis auf eines: Juden wurden nicht mehr am Scheiterhaufen verbrannt, sondern durch Gas umgebracht.
Der Konsul, anscheinend ein Hitler-Sympathisant, war nicht sehr charmant und meinte, daß er pro Tag nur *einen* Paß erledigen könne. (Alle sechs wären eine Arbeit von ein paar Stunden gewesen.) Was konnten wir tun? Hätten wir aufgemupft, hätte er uns die Visa wahrscheinlich überhaupt nicht gegeben.
Endlich waren die Pässe erledigt, unsere Einreise nach Venezuela hatte sich durch die absichtliche Saumseligkeit des Konsuls um eine Woche verzögert, Gottschalk und Ehrmann mieteten zwar einen Kleinbus, in dem auch unsere Koffer mit den Kostümen Platz fanden, aber als wir unsere erste Station, San Antonio, erreichten, kamen wir um eine Woche zu spät. Der kurze Film, zu dem man uns als Beiprogramm engagiert hatte, war abgesetzt, und es lief einer der längsten Filme der amerikanischen Filmgeschichte: Robin Hood. Wir mußten acht Tage warten, bis auch Robin Hood abgesetzt worden war, und durften dann vier Tage spielen. Länger lief der Film nicht. Als wir in die zweite Station kamen, lief auch dort wieder Robin Hood. Robin Hood verfolgte uns. Er, der den Reichen das Geld nahm, um es den Armen zu geben, machte es bei uns umgekehrt. Er nahm uns Armen das Geld und gab es den Reichen. Den Kinobesitzern. Ich weiß nicht mehr, wie der Ort hieß, in dem

wir waren, ich weiß nur, daß wir diesmal *zehn* Tage warten mußten, bis wir drei Tage spielen durften. Das riß ein mächtiges Loch in unsere Kasse. Dazu kam, daß wir auf dem venezolanischen Konsulat in Cucutá fünfhundert Bolivars pro Person hinterlegen mußten, die wir bei der Ausreise wieder bekommen sollten. Gottschalk und Ehrmann, die eigentlich für die Kosten hätten aufkommen müssen, waren eines Tages verschwunden, und nun waren wir ganz verlassen. Wohin wir auch kamen – Robin Hood war *vor* uns da. Es hatte keinen Zweck, überall zu warten, bis er abgespielt war, wir brachen die Verträge, ließen die Städte liegen und wandten uns den kleinen Orten zu. Nicht überall gab es ein Kino. Wir spielten in Hallen, wir spielten in Wirtshäusern, wir spielten, wo man uns spielen ließ. Statt in Hotels zu logieren, schliefen wir in Gasthöfen; das Essen war kaum zu genießen, die Betten waren voller Ungeziefer, und manche Nacht verbrachten wir angezogen auf den Stühlen sitzend, weil wir uns einfach nicht hinlegen konnten. Und überall die zwar nicht gefährlichen, aber ekelerregenden Cucurachas. Sie gleichen unseren Küchenschaben, sind aber größer, haben sechs Beine (oder gar acht? Ich habe mich immer bemüht, nicht hinschauen zu müssen) und abscheuliche lange Fühler, die sie ständig hin- und herbewegen. Zu finden sind die Cucurachas in den warmen Zonen überall. Auf den Straßen, in den Höfen, in den Häusern, in den Wohnungen, in den Betten, und, wenn man Pech hat, auch im Essen.
Wir hatten mit den tropischen Tieren unsere Erlebnisse. Eines Abends lag ich bereits im Bett, als Cissy mit weit aufgerissenen Augen auf mich starrte und vor Schrecken kein Wort hervorbrachte. Endlich rief sie: »Ayuda! Ayuda!«, was soviel wie »Hilfe! Hilfe!« bedeutete. Der Wirt, bei dem wir wohnten, kam hereingestürzt, erschrak ebenfalls, als er mich sah, sagte: »No se mueve!« (»Bewegen Sie sich nicht!«), und lief wieder hinaus. Was war los? Ich hatte keine Ahnung. Als er mit einer Holzlatte zurückkam, erfuhr ich endlich, was sich abspielte. Auf der hinteren Bettlehne, direkt über meinem Kopf, saß eine Vogel-

spinne, deren Leib so groß war wie ein Handteller und deren behaarte Beine so lang waren wie der Mittelfinger eines Mannes. Der Wirt wollte das Tier mit der Latte von der Bettlehne auf den Boden streifen, wodurch er es aufschreckte. Die Spinne rannte über meinen Körper, ich durfte mich nicht bewegen, endlich hatte der Wirt sie, wo er sie haben wollte, und nun folgte etwas ganz Widerwärtiges. Der Mann sprang mit seinem ganzen Gewicht auf die Spinne und zerquetschte sie. So schrecklich es anzuschauen war, so ein Glück war es für mich. Ein Biß, und ich hätte tot sein können.
Ein anderes Mal hatten wir einen Skorpion im Zimmer. Harmlos im Vergleich zur Vogelspinne, kann er für den Menschen doch gefährlich werden. Er hat an seinem Hinterleib einen Giftstachel, und ein Stich von ihm bedeutet zumindest eine Lähmung von ein paar Stunden. Der Skorpion ist ein Selbstmörder. Wenn er in Gefahr gerät, richtet er den Stachel nach vorn und vergiftet sich selbst. Emilio Murillo, der Komponist, der uns durch Kolumbien begleitet hatte, war ein ausgesprochen geschickter Skorpionjäger. Sobald er einen Skorpion sah, drückte er ihn mit dem Zeigefinger an einer bestimmten Stelle nieder, der Skorpion richtete den Stachel über Murillos Finger nach vorn und tötete sich.
Wir riefen um Hilfe, als wir den Skorpion in unserem Zimmer sahen. Ein Mann kam herein und erschlug ihn, was nicht so schrecklich war wie das Springen auf die Spinne. Man erzählte uns, daß Skorpione immer paarweise auftreten. Da man uns sagte, daß der Skorpion in unserem Zimmer ein Männchen gewesen war, warteten wir die ganze Nacht auf das Weibchen, aber es kam nicht. Vielleicht hatte es einen anderen gefunden und der Skorpion hat sich deshalb umgebracht.
Schließlich kamen wir nach Merida, einer hübschen Universitätsstadt. Wir stiegen in einer kleinen Pension ab, wo alles in Ordnung war, außer daß wir uns diese Bleibe nicht leisten konnten. Cissy wollte so schnell wie möglich nach Caracas. Das Leben, das wir die letzten Monate führten, wollte sie nicht

mehr mitmachen. »In Caracas«, sagte sie, »werden wir uns schon durchschlagen. Wenn auch nicht in unserem Beruf.«
»Sehr richtig«, pflichtete ich ihr bei, wenn ich auch nicht davon überzeugt war.
Wir sprachen mit dem Besitzer der Pension über unsere prekäre Lage. Zum Glück war er einsichtig und gab uns sogar ein paar gute Ratschläge. Vor allem sollten wir den Bus, der uns nur Geld kostete, nach Hause schicken. Er hatte recht. In den kleinen Orten spielten wir oft nur für den Bus. »Wegen der Rechnung«, sagte er, »machen Sie sich keine Sorgen. Die bezahlen Sie, wann Sie es können. Die Koffer mit den Kostümen lassen Sie bei mir. Sobald Sie eine fixe Adresse haben, schicke ich sie Ihnen per Post.« Vasquez, so hieß er, war ein Schatz.
Wir dankten ihm und fuhren am nächsten Morgen mit dem Linienbus nach Caracas. Es war kein Vergnügen. Eingepfercht zwischen barfüßigen, schwatzenden und schmatzenden Indios, die aus stinkenden Pfeifen noch stinkenderen Tabak rauchten, saßen wir ein paar Stunden in dem wackligen Bus. Die Leute brachten ihre Hühner auf den Markt. Sie hatten die armen Tiere, die vor Angst mit den Flügeln herumschlugen, zu Bündeln mit den Füßen aneinandergebunden und, mit den Köpfen nach unten, aufgehängt. Endlich waren wir angelangt.
Cissy und ich quartierten uns in einem kleinen Hotel ein. Die erste Woche konnten wir bezahlen, die zweite nicht, in der dritten wurde uns nicht mehr serviert. Man kündigte uns das Zimmer – die Koffer mit unseren Privatsachen behielt man zurück.
Caracas, damals noch eine Stadt mit 300 000 Einwohnern, machte einen freundlichen Eindruck, soweit der Eindruck einer Stadt für zwei junge Menschen, die ohne einen Centavo und ohne jede Aussicht auf Arbeit und Verdienst auf der Straße stehen, schon freundlich sein kann.
Später, als wir Venezuela und die Venezolaner erst richtig kennenlernten, begannen wir uns nach und nach wohl zu fühlen. Das Leben, das man hier führte, war leichter als das in

Europa. Vor allem mußte man die Bedeutung des Wortes »mañana« kennenlernen. »Mañana« heißt »morgen«, aber es bedeutet nicht morgen. Wenn der Venezolaner »mañana« sagt, so meint er frühestens übermorgen oder noch später. So hält er es auch mit den Wochentagen. Sagen wir Mittwoch, so meinen wir Mittwoch. Sagt der Venezolaner Mittwoch, so meint er um Mittwoch herum. Regnet es morgens, denkt kein Venezolaner daran, ins Büro zu gehen. Er wartet, bis es zu regnen aufgehört hat. In Caracas haben die Straßen keine Namen. Fast an jeder Ecke gibt es ein »Botequin«, eine Kneipe, in der die Männer ihren Rum trinken. Frauen werden nicht geduldet. Heißt nun das Botequin an der einen Ecke z. B. »Torre« und an der nächsten Ecke »Ferrenquin«, so heißt der betreffende Straßenteil »Torre a Ferrenquin«. Begegnet man Männern, die sich ein rundes Loch in das Oberteil ihrer Schuhe geschnitten haben, braucht man sich nicht zu wundern. Es sind die Stellen, an denen sie schmerzende Hühneraugen haben. So können die Schuhe sie nicht drücken.

Was uns am meisten auffiel, waren die niedrigen Häuser. Bald erfuhren wir, weshalb man sie so niedrig gebaut hatte. Zu Beginn des Jahrhunderts hatte es ein großes Erdbeben gegeben, bei dem alle höheren Gebäude eingestürzt waren.

Auch daß die Fenster der im Parterre gelegenen Wohnungen fast alle vergittert waren, hatte seinen Grund: die jungen, fast durchwegs schönen venezolanischen Mädchen wurden von ihren Eltern sehr streng gehalten und durften mit ihren Verehrern, soweit diese nicht schon im Hause verkehrten, nur durch das Gitter flirten. Und was noch schlimmer war: wenn ein junger Mann seine Angebetete ins Kino führen wollte, durften die beiden nicht allein gehen. Da mußte er die ganze Familie mitnehmen.

Auch die Schaufenster der Geschäfte waren beachtlich. So sahen wir einmal in der Auslage einer Spielwarenhandlung – es war in der Vorweihnachtszeit – eine richtige Christfestidylle: In der Krippe des Stalls zu Betlehem lag das Jesuskind, betreut von Maria und Josef, links knieten die Hirten, rechts standen die Heiligen Drei Könige, und über dem Ganzen kreiste ein Flugzeug.

Der Mittelpunkt allen Lebens schien uns die Plaza Bolivar zu sein. Sie bestand aus einem großen Platz mit dem Denkmal des Freiheitshelden Simon Bolivar, aus Häusern, die ringsherum angeordnet waren und einem Café, dem Café Bolivar, einem der wenigen Kaffeehäuser in der ganzen Stadt. Bald schien es uns, als würde hier jeder jeden kennen und sich, wenn er ihn ein paar Tage nicht auf der Plaza Bolivar sah, erkundigen, ob er krank sei.

In den Fenstern mancher Parterrewohnung konnte man Zettel lesen: »Se pone injecciones«, das hieß, daß dort ein Student wohnte, der Injektionen gab. Auch in den Apotheken konnte man sich Injektionen geben lassen – alles ohne Arzt.

Das Schönste an Venezuela, für uns damals uninteressant: Es gab keine Steuer. Erst zehn Jahre später, als wir das Land verließen, war die Einkommensteuer eingeführt worden. Sie betrug vier Prozent.

Dreimal in der Woche gab es auf der Plaza Bolivar Platzkonzert. Man promenierte, machte Bekanntschaften und konnte so manches hören. So vernahm man auch von dem Schicksal der österreichischen Emigranten, die mit dem Dampfer »Königstein« gekommen waren. Sie hatten in Deutschland für teures Geld Visa für die Einreise nach Barbados gekauft. Während sie auf der Überfahrt waren, änderten die Briten ihre Einwanderungsgesetze, und als die Vertriebenen vor Barbados ankamen, durften sie nicht an Land gehen. Der Kapitän fuhr mit ihnen von Hafen zu Hafen – es war überall dasselbe: Landung verboten. Eine Rückkehr nach Deutschland hätte für die Unglücklichen den sicheren Tod bedeutet. Sie traten in den Hungerstreik. Als auch dieser nichts nützte, einigte man sich auf einen letzten Versuch: Kuba. Sollte man sie auch dort nicht aufnehmen, würden sie sich gemeinsam ins Meer stürzen. Die Presse brachte die Nachricht, und als das Schiff einlief, standen bereits

Hunderte Menschen am Ufer – nicht um zu helfen, sondern um zuzuschauen, wie die Flüchtlinge ihr Vorhaben ausführten.
In Caracas verhandelte inzwischen ein venezolanischer Anwalt namens Felipe mit der Regierung. Er besaß eine große Hacienda – Mampote – dort würde er die Bedauernswerten aufnehmen, falls die Regierung die Einwanderung erlaubte. Präsident Roosevelt unterstützte diese Bitte – die Flüchtlinge durften landen.
Wohlhabende Venezolaner kamen nach Mampote, um den Leuten zu helfen. Der eine engagierte einen bekannten Graphiker als Butler und seine Frau als Köchin, ein Musiker wurde Chauffeur, ein Fabrikant Portier – bald waren alle untergebracht. Bereuen mußte der Staat nichts. Die Emigranten brachten neue Ideen, neue Produkte und waren in Kürze ein wichtiger Faktor für die venezolanische Wirtschaft. Aber auch die Einwanderer mußten Venezuela dankbar sein. Sie kamen fast alle zu Geld, und nur wenige kehrten in die alte Heimat zurück.
Was ich oben geschildert habe, war das Caracas von 1939. Heute ist Caracas eine Weltstadt mit einigen Millionen Einwohnern, mit Autobahnen und Wolkenkratzern, eine Stadt, die bei Tag voller Hektik ist und in der man sich am Abend nicht aus dem Haus wagt, weil man Gefahr läuft, überfallen zu werden. Aber bleiben wir bei 1939.
Noch wußten wir nicht, wovon wir leben sollten. Cissy verkaufte ihre Armbanduhr, ich trennte mich von meinem Siegelring und als letztes von meiner kleinen Reiseschreibmaschine, die ich von Wien bis hierher gebracht hatte. Ich werde ja doch nicht mehr schreiben. So brachten wir uns recht und schlecht durch, mehr schlecht als recht.
Eines Abends, beim Platzkonzert, trat ein Mann auf uns zu und stellte sich als Hans Binder vor. Er war ein deutscher Etuimacher und schon seit zwanzig Jahren in Caracas. Er hatte von unserer mißlichen Lage gehört und wollte uns helfen. Schon am nächsten Tag machte er uns mit einem Herrn Knoll bekannt, einem Wiener, Elektrowaren en gros und en détail, seit fünf-

zehn Jahren in Caracas ansässig. Er löste uns im Hotel aus und nahm uns ein Zimmer, für das er die Miete garantierte. Auch gab er uns ein Taschengeld für die nächsten Wochen. Das Zimmer, das wir nun hatten, ist schnell beschrieben, weil nichts drinnen stand außer zwei Holzpritschen, die total verwanzt waren. Unsere »Schränke« bestanden aus einigen in den Wänden steckenden Haken, auf denen Cissys Kleider und meine Anzüge hingen.

In dieser Zeit lernte ich Cissy bewundern. Sie machte sich sofort ans Wanzenputzen, sie wusch und bügelte die Wäsche, sie rieb den Boden auf, sie kochte auf einem Spirituskocher – und ich, unbeholfen wie ich war, konnte ihr nicht helfen. Ich konnte mich nur schämen, und das tat ich. Aber damit war ihr nicht geholfen.

Hans brachte uns zu einem andern Deutschen, Adolf Weißhaar, seit siebzehn Jahren in Caracas und Angestellter der Regierung, und der wieder brachte uns zu einem Herrn Seebach, der ebenfalls schon lange in Caracas war und einen bedeutenden Posten in der Wirtschaft innehatte. Der schickte Cissy zu einem italienischen Importeur namens Ulivi, und der nahm sie auf, obwohl er bereits genug Angestellte hatte. Er vergewisserte sich nur, ob Cissy stenographieren könne, was sie bejahte. Sie hatte es gelernt, aber in Deutsch. Nun machte sie sich eine eigene Stenographie in Spanisch zurecht, wobei das Schwierige für sie war, ihr Stenogramm zu entziffern. Trotzdem war Ulivi sehr zufrieden mit ihr. Und ich hatte noch immer keine Beschäftigung.

Um diese Zeit kam Herbert zu uns. Die drei Meloparodisten wohnten mit Greta in einer Pension, Pension Beckermann, und als Beckermanns Tochter heiratete, versprachen die drei zu singen, und wenn auch Cissy singen und ich Klavier spielen würde, könnten wir essen und trinken, soviel wir wollten. So weit war es mit uns gekommen. Vom Volksopernautor zu Beckermann, statt Tantiemen Essen und Trinken. Und Cissy, die in Wien auf der Bühne stehen könnte, hatte ich mitgezogen.

Während des Festes sagte Beckermann zu mir: »Das Klavier ist ausgeborgt. Sie sind musikalisch, tragen Sie es morgen zurück.« Er hielt das für einen guten Witz und schüttelte sich aus vor Lachen, aber ich sagte »Gerne!«, bekam zehn Bolivar, nahm einen Mann mit einem Handwagen, wir luden das Klavier auf und fuhren es zu seinem Besitzer, einem Herrn Kiermayer, einem Czernowitzer. Er war nicht zu Hause, seine Frau gab mir einen Likör und fragte mich, wie ich dazukomme, ihr Klavier zurückzubringen. »Sie sehen nicht aus wie ein Möbelpacker«, setzte sie hinzu. Ich erzählte ihr meine Geschichte. »Das trifft sich gut«, fand sie. »Ich habe einen achtjährigen Sohn. Ich möchte schon lange, daß er Klavier spielen lernt. Wollen Sie ihn unterrichten?« *Ob* ich wollte. Am nächsten Tag sollte er die erste Klavierstunde haben. Ich mußte die ganze Nacht umlernen, weil nicht nur die Noten, sondern fast alle musikalischen Begriffe auf Spanisch anders heißen als auf Deutsch, aber es ging. Kurti, so hieß mein erster Schüler, war der schlimmste Bub, den ich je kennengelernt habe. (Wer eines oder alle meine Bücher gelesen hat, wird sich vielleicht an meinen Neffen Ladi erinnern. Obwohl ich damals nicht daran dachte, jemals ein Buch zu schreiben, ist Kurti Ladis Urbild.) Einmal, während der Stunde, sagte er: »Ich muß hinaus.« Ich ließ ihn natürlich gehen – er kam nicht mehr zurück. Ein anderes Mal hörte er plötzlich zu spielen auf und sagte ganz unvermittelt: »Mein Papa ist nicht schön, aber er ist ein guter Mensch.« Er dürfte das von seiner Mutter gehört haben. Kiermayer war wirklich nicht schön, aber ein guter Mensch. Ich hatte acht Bolivar pro Klavierstunde verlangt – er gab mir zehn. Und nicht nur das. Er sollte mir einmal einen lebenswichtigen Dienst erweisen. Von Beruf war er Elektriker. Er hatte ein großes Elektrounternehmen, richtete ganze Siedlungen ein, und auch damit half er mir, als alles andere zu versagen drohte. Kurti war auch nicht schön, aber er war auch kein guter Mensch, zumindest vorläufig nicht. Er war weder talentiert noch hatte er Lust, Klavier spielen zu lernen, aber ich konnte

ihn nicht aufgeben, weil wir das Geld brauchten. Jetzt hatten wir soviel, daß wir die Miete bezahlen und uns ein ausgiebigeres Frühstück leisten konnten. Wir aßen dann den ganzen Tag nichts und gingen am Abend »zufällig« am Café Bolivar vorbei, wo immer jemand saß, der uns auf eine Eierspeise oder auf ein Paar Würstel einlud.
Eines Abends war es ein Herr Wiener, der seinen Namensvetter kennenlernen wollte. Sein Vorname war Leo, er lebte schon lange in Caracas und war Geschäftsführer des Nachtlokals »Trocadero«, von dem wir schon gehört hatten. Sowohl das »Trocadero« wie auch das Nobelrestaurant »Longchamps« gehörten einem Franzosen, M. Deloffre, einem von der Teufelsinsel entsprungenen Sträfling. Ich weiß nicht, ob es ein geschriebenes oder ein ungeschriebenes Gesetz war – wenn es einem solchen Ausbrecher gelang, sich trotz aller Gefahren des Urwalds und des Meeres, verfolgt von bewaffneten Wächtern mit Hunden, bedroht von Tropenregen und Sümpfen, bis Venezuela durchzuschlagen, wurde er von den Venezolanern aufgenommen. Deloffre, so sagte man, habe in Frankreich seine Frau und deren Liebhaber erschlagen und eingemauert, und erst die Fliegen, die sich an der Mauer, hinter der sich die beiden Leichen befanden, immer wieder ansammelten, hatten ihn verraten.
In Caracas war Deloffre zu Geld gekommen. Nun besaß er die beiden Lokale, das dezente Restaurant »Longchamps« mit der besten französischen Küche und das weniger dezente »Trocadero« mit den hübschesten Mädchen. Beide Lokale waren durch einen dicken Vorhang voneinander getrennt, aber durch beide zog sich eine einzige Bar. Ins Longchamps ging man mit Damen, ins Trocadero nicht. Waren diese Damen die eigenen Frauen, hatten die Männer einen Trick. Sie sagten sie hätten etwas Geschäftliches zu besprechen, gingen an die Bar, verschwanden durch den Vorhang ins Trocadero und waren bei den Mädchen. Und die Frauen sahen es nicht oder wollten es nicht sehen.

Leo Wiener lud uns ins Trocadero ein, und dort traten seine wahren Absichten zu Tage. Er hatte von unserer Misere gehört, spielte den guten Menschen und bot Cissy ein Engagement an. Sie habe nichts weiter zu tun, als den Gästen Gesellschaft zu leisten, dafür bekäme sie 600 Bolivar pro Monat. Das wäre für uns ein Vermögen gewesen. Trotzdem lehnte Cissy ab.
Übrigens gab es in Caracas noch einen Sträfling, dem die Flucht von der Teufelsinsel geglückt war. Er war ebenfalls Franzose, von Beruf Arzt, und hatte in Frankreich einen Geldbriefträger umgebracht. In Caracas übte er wieder seinen Beruf aus und hatte eine gutgehende Praxis. Viele unserer Freunde waren seine Patienten.
Am Nachmittag trafen wir Hans. »Da sind Sie ja«, sagte er. »Ich habe Sie gesucht. Kennen Sie das Restaurant Astoria?«
»Von außen«, scherzte ich.
»Warum?« fragte Cissy.
»Es gehört einem Freund von mir. Hermann Sittel. Er ist auch Deutscher. Er sagt, er kann es nicht sehen, daß zwei Wiener so herumlaufen. Er lädt Sie ein, heute abend zu ihm zu kommen.«
»Ein Nazi?« wunderte ich mich. Ich hatte es gehört.
Hans lachte. »Der Hermann ist doch kein Nazi. Der war zehn Jahre nicht zu Hause. Der hat keine Ahnung, wie es dort ist. Was dem imponiert, ist bloß der Begriff ›Großdeutschland‹.«
»Weiß er, daß ich –?«
»Er weiß alles.«
Also gingen wir hin.
Das »Astoria« glich einem typisch deutschen Restaurant. Es hätte genauso gut in Hamburg, Köln oder in München stehen können. Sittel begrüßte uns. Er war jung und blond und sah aus, wie man sich in Hollywood einen Deutschen vorgestellt hatte. Vor Hitler. Dann sah man sie anders. Er bot uns einen Tisch an, setzte sich zu uns und erzählte uns seine Geschichte. Er war Schiffskoch gewesen, hatte auf einem Landausflug Caracas besucht und sofort beschlossen, sich hier niederzulassen. Und nun machte er uns den Vorschlag, bei ihm zu essen.

Wegen der Bezahlung brauchten wir uns keine Sorgen zu machen, das hätte Zeit, bis ich einen fixen Posten hätte. Was wir schuldig sind, würde er immer hinter die Tür an die Wand schreiben. Wir waren ihm natürlich sehr dankbar und vereinbarten, einmal am Tag zu kommen und zu zweit ein Menü zu essen. Er war einverstanden und lud uns sofort zum Abendessen ein. Ich muß gestehen, daß ich schon lange nicht so gut gespeist habe, auch nicht in Kolumbien, als wir noch Geld hatten. Man hat eben doch einen europäischen Gaumen.
Am nächsten Tag zu Mittag servierte er uns nicht nur *ein* Menü, wie es ausgemacht war, sondern zwei, aber wir sagten nichts mehr. Wir hofften ja, unser Essen bald bezahlen zu können. Vorläufig ließen wir anschreiben: hinter der Tür an die Wand. Es aßen viele Deutsche in dem Lokal, auch manche Nazis, aber sie kümmerten sich nicht um uns, und wir kümmerten uns nicht um sie.
Ein voller Magen läßt das Leben nicht nur anders erscheinen, es *ist* anders. Man ist optimistischer, man hat keine Depressionen, man nützt seine Chance. Chance ist die Ecke, an der Pech und Glück aneinanderstoßen, und um diese Ecke ging ich. Ich traf einen Bekannten aus Wien, der seit Jahren in Caracas lebte. Er hieß Hegedüs und war mit mir in dieselbe Schule gegangen, wenn auch nicht in dieselbe Klasse. Er gab Englisch- und Spanischunterricht, dolmetschte bei Gericht, übersetzte Dokumente etc. Er kannte Maestro Brand, den Kapellmeister vom Radio Continente, welches der Chesterfield gehörte, und schickte mich zu ihm. Brand hatte in Brüssel Musik studiert und liebte die Europäer. Leider hatte er schon einen Pianisten, einen Wiener, aber er engagierte mich als Harmoniumspieler. Orchestermusiker werden wissen, daß es nur in den wenigsten Arrangements eine Harmoniumstimme gibt. Da legte man mir irgendein Notenblatt hin, und ich tat, als ob ich spielen würde, falls jemand von der Direktion vorbeikommt. Dafür mußte ich alle Solisten am Klavier begleiten, und da sind die Venezolaner eigen. Wenn sie etwas im Hals kratzt, sagen sie einfach »einen

Ton tiefer« oder »eine Terz tiefer«, was ja bei Schlagern kein Problem ist. Aber als mir einmal eine Sängerin, die sowieso keine war, ein Richard Strauß-Lied gab und sagte: »Zwei Töne tiefer«, da spielte ich es so, wie es in den Noten stand, und sie hat es nicht einmal bemerkt.
Meine Orchesterkollegen behandelten mich durchwegs nett. Da war der bereits erwähnte Wiener Pianist Fritz Meller, da waren zwei Italiener, der Rest waren Venezolaner. Als ich einmal mit Meller über meine Wiener Vergangenheit sprach und er den andern erzählte, daß ich Franz Lehár kenne, da sahen sie ihn mitleidig an, weil er das glaubte. Für sie war Lehár längst tot. Wie Mozart oder Kaiser Franz Joseph.
So kam der erste Gagentag heran. Ich hatte mich nicht einmal zu fragen getraut, wieviel ich bekommen würde, aber ich war überzeugt, daß ich weniger erhalten würde als die andern. Ich hatte mich getäuscht. Ich bekam genauso viel, und das war nicht einmal schlecht. Ich holte Cissy vom Büro ab, um es ihr gleich zu erzählen, und sie war ebenso glücklich wie ich. Wir gingen zu Sittel, ich wollte sofort meine Schulden bezahlen, aber ich hatte kein Glück. Er schlug die Tür zurück und sagte: »Zu dumm! Jetzt war der Anstreicher da und hat drübergestrichen.« Wir blieben mit Sittel ein Leben lang befreundet. Einmal, wir hatten ihn seit Caracas nicht mehr gesehen, als wir bereits wieder in Wien waren und im »Simpl« auftraten, saß er plötzlich in der ersten Reihe und lachte uns an. Er hatte viel Geld gemacht. Er hatte, als Caracas bereits zu wachsen begann, einen Beer-garden eröffnet, ein zweites Restaurant eröffnet, hatte im Innern Venezuelas ein Hotel gebaut, hatte in Spanien ein paar Häuser gebaut – heute arbeitet er nicht mehr. Er macht nur noch Reisen, und wenn ihn sein Weg nach Wien führt, besucht er uns.
Es war, als ob sich das Glück, wie man sagt, an meine Fersen geheftet hätte. Am nächsten Tag fand ich zwei neue Schüler, dann wieder einen und wieder einen, dann eine Schülerin, der gleich ein paar Freundinnen folgten, und bald waren es zwanzig

junge Leute, denen ich beibringen sollte, wie man ein Rubinstein wird.
Unsere Wanzenburg hatten wir natürlich längst aufgegeben. Cissy fand ein großes, schön möbliertes Zimmer bei einem deutschen Ehepaar, dem Schuldirektor Necker. Wir übersiedelten noch am selben Tag, unsere Einrichtung ließen wir zurück. Dabei hatten wir die beiden Pritschen um eine »Sitzgarnitur« bereichert. Eine Kiste, auf die Cissy einen Schal von mir gebreitet hatte und die uns als Tisch diente und zwei mit gestrickten Deckchen bedeckte Fässer, die unsere Stühle waren. Wir konnten keine großen Sprünge machen, aber wir brachten uns durch. Und immer wieder gab es Aufregungen.
Eines Morgens bekomme ich einen Brief von Gyimes aus New York. Er fährt nach Argentinien, sein Schiff hat in La Guaira, dem venezolanischen Hafen, einige Stunden Aufenthalt, er möchte mich sehen. Ich fahre von Caracas mit dem Bus hinunter nach La Guaira – Kurven, Kurven, Kurven – und erfahre, daß das Schiff nicht in den Hafen einfährt, sondern draußen am Meer liegt. Ich nehme einen Mann mit einem Boot, lasse mich hinausrudern, darf aber nicht auf das Schiff. Gyimes steht oben an der Reeling, ich unten in dem schlenkernden Boot – nach einer Stunde bin ich seekrank. Ich kehre in den Hafen zurück und werde verhaftet. Warum? Mein Visum galt für eine einmalige Einreise, ich habe dadurch, daß ich auf einem ausländischen Schiff war, den venezolanischen Boden verlassen und brauche eine neue Einreisebewilligung. Meine Lage ist verzweifelt. Wenn man mich auch als Flüchtling nicht nach Deutschland abschieben kann, so kann man mich doch einsperren, bis die Lage geklärt ist. Eine neue Einreisebewilligung zu bekommen, ist unmöglich. Im Radio ist Probe. Wenn ich nicht komme, kann man mich entlassen, und ich habe wieder keine Arbeit. Man erlaubt mir nicht zu telephonieren, Cissy kann ich auch nicht verständigen. Ich höre bereits, wie der Kommandant den Befehl zum Abführen gibt, da, im letzten Moment, kommt der Mann, der mich in seinem Boot hinausgefahren hat. Er kann

bezeugen, daß ich nicht auf dem Schiff war. Ich bin noch einmal davongekommen. Schutzengel.
Aus Europa kommen schlimme Nachrichten. Am 1. September überfällt Hitler Polen. Der Zweite Weltkrieg beginnt. Blitzartig besiegt die Deutsche Wehrmacht ein Land nach dem anderen. 1940 wird Frankreich zum Waffenstillstand gezwungen. Die Deutschen ziehen in Paris ein. Ich bin verzweifelt. Cissy bleibt ruhig. »Er gewinnt den Krieg nicht«, sagt sie. Sie sollte wieder recht behalten, wenn es auch noch nicht so weit ist.
Deutschlands Luftflotte zerstört englische Städte. Wir sehen es in der Wochenschau. Coventry ist ein Trümmerhaufen. Es sieht ebenso aus, wie später Hamburg und Dresden aussehen werden, nachdem sie von den Alliierten bombardiert worden waren. Die ganze Welt ist wahnsinnig. Wie wird es Wien ergehen? Wie meinen Eltern? Meine Schwester schreibt: »Bitte, bitte, vergiß nicht auf uns. Wir wollen nicht zu Irma.« (Irma hieß ihre Freundin, die gleich mit einem der ersten Transporte nach Polen verschickt wurde.) »Sie schreibt«, setzt sie fort, »daß das Klima dort furchtbar ist. Wir würden es bestimmt nicht aushalten.« Mein Gott, was soll ich nur tun? »Wir wollen nicht zu Irma«, heißt in unserer Sprache, daß sie vor der Verschickung nach Polen stehen. Und angenommen, ich hätte die Visa, wer würde die Reise bezahlen? Wo würden sie wohnen? Wovon würden sie leben? Aber daran dachten Cissy und ich nicht. Die Hauptsache wären die Visa. Und es wird immer aussichtsloser. Der Krieg weitet sich aus. Wann wird er zu uns kommen? Der Tod braucht kein Visum.
Deutschland, Italien und Japan schließen einen Dreimächtepakt. Durch den Eintritt Italiens in den Krieg bekommt Ulivi keine Ware mehr aus Italien. Er muß sein Personal abbauen. Cissy, die als letzte angestellt worden war, verliert ihren Posten. Es gibt neue Sorgen, aber auch neue Hilfe.
Cissy ist mit ihrer Freundin Mimi, einer Wienerin, mit der sie in Holland engagiert gewesen war, in Korrespondenz. Sie erinnert sich an einen Brief, den Mimi ihr geschrieben hat. Hoffent-

lich hat sie ihn noch. Mimi gibt ihr darin Adresse und Telefonnummer eines guten Freundes bekannt. Er heißt Rudolf Beer, ist Wiener, und ist mit seiner ganzen Familie nach Caracas geflüchtet. An ihn soll sie sich wenden, wenn sie in Schwierigkeiten ist. Der Brief ist da. Cissy ruft an, wir werden für denselben Abend eingeladen.

Die Beers sind, wie wir erst jetzt erfahren, keine gewöhnlichen Beers – sie waren vor dem Anschluß die Besitzer der in Wien sehr bekannten Likör- und Schokoladenfabrik »Casali«. Ein Verwandter, der seit vielen Jahren in Caracas lebt, hat seine Verbindungen genützt und ihnen geholfen, herüberzukommen. Es ist eine Großfamilie, wie man sie heute nur noch im Fernsehen sieht – eine Familie mit allen ihren ups and downs. Der Anfang war nicht leicht. Da fällt es einer der Frauen des Beer-Clans ein, eine große Wiener Torte zu backen und sie, zum Dank für die Errettung, an den Präsidenten des Landes zu schicken. In den nächsten Tagen kommen einige hohe Offiziere – alle wollen solche Torten haben. Das ist der Grundstock für ein Geschäft, eine Konditorei, die sie »Pasteleria vienesa« nennen. Aus dem einen Geschäft werden zwei, drei, vier – eine ganze Kette. Bald bekommt man dort auch das gute Wiener Schwarzbrot, Semmeln, Kipfeln, Marmeladen usw. Die Pasteleria vienesa wird zum Begriff. Es folgt eine Schokoladenfabrik »Savoy«, und auch mit dieser haben sie Glück. Das waren die »ups«, aber auch die »downs« verschonen sie nicht. Es gibt Krankheiten, Todesfälle, Scheidungen. Zwei der Kinder, zwei Jungen, beide studierten an der Universität in Merida, stürzen mit zwei verschiedenen Flugzeugen ab. Beide sind tot.

Aber noch ist es nicht so weit. Noch haben die Beers *ein* Geschäft und tragen sich mit dem Gedanken, ein zweites zu eröffnen. Dort würden sie Cissy als Verkäuferin engagieren. Wir haben wieder eine Hoffnung.

Mit Greta, Herbert und seinen Kollegen Gotthelf und Spiegel treffen wir uns nur noch beim Mittagessen im Astoria. Greta hat einen Posten, und zwar in einem Hutsalon, der einer Öster-

reicherin namens Österreicher gehört. Greta sieht schick aus, sie hat, wie man bei uns sagt, ein ausgesprochenes Hutgesicht, und wenn sie einer Dame einen Hut vorführt, ist dieser auch schon gekauft. Und sie hat noch etwas: eine Idee. Sie geht mit einigen Hüten in Privathäuser, von denen sie weiß, daß sie von modebewußten Damen bewohnt werden und fragt diese, ob sie sich nicht für moderne Hüte interessierten. Natürlich haben sie Interesse, und oft ist Greta schon im ersten Haus alle ihre Hüte los.
Mit Herbert scheint es nicht mehr so zu laufen wie seinerzeit. Es hat den Anschein, als ob Sittel sich für Greta interessiere, und auch er scheint ihr nicht gleichgültig zu sein. Das dürfte auch der Grund sein, weshalb Sittel im Carneval einen Saal des Hotels Majestic mietet und dort einige »Wiener Abende« veranstaltet. Greta soll tanzen, natürlich Walzer, Cissy soll singen, natürlich Wiener Lieder, Herbert soll der Animator sein, Spiegel und ich sollen auf zwei Klavieren musizieren (etwas, das bis dahin in Caracas unbekannt war), Gotthelf soll die Gitarre zupfen und ich außer Klavier noch Akkordeon spielen. Gotthelf hat von Gitarre ebenso wenig Ahnung wie ich vom Akkordeon. Schnell borgen wir uns zwei Instrumente aus. Mir gelingt es, in ein paar Tagen einige Wiener Lieder zu lernen, Gotthelf schafft es nicht. Er löst sein Problem auf andere Weise. Er tut so, als ob er Gitarre spielen würde und (die drei können jedes Instrument nachmachen) wenn Sittel vorübergeht, imitiert er eine Gitarre. Ich mache mir Sorgen wegen des Doppelklaviers, Spiegel nicht. »Du spielst einfach chromatisch von oben herunter«, sagt er, »und ich spiel von unten hinauf. Irgendwo müssen wir uns dann treffen.« Er hatte recht. Wir trafen uns irgendwo. Cissy sang dann schnell ein Lied, Herbert erzählte ein paar Witze in spanischer Sprache, und dann kam wieder das Doppelklavier wie gehabt: Spiegel hinauf, ich hinunter. Maestro Brand, Dirigent im Radio Continente und mein Protektor, besuchte uns und sagte am nächsten Tag vor versammeltem Orchester: »Jeder, der Musik liebt, muß sich das anhören. Wie

die zwei Klaviere klingen – es ist wundervoll!« Cissy, ich und das Akkordeon gingen wie beim Heurigen von Tisch zu Tisch (auch etwas Unbekanntes für die Caraqueños) und spielten und sangen immer wieder: »Wien, Wien, nur du allein!«, »Im Prater blüh'n wieder die Bäume!«, »Heimweh« und »Im weißen Rössel«. Mehr konnten wir nicht, aber wir hatten großen Erfolg.

Ansonsten war der Carneval so, wie man sich einen südamerikanischen Carneval vorstellt. Es muß ja nicht grad Rio sein. Die ganze Stadt war maskiert, man tanzte auf der Plaza Bolivar, man tanzte in den Straßen, Geschäftsleute räumten ihre Läden aus, und man tanzte in den Geschäften. Das ging so bis zum Aschermittwoch. Mittwoch, Donnerstag und Freitag war Ruhe, und dann kam die Octavita. Das war der darauffolgende Samstag und Sonntag. Da holte man wieder die Masken aus den Kästen, und da ging es ganz toll zu. Das Komische an dem Carneval war: die Frauen versuchten nicht, sich durch ihre Masken schön zu machen. Im Gegenteil, sie machten sich so häßlich wie möglich. Sie trugen Hexenmasken, die Kostüme waren bis zum Hals geschlossen, sie stopften sich aus, machten sich unförmig und sprachen mit hohen Fistelstimmen. Die Männer waren eigenartigerweise leichter zu erkennen, sofern sie nicht auch als Hexen verkleidet waren. Aber das waren die wenigsten. Sie wollten ja imponieren. Sie kamen als Superman, als Pirat, als Westernheld und dergleichen. Ich erinnere mich an einen Skandal, der stadtbekannt wurde. Einer dieser männlichen Masken gelang es, eine weibliche Maske in ein Hotelzimmer zu bringen. Als sie sich demaskierte, sah er zu seinem Schrecken, daß es seine eigene Frau war. Er wollte sich scheiden lassen, denn so wie mit ihm, wäre sie ja auch mit einem andern gegangen. Aber sie war clever. Sie behauptete, daß sie ihn an seiner Armbanduhr erkannt habe. Außerdem wollte auch sie sich scheiden lassen, denn so wie sie, hätte er ja auch eine andere mitgenommen. Und sie verlangte ganz schöne Alimente. Ich weiß nicht, wie die Sache ausgegangen ist, aber ich

hoffe, zur beiderseitigen Zufriedenheit. Das war der Fasching in Caracas. Prinz Carneval und seine Prinzessin wurden wie richtige Hoheiten behandelt. Sie fuhren im Konvoi durch die Straßen, warfen mit vollen Händen Bonbons in die Menge, die Leute jubelten ihnen zu, die Polizisten salutierten – das alles gibt es heute nicht mehr.
Heute ist Caracas eine Großstadt mit mehr als drei Millionen Einwohnern, und mit allen Attributen, die eine Großstadt haben muß: Wolkenkratzer und Autobahnen, Taschendiebe und Straßenräuber. Nur ganz Mutige wagen es, ein Taxi zu nehmen, weil man nicht weiß, ob einen der Chauffeur nicht in eine einsame Gegend führt und dort ausraubt. Modern times.
Die Pasteleria vienesa eröffnet ihre erste Filiale, Cissy wird Verkäuferin und bringt es auch als solche bald zur Beliebtheit. Alle wollen von der »Blonden« bedient werden. Sie hat keinen leichten Job. Um fünf Uhr früh muß sie aufstehen, muß mit Tapsi Gassi gehen (Tapsi haben wir noch immer) und muß in die Pasteleria, um alles vorzubereiten. Ich stehe später auf, gebe meine Stunden, habe Proben und Sendungen im Radio und habe sogar meine eigene halbe Stunde: jeden Dienstag und Freitag, Ugo Wiener con su organo (Hugo Wiener mit seiner Orgel). Die Orgel ist natürlich ein Harmonium, und da spiele ich alles, was mir so einfällt. Hauptsächlich Operetten auf Choräle getrimmt. Es ist nicht zu glauben, was man da alles machen kann. »Wer uns getraut« aus dem »Zigeunerbaron« klingt, als ob es von Händel wäre. Ich dirigiere auch Operetten. Nicht im Radio, sondern im Theater, und das kam so: ein alter spanischer Schauspieler, Enrico Zapata, hat ein Hobby. Er inszeniert Operetten und besetzt sie mit Kindern. »La viuda alegre« (Die lustige Witwe), »El Conde de Luxemburgo« (Der Graf von Luxemburg), »La casta Susanna« (Die keusche Susanna), alles in richtigen Kostümen, mit Chor und Ballett – und es ist ein Erfolg. Wenn der zwölfjährige Danilo, in Frackmantel mit Zylinder, sein »Heut geh ich ins Maxim« in den Saal schmettert, dann hat er ebenso viel Applaus wie Johannes Hee-

sters, und wenn er mit der zehnjährigen Hanna Glawari »Lippen schweigen« singt und tanzt, oder wenn er im 2. Finale mit »Es waren zwei Königskinder« von ihr Abschied nimmt, dann bleibt kein Auge trocken. Zapata hat jedes Jahr seine Spielzeit, heuer hat ihn sein Kapellmeister sitzenlassen, und da kam er zu mir. Mir machte es Vergnügen, wieder einmal zu dirigieren, nur eines störte mich. Ich gab den Kindern jeden Einsatz – sie dankten mir das nicht. Sie sahen immer über mich hinweg. Da einmal drehte ich mich um und sah Zapata hinter mir stehen und ebenfalls dirigieren. Ich war empört. Ich beschwerte mich bei ihm, warf ihm vor, daß er mich vor dem ganzen Haus lächerlich mache, aber er blieb ruhig. »Das verstehst du nicht«, sagte er. »Ich probe mit den Kindern, die Kinder sind an mich gewöhnt – kümmere du dich nur um das Orchester.« Auch das ging vorüber. Und weil ich schon bei Kindern bin: ich habe einen neuen Schüler bekommen, den Sohn eines der Beers. Eines Tages, als ich zur Stunde kam, empfing mich seine Mutter und sagte ganz glücklich: »Der Kurti (er hieß auch Kurti, so wie mein erster Schüler), der Kurti hat so etwas Schönes komponiert. Spielst es dem Herrn Lehrer vor, gelt Kurti?« Kurti wehrte bescheiden ab. »Es ist ja nichts besonderes. Eine kleine Sache, so wie sie der Mozart gemacht hat.« Ich ließ mir die kleine Sache vorspielen. So hätte sie der Mozart sicher nicht gemacht. Trotzdem wurde Kurti, als er erwachsen war, Lehrer an einer Musikschule in New York. Allerdings nicht für Klavier, sondern für Fagott. Immerhin, den Grundstock habe ich ihm beigebracht.

Wenn unsere Tätigkeiten auch nicht befriedigend waren – wir hatten zu leben. Aber schon kommt ein neuer Querschuß. Unsere Visa laufen ab. Als wir sie in Cucutá in die Pässe bekommen hatten, hatten sie sechs Monate Gültigkeit, auf weitere sechs Monate wurden sie verlängert, aber jetzt ist es aus. El Servicio Nacional de Identification, wie diese Stelle im Innenministerium heißt, teilte uns mit, daß wir das Land zu verlassen hätten. Mich, als Flüchtling, konnte man nicht abschieben, aber

man konnte mir die Arbeitserlaubnis entziehen und mich wegen unerlaubten Aufenthalts in der Republik Venezuela in den Kerker stecken, wo es gar nicht so gemütlich sein soll. Überhaupt für einen Ausländer.
Ganz gefährlich konnte es aber für Cissy werden. Sie könnte man zurückschicken. Kurti Kiermayer lernte noch immer bei mir. Frau Kiermayer fragte mich, warum ich so gedrückt sei. Ich erzählte ihr von unseren Sorgen wegen des Auslaufens der Aufenthaltsbewilligung. Frau Kiermayer tröstete mich. Sie werde mit ihrem Mann reden, der mit Señor Rojas gut bekannt ist. Rojas war der Direktor des Servicio Nacional de Identificación, also der einzige Mann, der uns helfen konnte. Er hatte sich vor zwei Jahren ein Haus gebaut, Kiermayer hatte alle Installationen gemacht und bis dato kein Geld bekommen. Nun übte er einen sanften Druck aus. Rojas möge unsere Visa in Dauervisa umwandeln, dann könnten wir bleiben, solange wir wollen – oder? Er legte ihm seine Rechnung vor. Rojas gibt nach, soweit es mich betrifft, aber Cissy muß das Land verlassen. Da bleibt er fest.
Der Grund? Ich habe etwas verschwiegen, weil ich es für uninteressant hielt, und nun könnte es unser ganzes Leben zerstören. Herbert hatte, gleich nach unserer Ankunft, eine Vorstellung in einem Kino arrangiert. Es war, Gottlob, unsere letzte. Wir waren im Begriff eine Schmiere zu werden, und dazu liebten wir unseren Beruf zu sehr. Wie es der Teufel will, konnte Satan anscheinend nicht persönlich erscheinen, also schickte er einen seiner Vertreter: Señor Rojas. Rojas ließ sich Cissy vorstellen und lud sie ein, mit ihm essen zu gehen. Alle warnten »ja nicht nein sagen, Rojas ist gefährlich« – also ging Cissy mit ihm essen. Als er ihr aber dann sein Haus zeigen wollte, sagte sie doch nein. Er fuhr sie nach Hause, und wir hörten nichts mehr von ihm.
Nun war die Stunde der Rache gekommen. Cissy suchte alle möglichen Leute auf, die Verbindung zu Rojas hatten, aber er lehnte jede Fürsprache ab. Bis wir einen Möbelfabrikanten

kennenlernten, der Cissy zur Frau des Innenministers Parra-Perez schickte. Sie erzählte ihr die ganze Geschichte, auch die Einladung Rojas' – Frau Parra-Perez war empört. Sie rief Rojas an, und er bat sie, Cissy zu ihm zu schicken. »Ich kann Ihnen das Visum nicht verwehren«, sagte er cool, als sie zu ihm kam, »aber Sie müssen das Land verlassen, müssen nach Cucutá fahren und frisch einreisen.« Cissy wollte ihn milde stimmen. Sie meinte: »Sie könnten mir doch den Gefallen tun...«, aber er unterbrach sie: »Aus welchem Grund? Sie haben mir keinen Gefallen getan, ich tue Ihnen auch keinen. Außerdem handle ich nur nach dem Gesetz.«

Cissy mußte allein nach Cucutá. Was das heißt, weiß nur der, der das Südamerika jener Zeit kennt. Vielleicht ist heute alles anders geworden. Sie mußte die Strecke zurücklegen, die wir schon einmal zurückgelegt hatte, mußte im Linienbus, in dem fast nur Männer saßen, über die holprigen Straßen in den Anden fahren und mußte in demselben »Hotel« absteigen, in dem wir auf den Stühlen sitzend die Nacht verbracht hatten, weil es nicht möglich war, die Betten zu benutzen. Als sie nach zwei Tagen Cucutá erreichte, sagte ihr der venezolanische Konsul: »Sie haben Glück. Ich habe wirklich den Auftrag hier, Ihnen das Visum zu geben. Das ist nicht immer so.« Rojas dürfte Frau Parra-Perez gefürchtet haben. Er wußte es: ein Wort des Ministers, und er war erledigt. Sonst hätte er Cissy sicher nicht mehr einreisen lassen. Dann wäre sie in Kolumbien gestanden, hätte auch dort kein Visum gehabt, wäre vielleicht nach Deutschland zurückgeschickt worden, und was dort auf sie gewartet hätte, kann man sich denken. Nun mußte sie noch den schrecklichen Weg zurückreisen, aber jetzt hatten wir beide den, wie es hieß, »ständigen Aufenthalt«, und wenn wir kein Verbrechen begingen, konnte man uns nicht ausweisen.

Greta und Herbert trennten sich. Greta und Sittel wollten heiraten (sie taten es auch), die Meloparodisten gingen nach Kuba. Gotthelf wurde Kantor bei der jüdischen Gemeinde, Spiegel spielte in einer Bar, und Herbert sang im Radio. Er heiratete eine kubanische Sängerin, sie bekamen einen Sohn, der bei der Scheidung ihm zugesprochen wurde. Herbert ging mit ihm nach New York, wurde dort bei einem Großunternehmen zunächst Vertreter für Südamerika und brachte es schließlich bis zum Vizepräsidenten.

Er heiratete eine Deutsche und hatte auch mit ihr einen Sohn. Der kubanische Junge wurde rauschgiftsüchtig und beging Selbstmord. Herbert besuchte uns noch dreimal in Wien.

Der Krieg nimmt ungeahnte Dimensionen an. Am 22. Juni 1941 fällt die deutsche Wehrmacht in der Sowjetunion ein. Rumänien, Ungarn und Italien folgen. Unter dem Oberbefehl Hitlers (des GRÖFAZ, des Größten Feldherrn Aller Zeiten, wie man ihn nannte), beginnt ein neuer Blitzkrieg. Die Deutschen dringen bis Leningrad und Moskau auf russisches Gebiet vor, bis »General Winter« sie zum Stehen bringt. Die Sowjetrussen verbünden sich mit den Alliierten. Am 7. Dezember überfallen die Japaner in Pearl Harbor die amerikanische Pazifikflotte und zerstören zwei Drittel der dort liegenden Schiffe. Am 11. Dezember erklären Deutschland und Italien Amerika den Krieg. Nun ist für mich jede Verbindung mit der alten Heimat abgerissen. Ich bekomme keine Post mehr, ich weiß nichts mehr über das Schicksal meiner Angehörigen.

Als »Deutscher« werde ich im Radio Continente entlassen, ich bekomme zwar eine Abfertigung, aber Cissys und meine Lage ist wieder trist geworden. Cissy will mit meiner Abfertigung etwas unternehmen, aber was? In der Nähe des Café Bolivar befindet sich ein zweites Café, welches allerdings nur von Männern besucht wird. Der Besitzer heißt Walzer und ist ein eingewanderter Czernowitzer. Das alles wäre nicht interessant, aber: neben der Tür des Kaffeehauses gibt es eine zweite, doppelt so große Öffnung in der Mauer, in der sich ein Verkaufsstand befindet, ähnlich den Verkaufsständen wie sie die Wiener Würstelmänner haben. Ein Stand, in dem man Zigarren, Zigaretten, Tabak, Streichhölzer, Bonbons, Schnürsenkel usw. bekommt – ein kleines Warenhaus. Und der Vorteil: von dem Stand aus kann man nach zwei Seiten verkaufen. In das Kaffeehaus und auf die Straße. Cissy ist von dem Stand fasziniert. Herr Walzer sagt uns, daß der Besitzer des Standes diesen verkaufen will. Preis: 2000 Bolivar. Das ist uns zuviel, aber wir werden einig. Nun braucht sie zwei junge Mädchen, die halbtags arbeiten, während sie in der Pasteleria ist, und – in Caracas ansonsten ein Problem – sie findet sie. Und das Erstaunlichste daran: sie bleiben. Sonst arbeiten junge Mädchen auf so einem Posten für ein Paar Schuhe oder für ein Kleid – sobald sie sich das kaufen können, bleiben sie aus. Aber Cissy weiß die Leute zu behandeln. Natürlich bedeutet das Zigarettengeschäft für sie eine erhebliche Mehrarbeit. Nun muß sie um fünf Uhr früh aufstehen, Tapsi Gassi führen, in das Zigarettengeschäft, um die Ware zu übernehmen und an die Mädchen weiterzugeben, in die Pasteleria, die weit draußen liegt, um alles vorzubereiten, nach der Pasteleria in das Zigarettengeschäft, um abzurechnen, die Ware für den nächsten Tag bestellen usw. Ich bin ihr auch hier wieder keine Hilfe. Ich gehe höchstens zu den anderen Zeiten mit Tapsi. Einmal mußte ich eines der Mädchen vertreten – es war der einzige Tag, an dem wir keinen Gewinn hatten. Es hat sich in der Umgebung bald herumgesprochen, daß in dem Stand ein Musju (Ausländer) steht, der die Kunden fragt, was das, was sie kaufen wollen, kostet, und der ihnen dann noch Geld herausgibt.

Die Behörden fangen an, Repressalien gegen die Deutschen zu ergreifen, was wieder nur die Emigranten trifft, weil die richtigen Deutschen fast schon alle Venezolaner sind. Die, die es noch nicht sind, müssen sich, wenn sie einen Sonntagsausflug in die nächste Umgebung von Caracas machen wollen, bei der »Ausreise« ab- und bei der »Wiedereinreise« anmelden, sie müssen ständig ihre Cedula (Kennkarte) mithaben, die Polizei macht Stichproben, wird man ohne Cedula angetroffen, wird man sofort mitgenommen und muß mindestens eine Nacht im Kittchen verbringen. Mir wäre es einmal fast so ergangen. Ich hatte zwar die Cedula bei mir, aber wir waren kurz vorher

übersiedelt, und ich hatte die neue Adresse noch nicht eintragen lassen. Zu jener Zeit aber war ich schon bekannt, und der Polizeichef persönlich ließ mich frei.
Aber zurück. Wir Österreicher wollten nicht länger als Deutsche behandelt werden. Einige Männer aus unserer Kolonie, ich war auch dabei, trafen sich unter der Führung von Dr. Jabloner-Fugger im Geheimen in einer Anwaltskanzlei. Wir wollten etwas unternehmen. Es war nicht ungefährlich. Wäre es vor der Zeit aufgeflogen, wären wir als Staatsfeinde betrachtet worden. Dr. Jabloner (er wurde nach dem Krieg erster österreichischer Generalkonsul in Venezuela) nahm Fühlung mit den Kreisen um Otto von Habsburg auf und suchte Verbindungen zu venezolanischen Politikern. Erster Erfolg: wir durften einen Verein gründen, den wir »Centro austriaco« nannten. Dadurch hatte uns Venezuela (ohne es zu wollen) als Österreicher anerkannt. Bald bekamen wir auch einen Sonderstatus. Kein An- und Abmelden beim Verlassen der Stadt und auch keine sonstigen Schikanen. Wir durften uns frei bewegen. Wir veranstalteten »Wiener Abende« in deutscher Sprache, was seit dem Eintritt Amerikas in den Krieg nicht möglich gewesen war. Ich schrieb Revuen, die, außer von Cissy und von mir, von Amateuren gespielt wurden. Das heißt, noch ein Profi war dabei: Alfred Holländer. Er war Opernsänger und war bis 1938 an der Wiener Volksoper engagiert gewesen. Seine Braut Stella entsprach nicht den Rassegesetzen, und so gab er Heimat und Karriere auf und zog mit ihr nach Caracas. Auf dem Schiff, während der Überfahrt, wurden sie vom Kapitän getraut. Holländer gab Gesangsunterricht und wurde bald Professor an der Musikakademie in Caracas. Wir sind noch heute mit ihm befreundet.
Was Cissy betrifft, so schrieb ich ihr immer neue Chansons und war immer wieder erstaunt über ihre große kabarettistische Begabung. Die müßte auf der Simplbühne stehen, dachte ich oft. Ob es wohl je dazu kommen wird...
Silvester 1942 saßen wir allein zu Hause. Die Stimmung war nicht geradezu glänzend, und ich glaube, wir dachten beide an

frühere Silvesterabende in Wien zurück. In dem möblierten Zimmer, das wir gemietet hatten, gab es auch ein Grammophon. Freunde von uns, die um diesen Schatz wußten, schickten uns eine Schallplatte. Ich nahm sie aus dem Umschlag (zu deutsch: Cover) und las: »Ouvertüre zur Operette ›Die Fledermaus‹ von Johann Strauß«. Gespielt wurde sie von den Wiener Philharmonikern unter Clemens Krauss. Ich legte sie sofort auf, und ich muß sagen, daß unsere Laune von Minute zu Minute besser wurde. Wir wurden optimistisch, wir schmiedeten Pläne, wir waren überzeugt, daß unser Schicksal sich im nächsten Jahr bessern würde. Und es besserte sich. Seither spielen wir jedes Jahr zu Silvester die Fledermaus-Ouvertüre. Auch heute noch. Zur Zeit, als wir im Simpl auftraten und nicht nur die Silvestervorstellung, sondern auch noch zehn bis fünfzehn Silvestermitwirkungen hatten, feierten wir unseren privaten Silvester immer schon, bevor wir von zu Hause weggingen. Cissy machte es feierlich, und wir wünschten uns bereits um fünf Uhr nachmittags ein glückliches neues Jahr, bei Sekt, Kaviar und der Fledermaus.
Was ereignete sich international? Am 2. Februar kapitulieren die deutschen Truppen unter General Paulus bei Stalingrad, im März erreichen die Rüstungsbestrebungen in den USA ihren Höhepunkt: Henry Kaiser baut »Liberty«-Schiffe nach dem Serienmontage-Prinzip (Rekord: ein Hochseeschiff in 4½ Tagen), im April feiern Cissy und ich Hochzeit.

Schon längere Zeit vorher hatten zwei Österreicher, Felix Schalk und Dr. Hans Fuchs, von einem Amerikaner einen Quick-Lunch gekauft: »Johnny's«. Sie behielten den Namen bei, weil sie sonst eine neue Reklamebeleuchtung hätten anbringen lassen müssen. Das Lokal bestand aus einem Counter, an dem vorwiegend Amerikaner, die in Caracas arbeiteten, ihr Frühstück und während der Büropause ihr Mittagessen einnahmen, sowie aus einigen kleinen Tischen, die demselben Zweck

dienten. Anschließend ging man an der Küche vorüber und kam zu einem Zimmer, welches aber nur als Magazin für Mehl- und Kartoffelsäcke benützt wurde.
Eines Tages hatte ich die Idee, aus dem Zimmer eine intime Pianobar zu machen, mit Cissy als Sängerin und mit mir am Klavier. Ich sprach mit Schalk und Fuchs darüber, sie waren dafür, aber unter zwei Bedingungen: Erstens kein fixes Honorar, sondern eine Beteiligung, und zweitens, sie stellten die Einrichtung, wenn ich das Klavier stelle. Ich erbat mir Bedenkzeit, ich mußte ja erst mit Cissy darüber reden.
Sie war nicht begeistert. Sie hatte mit Auftreten in einer Bar schlechte Erfahrungen gemacht. Es war in Wien, Cissy trat noch im Kabarett ABC auf, wo ein Kollege ein Programm für die Reißbar zusammenstellte, Dauer des Vertrags: ein Monat. Die Reißbar war ein bekanntes Stadtlokal, hatte gutes Publikum, Cissy kam jeder Verdienst gelegen (sie bezahlte ihr Studium selbst) und so unterschrieb sie. Zu den Stammgästen der Bar gehörten Adrienne Gessner und Rudolf Lothar. Am ersten Abend amüsierten sich die Gäste königlich bei den beiden Chansons, die Cissy sang (mehr hatte sie nicht), sie lachten und klatschten. Am zweiten Abend lachten sie schon weniger, weil sie ja die Pointen schon kannten, aber sie klatschten. Am dritten Abend lachten sie gar nicht mehr und klatschten nur, und am vierten Abend klatschten sie auch nicht mehr und unterhielten sich miteinander. Das wollte Cissy nicht noch 26 Abende mitmachen. Sie meldete sich krank und legte sich in eine Klinik. Und jetzt sollte sie sich wieder auf so etwas einlassen? Noch dazu in Venezuela? »Was sollte ich denn singen«, fragte sie. »Und in welcher Sprache?«
»In Deutsch«, antwortete ich. »Es werden ja hauptsächlich unsere Landsleute kommen. Und Chansons schreibe ich dir immer neue.«
»Und wenn Venezolaner kommen? Oder Amerikaner?«
»Dann wirst du ein paar Schlager lernen. Du kannst Spanisch, Französisch, Holländisch, ein bißchen Englisch ...«

»Und deshalb soll ich die Pasteleria aufgeben?«
»Nicht sofort. Erst wenn wir sehen, wie es läuft.«
»Und das Zigarettengeschäft? Das müssen wir doch auch weiterführen.«
»Auch nur, wenn wir klar sehen. Dann verkaufen wir es.«
Um es gleich vorwegzunehmen: wie sie es später schaffte, weiß ich nicht. Pasteleria, Zigarettengeschäft, dann schnell nach Hause, um sich in eine Sängerin zu verwandeln, und dann in die Bar. (Übrigens: wir nannten das Lokal »Johnny's Musicbox«.) Sie arbeitete damals 14 Stunden am Tag. Ich hatte natürlich weiterhin meine Schüler, fing um acht Uhr abends an, Klavier zu spielen, und spielte bis zwei Uhr früh, ohne aufzuhören, ohne Pause. Einmal sagte ein Gast zu mir: »Ich bewundere Sie. Klavier spielen kann man lernen. Repertoire schaffen kann man sich auch.« Ich fragte: »Was bewundern Sie dann an mir?« Drauf er: »Daß Sie sechs Stunden sitzen können, ohne einmal hinauszugehen.« (Man kann auch das.) Aber noch hatte ich kein Klavier, und jeder meiner Bekannten, den ich bat, mir den Betrag zu borgen, hatte eine andere Ausrede. Ich beriet mich mit Rudolf Beer, dem Seniorchef der Beers. Er schickte mich zu dem Wiener Werbegraphiker, der für ihn arbeitete, Eduard Hoffmann. Hoffmann hatte für seine Mutter ein Visum bekommen, aber leider zu spät. Aus Deutschland durfte niemand mehr einreisen. Auch er hat seine Mutter nicht mehr gesehen. Er hatte das Reisegeld, das borgte er mir, und Rudolf Beer bürgte ihm dafür.
Je weiter die Zeit fortschritt, um so banger wurde mir. Jeder riet mir von einem solchen Lokal ab. Der eine sagte: »Von den Österreichern kannst du nicht leben, die gehen höchstens an Samstagen oder Sonntagen aus.« Der zweite meinte: »Mit Venezolanern kannst du nicht rechnen. Wenn sie ohne Damen kommen, wird es ein Sauflokal, und Damen gehen in keine Bar.« Wir hatten nur Platz für neun kleine Tische, also wollten wir vier Logen machen, wo man Leute zusammensetzen konnte, auch wenn sie sich nicht kennen. »Seid ihr wahnsin-

1943 in Caracas. Hugo Wiener und Cissy Kraner, inzwischen ein Ehepaar, eröffnen »Johnny's Musicbox«

nig?« fragte der dritte. »In Caracas setzt man sich doch nicht zu fremden Menschen. Eine falsche Bemerkung, und die Schlägerei ist fertig.«
Es war am 5. April, als Schalk mich bat, die Nacht über in der künftigen »Musicbox« zu bleiben. Heute begännen die Arbeiten. In der Nacht kämen die Maler, und die möchte er nicht gerne alleinlassen. Ich bedauerte: »Heute geht es leider nicht.« »Warum nicht?« fragte er. Ich: »Weil ich morgen früh heirate.« Wirklich fand am 6. April 1943 unsere Trauung statt, und zwar am Standesamt, welches sich im Hause des Bezirksamtes befand. Dort gab es grad an diesem Tag die Musterungen zum Militär. So kam es, daß die Braut durch ein Spalier von nackten, jungen Männern schreiten mußte.
Bald nachher starb Tapsi. Lungenentzündung. Wie die meisten Wohnungen in den Tropen, hatte auch die unsrige gekachelte Fußböden. Kam man mit Tapsi von der Straße, legte er sich auf die Kacheln, um sich abzukühlen, wir dachten uns nichts dabei, und so wurde er krank. Der Arzt gab ihm Spritzen und trug uns auf, streng dafür zu sorgen, daß er sich nicht wieder auf den Boden legt. Wie bringt man das einem kleinen Hund bei? Bei Tag konnten wir ihn beobachten, aber bei Nacht? Solange er Fieber hatte, trugen wir ihn abwechselnd herum, eine Stunde Cissy, eine Stunde ich, so lange, bis er einschlief. Dann legten wir ihn in Cissys Bett, wo sie es merken würde, wenn er hinunterspringen sollte. Eines Nachts war es wieder soweit. »Er schläft«, flüsterte Cissy. Aber er schlief nicht, er war tot. Wir vermißten ihn sehr, aber wir nahmen kein anderes Tier.
Erst Jahre später, in Wien, verliebten wir uns in Katzen. Wir hatten fünf Stück: Schurli, Schnurli, Goschi, Jacky und Sascha. Natürlich nicht alle zur gleichen Zeit, sondern hintereinander. Sascha war unser besonderer Liebling. Er war ein Siamkater, hellbraun, mit einem dunkelfarbigen Gesicht, dunklen Ohren, Beinen und Schwanz und den schönsten saphirblauen Augen, die ich je gesehen hatte. Und er war arm. Er war eine Scheidungswaise. Bald nachdem seine Besitzer ihn gekauft hatten,

gingen sie auseinander. Der neue Freund der Frau duldete kein Tier in seiner Wohnung, der nun alleinstehende Ehemann, der berufsbedingt oft für einige Tage verreisen mußte, konnte sich um den Kater nicht kümmern. Das Fressen bekam Sascha von der Hausbesorgerin, die es oft so lange stehen ließ, bis Ameisen und Würmer in der Schüssel waren – und so entschied Saschas Herrl: »Wenn Sascha nicht innerhalb der nächsten vierzehn Tage einen guten Platz bekommt, lasse ich ihn einschläfern.« Das hörten wir und nahmen ihn auf. Als wir ihn bekamen, konnte er weder schnurren noch spielen, weil sich nie jemand mit ihm befaßt hatte. Warf man ihm einen Ball zu, lief er davon. Er hatte Angst vor uns. Was wollen diese großen Menschen von mir, schien er zu denken. Erst nach und nach lernte er verstehen. Er war uns dankbar. Am Morgen, wenn Cissy noch schlief, saß er in der Nähe ihres Bettes und fixierte sie so lange, bis sie aufwachte und ihm seine ersten Streicheleinheiten gab. Die nächsten holte er sich von mir. Er war ein ausgesprochener Menschenkater, der »ja« und »nein« sagen konnte. Zumindest wir hörten es so, und es paßte immer zu den Fragen, die wir ihm stellten. »Bist du schön?« »Ja.« »Bist du schlimm?« »Nein.« Und er war ein Zirkuskater. Sagte man »Hoppi!« sprang er wie ein Tiger, der in der Manege durch einen Reifen springt. Sagte Cissy: »Lieb!« rieb er seinen Kopf an ihrer Wange. Und er konnte sich verständlich machen. Eines Tages saß er vor einem meiner Bücherschränke und sah unentwegt hinauf. Lesen konnte er nicht, also was wollte er? Endlich glaubte ich, es zu wissen. Ich nahm ungefähr fünfzehn Bücher aus dem Schrank und legte Sascha auf ihren Platz. Er schnurrte und streckte sich aus, zufrieden mit sich und der Welt. Das also war es gewesen. Der Bücherschrank wurde zu seinem Lieblingsaufenthalt.

Dann kam der Tag, an dem er Essen und Trinken verweigerte. Sein Fell wurde struppig, er sprang nicht mehr wie bisher – er war krank. Ich ließ den Tierarzt kommen, der mir leider nicht viel Hoffnung machte. Seiner Ansicht nach hatte Sascha Leukose, eine Art Katzen-Aids, eine Krankheit, die viele Katzen schon bei der Geburt mitbringen, die aber nicht bei jeder ausbrechen muß. Bei Sascha brach sie aus, und sie war unheilbar. Cissy machte in München ein Fernsehspiel, ich rief sie an, berichtete ihr von Saschas Krankheit und von der Ansicht des Arztes. Wir nahmen einen zweiten und einen dritten Arzt, jeder sagte dasselbe, also kehrten wir zu dem ersten zurück. Saschas Zustand wurde immer schlechter. Verschiedene Proben bestätigten die Diagnose, der Arzt riet mir unbedingt zum Einschläfern. Ich bat ihn um eine Gnadenfrist von vierundzwanzig Stunden. Allein mit Sascha, hielt ich ihm kleine Fleischstückchen hin und flehte ihn an: »Nimm Sascha! Bitte nimm!« – er drehte den Kopf weg. Ich brachte Wasser – er kroch unter das Bett. Gehen konnte er nicht mehr. Nun rief ich Cissy an, sie hatte bereits mit dem Arzt gesprochen. Wenn man Sascha nicht einschläfern ließ, würde er in einigen Tagen furchtbare Schmerzen bekommen, die man ihm ersparen konnte. Wir sollten ihn nicht quälen. Ich rief den Arzt an und bat ihn, am Abend zu kommen und Sascha zu erlösen. Dann legte ich mich auf die Couch. Ich war zu traurig, um zu arbeiten. Das Telefon läutete. Ich ging nicht hin, ich wollte mit niemandem sprechen. Plötzlich stand Sascha, der schon seit einigen Tagen keinen Schritt mehr gegangen war, vor mir. Ich hob ihn empor, nahm ihn in die Arme, erzählte ihm wie lieb wir ihn gehabt hatten und versprach ihm, daß wir keinen anderen Kater mehr nehmen würden. Ein Versprechen, das wir auch gehalten haben. »Bist du schön?« versuchte ich, ihn zum »Sprechen« zu bringen. Keine Reaktion. »Bist du schlimm?« Nichts. Er sah mich nur an, lange, lange, als ob er mein Gesicht auswendig lernen wollte. Er wußte, daß er sterben mußte.

Als der Arzt kam, ließ er sich willig zu ihm hintragen. Er bekam eine Betäubungsspritze, dann eine zweite, dann fiel er um – und dann kam der Stich in das kleine Herz. Er spürte es nicht mehr. Unser Sascha hatte aufgehört zu leben.

Nach einigen Tagen gab ich die Bücher wieder an ihren Platz zurück, aber so oft ich eines davon herausnehme, gibt es ein eigenes Geräusch. Dann sagen Cissy und ich: »Sascha schnurrt...«

Am 6. Mai eröffneten wir also unsere Music-Box. Wie ich es vorausgesehen hatte, kamen am ersten Abend nur unsere Landsleute. Sie aßen Torten, tranken Traubensaft oder irgendein Cola, im besten Fall ein Glas Whisky. Es war keine befriedigende Einnahme. Da, als sie bereits gegangen waren und wir eben Schluß machen wollten, kam eine sehr gute venezolanische Gesellschaft, die Damen in Abendkleidern, die Herren in Smokings, anscheinend von irgendeiner Party. Und nun die Hauptsache, die ich vergessen habe zu erzählen: Ich hatte Cissy ein Couplet in spanischer Sprache geschrieben. Es gab damals eine tägliche Rubrik in der Zeitung, welche »Aunque usted no lo crea« (spr. A-unke uste no lo crea) hieß, was zu Deutsch soviel wie »Auch wenn Sie es nicht glauben« bedeutete. Die Rubrik kam aus den Staaten und nannte sich dort »Believe it or not«. Gezeigt wurden ganz unglaubliche Dinge wie Tiere, Erfindungen, Leistungen usw. Die Zeile »Aunque usted no lo crea« hatte ich für mein Couplet genommen. Die ersten drei Verse waren uninteressant, für den vierten hätte ich mich in Wien geschämt, weil er so abgebraucht war. Er handelte von einem älteren Herrn, den ich »Señor Corchea« nannte, weil ich einen Reim auf »crea« brauchte. Dieser »Señor Corchea« hatte eine junge Frau geheiratet, die, ebenfalls eines Reimes wegen, »Maria Theresa« hieß, die junge Frau hatte ein Kind bekommen. Schlußzeilen: »Und der Vater ist Señor Corchea – aunque usted no lo crea!« (Auch wenn Sie es nicht glauben.) Wie gesagt – abgebraucht. Aber es gibt Überraschungen.
Ich raunte Cissy zu: »Sing das Spanische, damit wir sehen, ob es überhaupt ankommt.« Cissy sang es. Bei den ersten drei Versen hörten die Gäste amüsiert zu, bei dem vierten sahen sie

einander an, lachten dann und riefen: »Noch einmal den letzten Vers, bitte!« Cissy sang den letzten Vers noch einmal, aber sie gaben sich damit nicht zufrieden. Cissy mußte ihn noch einmal und noch einmal singen. Ich dachte: So gut kann doch der Vers gar nicht sein, aber nun erfuhren wir es: Der Präsident des Landes war ein alter Herr, der eine junge Frau geheiratet hatte, die Maria Theresa hieß und die vor kurzer Zeit ein Kind bekommen hatte. »Und der Vater ist der Señor Corchea – aunque usted no lo crea!« Es war wirklich ein Zufall, aber ein Zufall, der für unser ganzes Leben entscheidend war. Am nächsten Tag hätte das Lokal fünfmal so groß sein können – wir hätten keinen Platz frei gehabt. Schon bei Tag waren unsere neun Tischchen bestellt, die Logen waren natürlich auch voll, die Leute saßen auf Coca-Cola-Kisten und Fettdosen. Und immer wieder wurde el »Señor Corchea« verlangt. Daß der Präsident von diesem Tag an, besonders bei der Gegenbewegung, »Señor Corchea« hieß, ist selbstverständlich. Bald wurden wir auch von der nordamerikanischen Kolonie entdeckt. Cissy sang Spanisch, Englisch, Französisch, Holländisch – wir waren über Nacht das in-Lokal geworden. Die Leute merkten, daß das keine gewöhnliche Bar war, sondern daß etwas anderes dahintersteckte. Was es war, das wußten sie nicht. Wir wußten es: es war das Zwei-Personen-Cabaret. Cissy sang in fünf Sprachen, nicht nur Schlager, sondern auch Chansons und Couplets, sie »schupfte«, wie man bei uns sagt, den ganzen Laden, sie bestimmte, wer einen Platz bekam und wer nicht (wir hatten für alle Fälle schon ab acht Uhr alle Tische reserviert), sie empfing die Gäste, es kamen, entgegen allen Unkenrufen, nicht nur Damen, es kam die Creme der venezolanischen sowie der amerikanischen Gesellschaft, vom Gesandten abwärts, und was an Persönlichkeiten aus den Staaten nach Caracas kam, mußte bei uns gewesen sein, wie Mrs. Roosevelt und Nelson Rockefeller. An ihn erinnere ich mich besonders gut. Cissy wurde an den Tisch des Gesandten gebeten, der ihr Rockefeller als einen »jungen Mann aus den Staaten« vorstellte, was Cissy gar nicht beeindruckte. Sie sagte: »Sie können mir ruhig sagen, daß der ›junge Mann‹ Mr. Rockefeller ist, ich habe ihn sofort erkannt, weil heute sein Foto in allen Zeitungen ist. Für mich«, wandte sie sich an Rockefeller, »sind Sie ein Gast wie jeder andere, und weil Sie nur crèma de menta trinken (das billigste aller Bargetränke) sind Sie nicht einmal ein *guter* Gast.« Große Verlegenheit bei den Amerikanern. Rockefeller lachte und bat sie, wenn sie einmal nach New York kommen sollte, ihn zu besuchen. Er gab ihr sogar eine besondere Visitenkarte, mit der man sie immer vorlassen würde. Cissy hat, obwohl wir einige Male in New York waren, nie davon Gebrauch gemacht.

Ich erwähnte schon, daß auch Damen zu uns kamen, aber nicht nur das, sie schätzten Cissy so sehr, daß sie sogar ihren Männern erlaubten, auch allein zu uns zu gehen. Oft kam es vor, daß einer unserer männlichen Besucher zu Cissy sagte: »Wenn meine Frau fragt – ich war gestern hier.« Und Cissy ließ keinen im Stich.

Was mich anlangt, ich schrieb für Cissy Chansons in Spanisch und Englisch. Ich hatte das Glück, in beiden Sprachen den Humor zu erfassen, was in einem fremden Idiom immer das schwierigste ist. Und ich spielte Klavier – »mit dem Kopf«, wie einmal ein Gast sagte. Ich legte vor allem Wert auf ein großes Repertoire. Kaum hörte ich, daß ein Amerikaner auf Urlaub nach Hause fuhr, bat ich ihn schon, mir Noten mitzubringen. So bekam ich nicht nur immer die neuesten Musicals, sondern auch die ältesten Songs. Songs, wie sie die Amerikaner nicht einmal mehr bei sich zu Hause hörten. »Aus der untersten Lad'«, wie man bei uns in Wien sagt. Und Cissy sang sie, und die andern sangen mit.

Überhaupt ließen wir gern die Gäste singen. So hatten wir eine baskische Runde mit einem Tenor, der gern »Granada« sang, das damals der neueste Schlager war. Natürlich waren sie Franco-Gegner. Nun kam es öfter vor, daß der spanische Gesandte anwesend war. Da hieß es austarieren. Spielte ich ein Pro-Franco-Lied für den Gesandten, mußte ich sofort ein Contra-Franco-Lied für die Basken folgen lassen. So kam es niemals zu einer Stänkerei. Wenn ich dann ein Potpourri von noch aus der spanischen Monarchie stammenden Liedern spielte, sangen beide Gruppen einträchtig zusammen. Aber wir hatten auch andere Gäste, die sich gern produzierten. So hatten wir einen amerikanischen Generaldirektor, Mr. Coles, der, wenn er ein paar Whiskys gekippt hatte, einen Steptanz aufs Parkett legte, ferner hatten wir eine Mrs. Craw, die irische Lieder sang, einen Mexikaner und Freund von uns, Agostin Ferrer, der mexikanische Lieder brachte, ein Operettenpaar, welches nur Wiener Operetten sang, einen venezolanischen Wirtschaftsboß, José Mendoza, der den Toreromarsch »El Relicario« in den Saal schmetterte und anschließend daran mit Cissy einen Stierkampf aufführte, ein paar holländische Piloten von der KLM, die die Strecke New York–Caracas flogen, und die sich bei ihrem ersten Besuch wunderten, daß man hier holländisch sang, die aber dann kräftig mitsangen und so weiter. Wenn, wie das oft der Fall war, alle diese Leute zusammentrafen, konnten wir den anderen Gästen ein ganzes Programm bieten, wobei ich meinen Wiener Freund Hegedüs nicht vergessen darf, der pfeifen konnte wie ein Kunstpfeifer und der immer großen Applaus hatte. Deutsch durfte nur *ein* Lied gesungen werden: Lili Marlen.

Natürlich wollte man das in anderen Lokalen kopieren, aber ohne Erfolg. Welche Sängerin konnte schon in fünf Sprachen singen, und welche hatte noch dazu ein eigenes Repertoire? Was meine Lieder betrifft, so hießen sie »El superman«, »I love the Americans«, »No hablo Italiano«, »I'll teach you English and you'll teach me French« und andere mehr. Ich textierte auch schon klassische Werke in Spanisch, wie ich es später – zurück in Wien – in Deutsch machte. Und wir hatten anderen gegenüber noch einen gewaltigen Vorteil: Wir waren ein Ehepaar und wurden demgemäß respektiert. Jeder wußte, daß er sich bei Cissy nichts erlauben durfte – das heißt, jeder wußte es nicht. Einmal kam einer unserer Stammgäste, Carlo Linares, der einen höheren Regierungsposten bekleidete, in Gesellschaft mehrerer Herren. Cissy begrüßte ihn, und einer der Herren, der anscheinend nicht wußte, wo er war, gab ihr einen Klaps auf einen gewissen Körperteil. Cissy, nicht faul, gab ihm eine Ohrfeige. Der Herr, empört, verließ das Lokal, die anderen folgten. Zurück blieb nur Linares, der sich verlegen entschuldigte und sagte: »Es ist mir peinlich – der Herr ist unser Kulturminister.«

Aber wir hatten nicht nur Sänger und Tänzer unter unseren Gästen, wir hatten auch Musiker. So z. B. einen Cellisten, Federico Pallás, der öfter mit seinem Instrument ankam. Eines nachts spielte ich »Schwarze Augen«. Er stürzte auf mich zu und beschwor mich: »Spiel das weiter! Ich hole nur mein Cello!« Ich nahm an, daß er es in der Garderobe habe, und spielte die »Schwarzen Augen« weiter, aber er kam nicht zurück, und so vergaß ich ihn. Ungefähr nach einer Stunde kam er mit seinem Cello. Er hatte es von zu Hause geholt. Bis dahin hätte ich »Schwarze Augen« spielen sollen. Apropos »Schwarze Augen«. Es war das Lieblingslied von Pablo Ramirez, dem Direktor der Staatlichen Eisenbahnen. So oft er das Lokal betrat, spielte ich »Schwarze Augen«. Eines Abends war das wieder so, er applaudierte mir und sagte freundlich: »Noch einmal bitte!« Ich spielte es noch einmal. »Noch einmal«, bat er. Ich spielte es ein drittes, ein viertes, ein fünftes Mal. Die anderen Gäste wurden bereits unruhig. Ich kümmerte mich nicht mehr um ihn und spielte etwas anderes. Drauf wurde er wütend und winkte mir, mit ihm hinauszukommen. Draußen zog er eine Pistole, richtete den Lauf gegen mein Herz und sagte: »Ich bin der Direktor der Eisenbahnen, und du bist ein Musju. Wenn ich jetzt abdrücke, kümmert sich kein Mensch um dich.« Wir einigten uns, daß ich noch einmal »Schwarze Augen« spielen sollte und gingen zurück.

Ein anderer wollte einmal mit seiner Partnerin tanzen. Er war zum ersten Mal bei uns. Einer der Amerikaner, die den Urwald rodeten, um eine Straße zu den Gummiplantagen zu bauen. Ich

machte ihn drauf aufmerksam, daß Tanzen bei uns verboten sei. »Warum?« fragte er drohend. Ich sagte: »Weil wir keine Konzession für Tanz haben.« Drauf zog er seine Pistole, legte sie mir aufs Klavier und sagte: »Das ist die Konzession.« Ich ließ ihn tanzen.
Cissy und ich gingen über die Plaza Bolivar, als drei amerikanische Navy-Offiziere vor uns stehen blieben. »You're Cissy«, sagte einer von ihnen. Cissy wunderte sich: »Yes.« Darauf der Offizier: »Wir kommen mit unserem U-Boot aus dem Pazifik und haben mit unserer Mannschaft 14 Tage Urlaub in Caracas.« »Und woher kennen Sie mich?« erkundigte sich Cissy. »Wir sind einem Schiff begegnet«, antwortete der Offizier, »von dem aus man uns signalisiert hat: ›Wenn ihr euch in Caracas unterhalten wollt, geht zu Cissy.‹ Wir kommen am Abend mit einigen Damen der Gesandtschaft.«
Sie kamen, aber nicht nur mit Damen der Gesandtschaft, sondern auch mit einigen Matrosen, die seit drei Monaten keine Frau gesehen hatten. Die Matrosen tranken einen Whisky nach dem andern, plötzlich stand einer von ihnen auf, ein Bär von einem Mann, ging auf Cissy zu und wollte sie umarmen. Cissy schlug ihn auf die Wange, was er gar nicht registrierte. Er dürfte es für ein Streicheln gehalten haben. Er wollte es noch einmal versuchen, aber schon waren zwei Offiziere da, die ihm die Arme auf den Rücken drehten und ihn hinausführten. Die Matrosen folgten, die einen nahmen für ihn, die andern gegen ihn Partei. Einige Minuten später folgte ich ebenfalls, weil ich sehen wollte, wie die Sache ausgegangen war. Sie *war* noch nicht ausgegangen. Als ich auf die Straße gelangte, kam grad ein Matrose durch die Luft geflogen und fiel einem zweiten, der eben einen dritten k.o. geschlagen hatte, auf den Kopf. Es war wie in einem amerikanischen Film.
Am nächsten Tag sagte einer der Offiziere zu Cissy: »An Ihrer Stelle möchte ich dem Mann von gestern nicht begegnen. Der Vorfall dürfte ihn einen Streifen kosten.« Ein Streifen auf dem Ärmel der Bluse war eine Auszeichnung. Zum Glück kam er nicht mehr zu uns, und Cissy ist ihm nie mehr begegnet.

Eines Abends brachte uns eine Freundin Cissys, eine Ungarin, die mit einem Oberösterreicher verheiratet war, einen Gast. Ihr Mann, der schon lange in Caracas lebte, war Direktor des Restaurants des Nobelhotels »Avila«. Der uns unbekannte Gast fühlte sich sichtlich wohl bei uns. Was ihm besonders gefiel, waren die französischen Chansons, die Cissy sang, und die Art, *wie* sie sie sang. Er versprach wiederzukommen, und er *kam* wieder, und zwar schon am nächsten Tag, diesmal allein, zehn Minuten vor zwei, also knapp vor der Sperre. Inzwischen hatten wir erfahren, daß der Mann der kubanische Zuckerkönig war. (Den Namen weiß ich nicht, weil wir ihn immer nur den »Zuckerlkönig« nannten.) Er war immens reich, hatte riesige Zuckerrohrplantagen und außer seinem Besitz in Havanna noch drei Apartments: eines in New York, eines in Caracas und eines in Paris. Die Apartments waren nicht nur phantastisch eingerichtet, die Schränke waren voll mit Anzügen und Wäsche, und außerdem hatte jedes der Apartments einen Butler und eine Köchin. Er brauchte nur zu kommen und konnte schon wohnen. Er bat uns noch zu bleiben, also schlossen wir ab und spielten nur für ihn. Als er ging, drückte er Cissy eine Banknote in die Hand. Wir waren ganz verwirrt. Das war bisher noch nie der Fall gewesen. Unseren Gästen, die mittlerweile unsere Freunde geworden waren, wäre das nie eingefallen. Wir berieten, ob Cissy ihm nachlaufen und das Geld zurückgeben oder ob sie bleiben und es behalten solle. Es waren 100 Dollar – damals in Caracas ein Vermögen. Sie blieb und behielt es. Das wiederholte sich nun alle sechs bis acht Wochen. Der Zuckerlkönig kam vor der Sperre, wir schlossen ab und spielten für ihn. Das war lange vor der Castro-Regierung. Was aus ihm geworden ist, weiß ich nicht.

Ein Gast aus längst vergangenen Tagen war Richard Tauber. Er war auf einer Tournee durch Südamerika, sang auch in Caracas und kam nach dem Konzert zu uns. Ich habe an diesem Abend viel Lehár gespielt – wir hatten beide feuchte Augen. Bevor er uns verließ, schrieb er uns in unser Gästebuch:

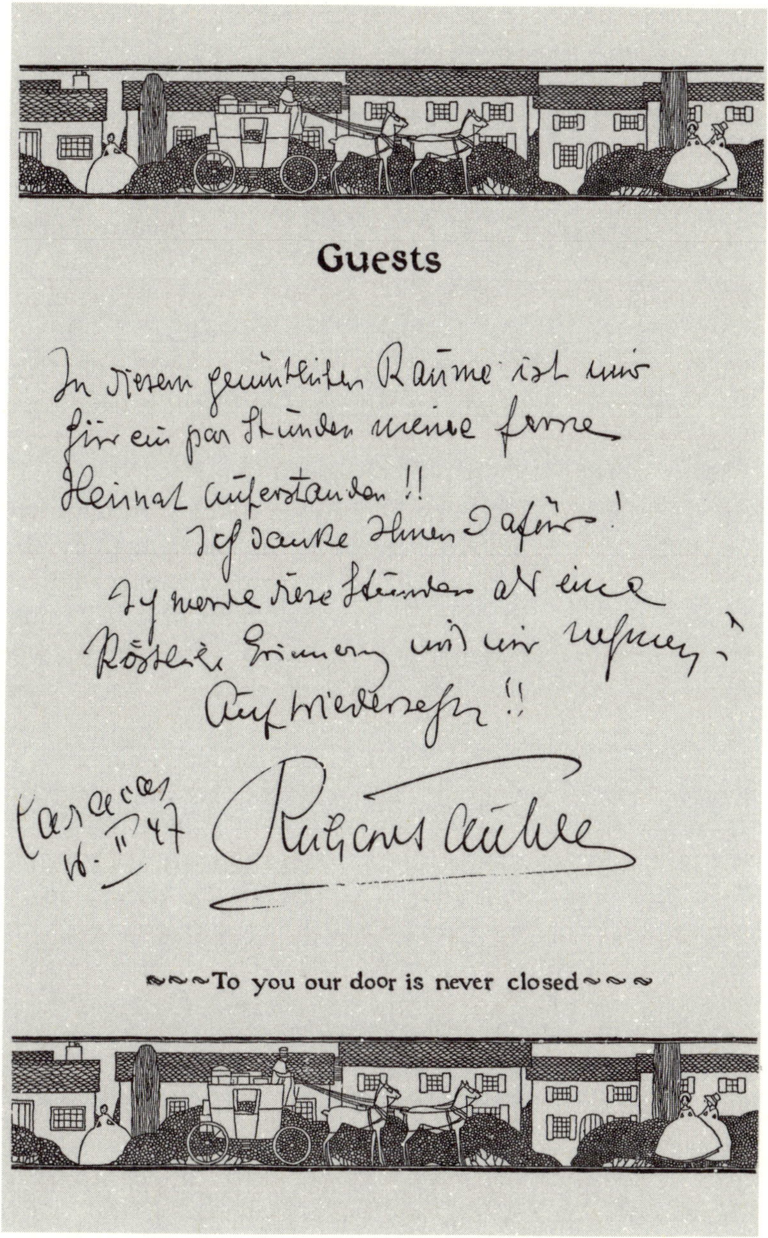

Guests

In diesem gemütlichen Raume ist mir
für ein paar Stunden meine ferne
Heimat auferstanden!!
Ich danke Ihnen dafür!
Ich werde diese Stunden als eine
köstliche Erinnerung mit mir nehmen!
Auf Wiedersehen!!

Caracas
16. II. 47
Richard Tauber

~~~To you our door is never closed~~~
~~~

In diesem gemütlichen Raum ist mir für ein paar Stunden meine ferne Heimat auferstanden!!
Ich danke Ihnen dafür!
Ich werde diese Stunden als eine köstliche Erinnerung mit mir nehmen!
Auf Wiedersehen!!
Caracas, 16. 2. 47. Richard Tauber

Wir sahen ihn nicht wieder. Im Mai 1947 traf er noch einmal mit Lehár in Zürich zusammen. Für September wurde die Wiener Staatsoper eingeladen, ein Gastspiel in der Covent Garden Opera zu geben, und bat Tauber – ihr Ehrenmitglied – um seine Mitwirkung. Tauber, schon schwer krank, war erfreut einverstanden, aber in Betracht käme nur seine Lieblingspartie: der Don Ottavio in Mozarts Don Giovanni. In Wien schwitzte man Blut. Man wußte, daß Taubers Stimme nicht mehr die alte war. Als er sein oft getragenes Ottavio-Kostüm anzog, erschrak er, weil es ihm viel zu weit geworden war. Aber als er die Bühne betrat, konnten es die, die um sein Leiden wußten, nicht fassen: das war Tauber, wie er nicht besser sein konnte. 30mal mußte er vor den Vorhang, und in der Garderobe sagte er zu seiner Frau: »Wenn ich nie mehr einen Ton singen sollte – es war ein herrlicher Abgang.« Einige Tage später, bei einer Notoperation, sah man, daß er nur mehr mit einer vollkommen verfallenen Lungenhälfte gesungen hatte. Er starb am 8. Januar 1948, nur 56 Jahre alt, an Lungenkrebs. Aber zurück. Noch schreiben wir das Jahr 1944. Hitlers Niederlage begann sich abzuzeichnen. Am 6. Juni erfolgte die anglo-amerikanische Invasion in der Normandie, am 25. August wurde Paris eingenommen, de Gaulle marschierte ein und bildete am 9. September eine provisorische Regierung, am 3. September war Brüssel gefallen, und am 21. Oktober fiel Aachen.
Und wir in »Johnny's« spielten und sangen. Unsere Musicbox wurde vergrößert. Wir hatten nun einen Ausgang in den Patio, wie die altspanischen Innenhöfe hießen, die damals noch in fast

allen Häusern zu finden waren. Von den Patios aus führten Türen in Wohnungen und Büros, hauptsächlich aber in Anwaltskanzleien. Wenn einer unserer Gäste in den Patio ging, fiel das nicht weiter auf. Das war auch bei Romoulo Betancourt der Fall, einem Politiker, mit dem wir auf sehr gutem Fuß standen. Er war Obmann der linksgemäßigten *Accion Democratica,* einer der beiden Großparteien. Die andere, rechtsgerichtet und christlichsozial, hieß *Coppei.* Betancourt trug uns oft die venezolanische Staatsbürgerschaft an, wir lehnten jedesmal ab. Das hatte nichts mit Venezuela zu tun. Wir waren und sind noch heute dem Staat und seinen Bürgern dankbar, daß man uns in kritischer Zeit aufgenommen hat. Was uns nicht gefiel, war, daß jede öffentliche Kundmachung die Überschrift trug: »An alle Venezolaner und naturalisierten Ausländer!« Wir wären uns irgendwie zweitklassig vorgekommen. Wir haben unsere Zugehörigkeit zu Österreich nie aufgegeben, und jetzt, wo an dem Ausgang des Krieges nicht mehr zu zweifeln war, wollten wir es erst recht nicht tun.
Eines Abends war das Lokal voll mit venezolanischen Offizieren. Auch Betancourt war da. Etwas wurde gefeiert – was es war, das wußten wir nicht. Man trank an allen Tischen Sekt, was in Venezuela eher unüblich ist. Dort trinkt man Whisky. Um fünf Uhr früh – wir waren schon zu Hause – fielen Schüsse. Nun wußten wir, was man gefeiert hatte: den Ausbruch der Revolution. In der ganzen Stadt wurde gekämpft, und ausgerechnet vor unserem Haus fand eine der erbittertsten Straßenschlachten statt, in die sogar Panzer eingriffen. Im Radio wurde unaufhörlich gewarnt: »Nicht auf die Straße gehen! Kein Fenster öffnen!« Einer unserer Freunde, ein Engländer, ging auf das Flachdach, er wollte eine bessere Sicht bekommen. Was er bekam, war eine Kugel in den Kopf. General Medina, der Regent des Landes, flüchtete in die Staaten. Fünf Tage und Nächte wurde gekämpft, dann war es entschieden. Der neue Präsident hieß Romoulo Betancourt. Oft, schon längere Zeit vorher, hatte man versucht, Cissy als Spionin anzuheuern. Sie

kannte alle, ob sie bei dieser oder bei jener Partei waren, sie saß an allen Tischen – sie hätte bestimmt etwas aufgeschnappt, aber sie wollte nicht. Sie wollte keine Cissy Hari werden. Man hätte sie vielleicht erwischt, hätte sie angeklagt, wenn auch nicht zum Tode verurteilt, aber man hätte ihr auflauern und sie liquidieren können. Unser Freund Hegedüs, der beim Geheimdienst war, wurde eines Tages mit einer Machete, einem jener scharfen Messer, mit denen man sich im Urwald den Weg freimacht, getötet. Cissy sagte ganz einfach, sie verstehe zwar Spanisch sehr gut, aber nicht, wenn die Venezolaner untereinander sprechen. Ob man es ihr glaubte, weiß ich nicht.
Warum ich früher den Patio geschildert habe? Weil sich dort die Kanzlei eines Anwalts befand, bei dem sich die Führer der Aufständischen trafen. Bald gingen sie von uns aus zu ihm, bald kam er von seinem Büro aus zu uns. Die Revolution ist praktisch bei uns entstanden.
Der Krieg ging weiter. Während die alliierten Truppen für den Sturm ins Innere des Deutschen Reiches organisiert wurden, fragten sich ihre Regierungen, wie der Frieden in der Welt und besonders in Europa gesichert werden sollte. Man beschloß die Gründung der UNO. Ob das der richtige Weg war?
Auch bei uns ging es weiter. Ich wurde krank. Der Arzt konstatierte Gelbsucht mit Verdacht auf Paratyphus. Ich fühlte mich elend. Cissy sang mit einem anderen Pianisten. Jede Nacht kam sie nach Hause, um mir von einem nahegelegenen Beer-garden eine Suppe zu bringen. Dann fuhr sie wieder zurück. Eines Nachts, als sie mit der heißen Suppe nach Hause ging, fühlte sie, daß ihr jemand folgte. Als sie noch dazu ein unheimliches Keuchen hörte, wandte sie sich um und sah einen Exhibitionisten, der hinter ihr herging. Sie drohte, ihn mit der heißen Suppe anzuschütten, aber das schreckte ihn nicht ab. So ging sie, mit dem Rücken voraus und mit der Suppe als Waffe, von dem Sexstrolch gefolgt, bis zur Hauptstraße, wo sie ein Auto anhielt, das sie mitnahm. Ein andermal, auf demselben Weg, wollte sie ein Schwarzer überfallen, sie aber schlug ihn

mit der Handtasche auf den Kopf, was ihn, da sich in der Tasche ein Bund mit schweren Schlüsseln befand, zur Flucht zwang. Anstatt froh zu sein, daß sie ihn los war, lief sie ihm nach und rief: »Parese!« (Stehenbleiben!) Er dachte nicht daran, sondern lief auf einen Platz, auf dem sich viele Schwarze befanden, die alle die ortsüblichen weißen, am Hals geschlossenen Leinenanzüge, die sogenannten Liquiliquis, trugen, und da für unsere Augen alle Schwarzen ziemlich gleich aussehen, konnte sie ihn, Gott sei Dank, nicht mehr finden.
Aber auch ich hatte ein Abenteuer. Wir hatten inzwischen schon ein sehr schönes Apartment in der Pasaje Junin bezogen. Das Gebäude, nach einem Helden der Nacion, General Junin, benannt, war auf das großzügigste gebaut worden. Wir hatten zwei große, hohe Räume, die durch einen Bogen miteinander verbunden waren, ferner ein Arbeitszimmer, in dem Schreibtisch, Klavier und Bücherschränke Platz fanden, ein ebenso großes Schlafzimmer mit angrenzendem Bad und natürlich Vorzimmer und Küche. Zwischen je zwei Apartments gab es einen Hof, so daß man keinen direkten Nachbarn hatte, das Auffallendste aber waren die breiten Gänge, die den Korridoren eines Palais oder eines Ministeriums ähnelten. Bald erfuhren wir auch den Grund dieser Raumverschwendung. Ein den Kreisen der Regierung sehr nahestehender Mann hatte erfahren, daß durch einen Teil der Stadt eine breite Avenida führen sollte und hatte ihr die Pasaje Junin in den Weg gestellt. Um dieses herrliche Bauwerk, welches mit dem billigsten Material (so waren z. B. die Installationen voller Mängel, einmal gab es kein Wasser, das andere Mal kein Licht) und größter Raumverschwendung errichtet worden war, wieder abzureißen, konnte er eine Menge Geld verlangen. Er verlangte es auch und bekam es. Auch damals sagten wir: »Das wäre in Europa nicht möglich.« Und heute? Heute ist alles möglich.
Aber noch habe ich mein Abenteuer nicht erzählt. Es war zwölf Uhr nachts, ich war noch immer krank und lag im Bett, als jemand mit der Faust an die Tür klopfte: »Aufmachen! Poli-

zei!« Ich erhob mich mühsam, schleppte mich zur Tür, blickte durch den Spion und sah zwei Männer draußen stehen. »Aufmachen!« rief der eine wieder, »sonst schieße ich das Schloß durch!« Es war nach der Revolution, man mußte vorsichtig sein. Ich öffnete die Tür einen Spalt breit und fragte nach seinem Ausweis, aber schon hatte er die Hand dazwischen. Ich drückte die Tür mit aller Kraft zu, der Mann schrie vor Schmerz. »Schieß!« befahl er dem andern. Nun entschloß ich mich, doch zu öffnen, die beiden kamen herein. »Her mit den Waffen!« brüllte mich der eine an. »Waffen?« fragte ich ganz verdattert. »Wir haben keine Waffen.« »Lüge!« brüllte er wieder. »Du schaust dich hier um«, sagte er zu seinem Begleiter, »und du«, wandte er sich an mich, »kommst mit mir«. Wir gingen ins Nebenzimmer. Ich wußte, daß sie nichts finden würden, und ich hatte recht. Schimpfend und drohend entfernten sie sich, aber ich hatte mich getäuscht. Sie hatten etwas gefunden, und zwar eine Brieftasche mit unseren Ersparnissen. Während ich mit dem einen Mann im Nebenzimmer war, hatte der andere den Kasten kontrolliert. So wurde ich ein Opfer der Revolution, aber es gab Schlimmeres. Es gab Tote und Verwundete auf beiden Seiten und großen Sachschaden. Auch das Restaurant »Long champs« war zertrümmert worden. Es blieb kein Glas ganz. Dem Pianisten, einem Wiener namens Ernst Schimmerling, riß man die Saiten aus dem Klavier und das Akkordeon in der Mitte auseinander. Er selbst flüchtete vor den Bewaffneten in einen Hof und sprang über eine Mauer in einen anderen Hof, wo er wieder Bewaffnete vorfand. Er wurde gefesselt, man setzte ihm eine Pistole an die Schläfe, und erst als sich herausstellte, daß er ein harmloser Musju war, ließ man ihn laufen, und das nicht ohne ihn vorher zum Frühstück eingeladen zu haben.

Bald war ich so weit gesund, daß ich nach Macuto, einem Ferienort am Meer, zur Erholung fahren konnte. Kaum angekommen, rief ich Cissy an. Ihre Stimme klang seltsam müde. »Was hast du?« fragte ich besorgt. Was sie hatte? Die Gelb-

sucht. Sie hatte sie schon gehabt, als *ich* sie hatte, und ich, in meinem Elend, hatte es nicht bemerkt. Zum Glück war es nicht so schlimm.
Vierzehn Tage später brachten die spanischsprachigen Zeitungen bereits die Nachricht von meiner Wiederherstellung: »HUGO restablecido vuelve a tocar esta noche en Johnny's Musicbox.« Und die englischsprachigen: »HUGO fine again and full of pep tonight at Johnny's Musicbox.«
Schon 1943, nach der Invasion Siziliens durch die Alliierten, wurde Mussolini vom Faschistischen Großrat gestürzt. Die Alliierten landeten an der Südspitze Italiens, die neue Regierung Badoglio kapitulierte und erklärte Deutschland den Krieg. Am 4. Juni 1944 marschierten die alliierten Truppen in Rom ein. Jetzt war es ihnen möglich, Deutschland, vor allem die Industriegebiete in Mitteldeutschland, von allen Seiten zu bombardieren.
Cissy wurde krank. Sie sagte es nicht, und sie klagte nicht, aber ich merkte, daß sie viel rascher ermüdete als sonst. Es war eine Hautsache. Ich überredete sie, zum Arzt zu gehen, sie bekam Injektionen, Tabletten, Kapseln – und scheinbar besserte sich ihr Zustand. Aber nur scheinbar.
1945. Sowohl die Rote Armee als auch die Truppen der Westmächte drangen unaufhaltsam vor. Am 12. April starb Roosevelt, am 30. April beging Hitler im Führerbunker in Berlin, zusammen mit seiner frisch angetrauten Frau Eva Braun, Selbstmord durch Erschießen. Göbbels folgte mit Frau und Kindern seinem Beispiel. Am 7. Mai kapitulierten die Deutschen.
Bei uns, in Johnny's, gab es eine große Siegesfeier. Über dem Klavier prangten die Fahnen der USA, Großbritanniens, Frankreichs, Rußlands – und Österreichs! Rot-weiß-rot ohne Hakenkreuz! Ich hatte damals den ersten und einzigen Wodkarausch meines Lebens. Am nächsten Tag wußte ich von nichts. Ich wußte nicht einmal, wie ich nach Hause und ins Bett gekommen war. Cissy erzählte mir nur, daß ich zu Hause umgefallen sei wie ein Stück Holz.

Noch hielt der Krieg mit Japan an. Truman, Roosevelts Nachfolger, entschied sich für den Abwurf der Atombombe, die kurz vorher fertiggestellt worden war. Zwei Abwürfe auf Hiroshima und Nagasaki führten dazu, daß auch die Japaner ihre Bereitschaft zur Kapitulation erklärten. Am 2. September 1945 war der Zweite Weltkrieg endgültig zu Ende.
Die erste Zeit nach dem Krieg war für uns keine erfreuliche. 1946, als die Post mit Europa wieder funktionierte, schrieb ich sofort an unsere alte Adresse nach Wien und erhielt den Brief einer Nachbarin, in dem sie mir unter anderem schrieb: »Von Ihrer armen Familie kann ich Ihnen nur mitteilen, daß sie im November 1941 die Wohnung räumen mußte. Ihre Leute wohnten dann einen Monat in Untermiete im 1. Bezirk, mußten dann wieder weg und kamen schließlich in das Sammellager in der Sperlgasse. Da es ihnen sehr schlecht ging, weil ja Juden nur sehr wenige und nahezu ungenießbare Lebensmittel erhielten, haben wir ihnen verschiedene zusätzliche Nahrungsmittel hingebracht, worüber sie große Freude hatten.« Eine andere Nachbarin sandte mir den letzten Brief meiner Schwester, den sie ihr geschrieben hatte. Er lautete: »Liebe Frau Lilly! Sind Sie nicht böse, daß ich Sie nochmals belästige, aber erweisen Sie mir bitte noch den letzten Liebesdienst. Ich bitte sie hauptsächlich um Brot. Vielleicht läßt Ihnen jemand im Haus etwas zukommen. Wir können alles brauchen, weil wir nicht wissen, wie lange wir unterwegs sind. Vielleicht können Sie drei Wollhauben auftreiben. Wir fahren Mittwoch nachts. Vielen Dank Ihre Gisa.« Das war das letzte, was ich von ihnen hörte, bis auf einen Brief, den ich 1941 abschickte und der jetzt, 1946, zurückkam. Auf der Rückseite stand: Adressat ausgezogen (Polen). Und wie zum Hohn ein amtlicher Vermerk: Abgereist. Parti. (Poland).
Cissys Gesundheit verschlechterte sich wieder. Der Arzt verordnete ihr Röntgenbestrahlungen und schickte sie zu dem ersten Röntgenologen von Caracas. Leider war der Mann, der den Bestrahlungsapparat bediente, kein Arzt. Er kannte Cissy

von unserer Musicbox und dachte, er würde ihr Gutes tun, wenn er sie jedesmal länger bestrahlte, als es der Arzt angeordnet hatte.
Eines Tages bekam sie am ganzen Körper schwarze Flecken. Die Bestrahlungen wurden sofort abgesetzt. Das Blutbild war denkbar schlecht. Cissy hatte infolge der Überbestrahlung nicht einmal zwei Millionen rote Blutkörperchen, das ist die Hälfte der Anzahl, die ein Mensch haben muß. Ich besprach mich mit meinem Arzt, der der Meinung war, daß Cissy, nach meiner Schilderung, an perniziöser Anämie leide, einer damals noch unheilbaren Blutarmut, die in den meisten Fällen tödlich verlief. Ich war verzweifelt. Ich betete jede Nacht zu Gott, und Gott schickte ihr einen Schutzengel. Eben zu jener Zeit wurde in den Staaten ein Mittel gegen Blutarmut entdeckt: Acid folic. Dieses Mittel wollte man unter verschiedenen klimatischen Umständen ausprobieren. In Caracas versuchte man es an Cissy. Das Mittel wirkte. Cissys Blutbild besserte sich zusehends, schon glaubten wir Grund zum Jubeln zu haben, als die Zahl der Blutkörperchen wieder fiel. Nun rieten die Ärzte zu Luftveränderung. Höhenluft. Mexiko. Wie kam man in jener Zeit nach Mexiko? Die Einreisebestimmungen wurden ja noch lange nicht gelockert. Der mexikanische Konsul, mit dem wir befreundet waren, versprach uns zu helfen, aber selbst er hatte Schwierigkeiten mit dem Beschaffen der Visa. Wir konnten nur warten. Wir verkauften unsere Wohnungseinrichtung einem spanischen Einwanderer namens Rincones, der mit dem Handel von alten Klavieren begonnen hatte. Er kaufte sie billig ab, brachte die Gehäuse auf Hochglanz, reparierte die Mechanik, gab dann, je nach seinem Gutdünken, das Innere des einen in das Gehäuse des andern, und so konnte es passieren, daß man ein Klavier besaß, auf dessen Deckel der Name »Steinway« prangte, und das einen Klang hatte wie eine alte Schreibmaschine. Jetzt kaufte und verkaufte er Wohnungseinrichtungen, Verlassenschaften – einfach alles.
Während wir auf die Visa nach Mexiko warteten, kamen die

ersten Briefe aus Europa. Selbstverständlich ging das nicht so schnell wie in normalen Zeiten, denn so ganz normal waren sie ja noch gar nicht, aber man konnte doch wieder schreiben, und so konnten wir uns ein Bild machen, wie es in Wien aussah. Daß die Stadt zerbombt wurde, sahen wir im Kino in den Wochenschauen, nun erfuhren wir nicht nur von den Schwierigkeiten, die die Wiener mit der Besatzung hatten, hauptsächlich mit der russischen, wir hörten auch von der Not, die in Wien herrschte.

Cissy und ich schickten nach dem Krieg sofort Lebensmittelpakete nach Wien, und zwar über Firmen in Holland und Schweden. Care-Pakete gab es noch keine. Cissys Schwester Hela war glücklich darüber, schrieb aber: »Schickt uns nur etwas, wenn es euch nicht schwerfällt«, andere wieder schrieben: »Schickt mehr, wir können die Sachen im Schleichhandel verkaufen und das Geld mit euch teilen«, und mein Freund Imhoff, noch ganz der alte, schrieb: »Schickt mir nichts. Als Theaterdirektor (auf Weisung der Russen und Bitten seiner Kollegen hatte er sich entschlossen, nach dem Krieg die Leitung des Raimund-Theaters zu übernehmen), bekomme ich die Ration für Schwerarbeiter. Ich brauche nichts.« Von den Briefen, die mich über das Schicksal meiner Familie aufklärten, habe ich ja bereits berichtet.

Es war eigenartig, daß den Russen so daran gelegen war, die Theater, die sich in ihrer Zone befanden, so schnell wie möglich wieder zu eröffnen. Imhoff schrieb: »Wir sind täglich ausverkauft, aber nicht, weil wir so gut sind – wir haben ja kaum Dekorationen und Kostüme –, sondern weil die Leute für ihr Geld nichts bekommen. Weder Brot noch Butter, weder Kleider noch Schuhe, weder Holz noch Kohlen, und so sitzen sie in Mänteln, mit Handschuhen und Hüten im Theater und sind froh, daß sie zweieinhalb Stunden lang das Elend vergessen können, in dem sie leben.«

Hunger mußten Imhoff und seine junge Frau Herta durch die Schwerarbeiterkarte nicht leiden, aber ein Luxusleben führten

sie auch nicht. Sonst hätte er sich nicht so über das große »Radl« Emmentalerkäse freuen können, das er von Verehrern ins Theater geschickt bekam. Nach Hause *tragen* konnte er es nicht, dazu war es zu schwer, also mußte er es rollen. Als er endlich vor seiner Haustür stand und aufschloß, kam ein russischer Soldat, sah den Käse, nahm ihn und rollte ihn weiter. Imhoff konnte ihm nur nachschauen.
Endlich kamen die Visa aus Mexiko. Wir kauften zwei Riesenkoffer für Kleider, Noten und Dinge, von denen wir uns nicht trennen wollten, und schickten sie per Schiff voraus. Sie kamen nie an. Als wir nach ungefähr vier Monaten wieder in Caracas waren, erzählten wir dem Konsul davon. Er erkundigte sich bei den zuständigen Behörden, was mit unseren Koffern geschehen sei. Sie standen noch beim Zoll an der mexikanischen Grenze.

Ich will nicht vorgreifen. Wir verbrachten einige Tage in Yukatán, wo wir die berühmten Pyramiden aus der Zeit der Mayas bewunderten, und flogen dann nach Mexiko-City. Wir waren begeistert. Die breiten Avenidas, der Verkehr, die Bauten, von denen einige wie Chapultepec, das Schloß Kaiser Maximilians, an den Baustil der Habsburger erinnerten, beeindruckte uns sehr. Für mich war Mexiko damals die schönste Stadt. Die Mexikaner waren freundlich, und ihre Lebensweise war eine ganz andere als die unsere. Wir waren in einem Hotel abgestiegen. Als wir um 9 Uhr abends zum Abendessen kamen, war kein Mensch im Speisesaal. Waren wir schon die letzten? Der Direktor beruhigte uns: wir waren die ersten. Der Mexikaner nimmt am Abend eine kleine Mahlzeit zu sich. Das große Abendessen, la cena, folgt um zirka elf Uhr nachts, nach dem Theater oder sonst einer Unterhaltung.
Natürlich können sich nicht alle Mexikaner diesen Lebensstil leisten. Neben dem großen Reichtum gibt es die größte Armut. Wir sahen Kinder, mit Zeitungen zugedeckt, in der Nacht vor den Bäckerläden auf den Gittern liegen, durch die die Wärme

aus den Backstuben nach oben dringt. Gebettelt wurde überall und gestohlen auch. (Damals. Ich weiß nicht, wie es heute ist.) Im Hotel trafen wir einen Bekannten aus Caracas, der eben aus Acapulco gekommen war, wo, wie er uns erzählte, die Leistungen in den Hotels immer geringer wurden und der Nepp immer größer. Vor ein paar Jahren, sagte er, sprangen die Kinder noch ins Meer und tauchten nach ein paar Kupfermünzen, die man ihnen hineinwarf – heute tauchen sie nur noch nach Travellercheques.

Wir hörten und sahen in Mexiko viel Amüsantes, amüsant für den, den es nicht trifft. So erzählte uns ein Wiener Juwelier von einem Betrüger, der ihm, während er einen anderen Käufer bediente, sechs goldene Uhren stahl. Der Dieb lief davon, der Juwelier hinter ihm her, auf der Straße bemerkte er einen Polizisten und rief ihm zu: »Der Mann dort hat mir eben sechs goldene Uhren gestohlen!« Der Polizist sagte wütend: »Sechs Uhren? Na warte!« Er verfolgte den Dieb und kam nicht mehr zurück. Der Juwelier war überzeugt, daß die beiden drei zu drei miteinander geteilt hatten. Als er wieder ins Geschäft zurückkam, war noch der zweite Käufer weg – und sechs weitere Uhren mit ihm.

Ein andermal, und das sahen wir selbst, schraubte ein Polizist von einem vor einem Postamt parkenden Wagen die Nummerntafel ab. Wir fragten uns, was er damit vorhaben könnte, bald sollten wir es erfahren. Als der Besitzer des Wagens aus dem Postamt kam, beanstandete der Polizist das Fehlen der Nummerntafel und schraubte sie schließlich für ein paar Pesos wieder an. In Mexiko war man an derlei Dinge gewöhnt.

Da bekam beispielsweise der Nobelbezirk der City einen neuen Polizeichef. Er rief seine Untergebenen zusammen und sagte: »Ich gebe euch die besten Kreuzungen, dafür hat mir jeder von euch 50 Pesos pro Tag abzuliefern.« Die »besten Kreuzungen« waren jene, an denen sich der größte Verkehr abspielte. Der dort postierte Polizist hielt die feinsten Wagen an, stellte den Besitzern wegen irgendeines Deliktes, das sie gar nicht began-

gen hatten, eine größere Strafe in Aussicht, man einigte sich und gab ihm 20 Pesos. Wenn er das zehnmal am Tag machte, hatte er 200 Pesos, von denen er 50 Pesos seinem Chef gab.
Anders verhielt es sich bei den nicht so guten Kreuzungen. Wurde dort dem Fahrer aus irgendeinem oder auch gar keinem Grund der Führerschein abverlangt, lagen bereits 5 Pesos für den Polizisten drinnen.
Nun suchten wir alte Bekannte auf, wie zum Beispiel den Dirigenten Dr. Römer, dem ich bei der Baker-Revue assistiert hatte. Er war gar nicht erfreut, mich zu sehen. Er hatte schon von unserer Ankunft gehört, nur war ihm erzählt worden, daß wir aus Schanghai kämen, und wer aus Schanghai kam, brauchte Geld. Erst als sich herausstellte, daß wir aus Caracas kamen, wurde er freundlich. So ging es uns bei einigen Leuten. Richtig freudig aufgenommen wurden wir erst bei einer Familie, an die uns die Beers aus Caracas verwiesen hatten. Von einem täglichen Auftreten Cissys konnte aus gesundheitlichen Gründen keine Rede sein, aber als sie uns baten, einen Abend für die deutschsprachige Kolonie zu geben, sagten wir zu. Das konnten wir wagen. Ich schrieb eine Revue, die Musik dazu machte Dr. Egon Neumann, den ich vom Raimundtheater her kannte. Gespielt wurde teils von Schauspielern, teils von begabten Amateuren. Wir hatten auch einen ungarischen Profitenor im Ensemble, der eine Nummer von Neumann sang, die schon in Wien ein Schlager gewesen war. Der Text war übrigens von Karl Farkas und hieß: »Du hast mich nie geliebt, ich weiß, du schöne Frau«. Der Tenor – er hieß Carlos Vajda – konnte nur schlecht Deutsch, aber seine Frau, eine Wienerin, trichterte ihm den Text ein. Besondere Schwierigkeiten machte ihm die zweite Hälfte des Refrains: »Du hast mich nie geliebt, hast mich nur tollgemacht!«, und so sang er auch prompt bei der Vorstellung: »Du hast mich nie geliebt, hast mich nur vollgemacht!«
Die Revue war ein Riesenerfolg. Für den nächsten Tag wurden wir nach Xochimilco eingeladen, einer Touristenstadt mit einem großen Lagunensee, die aussieht, als ob man sie aus Holly-

wood hierher verfrachtet hätte. Man mietet ein großes Floß, auf dem Tische und Bänke stehen, wenn einem nach Musik zumute ist, engagiert man an Ort und Stelle eine Gruppe Mariachi (eine Art mexikanische Schrammeln), die auf einem zweiten Floß folgt, das Essen bringt man mit – ein mexikanischer Heuriger. Leider tat Cissy der Ausflug nicht gut, wir fuhren zurück in unser Hotel. Cissy hatte dieselben Zustände wie in Caracas. Ich wurde stutzig. War es vielleicht falsch gewesen, nach Mexiko zu fahren?

Einige Tage später gab man uns zu Ehren eine Party in der Quinta eines sehr reichen Mannes namens Eisner. Seine ausnehmend hübsche Frau hatte die Bühnenbilder für uns gezeichnet. Sie hieß Sophia Eisner-Nowak. (Es war meine erste Begegnung mit dem Namen Nowak.) Während der Party machte man mir einen interessanten Vorschlag: die deutschsprechende Kolonie wolle uns engagieren, Geldgeber wäre eine Gruppe von Kapitalisten unter dem Vorsitz Eisners, ich hätte mit Egon Neumann jeden Monat eine Revue zu schreiben für zwei, eventuell drei Vorstellungen, ansonsten könnten wir, wenn Cissy wieder gesund wäre, auftreten, wo wir wollten – es war wirklich verlockend, um so mehr, als uns das Leben in Mexiko gefiel. Auch die Gage konnte sich sehen lassen. Ich wollte sofort mit Cissy darüber reden, sie kam eben vom ersten Stock, wo sie sich im Zimmer der Hausfrau frischgemacht hatte, als sie ohnmächtig wurde und die Treppe hinunterkollerte. Wir fuhren sofort nach Hause, am nächsten Tag waren wir beim Arzt, der feststellte, daß die Höhe von Mexiko-City für Cissy schädlich sei. Sie müsse in ein mittleres Klima – am besten nach Caracas. Also fuhren wir zurück.

Als wir in Caracas ankamen, wurden wir freudig begrüßt, vor allem von Schalk und Fuchs, den Besitzern von »Johnny's«, deren Lokal vollkommen sein Image verloren hatte. An ein Auftreten Cissys war im Moment nicht zu denken, aber ihr

Zustand besserte sich zusehends. Ganz gesund wurde sie erst Jahre später in Wien. Dort hatte ein Arzt am Lainzer Krankenhaus ein Medikament entwickelt, welches Wunder wirkte. Leider kam es nie auf den Markt. Angeblich gab es Schwierigkeiten bei der Massenerzeugung.

Als Cissy so weit war, daß sie mit Bewilligung des Arztes wieder arbeiten durfte, wurde unsere »Musicbox« abermals vergrößert, aber so, daß sie ihr intimes Ambiente behielt. »A la tyrolienne« eingerichtet wurde das Lokal von einer holländischen Innenarchitektin, Erna Bittner. Vor Monaten, ehe wir nach Mexiko gingen, noch eine schöne junge Frau, war sie jetzt kaum noch zu erkennen. Unter den Millionen »Massenschicksalen«, welche die Hitlerverbrecher am Gewissen hatten, gab es eben immer noch Einzelschicksale. Ernas Eltern, welche von Amsterdam nach Paris geflüchtet waren, sollten dort Visa nach den USA bekommen. Der Mittelsmann war ein französischer Arzt, der die beiden in seinem Haus versteckte. Sie sollten es nie mehr verlassen. Der Arzt brachte sie um und raubte sie aus. Wie man später erfuhr, waren sie nicht die einzigen. Der Arzt, der, nach dem Eid des Hippokrates, das Gelöbnis abgelegt haben mußte, seinen Beruf gewissenhaft und mit Würde auszuüben, war ein Massenmörder. Erna erfuhr von dem Schicksal ihrer Eltern erst nach dem Krieg.

Nach und nach begann der Postverkehr mit Europa wieder zu funktionieren. Den ersten erfreulichen Brief bekam ich von Kowalewski, meinem alten Volksoperndirektor. Er hatte die Zeit in Paris überlebt. Nun hatte er wieder Theaterpläne, obwohl es ihm gesundheitlich gar nicht so gut ging. Ihm mußte, unter den denkbar schlechtesten Umständen, eine Niere entfernt werden. Die Operation wurde in einem Keller durchgeführt, der Arzt, der den gefährlichen Eingriff wagte, war ein österreichischer Jude (natürlich verboten), Kowalewski mußte einige Wochen nach der Operation bei verschiedenen Freunden versteckt werden – es war ein Wunder, daß er überlebte. Nun wollte er nach Wien zurück und vorerst mit dem »Gütigen

Antonius« in der Renaissancebühne beginnen. Ab Herbst 1949 hatte er das damals noch bestehende Stadttheater gepachtet. Es sollte mit »Gruß und Kuß aus der Wachau« eröffnet werden. Ich antwortete ihm natürlich sofort, berichtete ihm über die vergangenen Jahre, und vor allem, daß ich seine so oft empfohlene Soubrette Cissy Kraner geheiratet hatte, die Beda, Beneš und ich immer wieder abgelehnt hatten, weil wir sie nicht kannten. Er war überglücklich über diese Nachricht und schickte Cissy sofort einen Vertrag für »Gruß und Kuß«.
Nun kam auch schon ein Brief vom Verlag, von der Wiener Universal-Edition, die mich verständigte, daß die »Grüne Wiese« sowie meine anderen Operetten bereits wieder aufgeführt werden. Für die Aktualisierung sorgte Peter Wehle, der das an Ort und Stelle leichter und schneller besorgen konnte als ich in Südamerika. Nur für die »Wachau« behielt ich mir das Recht der Bearbeitung vor.
Auch von Gyimes bekam ich einen Brief. Wie er mir mitteilte, war er von Argentinien nach den Staaten zurückgekehrt, hatte nach dem Tod seiner Frau eine junge Amerikanerin geheiratet und hatte in New York mit ihr eine kleine Plastikfabrik aufgemacht, die sich, wie er mir später erzählte, als Flop erwies. Da einer dem andern die Schuld an der Pleite zuschob, gab es viel Streit zwischen ihnen, bis sie das folgende Übereinkommen schlossen: sobald, egal aus welchem Grunde, eine Auseinandersetzung in der Luft liegt, sagt einer von ihnen das Wort »Plastikfabrik« – und es ist vorüber. Seinem Brief entnahm ich, daß er gerne nach Wien zurückgehen würde, aber nur, wenn ich mit ihm ginge. Aber Cissy und ich konnten uns noch nicht dazu entschließen.
Der erste, der sich in Caracas mit dem Gedanken trug, war Richard Paul Beck, der in der alten Heimat einige Geschäfte (Stricke und Seile) besessen hatte. Ich erwähne ihn, weil er mich an die erste Zeit in Caracas erinnert, in der wir alle noch voller Sorgen waren, wovon wir in Zukunft leben würden, denn

seinen erlernten Beruf konnte fast keiner von uns ausüben. Beck wollte durchaus mit mir etwas anfangen und kam jeden Tag mit einer anderen Idee. »Jetzt habe ich etwas«, kam er eines Tages auf mich zu. »Es gibt hier ein neues Haus mit einer Halle, die noch unbenutzt ist. Wir könnten sie mieten und etwas machen, was es hier noch nicht gibt, und zwar eine Modenausstellung. Wir statten die Halle elegant aus mit Samt- und Seidenvorhängen sowie mit Spiegeln, die die ganzen Wände bedecken, und stellen Vitrinen auf, die wir an diverse Modenfirmen vermieten. Ich denke auch an Modeschauen und andere Veranstaltungen. Natürlich für die oberen Zehntausend. Auch könnten wir einige Mädchen engagieren, die in alt-venezolanischen Trachten Sandwiches und Getränke verkaufen, natürlich das Beste vom Besten, französischen Champagner, schottischen Whisky und ähnliches. Schauen Sie sich die Halle an.« Er gab mir die Adresse, ich ging hin, es war eine riesengroße Halle, in der mindestens dreißig Vitrinen Platz hätten. Die Idee schien mir nicht so schlecht zu sein. Am Abend traf ich mich mit Beck. Ich sagte ihm, daß mir die Halle gefiel, daß wir aber, um sie richtig elegant ausstatten zu können, viel Geld benötigen würden, aber er sagte: »Vergessen Sie's, ich habe eine andere Idee. Wir kaufen ein kleines Wagerl und einen Esel, fahren damit durch die Straßen und rufen ›Alte Flaschen!‹ Die Leute werden froh sein, wenn sie das Gerümpel loswerden, wir geben sie den Geschäften zurück und bekommen den Einsatz.« Das machte ich denn doch nicht mit. Ich war sicher, daß wir damit nicht einmal das Futter für den Esel verdient hätten. Zur Welt kommen ist leicht, weil wir geboren werden, sterben ist leicht, weil man uns das Leben nimmt, nur leben ist schwer, denn das müssen wir selbst. Und besonders schwer ist es in der Emigration. Trotzdem – in Caracas haben wir alle unseren Weg gemacht.

Der neue »Johnny« wurde eröffnet und war von Beginn an der alte. Unsere Freunde kamen wieder, sie brachten neue mit, es war wieder ein großer Erfolg. Allerdings war es nach dem

Krieg schwerer geworden. Neue Lokale schossen aus dem Boden, zwielichtige Mädchen kamen aus Europa, hauptsächlich aus Ungarn, um hier ihr Glück zu machen. Eine von ihnen erkundigte sich bei Cissy, wie sie schnell Karriere machen könnte. Cissy fragte: »Was machen Sie?« Das Mädchen sagte: »Singen und soso.« Drauf Cissy: »Wenn Sie ›soso‹ machen, werden Sie es bald schaffen.« Aber auch Männer kamen aus Europa, teils weil sie der Armut, die dort herrschte, entfliehen wollten, teils aus politischen Gründen.

Im April 1948 war es endlich soweit. Wir beschlossen, eine Schnuppertour nach Wien zu machen. Kowalewski schrieb mir vom neuerlichen großen Erfolg des »Gütigen Antonius«, vom Verlag bekam ich die ersten Abrechnungen von verschiedenen Bühnen, wir hatten also bereits Geld in Wien liegen. Auch Cissys Schwester Hela fragte immer wieder, wann wir endlich – zumindest auf Besuch – kommen würden, wir nahmen also einen längeren Urlaub, was um so leichter war, als auch Schalk und Fuchs zurück wollten. »Johnny's« wollten sie verkaufen, eventuell an uns, aber wir dachten nicht daran. Vor Ablauf eines Jahres mußten wir allerdings wieder zurück sein, um den »ständigen Wohnsitz Venezuela« nicht zu verlieren. Wir wußten ja nicht, ob es uns in Wien wieder gefallen würde.
Wir fuhren mit der »Santa Paula«, einem Schiff der Grace-Line, welche die Verbindung zwischen Venezuela und den Staaten herstellte, nach New York und stiegen dort im Hotel St. Moritz ab. Kaum hatten wir unsere Koffer ausgepackt, als wir auch schon einen Spaziergang machten. Wir waren noch keine hundert Schritte gegangen, als eine Dame an mir vorüberging, die mir bekannt vorkam. Ich drehte mich nach *ihr* um, sie drehte sich nach *mir* um – es war Lizzis Schwester Grete oder, wie sie in Amerika hieß – Della Lind. Und das in einer Stadt mit – damals – über 11 Millionen Einwohnern!
Am nächsten Tag traf ich Gyimes, der mich umarmte wie einen

verlorenen Sohn. Er führte mich ins »Eclair«, ein Café, in dem hauptsächlich österreichische Emigranten und vorwiegend Wiener Künstler verkehrten. In jeder Stadt gab es ein solches Café, auch in London. Ich weiß nicht mehr wie es hieß – nennen wir es Café Victoria. Churchill soll damals gesagt haben: »Sagen Sie den Emigranten, wir geben ihnen Österreich zurück, wenn sie uns das Café ›Victoria‹ zurückgeben.«

Im »Eclair« traf ich Armin Berg und andere Wiener Schauspieler und Kabarettisten. Sie brachten sich recht und schlecht durch. Berg erzählte mir, daß auch Farkas in New York gewesen, aber bereits nach Wien zurückgefahren sei. Farkas war mit einem ungültigen Visum gekommen und sofort nach Ellis Island gebracht worden, einem Lager, welches zur Unterbringung von Flüchtlingen installiert worden war, die kein Affidavit besaßen. Ein Affidavit war der Traum eines jeden Flüchtlings. Es war die Garantie eines begüterten Bekannten oder Verwandten, der es sich leisten konnte, für den Flüchtling zu bürgen, so daß die Gewähr gegeben war, daß der betreffende Einwanderungswillige nicht eines Tages dem Land zur Last fallen würde.

Farkas, der aus Frankreich geflohen und zu Fuß über die Pyrenäen gewandert war, lernte in Spanien einen amerikanischen Konsul kennen, der ihm ein Schreiben gab, welches ihm erlaubte, ein Schiff zu besteigen und nach Amerika zu reisen, welches ihm aber *nicht* erlaubte, in Amerika zu landen. Damals war einem alles recht, wenn man nur aus Europa fortkam, und Farkas vertraute seiner Tüchtigkeit. Ellis Island war mit den französischen Lagern, in welchen Farkas bereits interniert gewesen war, nicht zu vergleichen, es war kein Sanatorium, aber es war menschenwürdig, und die Hauptsache – es besaß ein Telephon. Farkas konnte alle seine Kollegen anrufen, die regulär eingewandert waren, sogar Armin Berg, mit dem er seit langem in Unfrieden lebte. Berg hatte schon in Wien gesagt, daß Farkas sein »intimster Feind« sei, während Fritz Grünbaum gesagt hatte: »Farkas? Hut auf!« Es kamen Oskar Karlweis, Szöke Szakall und andere Kollegen, ja selbst Armin Berg, letzterer sogar mit einem Kistchen Zigarren. Die alte Feindschaft wurde begraben, Berg erzählte Farkas von zwei Emigranten, die in New York ein Kaffeehaus hatten, welches »Old Europe« hieß und in dem sie eine Kabarettrevue in deutscher Sprache spielen wollten. »Die wirst du schreiben«, sagte er zu Farkas, »und wir werden gemeinsam auftreten.« Farkas war überglücklich.

Curt Goetz, Gottfried Reinhardt und Szöke Szakall veranstalteten einen Abend »zugunsten Karl Farkas«. Einnahme: 1000 Dollar, die als Kaution für seine Freilassung aus Ellis Island verwendet wurden. Durch Fürsprache Armin Bergs bekam er sogar die Erlaubnis, im »Old Europe« aufzutreten, aber kaum war die Revue ein Erfolg, erwachte von seiten Farkas' die alte Feindschaft wieder. Berg mußte gehen – Farkas blieb. Ich möchte nicht behaupten, daß Farkas ein schlechter Mensch war, aber er hatte einen Geltungsdrang, der ihm nicht erlaubte, einen Erfolg mit anderen zu teilen. Ich mußte das später auch erfahren, obwohl er im Alter duldsamer und toleranter wurde. Er bekam ein Papier, welches ihm den Aufenthalt in den Staaten gestattete, aber nur, wie es wörtlich hieß, »bis zum Ende der Feindseligkeiten«. Nach zweimaliger Verlängerung der Aufenthaltserlaubnis mußte er am 30. 1. 1948 die Vereinigten Staaten verlassen.

Cissy und ich wanderten von Theater zu Theater, von Musical zu Musical. Da es in New York in den meisten Theatern Nachmittagsvorstellungen gab, sahen wir oft zwei Musicals an einem Tag. Dabei war es schwer, Karten zu bekommen. Man konnte nicht sagen: »Ich möchte zwei Karten zu ›Oklahoma‹«, ein Musical, das wir besonders gern gesehen hätten – nein. Da gab es eine Verkaufsstelle, in der sämtliche Bühnen ihre Kassen hatten. Da wartete man, ob für irgendein Theater etwas zurückkommt, und in dieses Theater ging man eben. Eines Abends sagte einer der Kassierer zu Cissy: »You're a lucky girl! Sie haben Glück! Eben habe ich zwei Karten für ›Oklahoma‹

bekommen.« »Oklahoma« war seit acht Jahren ausverkauft, und ein Sinken des Publikumsinteresses war nicht zu erwarten. Armin Berg erzählte folgende Geschichte: »Ein Herr und eine Dame sitzen bei ›Oklahoma‹ in der ersten Reihe, zwischen den beiden ist ein Sitz leer. In der Pause kommen sie ins Gespräch. Der Herr wundert sich, daß es bei ›Oklahoma‹ einen freien Sitz gibt. Die Dame sagt: ›Der Sitz war für meinen Mann gedacht. Ich habe unsere beiden Karten schon vor sechs Monaten besorgt. Leider ist er inzwischen gestorben.‹ ›Sorry‹, sagt der Herr bedauernd, ›aber hätten Sie keinen Bekannten gehabt, der Sie begleitet hätte?‹ ›Nein‹, sagt die Dame, ›die sind alle beim Begräbnis.‹« »Oklahoma« hat uns nicht enttäuscht. Wir sahen noch »South-Pacific«, »High-bottom shoes«, »Finians Rainbow«, »Guys and dolls«, »Kiss me Kate!«, »Brigadoon«, »Anny get your gun« und andere. Mir gefielen diese Art Musicals. Sie waren eine Weiterentwicklung der Operette. Zugegeben, die Libretti waren anspruchsvoller, was kein Kunststück war. Man bearbeitete Shakespeare's »Der Widerspenstigen Zähmung« (Kiss me Kate), Bernhard Shaw's »Pygmalion« (My Fair Lady) und Shakespeare's »Romeo und Julia« (Westsidestory). Wäre Hitler nicht gekommen, wären wir in Europa ebenso weit gewesen wie die Amerikaner. Benatzky, mit seinem »Weißen Rößl« war auf dem besten Weg dazu. Die heutigen Musicals, wie beispielsweise »Les Misérables« oder »Das Phantom der Oper« und wie sie alle heißen, gefallen mir weit weniger. Sie haben Opernambitionen, ohne das gesteckte Ziel zu erreichen. Das letzte Musical, das mir gefiel, war »Cats«. Trotzdem wäre ich froh, einen Erfolg wie das »Phantom« zu haben, wenn auch ein herabstürzender Luster noch keinen Theaterabend macht.

Nach 14 Tagen New York schifften wir uns auf der »Queen Mary« ein, nicht ohne vorher von allen Freunden gehört zu haben, daß wir verrückt sind. Jetzt nach Europa zu fahren, wo der nächste Krieg vor der Tür steht! Gyimes hatte sich inzwischen entschlossen. Er und Jean, seine Frau, würden mit einem der nächsten Schiffe nachkommen. Ich ging mit gemischten Gefühlen an Bord. Es ging zwar der Heimat entgegen, aber *war* es noch eine Heimat? Konnte es noch eine Heimat sein?

Europa. Es ist etwas Eigenes. Südamerika ist schön, aber die Wiesen riechen nicht nach Wiesen, die Blumen nicht nach Blumen und das Obst nicht nach Obst. Das sagte mir ein Spanier, und er hat recht.

Zunächst hielten wir uns einige Tage in Paris auf, wo wir als brave Touristen eine Sightseeingtour machten, uns den Louvre und andere Museen, aber auch die Folies bergères, das Moulin Rouge und das Casino de Paris ansahen. Auch trafen wir uns mit Werner Finck, der am selben Abend in Paris, in einem kleinen, sehr intimen Saal auftrat, wo er aus seinem Leben, vor allem aber aus seinem Leben mit der Gestapo erzählte. Er war nicht nur der klügste und beste Conférencier deutscher Zunge, er war auch der mutigste und humorvollste. Sein Lokal, das Kabarett »Katakombe« in Berlin, wurde dauernd von zwei Gestapobeamten überwacht, die zum Glück seine Pointen nicht verstanden, sonst wäre es noch öfter geschlossen worden, als dies bereits der Fall war. Als er aber eines Abends nach einer der gewohnten Wiedereröffnungen sagte: »Gestern waren wir zu, heute sind wir offen – wenn wir heute zu offen sind, sind wir morgen wieder zu«, sollte er recht behalten. Die »Katakombe« wurde geschlossen, Finck wurde in »Schutzhaft« genommen und für sechs Wochen in das Konzentrationslager Esterwegen überführt. Wegen Vergehens gegen das »Heimtükkegesetz« wurde er vom Sondergericht des Landgerichts Berlin angeklagt und freigesprochen.

Von Paris ging es nach London, wo wir Cissys Freundin Mimi besuchten, der wir die Bekanntschaft mit den Beers in Caracas verdankten und die inzwischen in London geheiratet hatte und Mutter eines einige Monate alten Babys war. Heute ist das Baby Professor an der Havard-Universität, wo es Sanskrit unterrichtet. In London waren die Folgen des Krieges weit mehr zu spüren als in Paris, aber die Briten waren britisch geblieben. Mimi hatte für uns im »Knightsbridge« gebucht, einem sehr vornehmen Hotel. Wir bekamen zwar zum Frühstück nur Trockenei, aber das wurde auf Silber serviert.

Nach einigen Tagen fuhren wir nach Zürich. Auch dort hatte Mimi für uns reserviert, und zwar in dem stinkfeinen und sündteuren »Dolder«. Übrigens war auch Zarah Leander dort, die ich aber damals noch nicht persönlich kannte. Auch mit Ralph Benatzky und seiner zweiten Frau »Kirschi«, die in Zürich ihren ständigen Wohnsitz hatten, trafen wir zusammen. Kirschi kam aus dem Wiener Staatsopernballett, sie war hübsch und charmant, und so oft ich an sie denke, fällt mir immer eine kleine Geschichte ein. Kirschi war gerade in Wien, als die Verleger Benatzkys, Doblinger, eine »Wiener Jause« für ihre Autoren und Komponisten gaben. Cissy und ich saßen an Kirschis Tisch. Eine Journalistin, die sie interviewte, meinte: »Unsere drei Operettenladies Vera Kálmán, Einzi Stolz und Sie, gnädige Frau, sind zu beneiden. Jede von Ihnen hat einen Mann, der im Lexikon steht.« Drauf Kirschi stolz: »Einen? Ich habe *zwei* Männer, die im Lexikon stehen.« (Ihr zweiter Mann war Graf Coudenhove-Kalergi, der Gründer der Pan-Europa-Bewegung.)

Aber noch sind wir in Zürich. Am Abend gingen wir ins »Corso«, wo die Erstaufführung des Wiener Films »Hofrat Geiger« mit Hans Moser, Paul Hörbiger und Maria Andergast stattfand. Nach Schluß kamen die Andergast und Hans Lang, der Komponist des Films, auf die Bühne und sangen »Mariandl« und andere Lang-Schlager. Wir saßen noch in der Bar mit Lang beisammen, der es nicht verstehen konnte, daß wir nicht in Südamerika geblieben waren.

Am nächsten Tag ging es nach Wien. Natürlich hatten wir Kisten mit Lebensmittel vorausgeschickt, da wir aber soviel von dem Hunger hörten, der in Wien herrschte, wollten wir noch einmal richtig zu Abend essen. Wir gingen ins »Baur au lac« und speisten dort wie vier hungrige Firmlinge. Selbst die Ober wunderten sich.

Wien, Westbahnhof. Wir näherten uns der Station. Cissy hatte ihrer Schwester telegraphiert, und wir waren sicher, daß sie uns vom Bahnhof abholen würde. Mir war nicht ganz wohl in meiner Haut. Wie würde sie mich aufnehmen? War sie von dem Nazibazillus infiziert worden? Wie sollte ich ihr gegenübertreten? Was sollte ich sagen? Wir steigen aus, da kommt auch schon eine junge, sehr hübsche Frau auf uns zu. Das ist sie. Sie umarmt Cissy, die sie so lange nicht gesehen hat, dann küßt sie *mich* auf beiden Wangen und sagte: »Wir sind doch jetzt verschwägert.« Es war leichter, als ich gedacht hatte.
Sie führte uns in ihre Wohnung im 3. Bezirk, wo sie uns ein kleines Zimmer zur Verfügung stellte, in dem wir wohnen konnten, bis wir etwas Besseres fanden. Ich lernte auch ihren Gatten, Toni, einen Sportler (Handballer) kennen. Ich muß sagen, ich fühlte mich wohl bei ihnen.
Als wir ausgepackt und uns ein bißchen frischgemacht hatten, rief ich Imhoff an. Seine Begrüßung: »Jetzt kommst? Jetzt samma alle stier!« Er hatte recht. Die Theater gingen nicht mehr so wie vor einiger Zeit, weil die Leute für ihr Geld schon etwas zu kaufen bekamen. Wenn es auch mit Lebensmittel und Zigaretten noch nicht so recht klappte, der Textilmarkt begann sich zu regen. Man bekam bereits Kleider, Anzüge und Mäntel, alles sehr teuer, aber man bekam es. Wir besprachen uns für den nächsten Abend im Raimund-Theater, wo Imhoff »Auf Befehl der Kaiserin« spielte. (So hieß die Operette. Spielen mußte er auf Befehl der Russen.)
Am Nachmittag traf ich mich im Café Kaisergarten mit Kowalewski, dem die Freude aus den Augen strahlte, als er mich mit Cissy sah, die ja seine Entdeckung war. Noch jemand erwartete mich dort, eine Dame, die gehört hatte, daß ich hinkommen würde: es war die Josefstadt-Schauspielerin, von der ich anfangs

erzählt habe, daß sie im Sommer 1938 im Krugerkino gerufen hatte: »Licht! Hier stinkt's! Es sind Juden im Saal!« Jetzt war sie natürlich immer gegen die Nazis gewesen und war nur durch ihren Freund in verschiedene Situationen hineingeschlittert. Was wußte denn sie von Politik, die Arme! Ich sagte nichts. Es gab ja jetzt nur Antinazis. Aber was soll's! Ich hatte Cissy, bevor wir Venezuela verlassen haben, versprochen zu verzeihen, aber nicht zu vergessen. Wenn Sie diese Zeilen lesen, werden Sie zugeben müssen, daß ich mein Versprechen gehalten habe. Für mich blieb ein Nazi, wer einen andern verraten hatte, wer einen andern ins KZ gebracht hatte, wer einen andern ermordet hatte. Von der ersten Sorte, von den Verrätern, kamen mir einige unter. Ich wich ihnen aus. Im großen und ganzen haben sich aber die Wiener, wie überhaupt die Österreicher, während der vielen Jahre, die ich in Wien verbrachte, mir gegenüber immer anständig benommen.
Am Abend gingen Cissy und ich zu Imhoff ins Raimund-Theater. Natürlich große Begrüßung, Umarmungen und Freudentränen, ich begrüßte einige Kollegen von früher, wir wurden in die Loge geleitet, und dann folgte eine Vorstellung voller, für uns bestimmter Extempori. Das Publikum wunderte sich, weshalb der alte Weißhappel (Rolle Imhoffs) in seiner Prosa so viele spanische Brocken verwendete. Nach der Vorstellung blieben wir noch lange beisammen. Unser Gespräch bestand nur noch aus Sätzen, die mit »Weißt-du-noch« und »Erinnerst-du-dich« begannen. Imhoff erinnerte sich an alles, nur, daß er mir das Leben gerettet hat, daran wollte er sich nicht erinnern. Inzwischen war auch seine Frau, Herta, gekommen. Herta und Cissy waren beide um vieles jünger als Imhoff und ich, und so unterhielten sie sich miteinander, während *wir* beide in Erinnerungen schwelgten.
Aber auch an Herta hatte ich eine Erinnerung. Ich kannte sie schon, bevor Imhoff sie kannte. (Ich weiß nicht, warum ich immer »Imhoff« schreibe, ich habe ihn doch immer »Fritz« genannt. Also wiederhole ich): Ich kannte sie schon, bevor

Fritz sie kannte. Das kam so: Es war noch vor dem Anschluß, als ich auf der Straße die mir bekannte Revuetänzerin Eva Wilhelm traf. Sie hatte ein Problem. Sie hatte versprochen, am selben Abend mit einer Partnerin bei einem Treffen der Windhundebesitzer zu tanzen. Sie hatte selbst einen. (Einen Windhund, keinen Besitzer.) Die Partnerin wartet auf sie, und nun ist der Pianist krank geworden. Es würde sich nur um eine kurze Probe und um die Klavierbegleitung am Abend handeln. Ich verstand. Ich ging mit ihr in ihre Wohnung und lernte die Partnerin kennen. Sie war sehr jung, sehr hübsch und sehr scheu. Und das war das besonders Reizvolle an ihr. Ich begleitete also die beiden »Hundetänzerinnen«, wie ich sie nannte, sowohl bei der Probe als auch am Abend am Klavier, und verlor sie dann wieder aus den Augen. Einige Monate später war Fritz wie verwandelt. Er, der immer gutgelaunte, war plötzlich ernst geworden, er seufzte, er stierte vor sich hin – er war verliebt. Ein Mädchen aus der Girltruppe der Marischka-Revue, mit der er in Deutschland unterwegs war, hatte ihn auf dem Gewissen. Er gestand ihr das auch, aber sie reagierte nicht so, wie er es gewohnt war. Sie liebte ihn zwar auch, aber sie war aus bürgerlichem Haus und konnte sich gar nicht vorstellen, daß man mit jemand »etwas haben« konnte, ohne auch nur an eine Heirat zu denken. Und Heirat? Das konnte *er* sich wieder nicht vorstellen. So ging sie mit einer anderen Revue, mit der Schwarz-Revue, nach Italien – und das löste die oben beschriebenen Zustände in ihm aus. Endlich entschloß er sich. Bertschi Hofer, derselbe Hofer, der mir die Kostüme für Kolumbien geborgt hatte, fuhr nach Italien, um mit Schwarz wegen einer neuen Revue zu verhandeln. Fritz benützte die Gelegenheit. Er gab Hofer einen prachtvollen Solitär mit, mit der Bitte, ihn Herta Moizis, so hieß sie, zu geben. Beigelegt war ein Brief mit dem ungefähren Wortlaut: »Wenn Du willst, betrachte diesen Ring als Verlobungsring – und komm zurück.« Und sie kam. Wir, seine Freunde, waren alle neugierig auf sie, und als er sie uns vorführte, stieß ich einen Schrei der Überraschung aus: es

6 Zweimal die Goldene Ehrenmedaille der Stadt Wien, überreicht von Bürgermeister Leopold Gratz

Böhm, Hugo Wiener, Conrads, Kolmann, Muliar, Kraner, Naschold feiern Farkas' Todestag, lachend, wie er es sich gewünscht hätte

28 Buchpräsentation. Hugo Wiener mit Vera Kálmán. Das Lied, das Vera bei ihre Debüt sang, war nicht von Kálmán, sondern von Hugo Wiener

29 1964. Premiere »Frühjahrsparade« in der Wiener Volksoper: Robert und Einzi St Marcel Prawy und Hugo Wiener

0 »Der k.u.k. Feldmarschall«: Cissy Kraner, Fritz Muliar und Hugo Wiener

1991. Generaldirektor Zolles ernennt Hugo Wiener zum DONAUDAMPFSCHIFF-HRTSGESELLSCHAFTSEHRENKAPITÄN

32 »Die Wunderbar«. Buch Karl Farkas, bearbeitet von Hugo Wiener: Nadherny, Kraner, Rudolf Carl

33 Verleihung des »Lieben Augustin« in der Hofburg. Marcel Prawy, Hugo Wiener, Cissy, Kammersänger Walter Berry, Max Böhm, Elfriede Ott

34 1978. »Pension Schöller«, in der Bearbeitung von Hugo Wiener, brachte es in den Kammerspielen au[illegible] fast 300 Aufführungen[illegible] Böhm, Kraner, Marianne Schönauer

5 Beim Heurigen. Eva Giurea, die Gattin des Präsidenten der Wiener Faschingsgesell-
haft, Hugo Wiener, Marika Rökk mit Gatten Fred Raul, Peter Kreuder

»Das verrückte Paar« Harald Juhnke und Grit Böttcher

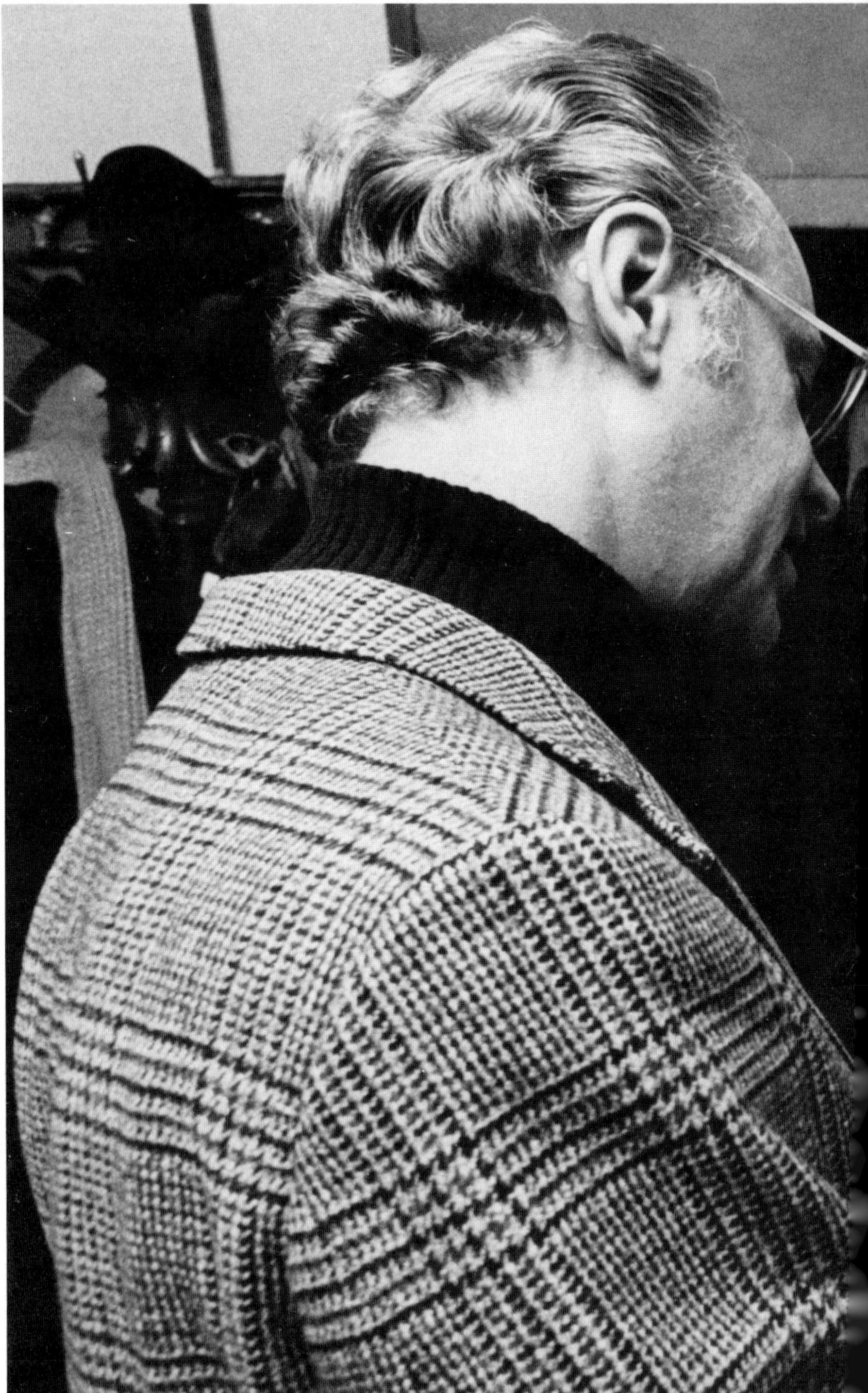
37 Ephraim Kishon und Hugo Wiener

Karl Farkas · Maxi Böhm · Heinz Conrads
Fritz Muliar · Ernst Waldbrunn
Doppelconference

38 Doppelconférence mit Peter Rapp

39 1989. »Die 80er«. Der ORF ehrt Professor Franz Stoß, Kammerschauspieler F
Liewehr, Kammerschauspieler Hans Holt, Karl Schönböck; vorne Waltraut Haas
Kammersänger Erich Kunz. Hugo Wiener, 85, hielt die Laudatio auf das Alter

war die Hundetänzerin! Die beiden heirateten, und ich glaube nicht, daß einer von ihnen es je zu bereuen hatte.
Ich springe wieder in die Gegenwart, in das Jahr 1948, also, von heute aus gesehen, wieder in die Vergangenheit. Kowalewski sprach mit mir nicht nur über die »Wachau« – er gab mir bereits den Auftrag, über das nächste Stück nachzudenken. Aber das hatte ich längst im Tornister. Angeregt durch die vielen amerikanischen Filmmusicals, die ich in Caracas gesehen hatte, hatte ich, im Vertrauen auf die Zukunft, eine Operette geschrieben, die bereits starke Musicalzüge aufwies. Sie hieß: Katrin und die Wunderlampe. Die Musik sollte wieder von Jara Beneš sein.
Am nächsten Tag kamen Jara und seine Frau Nora zu uns. Beide hatten sich sehr verändert. Nora, eine ehemalige Tänzerin, war eine bekannte Schönheit, Jara ein bekannter Autofahrer gewesen, der immer die neuesten Wagen fuhr. Er dürfte es als tschechischer Komponist in Nazideutschland nicht leicht gehabt haben. Aber das war es nicht. Er sah krank aus. Von »Katrin« waren beide ziemlich angetan. Jara setzte sich gleich ans Klavier und spielte mir einige Nummern vor, die wieder *er* im Tornister gehabt hatte. Sie waren melodiös und schmissig – sein böhmisches Musikantentum hatte nicht gelitten. Wir boten die Operette dem Weinbergerverlag an, der sie sofort und mit Vorschuß annahm.
Kowalewski wollte, daß Cissy und ich in Wien bleiben, aber das war nicht möglich, weil wir in Caracas noch einen Vertrag mit dem Jockeyklub zu erfüllen hatten. Zum Probenbeginn zur »Wachau« konnten wir wieder da sein. Bleiben konnten wir erst, wenn wir eine Wohnung hatten. Kowalewski führte mich zu Stadtrat Afritsch, dem Leiter des Wohnungsamtes, der mich freundlichst begrüßte und meinte: »Sie müssen für ständig wiederkommen, Leute wie Sie brauchen wir jetzt. Aber Sie wissen, wir sind in Österreich, bei uns muß für alles ein Akt laufen. Machen Sie ein Gesuch, in den nächsten Tagen wird ein Beamter zu Ihnen kommen und wird die Punkte aufnehmen, die für eine Wohnungsvergabe sprechen. Natürlich pro forma.« Der

Beamte kam, sah sich um, machte ein paar Notizen und sagte: »Das ist erledigt.« Dann hörten wir nichts mehr.
Als wir 1949 zurückkamen, erwarteten uns zwei schwere Schläge. Kowalewski und Beneš waren gestorben. Kowalewski an einer Nierenerkrankung – er hatte ja nur *eine* Niere, und damals gab es noch keine Transplantation – und Beneš an Krebs. Daß ich *ihn* nicht mehr sehen würde, wußte ich. Ehe ich Wien verließ, hatte Nora mich über seinen Zustand aufgeklärt. Sie bat mich, ihn im Spital zu besuchen und ihm eine Flasche Sekt mitzubringen. Er liebte Sekt, und sie konnte ihm keinen kaufen. Ich brachte ihm eine Flasche vom feinsten. Er sah elend aus und war kaum zu erkennen. Wir tranken auf seine Genesung. Mit brüchiger Stimme sang er mir eine Melodie vor, die er noch in die »Katrin« geben wollte. Ich machte schnell einen Text drauf – so feierten wir Abschied. Er wußte nicht, daß es ein Abschied für immer war. Das Leben geht weiter. Die »Wachau« wurde im Raimund-Theater aufgeführt, von Direktor Marik, über den noch zu reden sein wird, das Stadttheater und die »Katrin« übernahm Direktor Franz Stoß, derselbe, der Gyimes als Einspringer in der Femina nicht genügt hatte.
Gyimes! Ihn hätte ich beinahe vergessen. Er und Jean waren, wie gesagt, 1948 nach Wien gekommen, Gyimes stellte sofort eine Revue auf die Beine, Titel »Süße Bestien«, Buch Hugo Wiener. Es war ein Abklatsch des »Stern der Manege«, und wurde im Zelt des Zirkus Rebernigg aufgeführt. Die Aufmachung war kleiner als seinerzeit, aber es gab immerhin eine gute Besetzung. Mimi Shorp, Hertha Mayen, Hedy Faßler, Else Rambausek, Fritz Imhoff, Fritz Heller, Teddy Kern u. a. und natürlich Ballett, Ballett, Ballett. Und Cissy. Cissy, damals für Wien noch kein Begriff, sang eines meiner Couplets, das sie später noch oft singen sollte: Eine verzwickte Verwandtschaft. Cissy gefiel vom ersten Moment an. Das wurde mir klar, als ich mich in der Pause im Buffet unters Publikum mischte. Immer wieder hörte ich: »Die Blonde ist gut. *Wie* heißt sie?« Blick ins Programm. »Kraner.«

Gyimes verdiente, er machte eine zweite Revue, ging damit in die Schweiz und fiel durch. Ging nach Italien – fiel durch. Kam nach Wien zurück und spielte im Raimund-Theater – fiel durch. Schließlich ging er, einen Haufen Schulden zurücklassend, wieder nach Amerika. Die Revue übernahm Rudolf Carl, der als Komiker engagiert gewesen war. Ihm möchte ich einige Zeilen widmen: Als ich 1938 für die Femina untragbar geworden war, war er dort Regisseur. Er wollte, daß ich, natürlich geheim, eine neue Revue schrieb, und garantierte mir die Tantiemen. Die Revue schrieb ich, die Tantiemen bekam ich nicht. Carl machte einen Mordskrach, er schmiß die Regie hin und setzte es durch, daß ich die Tantiemen bekam, wenn auch nicht lang. Das nur nebenbei. Noch sind wir im Zirkus.

Eines Tages war Erwin Saldern, der Besitzer des Cabaret »Weihburg« in der Vorstellung. Cissy gefiel ihm, und er engagierte sie. Sie hatte vor, die Nummer »Mir san besetzt« zu singen, die von einem Bauernmädchen handelt, das seine Erfahrung mit den vier Besatzungsmächten macht. Zuerst kommen die Amerikaner, dann die Franzosen, dann die Briten, dann die Russen, und schließlich ein Baby. Ein viersprachiges Baby. Bei der Generalprobe erfahren wir, daß die russische Zensur das Lied verboten hat. Kurz entschlossen geht Cissy auf die Kommandatura, einem Gebäude, welchem die Wiener in weitem Bogen ausweichen. Umsonst warnen die Kollegen – sie läßt sich nicht zurückhalten. Wir warten, wir sehen sie bereits nach Sibirien verschleppt, als sie nach einigen Stunden quietschvergnügt zurückkommt. Das Lied war freigegeben worden. Was war passiert? Sie war von der Chefin für Kultur empfangen worden, hatte ihr erklärt, daß in dem Text ja nicht nur die Russen, sondern alle Besatzungsmächte drankommen, worauf die Dame richtig sagte: »Aber bei den Russen lachen die Leute.« Drauf Cissy: »Wenn die Leute erst bei den Russen lachen, dann singe ich das Lied sowieso nicht mehr.« Drauf bekam sie die Erlaubnis. Zu ändern waren nur die Worte Towarisch, Donkosak und Balalaika. Angeblich ein weißrussi-

sches Instrument. Die Nummer hatte Erfolg. Mir fiel ein junger Mann auf, der jeden Abend zu Cissys Auftritt kam, sich königlich unterhielt und sich wieder entfernte. Eines Abends sprach er uns an: »Sie werden sich wundern, weshalb ich jeden Abend zu der einen Nummer komme. Ich bin Schauspieler und spiele hier um die Ecke in dem ›Kleinen Haus des Theaters in der Josefstadt‹. Um diese Zeit habe ich Pause, und weil mir die Nummer so gut gefällt, höre ich sie mir jeden Abend an. Mein Name ist Ernst Waldbrunn.« So lernten wir ihn kennen.
Waldbrunn war es auch, der Cissy ihr erstes Silvesterengagement verschaffte. Es war im »Stadtkrug«, einem der besten Wiener Abendrestaurants, wo er dem Besitzer, Herrn Waltschuk, einredete, daß er den Gästen vor 12 Uhr Mitternacht eine Überraschung bringen müsse: Cissy Kraner. Es war fast zwölf, auf allen Tischen wurden bereits Sekt und Gläser vorbereitet, als Waltschuk aufgeregt erschien und sagte, was Waldbrunn ihm eingetrichtert hatte: »Meine Damen und Herren: Als Überraschung vor Mitternacht bringe ich Ihnen die berühmte –« nun hatte er den Namen vergessen und stieß hervor: »Zipferl Krasna!« Das ist der Grund, weshalb Cissy von vielen Kollegen noch heute »Zipferl« genannt wird.
Wir wohnten damals (1949) bei Lea Ahrens, der Schwester Herta Imhoffs, die uns von ihrer großen Wohnung zwei Zimmer vermietet hatte. Aber Cissy ging weiterhin auf Wohnungssuche und, tüchtig wie sie war, fand sie eine im 4. Bezirk. 1950 zogen wir ein, und dann kam der Bescheid vom Wohnungsamt, worin man uns mitteilte, daß wir ein neues Gesuch zu machen hätten, weil auf dem alten eine 1-Schilling Stempelmarke fehlte. Nach zwei Jahren! Jetzt wußten wir, daß wir wieder zu Hause waren!

Um das Cabaret war es in dieser Zeit schlecht bestellt. Den »Simpl« führte ein Herr Oegyn – und er führte ihn direkt in den Abgrund. Er wollte, daß ich in Zukunft die Programme für ihn schrieb, und lud Cissy und mich zur Vorstellung ein. Es war grauenvoll. Man stelle sich vor: Vor der Pause sang das Ensemble: »Die Revue ist aus, kommt gut nach Haus«, und was man bei solchen Gelegenheiten singt. Ich denke, es kann doch nicht schon nach einer Stunde Schluß sein – obwohl wir es sehr begrüßt hätten. Ich fragte Trojan Welisch, den Mann am Klavier, den ich ja noch von der Zeit vor dem Krieg her kannte, wie das möglich wäre, drauf sagte er: »Es kommt ja noch ein zweiter Teil, aber wir haben etwas geändert, und da mußten wir das zweite Finale als erstes nehmen. Das merkt kein Mensch.« *Wir* haben es gemerkt. Oegyn sagte ich ab, er mußte sowieso schließen, den genauen Grund weiß ich nicht mehr.

Der Simpl stirbt nicht. Immer wieder findet sich jemand, der sich für ihn interessiert. Der nächste war Eduard Fierlinger, ein Gastronom, dem die »Opiumhöhle« sowie die »Melodies-Bar« gehörten und der an der »Sansibar« und einem großen Tanzlokal beteiligt war. Von künstlerischen Dingen hatte er keine Ahnung, und so engagierte er Imhoff als künstlerischen Leiter. Imhoff engagierte Cissy, Maxi Böhm, Gunter Philipp u. a., aber er trat bald von seinem Posten zurück. Er fand ihn uninteressant. Nun nahm Fierlinger selbst die Zügel in die Hand. Er würde den Leuten zeigen, wie man ein Programm macht. Er holte Armin Berg aus New York, bezahlte ihm die Reise und eine angemessene Gage, er engagierte Hermann Leopoldi und Helly Möslein, er engagierte Wondra & Zwickel, zwei Wiener Volkskomiker, er hatte Maxi Böhm, Gunter Philipp, Fritz Heller, Cissy und mich im Programm, der Simpl war täglich ausverkauft, aber selbst das trug die Spesen nicht. Fierlinger gab auf.

Nun kam Martin Klein-Viggo, ein ehemaliger Tänzer, mit seinem Geldmann, einem Herrn Schwarz. (Der Vorname ist mir entfallen.) Der Geldmann hatte alles, nur kein Geld, und

brauchte wieder einen Geldmann. Den fand er in seinem Onkel B. Picker, Besitzer einer Großspenglerei, der sich um die künstlerischen Dinge nicht kümmerte. Klein-Viggo und Schwarz holten sich Karl Farkas. Seine erste Bedingung war: die Leute, die bei Fierlinger waren, dürften nicht engagiert werden. Ich weiß nicht warum – vielleicht ging es gegen mich. Er gab den neuen Direktoren eine alte Revue aus den dreißiger Jahren, betitelt »Unter uns gesagt«, er erklärte sich bereit, als Regisseur zu fungieren, weigerte sich mitzuspielen – und dann kam seine zweite Bedingung: Sein Name dürfe im Zusammenhang mit der Produktion unter keinen Umständen genannt werden.
Von seinem »Auftrittsverbot für Fierlingerschauspieler« mußte Farkas bald abgehen. Schon vor der Premiere holte er Cissy und Heller. Die Premiere war ein furchtbarer Durchfall, die Kritiken waren vernichtend. Ich erinnere mich noch an Ernst Hagens Rezension in der Weltpresse, die die Überschrift trug: »So geht es nicht.«
Ich habe anfangs erwähnt, daß ich zu den Verehrern von Karl Farkas gehörte, wenn ich ihm auch mehrmals als Kronzeuge vor Gericht gegenüberstehen mußte. Wir kannten uns, wir grüßten uns, aber wir haben nie ein Wort miteinander gesprochen. Als er nun Cissys Erfolg erlebte, an dem meine Texte nicht unbeteiligt waren, kam er zu mir und sagte: »Man hat uns doch bisher immer gegeneinander ausgespielt. Wollen Sie nicht mit mir zusammen arbeiten?« Ich war überrascht und sagte: »Das möchte ich gern.« Ich fühlte mich sehr geehrt. »Also dann?« Farkas schüttelte mir die Hand. »Ab jetzt – alles zusammen.« »Ab jetzt – alles zusammen«, wiederholte ich. Gleich beim ersten Auftrag, den ich erhielt – es war eine Live-Aufnahme der Radioserie »Wir laden ein« – sagte ich: »Ich schreibe nur noch mit Farkas zusammen«, wogegen niemand etwas einzuwenden hatte. Farkas selbst hat mich kein einziges Mal zu einer Arbeit geholt. Natürlich ließ ich es dann ebenfalls sein.
Klein-Viggo & Co. hatten mit »Unter uns gesagt« ihr ganzes Geld verloren. Nun übernahm Picker den Simpl allein. Er

übernahm alle Verträge, er ließ Farkas und mich schalten und walten, er redete künstlerisch nichts drein – er war ein angenehmer Chef.
Bei einer der späteren Revuen waren Farkas und ich nach der Generalprobe nicht ganz glücklich. Auch das Ensemble nicht. Wir suchten jemand, der uns aufbaut. Picker! Ich ging auf ihn zu und fragte ihn: »Wie hat es Ihnen gefallen?« Drauf Picker: »Mir muß es nicht gefallen. Den Leuten muß es gefallen.«
Ich wurde oft befragt, nach welcher Arbeitsweise Farkas und ich vorgehen. Wir trafen uns im Kaffeehaus, Farkas schlug meistens den Titel der Revue vor – er durfte nur drei Worte haben – und dann suchten wir alles, was dazu passen könnte: Sketche, Musiknummern, Situationen. Paßten sie *nicht*, brachte Farkas es durch Conférencen und Songs vor dem Vorhang dazu, *daß* sie paßten. Er war da sehr geschickt. Die Titel waren also von ihm, die Sketche teilten wir uns, die Conférencen waren von ihm, die Doppelconférencen Farkas-Waldbrunn, ebenso wie Cissys Chansons, von mir (Text und Musik). Die übrige Musik war von Peter Wehle, im Verein mit F. P. Hub, der auch die Klavierbegleitung besorgte. (Waldbrunn mußten wir übrigens Farkas einreden. Da hatte er wieder sein Geltungsbedürfnis.)
Am 17. Oktober 1950 fand die erste Premiere statt. Die Revue hieß »Dienst am Kunden«. Es spielten außer Farkas, Ernst Waldbrunn, Peter Wehle, Fritz Heller, Cissy Kraner, Luzzi Böhmer, Gerti Rathner, Editha Ragetté und Maria Scherz.
Es war ein unbestrittener Erfolg für alle. Farkas' Conférencen gefielen ebenso wie die Doppelconférence mit Waldbrunn und die Sketche. Farkas, überglücklich wieder im Simpl zu sein, trug mir das Du-Wort an, worauf ich sehr stolz war. Er war außer mit mir und später mit Waldbrunn mit keinem Ensemblemitglied per du. Aber auch ich war glücklich. Cissy stand auf der Simplbühne, ich saß am Klavier, sie zeigte mit der Hand auf mich und sagte: »Der Text und die Musik sind wie von allen meinen Liedern von Hugo Wiener.« Ein Kindheitstraum war in

Erfüllung gegangen. (Wir sahen dann von dieser Ansage ab, weil sie nicht zeitgemäß war.)
Und Cissy? Wie kommt sie bei der Premiere weg? Es ist ihr erster großer Wiener Erfolg. Sie tanzt in einem miesen Vorstadtnachtlokal das »Menuett in G, von Beethoven«, im Ballettrock, auf Spitze, und singt, was sie sich während des Tanzens denkt, wobei sie kaum die Lippen bewegt. Sie ärgert sich über den Kellner, der immer über das Parkett rennt, sie ärgert sich über die Gäste, die sie nicht beachten, sie ärgert sich, weil der dicke Provinzonkel schon wieder gekommen ist (»der Herr aus Oberlaa, der is schon wieder da, da sitz ma sicher hier bis in der Früh um vier«), wo sie doch immer geträumt hat, das Menuett von Beethoven als große Tänzerin zu tanzen. Das Publikum schaut wie gebannt auf die Bühne, dann bricht ein Sturmapplaus los.
Zu einer der ersten Vorstellungen kam Ralph Benatzky. Als er Cissy auf der Bühne gesehen hatte, sagte er: »Das wird eine zweite Josma.« (Gemeint war Josma Selim, von der ich in diesem Buch bereits erzählt habe.) Er hatte recht. Um das zu beweisen, eile ich einige Jahre voraus und bringe Ausschnitte aus Kritiken über Cissy und mich. Wenn ich sie jetzt, nach so langer Zeit, wieder lese, verstehe ich, daß Farkas, bei seiner Egozentrik, nicht gleichgültig bleiben konnte. Andererseits war aber Cissy ein Glanzpunkt nicht nur meiner, sondern auch seiner Revue. Wenn also zwei Seelen in seiner Brust wohnten – wo war die zweite?
Und nun die Kritiken.

September 1950: »Unter uns gesagt!« (Die Revue, für die Farkas nicht zeichnete), Weltpresse:
»Der Titel des 1. Bildes: Ein schlechter Start. Dem hat der Kritiker nichts hinzuzufügen. Cissy Kraner mit (eigenem) ausgezeichneten Repertoire sprengt den Rahmen und stellt etwas wie eine Persönlichkeit auf die Bühne.«

3. April 1951: »Rechts oder Links«. Presse:
»Wieder Kernstück des Abends die rattenfängerische publikumsbeherrschende Cissy Kraner, wohl die attraktivste Diseuse, die Wien derzeit hat. Das diesmalige Glanzstück eine nach Rossini-Musik vom Hors d'oeuvre bis zum Mokka gesungene Speisenkarte.«

6. Dezember 1951: »Götz von Berlichingen«. Der Abend:
»Ein besonderes Lob und eigentlich mehr als man im Kabarettrahmen zu spenden bereit ist, gebührt dem Messerwerfer-Chanson von Hugo Wiener, das Cissy Kraner großartig vorträgt. Ich gestehe, daß ich Herzklopfen bekam wie bei einer Zirkusattraktion. So atemberaubend ist diese Nummer. Bravo! Dacapo!«

Im März 1952 brach Cissy sich auf der Bühne des Simpl den Fuß. Es war ein so komplizierter Bruch, daß sie noch nach der Vorstellung in der Nacht operiert werden mußte. Sie konnte erst im Mai 1952 wieder auftreten. Einige Tage später flogen wir nach Caracas, im August kamen wir zurück nach Wien.

9. September 1952: »Wir sehen schwarz!« Weltpresse:
Überschrift der Kritik: Der Nowak läßt den Simpl nicht verkommen! »Jenen Lesern, die mit diesem Satz nichts anfangen können, weil sie die neue Simpl-Revue noch nicht gesehen haben, sei verraten, daß Cissy Kraner mit dem zwerchfellerschütternden Couplet ihres Dichtergatten Hugo Wiener ›Der Nowak läßt mich nicht verkommen‹, den Gipfelpunkt ihrer Diseusenlaufbahn erreicht hat. Das Publikum lacht noch nach der Vorstellung. So schwebt dieser Nowak als Schutzgeist über allem.«

1959 besuchte der deutsche Bundespräsident Heuss den Simpl. Der deutsche Botschafter kam noch vor der Vorstellung hinter die Bühne und entschuldigte den Bundespräsidenten, weil er

nicht bis Schluß bleiben könne, er lasse aber bitten, daß Cissy Kraner den »Nowak« singt. Da der »Nowak« gar nicht mehr im Programm war, mußten wir einiges umstoßen. Heuss blieb dann doch bis zum Schluß, lud uns nach der Vorstellung ein, und Cissy mußte auf sein Verlangen den »Nowak« ein zweites Mal singen. Die Presse schrieb damals:
»Zum ersten Mal seit dem 50jährigen Bestand des Simpl wurde anläßlich des Heuss-Besuches das Programm geändert.«

8. September 1963: »Wer bezahlt das?« Weltpresse:
»Aus der Ensembleleistung ragt allerdings eine Einzelleistung: Cissy Kraner und Hugo Wiener übertreffen diesmal ein Duo, das bisher unübertrefflich schien, nämlich sich selbst.«

9. September 1954: »Wir sehen schwarz!« Wiener Kurier:
»Man ist noch immer hingerissen von der großen Kleinkunst des Chansons, wie es Hugo Wiener produziert und Cissy Kraner interpretiert: Beste, echteste, unnachahmliche Wiener Volkskunst in höchster Vollendung: Wienerisch – Kranerisch!«

20. Dezember 1954: »Wir sehen schwarz!« Arbeiter-Zeitung:
»Blendend wie immer Cissy Kraner, diese echt wienerische und beste Chansonière »in Bild und Ton« und ihr so sympathischer Hugo Wiener, dem nicht nur für die Revue, sondern auch für seine Cissy so erstaunlich vieles und erstaunlich Gutes einfällt wie etwa diesmal das Chanson einer unverstandenen Frau.«

Wenn Farkas diese Kritiken las (und es waren ja mehr, nur hatten wir keine Zeit mehr sie zu sammeln), und wenn ich seine Geltungssucht in Betracht ziehe, dann verstehe ich, daß ihm das nicht gleichgültig war, obwohl auch er gute Kritiken hatte. Aber er wollte eben der einzige sein, von dem man derart überschwenglich schrieb. Anders seine Frau. Sie schickte Cissy nach dem »Nowak« einen Blumenstrauß mit einer Karte: Der Duse des Kabaretts.

Bald erschienen unsere ersten Schallplatten. Gerhard Mendelson, Chef der Austroton-Schallplattengesellschaft und Vertreter der Polydor für Österreich, wollte schon immer Schallplatten von Cissy machen, sah aber immer wieder davon ab, weil, wie er behauptete, der Kreis der Schallplattenkäufer, die sich für Kabarett interessieren, zu klein sei. Eines Abends war er mit Willy Schäffers und einigen Leuten in der Simpl-Vorstellung. Es war bei dem Programm, in dem Cissy den »Nowak« sang. Nach Schluß der Vorstellung wollte ich ihn begrüßen, wurde aber von einigen Bundesdeutschen, die am Nebentisch saßen, aufgehalten: »Sagen Sie mal«, sagte einer von ihnen, »gibt es von Ihrer Frau keine Schallplatten?« Ich sagte: »Nein.« »Warum nicht?« fragte eine Dame. Ich antwortete: »Die Schallplattenproduzenten behaupten, daß der Kreis, der sich dafür interessiert, zu klein sei.« Drauf der Herr: »Das müssen aber richtige Trottel sein.« Drauf winkte mich Mendelson an seinen Tisch und sagte: »Kommen Sie morgen mit Ihrer Frau zu mir.« Bald kam die erste Schallplatte mit dem »Nowak« und noch drei anderen Chansons heraus, dann der »Nowak« als Single und dann die LPs und die Notenhefte für Klavier und Gesang. Der »Nowak« wurde in einige Sprachen übersetzt, so in Englisch, in Holländisch und in Schwedisch. In Schwedisch sang ihn Zarah Leander. In späteren Jahren machten wir keine Platten mehr, weil wir nicht wollten, daß andere unser Repertoire singen, und das war unvermeidlich. So gab es in München-Schwabing Gisela, eine singende Barbesitzerin. Sie sang den »Nowak« nicht nur mit *meinem* Text, sondern mit Versen, die ihr ihre Gäste machten und die ziemlich gewagt waren. Sie machte fünf Schallplatten davon, die unter dem Ladentisch verkauft wurden, weil man sie verboten hatte. Sie wurde auch einige Male geklagt und brachte einen Anwalt mit, der Nowak hieß, sie ließ auf den Plattenhüllen kleine Vorhängeschlösser mit Schlüsseln anbringen – das alles machte sie populär. Mir schrieb sie auf eine der Platten: Ich danke Ihnen mein zweites Leben. Gisela.

Zu Beginn des Fernsehens in der Bundesrepublik wurde der Simpl zweimal vom Bayerischen Rundfunk geholt. Aber das war nicht unser einziger Auftritt in Bayern. Einmal machten wir mit Ernst Waldbrunn und Elfriede Ott ein Gastspiel im Kabarett Annast in München und hängten eine Bädertournee rund um den Tegernsee an. Elfi war das typische Wiener Mädel. Sie stammte, wie man damals sagte, aus gutem Haus, Kraftausdrücke lagen ihr fern. Einmal gingen wir an einer Münchner Konditorei vorüber, in deren Auslage jene kleinen Männchen aus Marzipan und Schokolade zu sehen waren, die auf einem Nachttopf sitzen und ... (Sie wissen schon). Elfi hätte nun gern so ein Männchen gehabt, aber sie schämte sich hineinzugehen und eines zu verlangen. Also ging ich mit ihr, hielt mich aber im Hintergrund. Der Konditor fragte sie nach ihren Wünschen, und so flüsterte sie verlegen: »Ich möchte gern ... so ein Männchen ... wie Sie sie in der Auslage haben ...« Da sagte der Konditor: »Ah, Sö moanen an Dukatenscheißer.« Elfi wäre am liebsten in den Boden versunken. (Sie verzeihen mir, liebe Leserinnen und Leser, daß ich dieses Wort verwende, aber dadurch hat dieses Buch die Aussicht, wenn schon nicht auf der Bestsellerliste seinen Platz zu finden, dann wenigstens in der modernen Literatur.) Wir kamen auch noch ein zweites Mal zu Annast nach München, diesmal gehörte der erste Teil des Programms Peter Wehle mit einem kleinen Ensemble – der zweite Teil gehörte uns. Damals schrieb der Münchner Merkur:
»Die populäre Note betont unter stärkstem Beifall Cissy Kraners Naturbegabung, mit ihrem Textdichter und Komponisten am Flügel.« Und die Abendzeitung: »Die Urwienerin Cissy Kraner ist eine Komikerin und Humoristin mit höchst persönlichem Ausdrucksstil. Ganz gleich, was sie vorträgt, immer gelingt es dieser deftigen, platinblonden Diseuse, unverwechselbar und typisch Wienerin zu sein. Man weiß nicht, was man mehr beklatschen soll, die witzigen, oft beißend scharfen Texte Hugo Wieners oder die darstellerische Vitalität der Künstlerin. Höhepunkte ihres Programms sind die gepfefferten Chansons

»Ich kann den Nowotny nicht leiden« und »Der Nowak läßt mich nicht verkommen«, in denen die Kraner »Weiblich-allzu Weibliches« drastisch-eindeutig karikiert.
Inzwischen begann sich auch in Österreich das Fernsehen zu regen. Die ersten Versuchsprogramme fanden im Wiener Künstlerhaus statt und waren auch nur im Wiener Künstlerhaus zu sehen. Da gab es eine halbe Stunde Waldbrunn, eine halbe Stunde Muliar, eine halbe Stunde Farkas, eine halbe Stunde Cissy Kraner, und natürlich auch Sänger und Sängerinnen – und die Leute stauten sich vor den Monitoren, die dort aufgestellt waren. Die erste Fernsehansagerin hieß Franziska Kalmar und war bald Frau Muliar. Wir gehörten auch zu den ersten, die aus dem ersten Fernsehstudio ausgestrahlt wurden. Es befand sich in einer ehemaligen Schule, die Senderäume waren winzig klein, aufgenommen wurde mit einer Kamera, die einer der Fernsehtechniker gebastelt hatte, Regie führte der unvergeßliche Erich Neuberg. So gehörten wir zu den Pionieren des Österreichischen Fernsehens.

Seit dem »Nowak« riß man sich um uns. Tenno, der größte deutsche Kabarett- und Varietémanager, kam nach Wien und bot uns einen Exklusivvertrag an, von dem der Simpl natürlich ausgenommen war. Das erste Engagement führte uns nach Düsseldorf, einer Stadt, die für Wiener Kabarettisten als gefährlicher Boden galt. Einen unserer Kollegen hatte man nach der Premiere wieder zurückgeschickt. Wir waren ziemlich nervös, als wir dort auftraten. Und was schrieb die Presse?
Düsseldorf, März 1958, Rheinischer Kurier, Palladium:
Titel: »Wenn Cissy Kraner singt...«
»Eine Frau tritt auf der Palladiumbühne vor den Flügel. Sie singt, sie spricht, sie mimt, sie tanzt. Bescheidene Gebärde, sparsamster Ausdruck – und doch, wieviel kann diese Frau mit einer Handbewegung, mit einem Augenaufschlag aussagen! Den Texter und Komponisten der Lieder hat die Wienerin von

der Donau mitgebracht: Hugo Wiener. Das Palladium müßte seine Beifallsbänder bis in die Zeit der Lys Assia abrollen lassen, ehe es die gleiche Stimmung nachweisen kann.«
Wir wurden sofort wieder engagiert, wir waren insgesamt dreimal im Palladium, wir waren in Hamburg, in Bremen, wir gaben Abende zu zweit in Zürich, wir waren in Israel, ich schrieb für den Rundfunk die Serie »Das (Hugo) Wiener-Brettl«, welches über zwei Jahre ging, Cissy spielte im WDR-Fernsehen die erste Fernsehoperette »Ein Walzertraum« unter der Regie von Kurt Wilhelm, mit dem ich später viele Fernsehoperetten und Kabarettabende machte usw. usw., aber soviel wir auch zu tun hatten, wir spielten immer einige Monate im Jahr im Simpl.
Einmal, als wir wieder aus Deutschland zurückgekehrt waren, erfuhren wir, daß Karl Lackner, der damalige Unterhaltungschef des Österreichischen Fernsehens, Direktor Picker den Vorschlag gemacht hatte, die Simplrevuen auch im Fernsehen zu zeigen. Farkas war dafür – Cissy, Picker und ich dagegen. Wir wußten, daß in Deutschland die Existenz der Kabaretts und Varietés durch das Fernsehen bedroht war, weil die Leute sagten: »Wir warten, bis das Programm ins Fernsehen kommt.« Direktoren ließen große Nummern mit ebensolchen Gagen aus dem Ausland kommen, gaben viel Geld für Werbung aus, und dann wurden dieselben Nummern einige Tage vor ihrem Live-Auftritt im Fernsehen gezeigt. Picker pflichtete uns bei. Seit wir eine Revue durch das Fernsehen ausstrahlen ließen, war der Simpl nicht mehr so total ausverkauft wie früher. Farkas störte das nicht, denn das war auch ein Tick von ihm: bei ihm mußte die Tafel »Ausverkauft« immer angebracht werden, und zwar so, daß man sie von der Straße aus sehen konnte, wenn auch noch zehn oder zwanzig Karten zu bekommen waren. Darüber ärgerte sich wieder Picker, und er machte mir oft den Antrag, die Revue allein zu schreiben, er würde sich gern von Farkas trennen. Das habe ich natürlich immer abgelehnt. Ende der Besprechung: wir kamen überein, die Übertragungen *nicht* zu

machen. Und was war? Farkas ging zu Lackner und machte die Sache im Alleingang. Nicht unter dem Namen »Simpl«, sondern unter »Bilanz des Monats«, jeden Monat eine Sendung, später unter »Bilanz der Saison«, vier Sendungen im Jahr, in größerem Rahmen, mit Publikum. Cissy und ich lehnten es ab, mitzuwirken. Natürlich hat das einen Keil zwischen uns getrieben, um so mehr, als ich erfuhr, daß er Simplsketche verwendete, auch wenn sie von mir stammten. Er dürfte sich gedacht haben, daß die Sendung am Abend stattfindet, zu einer Zeit, in der ich im Simpl bin und sie nicht sehen konnte, aber er wußte nicht, daß Elli Naschold, die ich in den Simpl brachte, mir das ganze Programm verriet. Trotzdem sagte ich nichts. Wir arbeiteten so gut zusammen, daß ich mich mit ihm nicht zerstreiten wollte. Anders war es schon, als er ein Chanson von mir, welches Cissy im Simpl sang, in die »Bilanz« nahm, ohne etwas zu sagen. Das nahm ich ihm natürlich übel und ließ es durch den Regisseur Peter Hey verbieten. Drei Tage sprach er kein Wort mit mir, dann fing er plötzlich wieder zu reden an, ohne ein Wort von dem Vorkommnis zu erwähnen.

Eine andere Sache: Wer sich an den alten Simpl erinnert, wird sich an das große Farkasporträt erinnern, welches über der Tür zum Zuschauerraum hing. Eines Abends komme ich zur Vorstellung und sehe, daß als Gegenstück zu ihm, auch ein Porträt von mir dort hängt. Picker hat mich damit überrascht. Wie ich noch am selben Abend erfuhr, kam Farkas, sah das Porträt und ging wieder fort, anscheinend, um nicht zu spielen. Er schien sich aber die Folgen überlegt zu haben und kam zurück. Er sprach wieder drei Tage nicht mit mir, bis er sich eines anderen besann. Wir erwähnten beide nichts von dem Porträt.

Noch etwas! Vor meinem Auftritt mit Cissy kündigte er uns an, wobei er mich immer als seinen »lieben Mitarbeiter« bezeichnete. Nur wußte der größte Teil des Publikums nicht, was ich mit ihm arbeitete. Die einen glaubten, die Musik sei von mir, die andern wieder, die Musik von Cissys Chansons (weil ich ja am Flügel saß), die dritten trauten mir sogar die Chansontexte zu, aber daß auch ein großer Teil der Sketche sowie die Doppelconférencen von mir waren – darauf kam fast niemand. Einmal kam die Rede darauf, und ich sagte zu ihm: »Warum machst du es nicht so, wie du es mit Grünbaum gemacht hast? Damals hieß es immer die ›Farkas-Grünbaum-Revue‹.« Drauf sagte er: »Wenn du sonst nichts willst? Das ist doch eine Kleinigkeit. Wir schreiben einfach ›Die Farkas-Wiener-Revue‹.« Ich war zufrieden. Dann kam das Plakat, und was stand drauf? »Die Wiener Farkas-Revue.« Das war natürlich etwas ganz anderes. Das war die Farkas-Revue, die aus Wien kommt. Ich sagte wieder nichts. Ich fand den Einfall so genial, daß ich, wo ich seine Eifersucht kannte, lachen mußte. Zum Bruch kam es 1965, als Herr Hoff, der Abteilungsleiter der Unterhaltung des WDR Köln, in Wien war. Er kam in den Simpl, das Programm gefiel ihm, und er fragte mich (wir kannten uns ja von einigen Mitwirkungen im WDR her), ob ich nicht so etwas ähnliches auch für ihn machen könnte. Ich sagte natürlich ja, und wir wollten alles Nähere am nächsten Vormittag im Café Erzherzog Rainer besprechen. Zeitig früh rief mich Lackner an, Hoff habe mit ihm gesprochen, sie wollen das Projekt zusammen machen, ob ich etwas dagegen habe, wenn Farkas mitmacht. Ich hatte nichts dagegen, im Gegenteil. Wenn Farkas mitmacht, können wir einige gemeinsame Sachen aus dem Simpl nehmen, die Sendung läuft unter »WDR« und würde dem Simpl nicht schaden. Farkas kam also mit zur Besprechung, es wurde alles abgemacht, am Abend stand bereits im Abend-Expreß in ganz großen Buchstaben: Köln ruft Farkas. Von mir kein Wort. Ganz am Schluß sagte er auf die Frage des Reporters, ob er das Simpl-Ensemble beschäftigen werde: »Das Ensemble nicht, aber einige Simpl-Mannen werde ich wohl mitnehmen.« Das war mir zuviel. Ich ging zu Picker und kündigte. Dann ging ich zu meiner Frau in die Garderobe, die sie mit Elli Naschold teilte und die auch Zeugin des Gesprächs war: »Ich habe eben gekündigt. Wenn du bleiben willst, kannst du das ruhig tun«, was sie natürlich ablehnte. Farkas sagte kein Wort zu meinem

Entschluß. Wir sprachen miteinander, als ob nichts passiert wäre, obwohl er bereits die neue Revue probte. Es war kurz vor seinem Geburtstag, wir beschenkten uns im Simpl alle immer bei gewissen Gelegenheiten, und so gab ich ihm ein Geschenk, worauf er sagte: »Mir wäre lieber, wenn ihr bleiben würdet.« Ich sagte: »Das fällt dir spät ein. Wo sollen wir jetzt ein neues Programm hernehmen?« Er: »Ihr könntet ruhig alte Sachen machen.« Drauf ich: »Das machen wir nicht.« Als wir nach der letzten Vorstellung den Simpl verließen, wagte keiner von den Kollegen, uns »Auf Wiedersehen« zu sagen, außer Elli Naschold und Günther Frank. Niemand half uns, die Koffer hinauftragen, so verließen wir den Simpl nach 16 Jahren ununterbrochener Erfolge. Auf der Straße stand der Photoreporter des »Kurier« und knipste uns. Am nächsten Tag war unser Auszug aus dem Simpl auf der Titelseite.
Das, was man heute das »legendäre Simpl-Ensemble« nennt und zu dem ich Farkas, Waldbrunn, Böhm, Muliar, Kolmann, Heller, Cissy, Elli und mich zähle, hatte ja schon begonnen abzubröckeln. Waldbrunn wurde es zuviel, nach seiner Vorstellung im Theater in der Josefstadt noch in den Simpl zu kommen, Muliar ging ans Volkstheater, Heller war gestorben, Conrads ging in die Josefstadt, spielte den Liliom und den Schwejk, und Kolmann, den übrigens Cissy, Elli und ich in den Simpl gebracht haben und das trotz des Widerstandes einiger seiner Kollegen, ging nach Hamburg zur Operette. Der Antrag des WDR wurde zurückgezogen. Ohne mich machten sie es nicht.
Trotzdem bleibe ich dabei: Farkas war der beste Conférencier, der beste Sketchespieler, der beste Regisseur, er sorgte immer für Disziplin, ging mit dem guten Beispiel voran, indem er schon auf die erste Probe mit vollständig gelernter Rolle kam, er brachte alles so auf die Bühne, wie es sich ein Autor nur wünschen konnte – kurz, beruflich war er beispielgebend. Daß er es nicht verkraften konnte, wenn andere neben ihm Erfolg hatten, war tragisch, aber nicht zu ändern.

Der einzige, der uns immer treu blieb, war Heinz Conrads. Er holte uns mindestens viermal im Jahr in seine Fernsehsendungen. »Heinz Conrads und seine Freunde« und »Guten Abend am Samstag«. Ich war schon mit Heinz verbunden, bevor wir uns kannten. Conrads war im Krieg bei der Deutschen Wehrmacht. Sein Vorgesetzter war der bekannte Pianist Heinz Sandauer. Er erkannte Heinz' Talent (beide wirkten immer bei den Kompagnieabenden mit) und führte ihn eines Tages zu einem bekannten Burgschauspieler, der auch Schauspielunterricht gab. Heinz sollte ihm etwas vorsprechen. Der Burgschauspieler erwartete nun, den Faust zu hören oder den Wilhelm Tell oder den Karl Moor oder etwas in der Preislage, aber Heinz hatte von diesen Stücken keine Ahnung. Er war ja von Beruf nur ein einfacher Kunsttischler. So sprach er ihm ein Gedicht vor, das gar nicht burgtheatermäßig war. Es hieß »Die Fichte« und war von mir. Der Schauspieler lächelte, nahm ihn aber als Schüler auf und verschaffte ihm auch seine ersten Rollen. Ich war damals noch in Venezuela, wir kannten einander nicht, aber ich freue mich noch heute, ihm geholfen zu haben.
Ich hatte schon, bevor ich in den Simpl einstieg, zwei Revuen für die Revuebühne »Casanova« geschrieben, welche man als das Femina-Nachfolgetheater ansah. Es gab schöne Frauen, es gab schöne Kostüme – bei den Komikern stocke ich schon. In der ersten Revue hatte ich noch Gunther Philipp. Als er zum Film abwanderte, wurde es finster. Auch fehlte das Flair, das die Femina hatte. Als ich dem künstlerischen Leiter Oskar Pouché sagte, daß ich 1951 wieder nach Caracas fahren müsse und daher die neue Revue nicht machen könne, fragte er mich, ob ich etwas dagegen hätte, wenn Farkas sie machen würde. Er hat sich ihm als Schauspieler und als Autor angetragen. Ich sagte natürlich »Nein, das wäre die beste Lösung«, also engagierte man ihn als Schauspieler und als Autor. Dann kam der Simpl, der Farkas so am Herzen lag. Gern hätte er den Vertrag mit dem Casanova gelöst, aber Pouché blieb hart. Im Casanova blieb der Farkaserfolg aus. Dort war das Publikum blasierter, er

kam nicht an. Das nagte um so mehr an ihm, als er die zweite Revue »Kolumbus entdeckt Österreich«, den Erfolg der ersten noch übertraf – auch ohne ihn. Der Simpl war sein alles. Als man ihm von einem Riesenerfolg Rudolf Schocks in der Staatsoper erzählte, sagte er: »Kunststück! *Hier* muß er Erfolg haben!« Ich übertreibe, aber es war fast so.
Im Casanova befreundete ich mich mit Fred Kraus, der mit Hilde Berndt, Peter Wehle und Gunther Philipp (später mit Rolf Olsen), die Kabarettgruppe »Die kleinen Vier« bildete, für die ich ziemlich viel schrieb. Bei dieser Gelegenheit lernte ich seinen kleinen Sohn, den Peter, kennen. Peter Kraus. Als er der deutsche Elvis Presley geworden war, schrieb ich für Vater und Sohn. Ich erinnere mich auch noch an die Radioserie »Peter & Peter«. (Der zweite Peter war Peter Weck, der mit Peter Kraus sang, tanzte und steppte.) Mit Peter Kraus komme ich noch heute bei irgendwelchen Fernsehproduktionen zusammen.
Und der dritte Peter? Die Premiere von »Kolumbus entdeckt Österreich« fand am 5. Jänner 1951 statt. Diesmal spielten, außer Cissy, Heller und Waldbrunn, bereits Fritz Muliar und Heinz Conrads mit, für kleine Rollen der Sohn Hubert Marischkas, Franz Marischka, allgemein Zwetschi genannt, und für kleinste Rollen – Peter Alexander.
Wie es dazu gekommen war? Im Herbst 1949 hatte die »Katrin« ihre Premiere gehabt. Anfangs kein großer Erfolg (das Stück war den operettenliebenden Wienern, zu denen ich noch heute gehöre, zu musicalhaft), setzte es sich später durch. Und während die Kritiken nach der Premiere von freundlich bis schlecht waren (besonders schlecht die von Hans Weigel), waren sie von der 30. Aufführung an von sehr gut bis begeistert. Peter Loos schrieb: »Mundfunk ist mehr wert als Rundfunk.« Stoß spielte die »Katrin« ungefähr hundertfünfzig Mal und mußte sie dann absetzen, weil er die Operette »Frühling im Prater« von Robert Stolz erworben hatte, die als Uraufführungstermin Weihnachten 1949 hatte. Er wollte die »Katrin« im Bürgertheater weiterspielen, aber da paßten die Dekorationen

nicht, und neue zu machen, schien ihm zu gewagt. Es ist ja oft so, daß eine Operette in einem Theater ein Erfolg ist und im andern nicht. Auswärts hatte die »Katrin« noch viele Aufführungen.

Aber zurück zu Peter III. Bei der Generalprobe sah ich einen jungen Mann, der mir gut gefiel, obwohl er nur eine einzige Szene hatte. Am selben Nachmittag traf ich ihn zufällig in der Wollzeile, am Boden zerstört. Was war passiert? Regisseur Walter Müller hatte gefunden, daß das Stück zu lang sei, also wurde kurzerhand die Szene von Peter Alexander gestrichen. Natürlich war er darüber sehr unglücklich. Zwetschi Marischka versuchte, ihn im Simpl unterzubringen, wobei Cissy und ich ihn sehr unterstützten. Farkas führte Regie. Er engagierte Peter, aber er war mit ihm ebenso verzweifelt wie Peter mit Farkas. Er brummte dauernd herum, er fand ihn zu groß für die niedrige Bühne, er murmelte, daß man den Kopf von dem langen Lulatsch nicht sehen werde, er nahm ihm einen Satz nach dem andern weg – kurz, er machte ihn fertig. Er hielt ihn für ausgesprochen unbegabt, und Peter, der Große (damals im Sinn von der Lange) war einer der wenigen Schauspieler, die im Simpl nur *eine* Revue spielten.

Ich hatte mit ihm überhaupt kein Glück. Am Silvesterabend kam der Besitzer des Café Prückl, das sich fast vis-a-vis vom Simpl befindet, und fragte mich verzweifelt, ob ich keinen Pianisten wisse. Der, den er engagiert hatte, war total besoffen. Nun gab es am Silvesterabend keinen Pianisten, der nicht sein Engagement hatte. Und wenn er nur die »Schule der Geläufigkeit« von Czerny spielte. Ich sagte, ich wüßte einen, der nicht nur spielt, sondern auch singt, und dachte an Peter. Peter war begeistert wegen des Nebenverdienstes, Farkas war im Casanova, also ließen wir ihn weggehen. Am nächsten Tag gab mir der Cafétier Grobheiten. Der Pianist, den ich ihm empfohlen hatte, hatte Schauspieler kopiert, worüber sich die Gäste beschwert hatten. Wie konnte es sich so ein junger Lausbub erlauben, Künstler wie Johannes Heesters und andere zu ver-

reißen? Kopien – später Alexanders stärkste Seite! Übrigens habe ich erst durch ein Interview, das Peter Alexander anläßlich seines 65. Geburtstages gab, erfahren, daß er an besagtem Silvesterabend im Café Prückl seine Frau Hilde kennengelernt hat. In die Zeit, in der wir im Simpl »Kolumbus entdeckt Österreich« spielten, fällt die berühmte Party bei Waldbrunn. Waldbrunn hatte längere Zeit hindurch im Simpl für die Sektfirma Kattus sowie für die Wurstfirma Magrutsch Werbung gemacht. Er bekam dafür täglich eine Flasche Sekt, wieviel Wurst er bekam, weiß ich nicht. Als er 100 Flaschen Sekt beisammen hatte, lud er zu einem Fest auf der »Santa Maria«, namensgleich mit dem Schiff, mit dem Kolumbus Amerika entdeckte. Vorschrift: Kostüm. Also kamen alle in Kostümen des Santa Maria-Bildes. Geladen war, außer Farkas und Gattin, nur das Simplensemble. Farkas und Gattin kamen natürlich in Zivil. Solange sie da waren, war es ziemlich steif, erst als sie gegangen waren, ging es los. Die Party fand in Waldbrunns Wohnung statt, d. h. in der Wohnung von Elfriede Ott, mit der er verheiratet war, und das heißt wieder in der Wohnung ihrer Mutter, der die Wohnung gehörte. Sie befand sich in einem Alt-Wiener Haus, gegenüber der Hofburg, im 5. Stock. Die Einrichtung war antik, der Konzertflügel war antik, der Boden war mit echten Persern bedeckt, Elfi machte ein herrliches Buffet, ihre Mutter kochte eine wunderbare Gulaschsuppe, es war eine Zeitlang sehr gemütlich, so lange, bis alle betrunken waren. Ich will nicht schildern, was im einzelnen vorging, Höhepunkt: Peter Alexander wollte aus dem Fenster steigen, wollte auf dem Gesims um die Ecke gehen und beim nächsten Fenster wieder hereinkommen. Wir andern bemerkten es gar nicht, nur Cissy hielt ihn mit Gewalt zurück. Als wir ihn Jahre später mit Frau Hilde zufällig trafen – ich glaube, es war am Wörthersee – und Cissy ihn an die Party bei Waldbrunn erinnerte, wußte er gar nichts mehr davon und erschrak noch nachträglich.
Im selben Jahr spielte Stoß die Operette »Das Glücksrezept«, Buch von Raul Martiné und von mir, Musik von Robert Stolz.

Die Hauptrollen spielten Maria Eis, die beliebte Burgschauspielerin, Fritz Imhoff, Herta Mayen, Hedy Faßler, Harry Fuß und Heinz Conrads. Von den kleinen Rollen die kleinste: Peter Alexander. Er gab einen Hotelliftboy, der in Imhoffs Bäckerei kommt. Im Buch sah die Rolle wie folgt aus: Liftboy: (zum Bäckermeister) Das Kipferl für'n Herrn Hofrat, bitte! (Ende der Rolle). Stoß gab ihm aber die zweite Besetzung für Conrads. Da stand er nun während der Conradsszenen immer in der Kulisse und sah zu. Conrads (ich habe die Geschichte von ihm) machte das nervös, er ging einmal auf Peter zu und sagte: »Stehen Sie vielleicht nur da, weil Sie glauben, es könnte mir etwas passieren und Sie können weiterspielen?« Drauf Peter, unbefangen: »Ja. Warum?«
Ich hatte nichts weiter mit Alexander zu tun, außer daß ich für die beiden »Graf Bobby-Filme«, die Geza von Cziffra inszenierte, zwei Duette für Alexander und Gunther Philipp schrieb – aber meine Frau kam noch einmal mit ihm zusammen. Es war in den späten fünfziger Jahren, wir hatten längst einige Platten bei Polydor gemacht, wo wir unter Vertrag standen, als man sie für die erste deutsche »My Fair Lady«-Platte holte. Sie sang die Eliza, Peter den Higgins, Willy Millowitsch den Doolittle und Sandor Kónya den Freddi. Es spielte Kurt Edelhagen und sein Orchester. Nachdem Cissy das Chanson »Warts nur ab, Henry Higgins, warts nur ab!« gesungen hatte, applaudierten sämtliche Musiker, worauf Edelhagen zu ihr sagte: »Gratuliere! Heute haben Sie zum letzten Mal mit Peter Alexander gearbeitet.« Er behielt recht.
Übrigens habe auch ich eine Beziehung zur »Fair Lady«. Alexander Steinbrecher und ich machten die deutsche Bearbeitung für die Wiener Volksoper. Durch Robert Gilbert, dem unvergleichlichen Textdichter, lernte ich den Komponisten Frederic Loewe kennen. Robert brachte ihn in den Simpl. Im Gespräch erwähnte er, daß er nichts mehr komponieren werde. Das Geld, das er mit der »Lady« verdiene, könne er nicht aufbrauchen. »Und die Leute«, meinte er, »würden ja doch bei allem, was ich

schreibe, sagen: Fair Lady ist es keine.« Ich bin mir allerdings nicht sicher, ob »Gigi« nicht *nach* der Lady gekommen ist.

»Ich heiße Fritz Fischer, genannt FF«, stellte sich der gut aussehende Herr vor, der mich in der Pause des Simpl ins Foyer rufen ließ. Ich hatte von ihm gehört. Er war einer der besten Showregisseure, hatte sogar bei Ziegfield in New York inszeniert – was wollte er von mir? »Ich komme von Robert Stolz«, sagte er, als ob er meine Gedanken erraten hätte. »Haben Sie morgen Zeit?« Ich hatte. »Könnten Sie um vier Uhr bei Stolz sein?« Ich konnte.

Am nächsten Tag um vier Uhr erfuhr ich, worum es ging. Fischers Inszenierungen hatten jeweils 33 Bilder. Das war sein Markenzeichen. Als Kálmán aus Amerika zurückkehrte, inszenierte er ihm zu Ehren »Die Zirkusprinzessin«. Aber es war nicht die gute alte »Zirkusprinzessin« der Zwanziger Jahre, es war eine »Zirkusprinzessin« mit Clowns und Artisten, mit Pferden und Kamelen, und natürlich – in 33 Bildern. FF, wie ich ihn auch bald nannte, hatte einen Grundsatz: Frech muß man sein! Ich schrieb Jahre später die Dialoge der »Csárdásfürstin« für eine FF-Inszenierung, die Aufführung war in Bielefeld, und da war er wohl am frechsten. Im (bereits) 6. Bild des 1. Aktes singen Sylva und Edwin das getragene Duett »Weißt du es noch«. Finster, ab, Zwischenvorhang hoch, alles mit Riesenschnelle, am Flügel sitzt Chopin (7. Bild), spielt sein «Nocturno«, ein Solopaar tanzt einen Pas de deux (8. Bild), nach der Nummer »Ja, so ein Teufelsweib« (9. Bild) Verwandlung, Ballett in der Hölle (10. Bild). Nun trägt er mir seinen Wunsch vor: Das Publikum kennt ihn nur als Showregisseur. Jetzt möchte er beweisen, daß er auch anders kann. Er möchte eine kleine Operette inszenieren, und seine Wahl war auf die Robert Stolz-Operette »Der Tanz ins Glück« gefallen. Stolz habe bereits mit ihm gesprochen und hatte ihm sein Einverständnis gegeben, wenn ich das Buch schreibe. Zu jener Zeit

verband mich mit Stolz schon eine gewisse Freundschaft. Ich sagte natürlich zu, und daß es sich gerade um den »Tanz ins Glück« handelte, freute mich besonders, weil diese Operette eine von jenen ist, die ich zu meiner Claqueurzeit im Raimund-Theater kennengelernt hatte. Einzi brachte eine Flasche Sekt, wie stießen auf unser Vorhaben an, und schon am nächsten Tag traf ich mich zu einer Besprechung mit FF. Das erste, was er änderte, war der Titel. Der »Tanz ins Glück« war nicht mehr der »Tanz ins Glück«, der »Tanz ins Glück« hieß ab jetzt »Hallo, das ist die Liebe«. Stolz war einverstanden. Bei der zweiten Besprechung machte FF aus dem 1. Akt zwei Bilder. Stolz war einverstanden. Als FF aus dem 3. Akt drei Bilder machte, war Stolz ihm gegenüber einverstanden – mir gegenüber fing er bereits zu klagen an. »Das wird ein Fleckerlteppich«, sagte er immer wieder. Ich mußte ihm versprechen, daß wenigstens der 2. Akt unangetastet blieb. Aber FF hatte ihn, als ich ihn am nächsten Tag traf, bereits in vier Teile geteilt. »Das wird ein Fleckerlteppich!« jammerte Stolz wieder. Ich will nicht viel darüber schreiben. Fazit: als wir zu den ersten Proben auf die Bühne gingen, hatte der »Tanz ins Glück« 33 Bilder. Robert war außer sich, aber ich tröstete ihn, es wird nicht so schlimm werden, weil in den 33 Bildern allerhand vorgehen wird.
Im Simpl hatte FF Cissy gesehen. Er war begeistert. Endlich wieder eine große Kabarettistin, nur leider – wir alle haben bisher ihre Talent nicht erkannt. Cissy ist nicht die Figur, die sie immer darstellt – Cissy ist ein Vamp. Er engagierte sie für die Rolle einer französischen Diva. Cissy war gut, weil eine so begabte Künstlerin nicht schlecht sein *kann*, selbst wenn sie es will. Aber welche Künstlerin will schon schlecht sein? Ich gab der Rolle natürlich auch einiges, was das Publikum von ihr hören wollte, z. B. ein Chanson: »André, du bist der Mann, den ich im Leben nie vergessen kann«, und das Couplet-Terzett »Die feine Gesellschaft ist eine Gesellschaft, eine feine Gesellschaft«, das sie mit Max Brod und Fritz Muliar sang. Außer von den dreien wurden die Hauptrollen noch von Inge Karsten,

Fritz Imhoff und Walter Müller gespielt und von – Hans Hansen, den FF aus Deutschland mitgebracht hatte.
Hansen war ein blendend aussehender »Herr mit grauen Schläfen«, Darsteller von ungarischen Lebemännern und russischen Großfürsten, der geborene Feri Bacsi. Er war einer jener Schauspieler, die auch im Leben gern extemporieren, einer, der immer im Theaterjargon sprach. Fragte man im Kaffeehaus nach einem Kollegen, der schon nach Hause gegangen war, sagte er: »Der hat sich schon vor einer Stunde abgeschminkt.« Kam ein Gast ins Kaffeehaus, den wir nicht kannten und der irgendwie komisch aussah, sagte Hansen: »Der mit einem Auftrittslied wäre eine Bombenrolle.« War das Publikum schlecht, sagte er zu seinem Komikerkollegen: »Heute sind lauter Trotteln da. *Du* wirst gefallen.« Waren sie gut, meinte er: »Mit denen möchte ich auf Tournee gehen.« Er und seine Frau Martha sind zwei liebenswerte Menschen, mit denen wir noch heute befreundet sind. Ich lachte zum ersten Mal über ihn, als FF sich plötzlich einbildete, daß er im 1. Bild, das in Paris spielte, einen Straßensänger braucht. Robert mußte ich erst langsam mit dem Gedanken vertraut machen, daß das 1. Bild in Paris spielt und nicht in Wien, und wieder jammerte er: »Das wird ein Fleckerlteppich!« FF ließ einige junge Burschen, die man ihm vom Konservatorium geschickt hatte, vorsingen, Hansen und ich saßen rechts und links von ihm. »Der Nächste, bitte!« Ein junger Mann kam auf die Bühne und sang mit kleiner Stimme und großem Selbstbewußtsein das Lied: »Ich möchte noch mal zwanzig sein!« Als er fertig war, fagte Hansen: »Wie alt sind Sie denn?« »Zweiundzwanzig«, antwortete der junge Mann. Drauf Hansen: »Da müssen Sie ja in den letzten zwei Jahren Schreckliches erlebt haben.«
Noch eine Hansengeschichte: Hansen, der in München lebte, besuchte uns eines Tages überraschenderweise in unserem Haus in Baden. Cissy war irgendwo zur Kur, und ich bin leider der schlechteste Gastgeber, den es gibt. Ich wollte eine Flasche Wein öffnen, der Korken zerbrach. »Macht nichts«, tröstete

mich Hans, »schenk nur ein.« Ich schenkte ein, ich hatte noch nie so viele Korkenstücke in einem Glas Wein gesehen. Hansen trank ihn mit Todesverachtung, aber ich fühlte mich nicht wohl dabei. Ich schlug vor, ins Hotel Sacher zu gehen, das uns gegenüber lag. Im Sacher fragte der Ober, was wir wünschen, drauf sagt Hansen: »Mir bringen Sie ein Glas Wein, aber bitte mit viel Korken drinnen – ich möchte nicht mischen.« Das ist Hans Hansen.

»Hallo, das ist die Liebe« nahm Gestalt an und gefiel mir immer besser. Leider wurde die Operette immer teurer. FF brauchte da noch Kostüme, dort noch Kostüme, da noch einen Vorhang und dort noch einen Vorhang – nun jammerte nicht nur Robert, nun jammerte auch der Direktor des Raimund-Theaters, Rudolf Marik. Marik hatte als Theatersekretär in Karlsbad begonnen, zu einer Zeit, wo die Sekretäre in der Provinz noch die Theaterzettel austragen mußten. Er war für seine Leute zu jeder Tageszeit zu sprechen, er hatte für jeden ein offenes Ohr (handelte es sich um einen Vorschuß, hatte er *nur* ein offenes Ohr), er war ein Vater seines Ensembles. So sagte er mir einmal, als er hörte, daß ich ihn am Tag vorher vermißt hatte: »An Gagentagen gehe ich nie ins Theater, weil ich mich schäme, wenn ich bedenke, was ich meinen Mitgliedern bezahle.« Er liebte die Operette, und das machte ihn mir so sympathisch. Er bekam von allen großen Bühnen die kleinste Subvention, und es war oft erstaunlich, wieviel er mit dem wenigen machte. Das Raimund-Theater war eine AG, in welcher Marik die Mehrheit der Aktien besaß. Als die anderen Aktionäre das Haus an eine Warenhauskette verkaufen wollten, weigerte sich Marik, seine Aktien herzugeben, obwohl er damit viel Geld hätte verdienen können. Er war auch bei den Künstlern beliebt, und bei ihm gastierten, mehr aus Freundschaft als wegen des Geldes, Joopi Heesters, Zarah Leander und vor allem Marika Rökk. Für sie bearbeitete ich einige Operetten wie Kálmáns »Gräfin Mariza«, Abrahams »Blume von Hawai« und den »Ball im Savoy«. Zu meinem 80. Geburtstag schrieb sie mir: »Lieber Hugo! Zu

Deinem 80. Geburtstag habe ich das Bedürfnis, Dir mit diesen Zeilen meinen Dank auszusprechen. Ich weiß, wieviel Du zu meiner Karriere beigetragen hast. Zu meiner ersten war ich direkt von unserem ›Stern der Manege‹ zur UFA engagiert worden, zu meiner zweiten mit Deinen Bearbeitungen wie ›Mariza‹ usw., und jetzt, zu meiner dritten, mit Deinem ›Ball im Savoy‹.«

Mit Stefan Bekefi (Buch) und Erwin Halletz (Musik) schrieb ich auch ein Stück für Marika: Die kluge Mama. Großer Erfolg in Köln und in Hamburg, Tournee durch Deutschland, auf der ihr Gatte und bester Regisseur Fred Raul sie besuchte. Er erlitt eine Herzattacke, Marika brach die Tournee ab und brachte ihn nach Baden, wo die beiden, so wie wir, ihr Haus hatten. Trotz größter Aufopferung von Marika wurde Fredi nicht mehr gesund.

Aber zurück zu »Hallo, das ist die Liebe!« FF hatte immer neue und meist gute Einfälle. Der letzte: Während eines Gartenfestes in einem der 33 Bilder sehen wir ein übergroßes Aquarium, in dem von einem Solotanzpaar ein Pas de deux vorgeführt wird. Der Trick: Das Aquarium, bis zum Rand mit Wasser gefüllt, ist ganz schmal, was das Publikum nicht bemerkt. Vorne und hinten gibt es eine Glaswand, hinter der zweiten Glaswand einen Hohlraum, in diesem Hohlraum tanzt das Solopaar, wobei durch einen zusätzlichen Beleuchtungseffekt der Eindruck erweckt wird, als ob es in dem Aquarium tanzen würde. Bei der Hauptprobe vor der Generalprobe waren wir baff. Das ganze Ensemble applaudierte. In der Nacht wird Direktor Marik aus dem Schlaf gerissen. Was war passiert? Die beiden Glaswände hatten dem Druck des Wassers nicht standgehalten, sie waren explodiert, die Bühne war unter Wasser, das Wasser rann in den Orchestergraben, und am Abend sollte die Premiere stattfinden. Und sie fand statt. FF hatte eine unerhörte Energie. Die Feuerwehr pumpte das Wasser ab. FF wusch mit einigen Putzfrauen den Boden trocken, aus dem Orchesterraum hatte man die Instrumente gerettet, und auch dort wurde fleißig getrock-

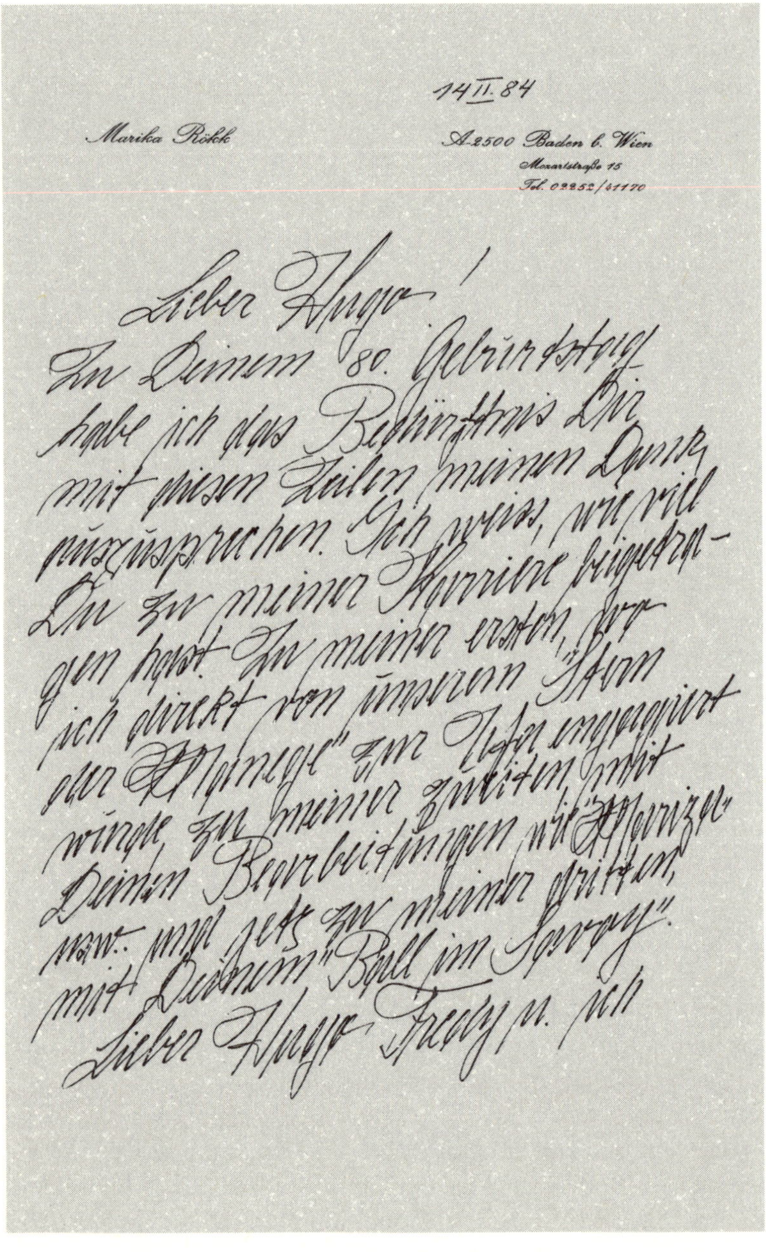
14 II. 84

Marika Rökk

A-2500 Baden b. Wien
Mozartstraße 15
Tel. 02252/41170

Lieber Hugo!
Zu Deinem 80. Geburtstag
habe ich das Bedürfnis Dir
mit diesen Zeilen meinen Dank
auszusprechen. Ich weiss, wie viel
Du zu meiner Karriere beigetra-
gen hast. Zu meiner ersten, bin
ich direkt von unserem "Stern
der Manege" zur Ufa engagiert
wurde, zu meiner zweiten mit
Deinen Bearbeitungen wie "Mariza"
usw. und jetzt zu meiner dritten,
mit Deinem "Ball im Savoy".
Lieber Hugo, Fredy u. ich

wünschen Dir alles erdenkliche
Gute u. Schöne, Gesundheit,
Erfolg u. noch tausend gute
Einfälle, einige auch für mich.
Du bist nicht nur künstlerisch
wertvoll, sondern auch ein
allerliebster Mensch.

Dein
Merike

net. Am Abend gab es die vielumjubelte Erstaufführung der Operette »Hallo, das ist die Liebe!« von Robert Stolz, mit dem Komponisten am Pult, und niemand hätte geglaubt, daß es hier vor einer Stunde noch ganz anders ausgesehen hatte. Nach der Vorstellung gab es eine Premierenfeier, ich saß Robert gegenüber, Robert hielt eine Ansprache, in der er sich sowohl bei Marik als auch bei dem Ensemble bedankte, am meisten aber bei FF. Applaus. Robert setzt sich, schreibt einige Worte auf eine Visitenkarte und schiebt sie mir über den Tisch zu. Ich lese, was er geschrieben hat: »Und es war *doch* ein Fleckerlteppich!«

Direktor Marik machte einen großen Fehler. Er ließ die Operette durch das Fernsehen übertragen. Live, von der Bühne weg. Er machte das dem Ensemble zuliebe, damit die Bezieher der kleinen Gagen einen Extraverdienst hatten. Das Theater war zum Brechen voll. Es war ja damals noch ziemlich neu für das Publikum, von seinen Freunden und Bekannten im Fernsehen gesehen zu werden. So begann auch, sobald eine der Kameras auf das Publikum gerichtet wurde, ein tolles Gewinke mit den Händen. Auf der Straße wurde eine Riesenfilmleinwand aufgestellt, damit auch diejenigen, die noch keinen Fernsehapparat besaßen, die Aufführung sehen konnten. Auch an anderen Stellen der Stadt gab es solche Filmleinwände. Tausende Menschen sahen das Stück, und am nächsten Morgen stellte sich bereits der Effekt ein: der Vorverkauf ließ nach. Das war der Unterschied zwischen den Übertragungen im Radio und im Fernsehen. Im Radio *hörte* man die Vorstellung und wollte sie nun auch sehen. Im Fernsehen sah und hörte man sie – wozu also noch ins Theater gehen?

Cissy spielte Jahre später noch eine Bearbeitung der »Csárdásfürstin« von FF und von mir. Sie spielte die alte Fürstin von und zu Lippert-Weylersheim, aus der wir eine *junge* Fürstin, die zweite Frau des Fürsten machten. Ferner spielte sie noch ein Kindermusical im Theater an der Wien – »Die Räuber von Kardemomme« –, ich schrieb weiterhin für Radio und Fernsehen, bearbeitete Nestroy-Stücke, machte Zusatzstrophen für

»Verschwender«, für »Bauern als Millionäre«, für »Bettelstudenten und Obersten«, für »Zigeunerbarone und Schweinezüchter« – und dann ging es wieder auf Reisen.
Wir waren wieder in Israel, wo wir anstatt zwölf Abende zwanzig geben mußten, wir waren wieder in Hamburg, waren wieder in Stuttgart, waren in Berlin, wir waren dreimal, je einen Monat, in Wien im Ronacher, wir waren im »Würfel«, wo wir Peter Lodynski und Erwin Seeböck kennenlernten, wir erlebten noch die Zeit, in der am Silvesterabend in jedem Theater, in jedem Kino Silvesterveranstaltungen stattfanden. So traten wir einmal an einem Silvesterabend an 15 Stellen auf, wir fuhren mit den Schiffen »Bremen« und »Hamburg« einmal nach dem Nordkap und einmal nach Yalta und Odessa, traten einmal während der Hinfahrt und einmal während der Rückfahrt auf und bekamen nicht nur alles umsonst, sondern auch eine gute Gage.
Und Theaterstücke? Mit Waldbrunn schrieb ich »Johanna geht«, ein Lustspiel, welches mit größtem Erfolg in den Kammerspielen und im Theater in der Josefstadt aufgeführt wurde. Die Hauptrollen spielten Lotte Lang und Waldbrunn selber. Beide waren hinreißend, und hier kann ich wirklich von einem »vollen Erfolg bei Publikum und Presse« reden, weil in den Zeitungen auch nicht *ein* unfreundlicher Satz zu finden war. Und nun ein echter Waldbrunn: Unser Stück (ein Akt in drei Bildern), dauerte nur eine Stunde. Wir mußten deshalb ein zweites dazuspielen und wählten Franz Molnárs »Veilchen«. Als bereits in der Pause verschiedene Verleger kamen und das Stück erwerben wollten, gab es Waldbrunn nicht her. Ich verstand ihn nicht. »Warum tust du das?« fragte ich. »Das sind doch gute Bedingungen. Bessere werden wir nicht bekommen.« Waldbrunn meinte: »Das ist es ja. Wir müssen ein zweites Stück schreiben, damit wir den ganzen Abend und die vollen Tantiemen bekommen.« Den Titel hatte er schon: Meine Frau – der Würstelmann. Seine Frau Elfriede Ott, die ja ein Publikumsliebling war und ist, sollte die Titelrolle spielen. Leider –

wir fanden keine Story. Waldbrunn verlor wie immer die Lust, und so hatte unsere »Johanna« nicht weit zu gehen. Der ORF zeichnete das Stück auf, das ZDF, machte eine eigene Produktion, Peter Wehle machte es zum musikalischen Lustspiel – umsonst. »Johanna«, liegt in der Mottenkiste. Immer wieder hoffe ich, daß es ein findiger Theaterdirektor einmal herausholen wird. Aber wozu? Ich wüßte niemand, der die Waldbrunn-Rolle spielen könnte.

Eine andere Waldbrunniade: Waldbrunn und ich schrieben eine der ersten Fernsehserien: »Nicht verzagen, Stangl fragen«. Gedreht wurde in Wien, im Schönbrunnatelier. Eines Nachmittags werde ich angerufen. Am Apparat: ein aufgeregter Ernst Waldbrunn. »Wir drehen eben den Schluß von ›Stangl fragen‹ und haben ein Problem. Komm bitte so schnell du kannst ins Atelier.« Ich nehme mir sofort ein Taxi, fahre zum Atelier, stürze hinein, es wird noch gedreht, man deutet mir stumm ruhig zu sein und weist mir einen Platz an – endlich ist es soweit. Waldbrunn versammelt alle Anwesenden um sich herum, hält eine Dankesrede und sagt dann: »Das ist mein Mitarbeiter Hugo Wiener, auch er möchte Ihnen seinen Dank ausdrücken. Er lädt Sie zu einer Flasche Wodka ein.« Großer Jubel. Es blieb nicht bei *einer* Flasche – es wurden zwölf. Waldbrunn unterhielt sich königlich.

Im Sommer 1977 kam Waldbrunn mit Marejke, seiner bildhübschen, holländischen Freundin, zu uns nach Baden und trug mir an, die Posse »Pension Schöller« mit ihm zu bearbeiten und zwar für die Wiener Kammerspiele. Er fühlte sich außerstande, die Arbeit allein zu machen. Es drohte ihm eine schwere Operation, und zwar die Amputation seines linken Beines. Er führte auch einen schrecklichen Lebenswandel. Alkohol, Nikotin und schwarzer Kaffee. Davon lebte er. »Aber«, das war seine Einstellung, »bevor ich auch nur das Rauchen aufgebe – lieber sterbe ich.« Cissy warnte ihn: »Paß auf«, sagte sie, »man stirbt nicht so einfach.« Sie hatte recht.

Ich begann an der »Pension Schöller«zu arbeiten. Wir trafen

uns von Zeit zu Zeit, und er war in erstaunlich guter Laune. »Im Rollstuhl«, meinte er, »kann ich immerhin noch inszenieren oder eine kleine Rolle spielen.« Es war an einem Samstag, als ich ihm den fertigen 1. Akt brachte. Am Abend wollte er ihn lesen, und am Sonntag um 14 Uhr sollte ich ihn anrufen. Ich rief an, er kam nicht zum Telefon. Ich rief wieder und wieder an, er meldete sich nicht. Vielleicht ist er ausgegangen, dachte ich, obwohl ich es nicht glaubte. Erst am Abend erfuhr ich, was sich ereignet hatte. Elfie, obwohl bereits geschieden, hatte plötzlich das Gefühl, daß ihm etwas passiert sei. Sie rief ihn an und hörte ein Röcheln im Telefon. Schnell fuhr sie zu ihm, die Tür war verschlossen, auf ihr Klopfen öffnete niemand, aber auch hier hörte sie wieder dieses Röcheln. Sie lief ins Theater in der Josefstadt, keine fünf Minuten von Waldbrunns Wohnung entfernt, von dort aus rief man Feuerwehr und Polizei an, die Wohnung wurde gewaltsam geöffnet, Waldbrunn lag am Boden, die Telefonschnur mit dem Hörer hing herunter – er hatte einen Schlaganfall erlitten. Wann dies passiert war? Möglicherweise schon um 14 Uhr, als er vielleicht meinen ersten Anruf beantworten wollte. Er war halbseitig gelähmt, wurde sofort in eine Klinik gebracht, aber es gab keine Hilfe. Er starb kurz vor Weihnachten, nachdem er noch ein Glückwunschtelegramm zur Premiere der »Pension Schöller« geschickt hatte. Bei seinem Begräbnis trafen wir Anny Farkas. Sie hatte, wie sie sagte, von den Querelen zwischen Farkas und mir lange nichts gewußt. »Er erzählte mir«, so sagte sie, »nur von den lustigen Seiten seines Berufs.« Farkas war bereits am 16. Mai 1971 gestorben...

1957 hatte er endlich Maxi Böhm akzeptiert, für den wir schon seit Jahren kämpften. Wir kannten ihn noch aus dem alten Fierlingerensemble, waren mit seiner Frau Huberta befreundet und kannten auch seine Kinder Christine, Michi und Maxi. Maxi (der Vater) war zu jener Zeit ein ausgesprochen lustiger Mensch, der in jeder Situation einen passenden Witz auf Lager hatte, weshalb er sich selbst zum Witzepräsidenten ernannte. Aber er hatte nicht nur Witze, er hatte auch Witz. So nahm er mich einmal zur Seite und flüsterte mir zu: »Ich gebe dir etwas, aber sage es niemandem, sonst wollen es alle.« Dabei drückte er mir eine rosa Karte in die Hand. Ich sah sie an und las: »Mit dieser Karte können Sie überall hingehen. Gleichzeitig verlieren die gelben Karten ihre Gültigkeit.« Zuerst stutzte man, dann mußte man lachen. Für Kolleginnen und Kollegen, die auf der Bühne leicht zum Lachen zu bringen waren, bedeutete Maxi eine Gefahr. Elli Naschold war eine solche Lachwurzen, wie es im Theaterjargon heißt. Maxi sehen und lachen war eins. In einem Sketch, in dem Maxi einen Erfinder spielte, war es besonders schlimm. Seine Partner waren Elli und Farkas. Laut Rolle hatte Maxi jeden Abend ein paar »Erfindungen« vorzuführen. Was *nicht* in der Rolle stand – er führte täglich andere vor. Eines Abends war es zuviel. Maxi hielt sich einen Wasserhahn an die Stirn, drehte ihn auf, und es lief Wasser heraus. Dazu sagte er: »Für Leute, die einen Wasserkopf haben.« Elli konnte nicht weiter, Farkas schimpfte, fast hätte der Vorhang fallen müssen. Farkas machte Maxi Vorwürfe, und Maxi sagte unschuldig: »Ich habe nichts getan. *Sie* hat gelacht.« In der ersten Zeit unserer Freundschaft machten wir mit ihm eine Tournee rund um den Wörthersee. Wir traten nur in den besten Hotels auf, aber immer wieder ergab es sich, daß wir zwischen den Vorstellungen auch freie Abende hatten. Die Fahrten wurden in Maxis Auto zurückgelegt, und da ging er folgendermaßen vor: Kamen wir in einen Ort, fragte er den erstbesten, der uns entgegenkam, ob es hier einen Saal gebe und wie viele Zuschauer er fassen könne. Waren es weniger als hundert, gab er einen Soloabend, faßte er mehr, wirkten wir mit. Wie sollten aber die Leute von dem am selben Abend stattfindenden Kulturereignis unterrichtet werden? Ganz einfach: Maxi setzte sich einen breiten Strohhut auf, stellte sich auf den Hauptplatz und verteilte Flugzettel. Dazu muß ich sagen, daß Maxi damals schon der erste Quizmaster war, also ein bekannter Rundfunkstar, der viele öffentliche Aufführungen hatte, der also dem Publikum bereits bestens bekannt war. Die Leute lachten natürlich, wenn sie ihn so sahen und kamen zu seinem Abend.

Einmal mietete er sich in einem Ort einen Wagen mit einem Esel, setzte sich seinen breiten Strohhut auf und fuhr, nach rechts und links Zettel auswerfend, durch die Straßen. Waldbrunn, der damals auch unterwegs war, sah dies und schüttelte indigniert den Kopf. »Worüber ärgerst du dich?« fragte ich ihn. »Findest du, daß eine solche Werbung für Maxi unpassend ist?« »Blödsinn«, brummte Waldbrunn. »Ich ärgere mich, daß das nicht *mir* eingefallen ist.«

Nach Farkas' Tod holte man Cissy und mich wieder an den Simpl zurück. Peter Hey, Maxi und ich sollten den Simpl als Triumvirat leiten. Peter als Regisseur, Maxi als künstlerischer Leiter und ich als Autor. Es wäre dumm zu behaupten, daß Farkas uns nicht fehlte. Farkas war schlechthin der »Mr. Simpl«. Er sagte selbst einmal von sich: »Wo ich bin, ist der Simpl. Wenn ich auf ein Kistel steige, ist *das* der Simpl.«

Trotzdem: zwei Jahre lang hatten wir Erfolg – aber dann! Zuerst wurde Maxi krank. Er litt an Depressionen. Vielleicht ahnte er die furchtbaren Schicksalsschläge voraus, die ihn noch treffen sollten. Er, der auf der Bühne immer lustig gewesen war, machte plötzlich ein gequältes Gesicht, er hatte Textschwierigkeiten, mußte einigemale absagen, bis ihm der Arzt das Auftreten verbot. Am 20.9. schickte er mir eine Karte, auf der stand: »Es tut mir ehrlich leid, aber die Kopfschmerzen wurden immer unerträglicher. Es *mußte* sein. Bleib mir trotzdem Freund. Gruß an Cissy, Dein M. B.«

Von den Kopfschmerzen hatte er mir bereits am Abend vorher erzählt, als er mich immer wieder um den Häuserblock herumführte, in dem sich der Simpl befand. Er sprach viel Vernünftiges und Unvernünftiges, und ich machte mir ehrlich Sorgen.

Dann folgten weitere Schläge. Fred Weis, den wir als Komiker

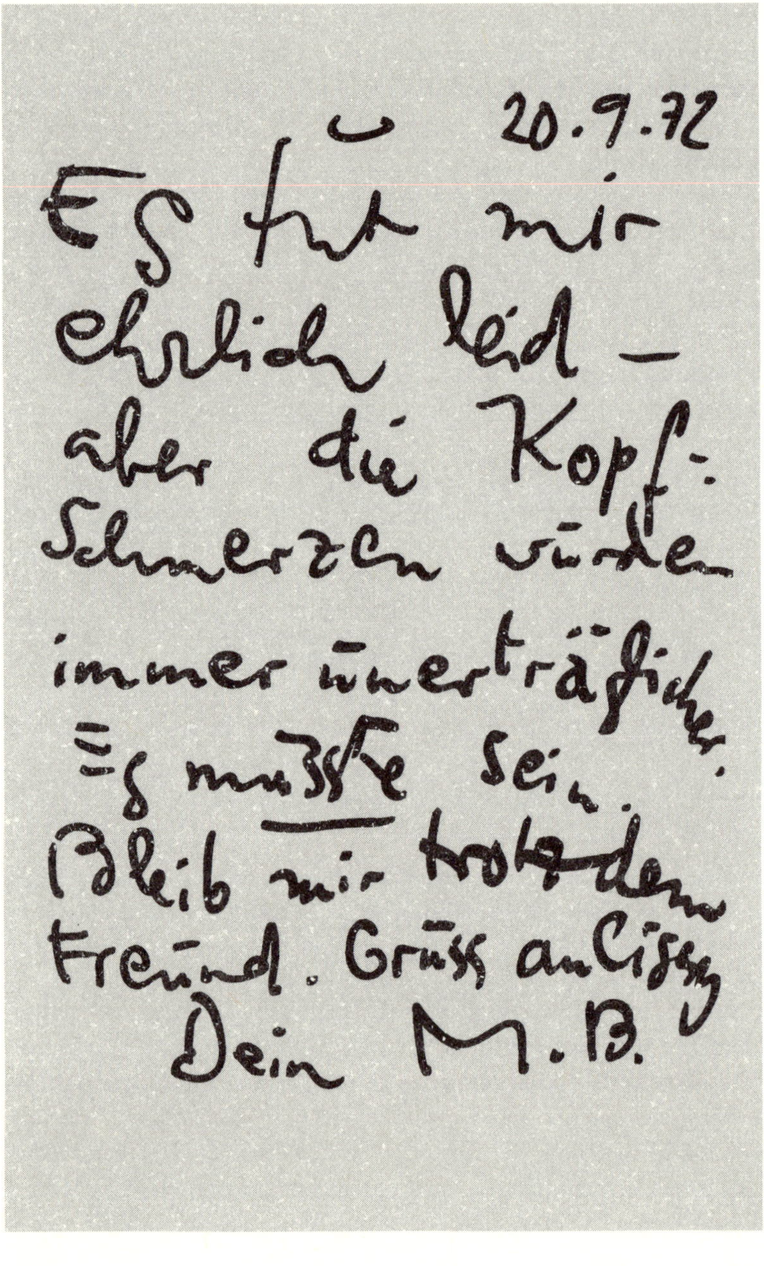
20.9.72
Es tut mir
ehrlich leid –
aber die Kopf-
schmerzen wurden
immer unerträglicher.
Es mußte sein.
Bleib mir trotzdem
Freund. Grüss an Lissy
Dein M. B.

aufbauen wollten, starb während einer Tournee – und dann wurde Cissy schwerkrank. Sie bekam die Hongkong-Grippe, die damals grassierte, sagte aber *nicht* ab, und das sollte sie noch bereuen. Sie bekam ebenfalls Depressionen, hielt aber eisern durch. Direktor Picker bat uns um eine Unterredung. Er sah jetzt, wie er dem Gesundheitszustand der einzelnen Mitglieder ausgeliefert war. Er hätte einen Interessenten für den Simpl und fragte uns, ob er verkaufen solle. Er war über achtzig, von seiner Tochter, die den Simpl erben würde, glaubte er nicht, daß sie ihn führen könne. Wir rieten ihm zum Verkauf.

In Wien gab es damals eine kleine Kabarettgruppe, die in Schulen spielte, ferner in sog. »Häusern der Begegnung«, in Gewerkschaftssälen usw. Die Gruppe hieß »Der bunte Wagen«, Chef war der junge, damals unbekannte Conférencier Dr. Martin Floßmann, der weibliche Star hieß Tamara Stadnikoff, beide beneidenswert jung und frech, was mir sehr gut gefiel. Der Kulturstadtrat der Gemeinde Wien bat mich, für die Gruppe ein Programm zu schreiben, was ich gerne tat. Floßmann gab einige seiner erprobten Nummern dazu, die Sache wurde ein Erfolg, der »Bunte Wagen« bekam eine ständige Garage, und zwar »Das Theater am Auersperg«. Dieser Dr. Floßmann nun war es, der Picker den Simpl abkaufte. Cissy und Maxi waren inzwischen gesund geworden, und es war unglaublich, was sich während der drei letzten Vorstellungen abspielte. Die Leute kauften von den Kellnern alte Programme und Plakate, sie rissen kleine Stücke von den Tapeten, um ein Souvenir zu haben, eine Dame sprang auf die Bühne und forderte die Leute auf, gegen den Verkauf des Simpl zu demonstrieren – es war nicht zu fassen.

Floßmann ließ Lokal und Bühne total umbauen, statt der Tische kamen Sesselreihen, die Säulen wurden verschlankt, die Licht- und Mikroanlage auf den letzten Stand gebracht – Farkas wäre das alles nicht recht gewesen. Er sagte immer: »In diesen

Wänden steckt das Lachen von 60 Jahren (heute sind es achtzig), da darf nichts geändert werden.« Floßmann fragte Cissy und mich, ob wir bleiben wollten. Wir schlugen ihm vor, es ein Jahr zu versuchen: er ohne uns und wir ohne ihn, und ich glaube, es war gut so. In den letzten Jahren gastierten wir zweimal bei ihm (mit Peter Lodynski), es war ein großer Erfolg, und ich erinnere mich gern daran zurück. Tamara Stadnikoff und »Flossi«, wie ihn seine Leute nennen, trennten sich bald, heute ist seine Simpl-Lady (nur auf der Bühne) Edith Leyrer.

Maxi kam an das Theater in der Josefstadt, er spielte viel in den Kammerspielen, und bei »Pension Schöller« kamen wir wieder zusammen. Er spielte einen Herrn Robitschek aus Reichenberg, der von seiner Tante ein Haus geerbt hat und der aus diesem Haus ein Nervensanatorium machen will. Um sich einige dieser Sanatorien anzusehen, war er nach Wien gekommen. Durch ein Mißverständnis gerät er in die Pension Schöller. Er hält sie für eine Nervenklinik, die Insassen für Nervenkranke, besser gesagt für Verrückte. Die Art, wie er die Rolle anlegte, war chaplinesk, und ich glaube kaum, daß es jemals einen Komiker geben wird, der Maxi in dieser Partie übertreffen könnte. Es war im Ganzen eine beglückende Besetzung: Helli Servi als Robitscheks Schwester mit ihrer Tochter Birgit Machalissa, Alfred Böhm, der trotz seines Sprachfehlers (er sagt »n« statt »l«), zum Theater gehen will, Georg Hartmann als cholerischer Major, Marianne Chapuis als Schriftstellerin, die Romane aus dem Leben schreibt, Cissy als Amateursängerin, Bert Fortell als Löwenjäger, Kurt Nachmann und Marianne Schönauer als das Ehepaar Schöller – es war einer besser als der andere. Wir waren überausverkauft, der Schwank lief über ein Jahr und mußte dann einem anderen Stück weichen, das bereits zweimal verschoben worden war.

Es war Jahre später in den Kammerspielen, als Maxi von dem Tod seiner Tochter Christine erfuhr, die in Zürich von einem Felsen gestürzt war. Es war ein schwerer Schlag für ihn, dem

bald ein zweiter folgte. Sein Sohn Max beging Selbstmord. Es blieb ihm noch Michi, der drei Kinder hatte, die Maxi abgöttisch liebte und die diese Liebe erwiderten. Im Theater in der Josefstadt bekam er seine Wunschrolle: den Schmierendirektor Striese im »Raub der Sabinerinnen«. Sein Regisseur war Hans Jaray, mit dem er sich nicht verstand. Beide waren große Künstler, von denen jeder das Beste wollte, aber sie paßten nicht zueinander. Max, wie er sich jetzt nannte, durfte man keine Zügel anlegen, und Jaray war ein Regisseur, dem Präzision über alles ging. Von Elli Naschold, die Maxi zufällig im Café Eiles getroffen hatte, erfuhr ich, wie unglücklich er auf den Proben war. Er wollte die Rolle zurücklegen, aber Jaray ging nicht darauf ein. Die Premiere, knapp vor Weihnachten 1982, war ein Erfolg – am zweiten Weihnachtsfeiertag fand man Max Böhm in seiner Wohnung tot auf.
Als ich seinen nachgelassenen Gedichtband »In Wirklichkeit war alles ganz anders« gelesen hatte, wußte ich, daß wirklich alles ganz anders gewesen war. Wir haben neben einem Menschen gelebt, ohne ihn zu kennen. Maxi war gar nicht lustig, er war gar nicht immer zu Scherzen aufgelegt – er war depressiv. Die Lustigkeit, die er in den letzten Jahren zur Schau trug, war Tünche. Er versuchte, sein schweres Leid zu überspielen, was ihm auch gelang. Armer Maxi...

Natürlich machte ich auch Filme, denn Filme schreibt man nicht, Filme »macht« man. In Theaterkreisen hört man es immer wieder: Ich mache einen Film...
Der erste Film, den ich machte, war der noch heute im Fernsehen gezeigte »K. u. k. Feldmarschall« mit Rudolf Vogel, Mady Rahl, Cissy Kraner, Francis Martin, Gretl Schörg, Boy Gobert, Hans v. Borsody, Fritz Muliar, Wolf Albach-Retty u. a. Dann folgte »Ober zahlen!« mit Hans Moser und Paul Hörbiger, und dann ein in Österreich wenig gezeigter Film: »Agatha, laß das Morden sein!« mit der ganz jungen Johanna von Koczian und

dem ganz jungen Klausjürgen Wussow. Ich machte das erste Drehbuch, dann kam, wie es beim Film üblich ist, ein zweiter und ein dritter Autor dazu, dann aber noch ein vierter, fünfter, sechster, siebenter, achter, neunter, zehnter – und zum Schluß ging man zu 80% wieder auf mein Drehbuch zurück. Originell der Titelablauf. Unter »Drehbuch« standen wir alle zehn, schön brav untereinander. Das war der erste Gag dieses Films. Ich machte noch einige Filme – darunter welche mit Heinz Erhard – und dann kam das Fernsehen.

Eines Morgens rief mich der Unterhaltungschef des ORF (wenn dieser damals auch noch nicht so hieß), Karl Lackner, zu sich. Der Grund? ORF und ZDF wollten eine Gemeinschaftsproduktion machen. Zur Debatte stand die Operette »Astoria«, des deutschen Komponisten Herbert Küster. Die Musik war nett, das Buch schrecklich. Das sollte ich verbessern. Ich machte ein Exposé, das man nach Mainz schickte, und einige Tage später kam bereits Wolfgang Ebert vom ZDF, der dort in Sachen Unterhaltungsmusik das Sagen hatte. Ebert war ein Fachmann, der wußte, was er wollte. Mein Exposé hatte ihm gefallen, und so bekam ich den Auftrag, das Drehbuch zu schreiben. Meine Bearbeitung hatte mit dem ursprünglichen Libretto fast nichts mehr zu tun, die Autoren erhoben Einspruch, aber den Leuten gefiel es. Die Regie hatte unser Peter Dörre, die Besetzung war erstklassig. Ich erinnere mich noch an Ina Dressel, Peter Minich, Gobert und Muliar und an das großartige Dia Lucca-Ballett.
Nach dem Erfolg von »Astoria« kamen Ziehrers »Landstreicher«, mit Elfie Mayerhofer, Elfriede Ott, Cissy Kraner, Peter Minich, Rudolf Carl, Ernst Waldbrunn, Heinz Erhard, Günther Frank u. a. Die Regie hatte wieder Dörre, als Komiker versuchte sich Helge Roswaenge.
Dann folgte »Wiener Blut« mit Ingeborg Hallstein, René Kollo, Helga Papouschek, Fritz Muliar u. a., die Regie hatte diesmal Bruno Lanske. Ich verstand mich mit allen meinen

Regisseuren, aber Lanske und ich ergänzten einander. Er machte nichts ohne mein Wissen, und die kleinste Änderung wurde gemeinsam besprochen. Es folgten noch Operetten wie »Der Tanz ins Glück«, »Der fidele Bauer«, »Der Graf von Luxemburg«, »Wenn die kleinen Veilchen blühen« – aber dazu habe ich eine kleine Geschichte:
Ebert kam aus Mainz, das ZDF wollte die Operette »Zwei Herzen im Dreivierteltakt« von Robert Stolz für das Fernsehen machen. Wir sprachen mit Einzi und erfuhren, daß die mechanischen Rechte für diese Operette bei Metro-Goldwyn-Meyer in Hollywood liegen. Man durfte das Stück auf der Bühne spielen, aber nicht verfilmen, nicht im Radio und schon gar nicht im Fernsehen produzieren. Das ZDF wollte aber unbedingt eine Robert Stolz-Operette haben. Was tun? Wir saßen in einem Kaffeehaus zusammen: Ebert, Cissy, Lanske, der Vertreter des ORF, Michael Popovici, und ich. Wir nahmen im Geist alle Stolz-Operetten durch, plötzlich sagte Cissy: »Wie wäre es mit ›Wenn die kleinen Veilchen blühen‹?« Ich erschrak, gab ihr einen Stoß mit dem Fuß, sie fragte naiv: »Warum stoßt du mich?« aber Ebert horchte bereits auf. »Was ist wirklich«, fragte er, »mit den kleinen Veilchen?«
Nun mußte ich ihm meine Bedenken sagen. »Robert«, sagte ich, »hat zu einem heute unbrauchbaren Buch eine wunderschöne Musik geschrieben.« Ebert kannte sie: ›Wenn die kleinen Veilchen blühen‹, ›Du, du, du, mach deine Augen zu‹, ›Im Kasino, da steht ein Pianino‹. »Und?« fragte er. »Was ist mit dem Buch?« »Das Buch ist nicht mehr möglich. Es handelt sich um ein Lustspiel von Franz von Schönthan, das in den achtziger Jahren des vorigen Jahrhunderts im Burgtheater aufgeführt wurde. Eine romantische Liebesgeschichte zwischen Studenten und Pensionatsmädchen. Wenn man es auch zurückspielt – das geht heute nicht mehr.« Ebert dachte kurz nach, dann sagte er: »Ich mache Ihnen einen Vorschlag. Wir machen ›Wenn die kleinen Veilchen blühen‹. Ich gebe Ihnen eine Besetzung, und für diese Besetzung machen Sie ein neues Buch.« Und er nannte

mir folgende Namen: Heesters, Lingen, Thomas Fritsch, Peter Kraus, Rudolf Carl, Cissy Kraner, Marianne Schönauer, Helga Papouschek, Lore Bauer (eine blendende Sängerin, Gattin Peter Minichs), Choreographie Millet (ein Franzose, damals einer der besten Choreographen) – dazu die Musik von Robert Stolz – es war alles so verführerisch, daß ich nicht nein sagen konnte und auch nicht wollte. Es war eine richtiggehende Herausforderung. Die Handlung spielte in Österreich, und da hatte wieder Kuno Knöbel vom ORF die Idee, die Universitätsstadt Graz als Kulisse zu nehmen. Aus Eberts improvisiertem Vorschlag wurde eine ganz große Sache. Wir nahmen Stolz-Evergreens hinein, für Cissy, die eine Nachtlokalsängerin spielte, schrieb Robert ein Chanson »Der Theobald, der Theobald« – die schon verblühten Veilchen blühten neu auf und wurden zum großen Fernsehoperettenerfolg jener Tage. (Neu ebenfalls: Beate Granzow, ein bezauberndes junges Mädchen, aus dem später die bekannte Soubrette des Münchner Gärtnerplatztheaters wurde.)

Lanske und ich hatten eine neue Arbeit vor, als wieder einmal das Schicksal zuschlug. Lanske war für Buch und Regie der weltberühmten »Neujahrskonzerte der Wiener Philharmoniker« verantwortlich. Er verstand es wie keiner, das Ballett in das Konzert zu integrieren. Obwohl die Philharmoniker im Wiener Musikverein konzertierten und das Ballett ganz woanders war, tanzte es für die Fernsehzuseher auf dem Luster des Saales, auf der Orgel, auf den goldenen Figuren, die die Wände schmückten, und einmal sogar auf den Saiten der Geige des Konzertmeisters. Und alles live. Leider soll es bei den Vorbereitungen der Konzerte immer viele Aufregungen gegeben haben. Was Bruno gefiel, gefiel nicht immer den Philharmonikern, was den Philharmonikern gefiel, paßte oft dem Dirigenten nicht – Lanske, der ja auch ohne die Neujahrskonzerte unter Streß stand, bekam während eines Konzerts einen Herzinfarkt, dem er erlag.

Aber – the show must go on. Ich machte mit Ebert einige Serien

wie »Traumland Operette« mit Anneliese Rothenberger, »Karneval der Operette«, »Operettencocktail« usw. Mit Wolfgang Ebert und seiner Frau Dolly sind wir heute noch befreundet. In diese Zeit fällt auch meine Bearbeitung der »Schönen Helena« für die Seebühne der Bregenzer Festspiele sowie, ebenfalls für die Bregenzer Festspiele »Hochzeit am Bodensee« von Robert Stolz, mit Lotte Rysanek, Dagmar Koller, Cissy und Muliar und vielen, vielen anderen.
Und dann bekam ich meine erste Auszeichnung. Mein Schwager rief mich an: »Heute steht in der Wiener Zeitung, daß dir der Bundespräsident das Goldene Verdienstzeichen der Republik Österreich verliehen hat.« »Na so etwas!« rief ich erstaunt. »Davon weiß ich ja gar nichts! Das ist aber eine freudige Nachricht!« Natürlich wußte ich es schon längst. Um eine Auszeichnung zu bekommen, braucht man eine Institution (bei mir war es der Österreichische Schriftstellerverband), die bei dem zuständigen Ministerium (bei mir war es das Ministerium für Unterricht, Kunst und Sport) einen diesbezüglichen Antrag zu stellen hat. Diesem Antrag muß ein genauer Lebenslauf beigelegt werden, den man persönlich zu schreiben pflegt, also *muß* man es wissen. Und selbst wenn ein anderer den Lebenslauf schriebe, wüßte man es, weil sich das Ministerium schriftlich erkundigt, ob man überhaupt gewillt ist, die Auszeichnung anzunehmen. Ich war gewillt und nahm an. Ich wurde an jenem Tag noch mindestens zehnmal angerufen und sagte immer: »Davon weiß ich ja gar nichts! Das ist aber eine freudige Nachricht!«, und als mich mein Anwalt anrief und mir mitteilte, daß er sich den Fuß gebrochen habe, sagte ich auch: »Davon weiß ich ja gar nichts! Das ist aber eine freudige Nachricht!«
Meine Frau war bereits auf Kur, ich mußte meinen Urlaub verschieben, weil ich sonst den Tag der Verleihung versäumt hätte, und das wollte ich nicht. Ich stellte es mir so schön vor: der Minister wird natürlich da sein, vielleicht sogar einige Minister, vielleicht sogar der Bundespräsident, jemand muß doch

eine Rede halten, dann werde ich antworten – ich konnte den Tag kaum erwarten. Und dann kam er heran. Ich schritt über die Schwelle des Ministeriums, ging der Feststiege zu, als mir jemand in derbem Wienerisch nachrief: »Hallo, wo wollens denn hin?« »Ich bekomme eine Auszeichnung«, antwortete ich stolz. »Da müaßens warten«, sagte die Stimme, die, wie ich jetzt sah, dem Portier gehörte. Er brummte: »Wenn da a jeda einikumma dadat...« und rief ins Telefon: »Hallo, Ferdl! Ham mir heut a Verleihung? – Ah ja? Wo denn? – Erschter Stock auf siebzehne? Guat is!« Er wandte sich wieder mir zu: »Erschter Stock auf siebzehne. Das is links von der Stiagn.« »Danke«, sagte ich und ging hinauf. Im ersten Stock »auf siebzehne« klopfte ich an. Wahrscheinlich der Festsaal, dachte ich mir. Jemand rief: »Herein!« Ich öffnete die Tür – keine Spur von Festsaal. Es war ein Zimmer mit drei Schreibtischen, und an jedem saß ein Beamter. »Sie wünschen?« fragte einer. »Ich bekomme eine Auszeichnung«, antwortete ich kleinlaut. »Ah, *Sie* sind der«, sagte der Beamte. »Der Herr Sektionschef wird gleich da sein.« Der Herr Sektionschef war wirklich gleich da. »Grüß Gott«, sagte er. »Darf ich bitten?« Er führte mich in sein Büro. »Der Herr Minister«, erklärte er mir, »hat eine arabische Delegation da. So muß *ich* Ihnen die Auszeichnung überreichen.« Er nahm ein rotes Etui vom Schreibtisch und öffnete es. Es war sehr beeindruckend – ein goldenes Kreuz an einem weiß-roten Band – er gratulierte, und draußen war ich. Wenn die Überreichung auch anders war, als ich sie mir vorgestellt hatte – kein Bundespräsident, keine Minister – ich freute mich trotzdem. Seit diesem Tag sammle ich Auszeichnungen, Titel und Orden und werde von meinen Kollegen nur noch der »Ordensbruder« genannt. Und ich habe schon eine ganz schöne Anzahl beisammen. Ich habe, außer dem Goldenen Verdienstkreuz der Republik Österreich, das Ehrenkreuz für Wissenschaft und Kunst, dasselbe 1. Klasse, die Ehrenmedaille der Stadt Wien in Silber, dieselbe in Gold, das Goldene Ehrenzeichen für Verdienste um das Land Wien, den Professorentitel, die Ehrenmitgliedschaft der AKM, die in mehr als 90 Jahren nur 29 Mitglieder bekommen haben, unter ihnen solche wie Franz Lehár, Robert Stolz, Emmerich Kálmán, C. M. Ziehrer, ferner die Ehrenmitgliedschaft des VÖT (des Verbandes österreichischer Textdichter), die Ehrenmitgliedschaft der Gesellschaft »Freunde Wiener Musik«, den Kulturpreis des Landes Niederösterreich für humoristische Literatur, den Kulturpreis der Stadt Baden, Cissy wiederum hat das Goldene Verdienstkreuz des Landes Niederösterreich, das Ehrenkreuz für Wissenschaft und Kunst, die Ehrenmedaille der Stadt Wien in Gold; zusammen haben wir verschiedene Preise wie den »Lieben Augustin« der Wiener Faschingsgesellschaft (eine begehrte Künstlertrophäe) u. a. Ich habe bereits zwei Vitrinen dafür, aber es ist noch Platz.

Nun kam meine schönste Arbeit mit Robert Stolz: »Frühjahrsparade«. Ernst Marischka hatte mit Robert noch vor dem Zweiten Weltkrieg den gleichnamigen Film geschrieben. Ihm folgte in Hollywood »Springparade«, ein Film, für den Robert für die beste Filmmusik den Oscar bekam. Wieder zurück in Wien wurde unter dem Titel »Die Deutschmeister« eine dritte Version dieses Stoffes gedreht, und nun sollte ich daraus eine Operette für die Volksoper machen. Um es gleich vorwegzunehmen, es wurde ein großer Erfolg, der neben der Musik auch der Ausstattung von Walter von Hoesslin zu danken war. Die Regie lag in den Händen von Dr. Otto Fritz. Das letzte Finale brachte eine ganze Militärparade auf die Bühne, mit, ich weiß nicht mehr wie vielen Soldaten, Fahnen und immer wieder den bekannten Marsch: »Frühjahrsparade ist heut!« Die Operette blieb elf Jahre lang auf dem Spielplan der Volksoper, natürlich wurde sie nicht jeden Abend gespielt – aber immerhin: elf Jahre sind elf Jahre. Auch im Ausland viel gespielt, war eine der schönsten Aufführungen die in französischer Übersetzung, in Paris. In Wien wurde die »Frühjahrsparade« noch in der Stadthalle aufgeführt, mit Birgit Sarata und Harald Serafin.

Natürlich legten wir auch wieder Evergreens ein, und als wir

VOLKSOPER

Samstag, den 16. Mai 1964

Preise IV

Frühjahrsparade

Operette in zwei Teilen von Ernst Marischka
Volksopernfassung von Hugo Wiener

Musik von Robert Stolz

Musikalische Leitung: Heinz Lambrecht
Inszenierung: Otto Fritz
Bühnenbilder: Walter Hoesslin
Kostüme: Alice Maria Schlesinger
Choreographie: Dia Luca

Marika	Guggi Löwinger
Willi Sedlmayer, Korporal	Heinz Holecek
Hansi Gruber, Sängerin	Maria Kowa
Gustl v. Laudegg, Oberleutnant	Peter Minich
Therese Hübner, Bäckermeisterin	Gretl Schörg
Fritz, Bäckerlehrling	Haraid Oslender
Hofrat Neuwirth	Peter Gerhard
Swoboda, Friseur	Rudolf Carl
v. Laudegg, Oberstkämmerer	Hans Unterkircher
Klothilde v. Laudegg	Lilly Stepanek
Mittermeier, Feldwebel	Friedrich Nidetzky
Der Kaiser	Walter Höfermayer
Ketterl, Kammerdiener	Hans Laurer
Lehrerin	Hilde Längauer
Adjutant des Kaisers	Wolfgang Zimmer
Erzherzogin	Hedda Kindler
Herr Schmiedl	Eduard Fritsch
Lakai	Helmut Randers
Wirt	Oskar Hugelmann
Zwei Geheimpolizisten	Hans Pirringer Karl Kalanka
Losverkäufer	Rudolf Drexler

Musik des Gardebataillon Wien – Mozart-Sängerknaben

BALLETT:

1. Bild: Czardas: Eduard Djambazian und das corps de ballet
4. Bild: Pas de deux: Heide Zach – Gerhard Senft
6. Bild: Rund um Vindobona: Hedy Richter, Melitta Orgrise, Gerhard Senft und das corps de ballet

Technische Einrichtung und Beleuchtung: Walter Hoesslin

Große Pause nach dem ersten Teil

Anfang 19 Uhr — Ende etwa 22.15 Uhr

Preis des Programms S 3,50

bei dieser Gelegenheit Roberts Musikmaterial durchstöberten, stießen wir auf eines meiner Lieblingslieder: »Oft genügt ein Gläschen Sekt«. Warum Lieblingslied?
Ich war in meiner Jugend ziemlich schüchtern, besonders Frauen gegenüber. Da passierte es, daß ich mich in der Femina in eines der Mädchen verliebte. Ich saß mit ihr in der Bar, Gyimes, der solche Scherze liebte, schickte uns eine Flasche Sekt sowie den Geiger, damit er uns ins Ohr spiele: »Oft genügt ein Gläschen Sekt«. Es genügte. Nun bat ich Robert, das »Gläschen Sekt« in die »Frühjahrsparade« zu nehmen, und er tat es. Es wurde, von Mimi Coertse und Peter Minich gesungen, eines der High-lights der Operette.
Es war am 27. Juni 1975. Meine Frau war in Wien, ich war zur Kur in Bad Hofgastein, plötzlich ein Anruf von ihr: Robert ist gestorben, sie hat es eben im Radio gehört. Ich wollte es nicht glauben. Ich konnte den Gedanken nicht fassen, Robert, den ich seit meiner frühen Jugend liebte und verehrte, nicht mehr zu sehen, nie mehr mit ihm bei seinem Lieblingsheurigen, dem alten Meyer am Pfarrplatz, zu sitzen, nie mehr mit ihm in seiner schönen Wohnung in der Elisabethstraße (heute Elisabethstraße/Robert Stolz-Platz) oder in seinem Haus in der Himmelstraße zu arbeiten. Ich ging in die Bar – ich mußte etwas trinken. Der Pianist konnte weder gehört haben, was ich bestellt hatte, noch gesehen haben, was ich bekam – er spielte »Oft genügt ein Gläschen Sekt«. Es war mir, als ob Robert sich von mir verabschieden wollte. Er war ein großer Komponist, ein großer Mensch und ein edler Charakter. Ich werde ihn, ebenso wie meinen Freund Fritz Imhoff, nie vergessen...

Es war noch zu Roberts Lebzeiten, als in den Mittagsstunden bei uns das Telefon läutete. Cissy hob ab. »Ja?« (Pause, dann »Ja.« (Pause, überrascht) »Lust? Natürlich hätte ich Lust.« (Lust? Wozu?) »Gut, ich warte.« (Auf wen? Auf was?) »Auf Wiederhören!« Sie legt auf, ist ganz aufgeregt: »Die Staatsoper

hat angerufen! Direktor Schneider. Er hat gefragt, ob wir Lust hätten, am Faschingsdienstag aufzutreten.«
»Wo?«
»In der Staatsoper! Als Einlage im 2. Akt der ›Fledermaus‹.«
»Unsinn. Das war bestimmt der Qualtinger.« Quasi liebte es, solche Scherze zu machen.
»Du irrst. Das Gespräch klang ganz seriös. Übrigens werden wir es gleich wissen. Direktor Schneider wollte in zehn Minuten wieder anrufen. Er wollte nur den Hilbert informieren.«
Hilbert war der künstlerische Direktor der Staatsoper, Schneider wahrscheinlich der kommerzielle. Aber wir in der Staatsoper? Denkbar wäre es. Hilbert hatte Cissy schon einmal gefragt, ob sie bereit wäre, in Nestroys Tannhäuserparodie die Elisabeth zu singen. Es sei ein Lieblingswunsch von ihm, das Werk in der Staatsoper aufzuführen. Wahrscheinlich ließ sich der Wunsch nicht verwirklichen. Hilbert ließ nichts mehr von sich hören. »Die zehn Minuten sind vorüber«, stellte ich fest, »du siehst, er ruft nicht mehr an.«
Telefon, Staatsoper, Direktor Schneider. Ich höre mit. »Herr Direktor Hilbert freut sich sehr über Ihre Zusage und bittet Sie, wenn es möglich ist, morgen um 17 Uhr in sein Büro zu kommen.« Cissy kam am nächsten Tag in Hilberts Büro. Hilbert freute sich auf diese Vorstellung wie ein Kind. Wir durften niemandem etwas davon sagen, es würde keine Plakate, keine Programme mit unseren Namen geben – es sollte eine hundertprozentige Überraschung sein. Es wurde nur noch über das Honorar gesprochen, am nächstem Tag war Probe.
Natürlich mußten wir erst mit Farkas sprechen. Wir mußten ja unsere Nummer verlegen, und damit müßte er einverstanden sein. Und er war einverstanden. Das ganze Ensemble war mit uns aufgeregt.
Am nächsten Vormittag erfuhren wir, daß die Probe in der Staatsoper im Proberaum stattfinde und nicht auf der Bühne. Das war natürlich eine zusätzliche Belastung. Auf der Bühne der Staatsoper zu singen, ohne diese jemals betreten zu haben,

ist an und für sich ein Wagnis, jetzt erst in dieser Umgebung. Die Besetzung bestand nur aus Kammersängern und Kammersängerinnen: Eisenstein – Eberhard Wächter, Rosalinde – Hilde Güden, Adele – Renate Holm, Gefängnisdirektor Frank – Erich Kunz, Dr. Falke – Walter Berry, Prinz Orlofsky – Gerhard Stolze. Mit dem Gesangslehrer Alfred und dem Gerichtsdiener Frosch hatten wir ja nichts zu tun, weil sie im 2. Akt nicht vorkommen. An den Alfred erinnere ich mich nicht mehr, der Frosch war Otto Schenk. Dirigent: Robert Stolz.
Der Abendregisseur führte uns noch auf die Bühne, damit wir uns den Zuschauerraum wenigstens durch das Guckloch im Vorhang ansehen und uns damit vertraut machen konnten. Es war beklemmend. Dort wo der Zuschauerraum begann, also hinter dem Dirigenten, war der Simpl bereits zu Ende. Ich machte Cissy darauf aufmerksam, was auch nicht gerade aufbauend auf sie wirkte. Aber ich vertraute ihr. Man fragte sie, ob sie ein Mikro wünsche, sie sagte: »Nein. Die andern haben ja auch keines.« Ich erinnerte mich an eine Vorstellung in Kolumbien, die in einer Stierkampfarena stattfand, in der mindestens 60.000 Menschen waren. Plötzlich fiel die Mikroanlage aus, Cissy sang weiter, und man hörte und verstand jedes Wort von ihr. Sie würde auch mit der Staatsoper fertig werden.
Am Nachmittag gab es eine unangenehme Überraschung: Renate Holm und Hilde Güden hatten abgesagt. Die Vorstellung war in Frage gestellt. Man flüsterte, daß dies unseretwegen geschehen sei, weil sie es für unter ihrer Würde hielten, mit Kabarettisten aufzutreten. Wir haben das *damals* nicht geglaubt, und glauben es heute ebensowenig. Grad mit Renate Holm und Hilde Güden hatten wir ein eher freundschaftliches Verhältnis. Mit Hilde noch von der »Wachau« her, und Renate Holm war einmal unsere Nachbarin gewesen. Also warum –?
Genug: die Vorstellung fand statt. Die Rosalinde sang Mimi Coertse, die Adele Ina Dressel, beide von der Volksoper. Leider hatte die Volksoper eine andere Bearbeitung und eine andere Inszenierung als die Staatsoper. Der arme Robert wurde

immer durch einen Kurier unterrichtet, was in der nächsten Szene geändert war. Bald war es das Tempo, bald war es das Stichwort, dann wieder ein Strich in der Partitur usw. Er meisterte es souverän.
Am Nachmittag, bis zur Vorstellung, waren wir ziemlich nervös. Ich legte mich mindestens zehnmal hin und sprang mindestens zehnmal wieder auf. Jetzt hatte ich sogar das Vorspiel zu einem meiner Chansons vergessen, das ich, wenn wenig, schon hundertmal gespielt hatte. Wie ging es? Cissy sollte die Nummer abends singen. Sie sang es mir vor. In Ordnung. Jetzt hatte ich ein anderes vergessen.
Staatsoper, »Fledermaus 2. Akt«, hinter der Bühne. Unser Auftritt nähert sich. Cissy wird auf das Klavier gesetzt, mit dem Rücken zum Publikum. Prinz Orlofsky kündigt eine große Überraschung an. Zwei Lakaien schieben das Klavier auf die Bühne. Kaum sehen die Zuschauer Cissys blondes Haar, als ein unvorstellbarer Applaus losbricht. Ich trete auf – der Applaus hält noch immer an. Cissy singte das erste Chanson – Applaus, das zweite Chanson – Applaus, das dritte Chanson – Applaus. Wir gehen ab – das Publikum trampelt mit den Füßen – und das in der Staatsoper! Cissy muß eine Zugabe singen, woran gar nicht gedacht war. Ich war glücklich. Ich glaube, es war der schönste Auftritt in meinem Leben. Aber wir hatten keine Zeit, ihn zu genießen, wir mußten in den Simpl.
(Cissy trat noch einige Male in der Staatsoper auf, und zwar in dem Ballett »Ratz-datz« von Lotte Ingrisch, Musik von Gottfried von Einem. Geholt wurde sie von dem jungen Choreographen Bernd Bienert. Ich hatte nichts damit zu tun, aber ich freute mich für sie.)
Nun waren wir auf allen Wiener Bühnen gestanden, bis auf der des Burgtheaters. Vielleicht kommt es noch.

ORF: Hans Rosenthals »Dalli-dalli«. Bevor wir zur Probe gingen, kam ein Anruf aus Berlin. Eine Damenstimme: »Spreche ich mit Herrn Wiener?«
»Ja.«
»Hier spricht das Büro Rademann. Herr Rademann läßt Sie fragen, ob Sie morgen um 18 Uhr im Hotel Intercont sein könnten.«
Ich überlege. »Ja, das geht.«
»Das ist schön. Herr Rademann wird sich freuen. Auf Wiederhören!« »Auf Wiederhören.« Ich lege auf. »Kennst du einen Herrn Rademann aus Berlin?« frage ich meine Frau.
»Nein. Warum?«
»Weil er sich freuen wird, wenn ich morgen um 18 Uhr ins Intercont komme.« Wir fahren ins Studio. Dort frage ich Hans Rosenthal: »Sie sind doch Berliner. Kennen Sie einen Herrn Rademann?« Rosenthal sieht mich an, als ob ich einen Witz gemacht hätte. »Wen?« fragte er und freute sich auf die Pointe.
»Einen Herrn Rademann«, sagte ich.
Rosenthal sah mich groß an. »Mir scheint, Sie kennen Rademann wirklich nicht.« Und zu einigen Kollegen, die in der Nähe standen: »Herr Wiener fragt mich, ob ich einen Herrn Rademann kenne.« Alle lachten. Warum lachen sie? Wer ist dieser Rademann? »Rademann«, sagte Rosenthal, »ist einer der größten Fernsehproduzenten des ZDF.« Jetzt wußte ich es. Was wollte der von mir?
Am nächsten Tag fuhr ich ins Intercont, setzte mich in die Bar wartete einige Minuten, als ein junger, sehr sympathisch wirkender Herr auf mich zutrat und im Berliner Akzent fragte: »Herr Wiener?«
»Ja.«
»Rademann.« Das war er also. Wir verstanden uns sofort. Rademann plante eine Serie mit lustigen Sketchen, Titel »Ein verrücktes Paar«, mit Grit Böttcher und Harald Juhnke. Beide waren mir natürlich ein Begriff. Ich versprach Rademann, ihm einige meiner Sketche zu schicken und brachte sie bereits am

nächsten Tag zur Post. Die Serie wurde ein Erfolg, und ich kann in aller Bescheidenheit sagen, daß sechzig bis achtzig Prozent des Materials von mir waren. War ein Sketch von einem andern Autor, ließ Rademann ihn oft von mir bearbeiten. Zu jener Zeit lief in den Wiener Kammerspielen meine Bearbeitung des Schwanks »Pension Schöller« (ich habe schon darüber berichtet). Rademann kam nach Wien, um sich den Schwank anzusehen und war sofort entschlossen, ihn mit Harald Juhnke in der Maxi Böhm-Rolle im ZDF herauszubringen. Juhnke kam ebenfalls, die Rolle gefiel ihm, er dachte an eine Bühnenfassung. Was dann passierte, weiß ich nicht. Möglicherweise war die Tantiemenfrage daran schuld. Die Erben der beiden Autoren Lauffs und Jacoby gestatteten jede Bearbeitung des Stückes, solange es nicht zu ihren Lasten ging. Sie mußten die vollen Tantiemen bekommen, wenn jemand meine Bearbeitung spielen wollte, mußte er mich extra bezahlen. Das ZDF machte »Pension Schöller«, Theater fand sich keines.
Rademann gab viel auf mich. Einmal wurde ich wieder angerufen, daß er mich bitten lasse, am nächsten Tag um 15 Uhr ins Intercont zu kommen. Kaum war ich dort, kam wieder ein Anruf aus Berlin, Rademann lasse mich bitten, nicht auf ihn zu warten, sondern auf den Flugplatz zu kommen. Ich fuhr zum Flugplatz Schwechat, Rademann kam mit der Maschine aus Berlin, wir setzten uns in die Bar, sprachen einige Sketche durch (Rademann beriet sich auch in punkto Besetzung mit mir), dann sah er auf die Uhr und sagte: »Tschüß!«
Ich staunte: »Fahren Sie denn nicht nach Wien?« fragte ich.
»Nein.«
»Was denn?«
»Ich fliege nach Berlin zurück. Ich wollte nur mit Ihnen reden.« Weg war er.
Juhnke bekam Probleme mit dem ZDF, Rademann stellte die Serie ein und wandte sich größeren Projekten zu wie »Traumschiff«, »Schwarzwaldklinik«, »Hotel Paradies«, »Insel der Träume« usw.

Meine nächste große Show-Serie schrieb ich mit Georg Markus. Sie hieß »Das gabs nur einmal« und drehte sich um Operetten- und Filmschlager. Unter den prominenten Mitwirkenden hatten wir sogar José Carreras. Regie führte Herbert Grunsky. Dazwischen schrieb ich Fernsehspiele, Sketche, schrieb und bearbeitete Komödien und trat mit Cissy sowohl im Fernsehen als auch live auf.

Wieder ein Anruf. Es ist sonderbar, aber unsere besten und überraschendsten Engagements kamen immer per Telefon. Diesmal handelte es sich um mich. Es war kein Engagement, es war eine Anfrage. Am Apparat war Franz Tassié. Fachleute werden sich an ihn erinnern. Tassié war Theater- und Konzertkritiker, wurde nach dem Zweiten Weltkrieg Chefredakteur der »Weltpresse«, anschließend Dramaturg des Volkstheaters und dann Lektor des Amalthea-Verlags. Der Amalthea-Verlag gehört zum Verlagskonzern des Dr. Herbert Fleissner. Was Rademann für das Fernsehen ist, ist Fleissner für die Literatur, und beide hatten eines gemeinsam: Ich kannte auch Dr. Fleissner nicht. Meine Entschuldigung: Ich hatte nie ein Buch geschrieben und mich daher für das Verlagsgeschäft nicht interessiert. Nun kam Tassié und sagte mir auch, *weshalb*:

Farkas war gestorben, und Dr. Fleissner wollte die Doppelconférencen Farkas–Waldbrunn in Buchform herausgeben. Er wandte sich an Anni Farkas, die aber bedauerte. Sie war noch nicht fähig, über derlei Dinge zu sprechen. Tassié und ich waren seit vielen Jahren miteinander befreundet. Er erzählte mir von dem Wunsch Dr. Fleissners. Ich fühlte mich geschmeichelt, aber ich verstand nicht recht. Wer wird ein Buch mit Doppelconférencen kaufen? Höchstens ein paar Komiker, die eben im Begriff sind, sich ein Repertoire zusammenzustellen. Unter uns gesagt – ich hätte schon gern ein Buch von mir gehabt, aber mit Doppelconférencen? Tassié meinte, ich solle es versuchen. Ich bekam einen Vertrag, suchte meine Manuskripte zusammen, lieferte sie ab, das Buch erschien überraschend schnell und war ebenso überraschend schnell auf der Bestsellerliste. Der Erfolg hatte angenehme und unangenehme Begleiterscheinungen. Eine Zeitung schrieb: »Hugo Wiener schrieb für Karl Farkas«, was so aussah, als hätte ich alles für Farkas geschrieben, was aber nicht stimmte. Eine andere Zeitung schrieb: »Plagiatsklage gegen Hugo Wiener. Hugo Wiener reklamiert Farkas' Doppelconférencen für sich«, was auch nicht stimmte. Es gab von den Doppelconférencen zwei von Farkas und Waldbrunn besprochene LPs, mit dem ausdrücklichen Vermerk: Texte von Hugo Wiener. Farkas wäre sicherlich nicht einverstanden gewesen, wenn es damit nicht seine Richtigkeit gehabt hätte. Diese Frage war also bald geklärt. Nun wollte Dr. Fleißner ein zweites Buch herausbringen, und wir einigten uns auf »Das Beste aus dem Simpl«. Von beiden Büchern sind bis heute einige Auflagen erschienen. In »Das Beste aus dem Simpl« gab es nur Sketche, die ich durch geschriebene Conférencen aneinander gebunden hatte. Fleißner fand, daß ich das Zeug in mir hätte, Satiren zu schreiben. Ich versuchte es, und so kam es zu dem dritten Band: »Krokodile fliegen nicht«. So begann meine dritte Karriere! Es sind bisher 17 Satirenbände von mir erschienen, alle illustriert von Rudi Angerer, es gibt zu jedem Band ein Taschenbuch, es gibt drei Sammelbände »Die besten Satiren von Hugo Wiener«, »Die besten Geschichten von Hugo Wiener« sowie »Ein Grund zum Feiern«, ich finde mich in vielen Zeitungen und Illustrierten, ich höre mich im Radio und sehe mich im Fernsehen – was will ich mehr? Wer meine Bücher kennt, weiß, daß in jedem Buch meine Frau, meine Freunde und ich vorkommen, vor allem aber mein Neffe Ladi, das schlimmste aller Kinder. Ich werde immer wieder gefragt, ob es diesen Ladi wirklich gibt. Ja und nein. Es gibt ihn und es gibt ihn nicht. In ihm sehe ich alle schlimmen, altklugen und vorlauten Kinder vereinigt.

Ich hoffe, daß Ihnen, liebe Leserinnen und Leser, diese meine Zeitensprünge halbwegs gefallen haben. Es hat in meinem Leben Menschen gegeben, die gut, und Menschen die schlecht zu mir waren. Zu den ersteren gehört vor allem meine Frau. Ihr gebührt mein besonderer Dank. Ohne sie als Begleiterin auf meinem Lebensweg wäre ich nie so alt geworden und dabei so gesund geblieben, und ohne sie als Interpretin hätte ich nie den durchschlagenden Erfolg als Autor und Komponist gehabt. Nochmals: Danke schön!

Zur Zeit treten wir noch auf, sowohl im Fernsehen als auch auf der Bühne. Unser letztes Programm hieß: »Blick zurück nach vorn«. Wir wir auf diesen Titel gekommen sind? Ich sagte, als wieder einmal etwas ganz Ungewöhnliches geschehen war: »Man soll heute in die Vergangenheit und in die Zukunft blikken, aber nicht in die Gegenwart.« Und ich kabarettisierte: »Denn was ist die Gegenwart? Die kurze Pause, die die Zukunft macht, bevor sie Vergangenheit wird.« Und weiter gings: »Und es ist ein schöner Titel. Ein österreichischer, ein politischer Titel. Viele Österreicher gehen mit einer glänzenden Zukunft in die Politik und kommen mit einer schrecklichen Vergangenheit zurück.«

Viele Freunde rieten mir, auch dieses Buch »Blick zurück nach vorn« zu nennen, aber ich blieb bei »Zeitensprünge«.

Wenn man dem Neunziger näher ist als dem Achtziger, fällt einem das Springen zwar nicht mehr so leicht – aber ich hab's versucht.

Den Anlaß dazu gab folgende Begebenheit:

Anno Domini 1989 widmete der ORF fünf prominenten Künstlern eine große Geburtstagsparty. Sie alle waren in diesem Jahr achtzig geworden. Es waren: Kammerschauspieler Hans Holt, Kammersänger Erich Kurz, Kammerschauspieler und Doyen des Burgtheaters Fred Liewehr, Filmstar Karl Schönböck und Professor Franz Stoß. Die Laudationes hielten fünf ebenso prominente Kolleginnen und Kollegen. Und dann kam ich, damals 85, und hielt eine Laudatio auf das Alter. Anstatt eines Nachworts lasse ich den Text dieser Laudatio folgen, den schon viele Leser von mir verlangt haben. Ich schreibe also kein Nachwort, sondern halte lieber eine...

NACHREDE

Ich liebe das Alter, und ich finde, es gibt nichts Schöneres als alt zu sein. Mit jedem Jahr, mit dem man älter wird, werden es die anderen auch – und schließlich *muß* man das Alter lieben, wenn man die einzige Alternative bedenkt, die es dazu gibt. Es ist nicht wichtig, wie alt man wird, sondern wie man alt wird. Man muß sein Alter mit Würde tragen – wer das nicht kann, muß es mit Frischzellen versuchen. Und ist denn der Unterschied zwischen jung und alt wirklich so groß? Die Jungen wissen nicht, was sie tun – und die Alten können nicht tun, was sie wissen.

Es gibt Menschen, denen die Arbeit schon mit sechzig kein Vergnügen mehr macht – dafür macht ihnen das Vergnügen mehr Arbeit. Dabei ist mit sechzig so ziemlich alles noch in Ordnung. Sechzig ist ein Zwischenalter, eine Mittelstufe zwischen romantisch und rheumatisch. Mit siebzig ist es schon anders. Mit siebzig wählt man zwischen zwei Übeln nicht das kleinere, sondern das, von dem man annimmt, daß man früher nach Haus kommt. Mit achtzig schaut man noch den jungen Mädchen nach – mit fünfundachtzig auch, aber man weiß nicht mehr, warum.

Der 85. Geburtstag, den ich erst kürzlich gefeiert habe, ist ein bemerkenswertes Datum. Man blickt zurück und findet, daß das bisherige Leben aus Wünschen bestand, von denen nicht alle erfüllt wurden. Da steht man dann vor seiner mit Kerzen bestückten Geburtstagstorte – für jedes Jahr eine Kerze – und soll beim Ausblasen dieser Kerzen einen Wunsch tun. Was wünscht man da? Mit fünfzehn wünscht man sich beim Ausblasen der Kerzen auf seiner Geburtstagstorte, daß man bald das Ende der Schulzeit erleben möge,

mit fünfundzwanzig wünscht man sich beim Ausblasen der Kerzen auf seiner Geburtstagstorte, daß man bald die große Liebe erleben möge,
mit fünfunddreißig wünscht man sich, daß man das Heranwachsen seiner Kinder erleben möge,
mit fünfundvierzig wünscht man sich, daß man noch *ein* Abenteuer erleben möge,
mit fünfundfünfzig wünscht man sich beim Ausblasen der Kerzen auf seiner Geburtstagstorte, daß man die Pension erleben möge,
und mit fünfundachtzig wünscht man sich beim Ausblasen der Kerzen auf seiner Geburtstagstorte, daß man das Ausblasen erleben möge.
Und wie wird ein Fünfundachtzigjähriger mit der heutigen Zeit und ihren Erfindungen fertig? Man nehme nur den Taschenrechner. Zu meiner Schulzeit bestand ein Taschenrechner aus zehn Fingern, mit denen man in der Tasche rechnete. Heute wird nur noch getippt. Oder die Computer, die immer menschenähnlicher werden. Ich habe neulich von einer deutschen Illustrierten, einer mit den gewissen Fotos gehört, die einen Computer besitzt, der so menschenähnlich ist, daß er nur noch nackte Computerinnen im Kopf hat.
Und die Liebe? Die ist natürlich mit fünfundachtzig anders. Nicht, daß man sich die »gewissen Fotos«, von denen ich eben gesprochen habe, erklären lassen müßte, das nicht – aber wenn man eine Frau sieht, die einem nicht gefällt, atmet man direkt auf. Und wie *wird* man fünfundachtzig?
Ich hatte da immer meine drei Richtlinien: Lauf' nicht, wenn du gehen kannst, geh nicht, wenn du fahren kannst – und fahr nicht, wenn du getrunken hast.
Es ist schön, die alte Zeit gekannt zu haben und die neue zu kennen.
Und so bitte ich unsere fünf Achtziger, eines zu bedenken: Wir hören nicht auf, Dummheiten zu machen, weil wir alt werden – wir werden alt, wenn wir aufhören, Dummheiten zu machen.

In diesem Sinne wünsche ich euch, daß ihr in fünf Jahren das Leben genau so genießen möget, wie ich es heute genieße – damit auch ihr sagen könnt: Es gibt nichts Schöneres als alt zu sein!

Und das wünsche ich auch allen meinen Lesern!

ENDE

REGISTER